성균한글백일장

2007~2018, 10여 년의 기록

꿈과 희망의 사다리

성균한글백일장

2007~2018, 10여 년의 기록

이명학 엮음

중국
몽골
동남아시아
중앙아시아
중·동유럽

성균관대학교
출 판 부

• 축사 •

'성균한글백일장 10여 년의 기록' 발간을 축하하며

저는 성균관대학교의 총장으로서 이번 '성균한글백일장 10여 년의 기록'의 발간을 진심으로 축하드리고 대단히 자랑스럽고 기쁘게 생각합니다.

성균한글백일장은 2007년 중국에서 처음으로 개최된 이후, 한글을 사랑하고 아끼는 많은 외국의 젊은이들이 그동안 갈고닦은 한국어 솜씨를 마음껏 겨루는 기회의 장이 되었습니다. 이후 중국뿐만 아니라 몽골, 카자흐스탄, 우즈베키스탄, 베트남과 같은 중앙아시아, 동남아시아 지역에서도 개최되었으며 2014년도부터는 헝가리와 오스트리아 등 유럽 지역에서도 개최되고 있습니다.

하버드대학의 저명한 심리학자 스티븐 핑커 교수는 언어는 인간의 본성을 들여다볼 수 있는 창문과도 같다고 했습니다. 지난 10여 년간 성균한글백일장에 참가했던 학생 1,800여 명은 한국어 공부를 통해 한국인의 본성을 좀 더 잘 이해하고 한국의 문화를 더 깊이 이해하게 되었을 것이라고 생각합니다. 지난 10여 년간의 백일장에서 입상한 총 95명의 학생 중 약 절반이 한국어와 한국에 대한 관심으로 우리 대학의 석사과정에 입학하였다고 하니, 성균한글백일장은 그들의 인생에 큰 전환점이 되었을 것입니다.

저는 지난 1월 1일 성균관대학교의 제21대 총장으로 취임하면서 대학의 역할과 의무로서 '학생성공'을 강조하였습니다. 학생성공을 위한 대학의 역할은 궁극적으로 학생이 행복한 삶을 영위할 수 있도록 교육하는 것입니다.

그런 면에서 성균한글백일장은 우리 학교에서 수학한 외국인 학생들의 성공에 큰 역할을 했다고 생각합니다. 많은 한글백일장 참가자들은 현재 한국과 관련된 직업에 종사하고 있습니다. 특히 2008년 우즈베키스탄에서 열린 백일장에서 금상을 수상한 아이게름 아이다로바 씨는 본교 정치외교학과에서 석사학위를 취득한 후 고국에 돌아가 직업외교관으로서 한국과 우즈베키스탄 간의 정상회담에서 통역을 담당할 정도로 두 나라의 교류에 큰 역할을 수행하고 있습니다.

14개의 자음과 10개의 모음으로 지구상 언어의 거의 모든 소리를 표기할 수 있는 우수한 문자인 한글과 한국어를 널리 보급하는 데 큰 기여를 한 성균한글백일장이 앞으로도 지역과 참가학생을 더욱 확장하여 꾸준히 진행되기를 기대합니다.

다시 한번 '성균한글백일장 10여 년의 기록'의 발간을 축하드리며, 발간을 위해 애써주신 이명학 교수님을 비롯한 심사참여 교수님들과 책자 발간을 위해 수고해 주신 직원 선생님들 모두에게 깊은 감사의 마음을 전합니다.

2019년 3월

성균관대학교 총장 신동렬

• 발간사 •

'성균한글백일장' 그 기나긴 여정

이명학(성대 한문교육과 교수)

지금으로부터 12년 전인 2007년 초 북경어언대학(北京語言大學) 한국어과 안인환 교수가 인사차 학장실로 찾아왔다. 안 교수는 내가 1998년 학생처장을 할 때 대학원 학생회장이어서 알고 지내던 사이였다.

이야기를 나누던 중 안 교수로부터 중국 내 한국어과가 60여 개 대학에 있고 한국어를 전공하는 학생도 5,000명이 넘는다는 말을 듣고 깜짝 놀랐다. 들어보니 대부분의 학생은 우리나라 드라마와 가요 등 이른바 '한류(韓流)'에 흥미를 느껴 한국어 공부를 시작했다고 한다.

아무튼 이처럼 많은 대학에서 한국어를 강의하는데, 정작 우리나라에서는 정부든 대학이든 어떤 기관에서도 전혀 지원이 없다는 것이었다. 나중에 안 사실이지만 당시 중국 교육부나 우리나라 교육부에서도 중국 내 한국어과에 대한 정확한 정보와 통계가 없었다고 한다.

일반적으로 대중문화로 시작한 외국어 공부는 다분히 표피적이며 감각적이어서 지속적이지 못한 속성이 있다. 이른바 '한류(韓流)'도 예외는 아니어서 세월이 흐르면 점차 흥미도 반감될 것이다. 모처럼 우리에게 주어진 좋은 기회를 좀 더 지속적이고 심도 있게 이끌 수 있는 방법이 무엇인가 궁리

하다 보니 '한글 백일장'만한 것이 없겠다는 생각이 들었다.

글쓰기를 준비하다 보면 자연스레 우리나라 문학작품과 역사·문화와 관련된 많은 책을 읽고 진지하게 사고하리라 생각하였다.

마침 2007년은 '한·중 수교 15주년'이 되는 해였다. '한·중 수교'를 기념하는 행사라면 그 의의도 더 클 것 같았다.

그런데 처음 하는 행사라 매뉴얼도 없었고 해외에서 하려다 보니 무엇부터 어떻게 시작해야 할지 난감했으나, 이용석 사범대학 행정실장과 하나하나 상의하면서 진행하였다.

취지에 동감한 안 교수는 중국 내 연락 등 행사 준비를 맡아주기로 하였다. 그러나 중국 전역에 흩어져 있는 한국어과의 연락처를 파악하고, 대회의 취지를 알리고, 행사 전반에 걸쳐 준비를 한다는 것이 결코 쉬운 일만은 아니었을 것이다.

중국에서 한국어를 공부하는 학생들은 가정형편이 넉넉지 않아 우리가 북경 대회장소까지 오는 왕복 교통비와 숙식비를 부담하기로 하였다. 또 학교에 청을 해서 대회 금상·은상·동상 수상자는 우리 대학 석사과정 전액 장학생으로 받아주기로 하였다.

문제는 행사 경비였다. 학교에서 얼마간 지원을 받았으나 행사를 치르기에는 턱없이 부족하였다.

염치불고하고 고교 동기인 유진그룹 유경선 회장을 찾아가 취지를 설명하니 흔쾌히 후원을 해주면서 고맙게도 ㈜대교 강호준 대표까지 소개해 주었다. 그리고 경동나비엔 손연호 회장께도 청을 드리니 좋은 일이라고 하면서 기꺼이 후원을 해주어 행사 경비를 조달할 수 있었다.

행사 준비를 한 지 2~3달이 지난 6월 16일 드디어 북경어언대학 내에서 '韓·中 修交 15周年 紀念-全 中國 韓國語 白日場'을 개최하였다.

중국 각 대학에서 예선을 거친 학생 50여 명과 북경 소재 한국어과 교수를 포함하여 인솔 교수 등 90여 명이 참가하였다.

남쪽 광동성(廣東省)에서 3시간 동안 비행기를 타고 오거나, 저 북쪽 흑룡강성(黑龍江省)에서 30여 시간 기차를 타고 온 학생도 있었다.

참가 학생들은 각 대학 한국어과에서 자체 예선을 거친 학생들로 심지어 700:1의 경쟁을 뚫고 온 학생도 있었다. '백일장'에 학교 대표로 참석하는 것 자체가 영광이라고 하였다.

첫 번째 대회여서 여러 가지 걱정도 많았지만 글의 내용이나 표현 등 글솜씨는 우리를 당황스럽게 할 정도였다. 주어진 글제(소중한 인연)에 따라 2시간 동안 글쓰기를 하는 학생들의 뜨거운 열기와 진지한 자세는 그저 놀라울 뿐이었다.

백일장을 마치고 시상식까지 여섯 시간가량 여유가 있어 각 지역에서 온 학생들에게 만리장성과 이화원 관광을 시켜주었다. 한국 사람이 중국 학생에게 중국 유적지를 구경시켜준 셈이다. 학생들은 북경에도 처음 왔지만, 만리장성도 처음 보았다고 해서 놀랐던 기억이 있다. 이 유적 탐방 행사는 10회 대회 때까지 계속되었다.

김성영 홍보팀장의 소개로 김종혁 중앙일보 사회부문 에디터와 천인성 기자가 동행하였다.

백일장을 마친 후 심사를 하면서 곤혹스러운 일이 있었다.

심사위원 전원이 금상으로 선정한 학생(천진사범대학 정양)의 글은 우리의 예상을 뛰어넘는 것이었다. 도저히 대학생의 글이라고 보기에 어려울 정도였다. 글씨는 물론 글 내용도 예사롭지 않았다. 혹 '표절이 아닌가' 의심이 들 정도여서 심사위원들 사이에 갑론을박이 있었다. 만약 금상을 주었다가 만에 하나 표절임이 드러난다면 어떻게 하겠는가? 격론 끝에 금상을 주기로 하였다.

시상식장에서 안 사실이지만 이 학생은 도서관에서 하루 한 권 이상 우리나라의 각종 서적을 읽을 정도로 열의가 대단했으며 중국어 작문 실력도 수준급이라는 사실을 지도교수로부터 듣게 되었고 괜한 의심을 한 우리가 미안할 뿐이었다.

시상식에 참석한 김종혁 에디터는 인사말을 하려는 내게 자꾸 "내년에 2회 대회를 하겠다"고 이야기하라고 했다. '한·중 수교 15주년 기념'으로 한 번만 하려던 행사를 계속하라고 하니 당혹스러울 뿐이었다. 어쩔 수 없이 인사말을 하면서 "내년에 또 만나자"는 말을 하였고 그날 김 에디터의 강권(强勸)은 '백일장'이 10여 년 세월을 이어오게 한 추동력(推動力)이 된 셈이었다. 그 후 '백일장'을 진행하면서 김 에디터의 안목이 역시 남다르다는 생각을 하게 되었다.

김 에디터는 "내일 자 신문에서 좀 다루겠다"고 하였는데 큰 기대는 하지 않았다. 그러나 귀국한 다음 날 아침 중앙일보를 펼쳐보고 깜짝 놀랐다. 사회면 톱기사로 백일장을 다루었을 뿐 아니라 동행했던 천 기자는 '취재일기' 코너에서 〈친한파(親韓派) 키우는 게 진짜 중국 투자〉라는 제목으로 '백일장'을 극찬해 주었다. 우리뿐 아니라 대학 구성원들도 놀라워했고 우리 대학 홍보에도 적지 않은 도움을 주었다.

김 에디터는 그 후 문화부문 에디터, 중앙선데이 편집국장, 중앙일보 편집국장을 역임하면서 '백일장' 기사를 늘 사회면 톱기사로 다루어 주었다. 김 에디터의 도움이 없었다면 '백일장'이 아무리 의의 있는 행사라 할지라도 '찻잔 속의 태풍'처럼 결코 오래가지 못했을 것이다.

중앙일보 기사 덕에 학교 홍보는 물론이고 많은 사람이 '성균한글백일장'을 알게 되었으며, 이 기사를 보고 취지를 이해한 지인(知人)들에게 후원 요청도 편하게 할 수 있게 되었다. 몇 년이 지나 동아일보와 조선일보도 동행 취재를 하였고 비중 있게 다루어 주었다.

중국 대회는 안타깝게도 2016년 불거진 사드(THAAD) 문제로 부득불 중지할 수밖에 없었고 2016년 10회 대회를 마지막으로 지금까지 중단된 상태이다.

중국 백일장은 여러모로 한국어 교육에 기여한 바가 크다. 중국 교수에게 들으니 그동안 중국 대학에서의 한국어교육은 '말하기' 중심이었는데 '백일장' 수상자에게 주어진 성대 전액 장학생 혜택 때문에 '글쓰기' 교육이 자리 잡게 되었다고 한다. 어떤 대학에서는 '백일장'에서 입상하기 위해 일 년 동안 50여 개 주제를 주고 글쓰기 연습을 시킨다고 들었다. 자연스레 우리나라 문학작품과 역사·문화에 대한 관심도 높아졌다고 한다.

가장 기억에 남는 일을 소개하면, 대만에 있는 한국어학과로부터 "왜 중국에서만 하고 대만에서는 '백일장'을 하지 않느냐"는 항의를 받았다. 행사 경비가 충분하면 세계 어느 지역에선들 못하겠는가마는 한편으로는 남의 속내도 모르는 야속한 말이라는 생각도 들었다.

할 수 없이 대만국립정치대학 한국어과 장개종 교수를 통해 우리 대학의 자매교인 대만국립정치대학 등 2개 대학 한국어과 학생을 제3회 북경 대회에 초대하였다. 항공비는 대만 학생이 부담하고 우리는 숙식 등 체재비를 제공하기로 하였다.

당일 대만국립정치대학 학생(임흔의)이 입상하여 장학생으로 선정되었는데, 시상식에서 "저는 이미 국비장학생으로 선발되었으니 성대에 유학할 수 있는 기회를 중국 학생에게 양보하겠다"고 하였다. 시상식장에 우레와 같은 박수와 환호가 이어졌고 대신 선발된 중국 학생(한축)은 너무 기뻐 눈물을 흘렸다. 두 학생은 오랫동안 손을 맞잡고 있었다.

이 광경을 바라보면서 조국 분단의 현실이 가슴 아프게 다가왔고 우리는 언제 남북한 학생들이 함께 모여 '백일장'을 할 수 있을까 하는 부러운 생각과 함께 '한국어'를 통해 대만과 중국 학생들이 이념을 넘어 서로 마음을 열고 하나가 되는 모습에 뿌듯함을 느꼈다.

얼마 전부터 우리 대학에 중국 당교(黨校) 간부들이 오면 백일장에서 입상하여 우리 대학에 유학 온 중국 학생이 연단에 올라 우리 대학에 대한 고마움과 한·중 교류의 중요성을 알린다고 하니 백일장이 학교 홍보에도 일익을 담당하고 있는 셈이다.

제2회 대회 때부터 모든 행사준비를 김경빈 부장(중국국제여행사 한국부)에게 맡겼다. 김 부장은 오래전부터 알고 지낸 사이인데 누구보다 백일장의 의의를 충분히 이해하여 '성대 사람'처럼 나서서 어떻게 하든 경비를 절약해 주려 애썼고 행사 전반에 걸쳐 엄정한 관리를 해주었다.

2008년 카자흐스탄 알마티에서 처음으로 '중앙아시아 백일장'을 개최하였다.

2007년 중국에서 첫 번째 백일장을 성공적으로 마치자 서정돈 총장께서 "예전에 우즈베키스탄으로 의료봉사를 간 적이 있는데 경제 상황도 어려운 데다가 1937년 스탈린에 의해 강제 이주당한 고려인 후손들도 많으니 한번 검토해 보는 것이 어떻겠느냐"는 말씀을 하셨기 때문이다.

그러나 이곳에 무슨 연고가 있는 것도 아니어서 난감하였다. 이리저리 알아보니 송파구에 '고려인 돕기 운동본부'라는 시민단체가 있었다. 무조건 찾아가 '백일장'의 취지를 설명하니 "마침 이번 주에 우즈베키스탄 타슈켄트에 있는 한글학교 허선행 교장이 오시니 함께 만나보자"고 하였다.

허 교장은 그곳에서 20년 넘게 한국어 교육에 몸을 바친 분으로 그 열정에 머리가 절로 숙여질 정도였다. 허 교장도 백일장의 취지에 적극 공감하였지만 "올해는 중요한 일이 있으니 양해해 준다면 내년부터 꼭 함께하겠다"고 하였다.

어찌 되었든 행사는 해야겠다는 생각에 마침 카자흐스탄국립대학에 유학 중인 김재민 군(수원과학대 김태균 교수의 자제)에게 메일을 보내 부탁했고, 카자흐스탄국립대학 한국학과에서 흔쾌히 도와주겠다는 연락을 받았다.

처음 가는 곳이고 정보도 별로 없어서 이용석 실장과 함께 카자흐스탄 알마티로 가보기로 하였다. 가보니 인프라가 턱없이 부족할 뿐 아니라 물가는 우리의 상상을 초월할 정도로 비싸 엄두가 나지 않았다.

그러나 기왕 하기로 한 일이니 힘에 부치지만 강행하기로 하였다. 두 달 전 몽골 대회를 치르고 남은 후원금 등을 모아 2008년 12월 알마티에서 첫 행사를 하였다.

카자흐스탄뿐 아니라 우즈베키스탄에서도 참가하였다. 물론 우즈베키스탄에서 온 학생들의 항공료와 체재비는 우리가 부담하였다.

중앙아시아에 거주하는 고려인에게 우리는 근대 역사의 빚이 있다. 식민지 시절 타의로 조국을 떠나 연해주에서 거주하다가 1937년 스탈린에 의해 강제로 중앙아시아 허허벌판으로 내쫓겨 온갖 풍상을 겪으면서 살아온 이들에게 마음의 빚이 있다. 그들이 겪었던 고초는 이루 다 형언할 수 없을 것이다. 그러나 그 모진 세월 속에서도 한민족의 강인한 정신력으로 시련을 이겨내고 민족의 정체성을 지키면서 우리의 문화를 끝까지 고이 간직해왔다.

다행히 그분들의 피를 이어받은 후손들이 중앙아시아 여러 나라에서 한민족임을 잊지 않고 열심히 살아가고 있었다. 우리는 어떤 식으로든 그들에게 마음의 빚을 갚아야 하며 '백일장'도 그중 하나의 방법이라고 생각하였다.

제1회 중앙아시아 백일장의 가장 큰 수확은 금상으로 입상한 아이게름 아이다로바 씨이다. 그녀는 우리나라 주몽 드라마의 카자흐어 자막을 번역할 정도로 한국어 실력이 뛰어난 학생이었다. 우리는 그녀가 성대에 온 후 주몽 드라마의 주인공인 송일국 씨와의 만남을 주선해 주었고, 그녀는 정치외교학과에서 석사과정을 마친 후 본국으로 돌아가 외교관이 되었다.

그 후 주한카자흐스탄대사관 3등서기관으로 부임하여 나를 찾아왔다. 외교관 신분증을 자랑스레 보여주며 "만약 백일장이 아니었다면 지금 알마티에 있는 한국인 회사에서 일하고 있었을 텐데 백일장이 운명을 바꾸어 놓았다"고 하면서 눈물을 그렁그렁하던 모습이 아직도 눈에 선하다.

이것이 우리가 백일장을 해야 하는 이유이며 백일장이 그들의 꿈과 희망을 이룰 수 있는 계기를 마련해준 것이다.

아이게름을 비롯한 제1회 입상자 모두 가정형편이 매우 어려웠다. 입상 후 한국에 올 항공료가 없어 걱정할 정도였다. 내내 마음이 편치 않았는데, 마침 서울에서 이영탁 교수의 전화가 왔다. 이 교수(성대 의대/삼성병원 흉부외과)는 고교 동기인데 그해 '성균가족상'을 받게 되었다고 하면서 부상으로 받은 300만 원을 삼성병원에 기부하려 한다고 하였다. 그래서 이 교수에게 백일장에 입상한 학생들의 사정을 이야기하고 이 학생들의 항공료로 기부해 주면 어떻겠느냐고 하자 이 교수가 흔쾌히 동의해 주었다.

이들은 이 교수가 기부한 항공료로 한국에 오게 되었고 이 교수에게 감사의 편지와 자신들이 만든 쿠키를 보내기도 하였다.

중앙아시아 대회는 제2회 때부터 타슈켄트 한글학교(현 세종학당) 허선행 교장이 약속대로 맡아주었다. 허 교장은 마치 자신의 일처럼 적극적으로 도와주어 우리는 별 걱정을 하지 않아도 되었다. 초기의 어려움은 허 교장의 치밀한 일처리와 열정으로 순조롭게 진행할 수 있었다.

제2회 대회는 중앙아시아 4개국(카자흐스탄, 우즈베키스탄, 타지키스탄, 키르기스스탄) 학생들이 모두 참가하였다. 백일장은 훨씬 규모도 커지고 풍성한 대회가 되었다. 게다가 허 교장의 오랜 지인(知人)인 우즈베키스탄 가이라트 교육부장관이 행사장에 직접 와서 참가 학생들을 격려해 주고 글제인 '어머니'를 한글로 칠판에 써주기도 하였다.

지난 제10회 대회 때도 사르바르 우즈베키스탄 교육부차관이 직접 참석하여 글제인 '우리'를 써주었다. 그만큼 우즈베키스탄에서 '백일장'에 대한 기대와 관심이 크다.

2,000킬로미터 떨어진 곳에서 24시간 기차를 타고 참석한 카자흐스탄 학생은 "고려인이니까 참석했다"고 해서 우리 마음을 뭉클하게 하였다.

입상자 중 남 마르가리따 씨는 "모국을 잊지 말라는 할아버지의 유언으로 할아버지의 나라를 잊지 않기 위해 한국어를 공부하게 되었다"고 울먹이며 수상소감을 말하여 모든 사람의 눈시울이 붉어지기도 하였다. 이 학생의 수상소감은 바로 '우리가 왜 이 먼 곳까지 와서 백일장을 해야 하는지' 분명한 답을 준 것이었다.

제2회 대회를 마치고 다음 해 제3회 대회는 경비를 조달할 방법이 없어 안타깝지만 중단할 수밖에 없었다. 이 대회를 위해 1년 동안 글쓰기에 매진했을 학생들을 생각하면 마음이 아플 뿐이었다.

그러던 차에 허 교장으로부터 기쁜 소식을 듣게 되었다. 우즈베키스탄 한인회 김홍덕 부회장(성대 기계공학과 78학번)이 우리의 딱한 사정을 듣고 자신이 후원하겠다고 나선 것이었다. 명맥이 끊길 뻔했던 대회를 다시 이어갈 수 있게 된 것이다. 게다가 김 부회장은 우즈베키스탄에서 입상한 학생들의 항공료까지 후원해 주고 있다.

지금까지 김 부회장이 후원한 금액은 족히 1억 원 가까이 되었을 것이다. 적지 않은 금액이다. 김 부회장 후원으로 중앙아시아 대회는 지금까지 아무 걱정 없이 계속하고 있으니 그저 감사할 뿐이다.

한 해를 걸러 우여곡절 끝에 제3회 대회를 하게 되었는데, 어환(성대 의무부총장/삼성병원 신경외과) 교수의 주선으로 삼성병원 의료봉사 모임과 함께하였다. 우즈베키스탄의 의료 환경은 열악하기 짝이 없었다. 한쪽에서는 '한글 백일장'을 하고, 다른 쪽에서는 '의료봉사'를 하니 보기도 좋고 의미가 배가되는 것 같았다.

중앙아시아 대회는 2018년까지 10회 대회를 하였다.

10여 년 전 처음 알마티에 갔을 때 우리 대학을 아는 사람은 아무도 없었으나 지금 중앙아시아 전역에서 우리 대학을 모르는 사람은 아마 없을 것이다.

그리고 학생들의 '글쓰기' 수준은 10여 년이 지난 지금 괄목상대할 정도로 몰라보게 높아졌다. 우리 대학에 유학을 오고자 하는 열의가 '글쓰기' 수준을 올려놓은 것 같아 보람을 느낀다. '백일장'은 분명히 중앙아시아와 우리나라의 중추적인 가교 역할을 할 인재 양성에 큰 기여를 하리라 생각한다.

2007년에는 몽골에서도 '백일장'을 하였다. 중국에서 '백일장'을 진행하면서 만약 다른 곳에서 또 백일장을 한다면 세계 여러 나라 중 경제 사정이 어려운 나라에서 하리라 마음을 먹었다. 몽골, 독립국가연합(CIS), 동유럽, 베트남을 포함한 동남아시아, 인도, 남미 등을 그 대상으로 생각하였다. 왜냐하면 어려운 경제 상황 속에서도 우리말과 문화를 좋아하는 학생들에게 '백일장'을 통해 유학의 기회를 주어 그들의 꿈과 희망을 이루어주고 싶었기 때문이다.

몽골은 정장선 의원(현 평택시장)의 덕을 톡톡히 보았다. 정 의원은 당시 '한·몽 의원 친선협의회' 회장을 맡고 있어 몽골 고위 인사와 의사소통이 가능했고 몽골국립대학 한국학과에 매년 장학금을 지원하고 있었다. 몽골국립대학 한국학과 교수·학생들의 정 의원에 대한 믿음과 존경심은 대단하였다.

정 의원이 직접 주한몽골대사와의 만남을 주선해 주고 자리도 함께하여 대회 취지를 설명하고 도움을 청하니 일이 일사천리로 진행되었다.

몽골은 그동안 우리나라를 '솔롱고스'(solongos:무지개의 나라)라고 부를 정도로 흠모했으나, 우리나라에 와 있던 몽골 근로자들에 대한 임금체불과 폭행 등으로 여론이 좋지 않았다.

또 우리가 가기 얼마 전 몽골국립대학 강의실에서 우리나라 사람이 포르노 동영상을 불법 촬영한 사건이 보도되어 분위기가 싸늘하였다. 길에서 만나는 사람들의 눈빛을 보면서 당황스럽기도 하였다.

몽골 사람들에게 왜 이렇게 되었는지 물어보자 의외의 답을 하는 사람이 있었다. "한국대사관 앞에서 비자를 받으려고 줄을 서는 것이 힘들다"는 것이다. "우리도 미국에 가려면 미국대사관 앞에서 줄을 서서 기다린다"고 하니 "영하 40도에 서 보았느냐"는 답이 돌아왔다.

이런 불만들이 쌓여서 우리나라에 대한 감정이 나빠지고 있다는 생각이 들어 귀국하자마자 외교부 박준우 기획조정실장에게 그 이야기를 전해주니, 얼마 뒤 한국대사관 앞에 방풍막을 설치해 주었다고 하였다. 박준우 기획조정실장도 백일장의 취지에 공감하여 외교부 산하 기관에서 후원이 가능한지 알아보아 주기도 하였다.

'몽골 백일장'은 한 번으로 그쳤지만 한·몽 간 교류가 활발해지는 상황을 고려할 때 여건이 허락된다면 계속 이어가는 것이 좋을 것이다.

2008년에는 '제1회 외국인주부 성균한글백일장'을 개최하였다.

이 대회는 우리나라 사람과 결혼하여 이주해 온 여성을 대상으로 기획한 행사이다. 이들은 고향에 있는 정든 가족을 떠나 낯설기만 한 이 땅에 와서 가정을 이루고 2세를 낳아 양육하는 고마운 분들이다.

그러나 많은 이주 여성은 특히 언어 문제로 소통에 어려움을 겪고 있었다.

이 대회는 이들에게 열의를 갖고 한국어를 공부할 수 있도록 동기부여를 해 주고자 한 것이다. 대회 금상·은상·동상 입상자에게 고향에 다녀올 수 있는 '부부 및 자녀 2인 왕복항공권'을 부상으로 주었는데 이들에게 이보다 더 좋은 상은 없었을 것이다.

글제는 '가족'이었는데 전국에서 65명의 외국인 주부가 참가하여 자신이 겪었던 가슴 아픈 사연을 진솔하게 표현하여 읽는 사람들의 마음을 뭉클하게 하였다.

주부들이 글쓰기를 하는 동안 동행한 가족들은 금잔디광장에서 옹기종기 모여 즐거운 시간을 보내고 있었다. 저녁 시상식장에서 가족끼리 모여 식사를 할 수 있도록 하였는데 시끌벅적하고 유쾌한 시간을 보냈다.

금상을 수상한 베트남 여성 주심 씨는 가정 형편이 어려워 어린 동생들을 위해 학업을 포기하고 진주로 시집을 와서 쌍둥이를 낳았다. 그녀는 쌍둥이를 보면서 "한국에서 살 아이들의 엄마가 한국말을 못해서는 안 되겠다"는 생각이 들어 한국어 공부를 시작했다고 했다. 공부한 시간은 얼마 되지 않았으나 수준은 보통이 아니었다.

대회 후 그녀는 진주 경상대학 국문과에 입학하였고 다른 매체에서 주관하는 말하기 대회에서도 대상을 받고 텔레비전에도 출연하였다.

이듬해는 '제2회 다문화가정 백일장'으로 대회명을 변경하고 '결혼 이주여성', '이주 근로자', '다문화가족자녀'로 대상을 확대하였다. 국민은행에서 이 대회의 취지에 공감하여 전체 비용을 후원해 주었다.

전국에서 105명이 참가하여 성황리에 대회를 마칠 수 있었다. '이주근로자' 부문에서 입상한 베트남 청년(김후황)은 인천의 한 자동차부품 공장에서 사고로 손가락을 잃어 검은 장갑을 끼고 글을 쓰던 모습이 아직도 눈에 선하다. 부상으로 '고향 방문 왕복항공권'을 주었는데 더할 수 없이 기뻐하였다.

'다문화가족자녀' 부문은 몽골에서 온 13세 어린 소녀(어민호)이 금상을 받았는데 장래 희망이 치과의사라고 하면서 "함께 사는 사람들을 배려하고 도와주는 좋은 의사가 되는 것이 희망이다"라고 의젓하게 말하면서 환하게 웃었다. 부디 그의 꿈이 꼭 이루어지기를 바란다.

이 대회도 역시 경비 문제로 중단되었으나, 우리 대학에서 사회적인 책무를 실천하는 바람직한 행사로 이어지기를 기대한다. 이 대회는 학생들에게 '더불어 살아가는 사회'가 무엇인지 의미를 알려줄 것이며, '함께 사는 사회'의 중요성을 일깨워준 행사로 오래도록 기억될 것이다.

'성균한글백일장'은 처음에 사범대학에서 주관하였지만 사범대학 행사로 국한하는 것이 문제가 있으니 '21세기 한국어위원회'를 만드는 것이 좋겠다는 학교의 요청을 받아들여 2008년부터 내가 위원장을 맡게 되었다.

'21세기 한국어위원회'는 학교의 공식기구는 아니었고 행사를 치르기 위해 만든 임의조직이었다. '21세기 한국어위원회'는 중앙일보와 업무협약(MOU)을 맺고 수년간 공동으로 행사를 주관하기도 하였다.

'백일장'을 하면서 가장 어려웠던 점은 후원금을 모으는 것이었다. 학교도 예산이 넉넉지 않으니 애당초 행사 경비의 전액 지원은 기대할 수 없었다.

행사계획서를 들고 크고 작은 기업을 찾아가 대회의 취지를 설명하고 후원을 요청하면 처음에는 긍정적으로 말하다가 다시 찾아가면 "간부들과 회의를 했는데 의미 있는 행사라는 점에는 다들 동의했지만, 삼성이 재단인 성균관대학에 굳이 왜 우리가 후원을 해야 하느냐는 반대 의견도 만만치 않아 후원을 해드릴 수 없으니 양해를 바란다"고 하였다. 대부분의 기업에서 정도 차이는 있으나 비슷한 의사를 표명하니 맥이 빠지는 일이었다.

결국 달리 뾰족한 방법도 없어서 그래도 편하게 사정 이야기를 할 수 있는 친구와 고교 선후배에게 요청할 수밖에 없었다. 그들은 귀찮을 법도 한데 '백일장'의 의의를 높이 평가하면서 "국가가 할 일을 대학에서 대신 한다"며 적극적으로 후원을 해주었다. 다른 사람에게 이야기를 전해듣고 자진해서 후원해 주는 친구와 후배도 있었다.

대학 동문인 친구들은 '백일장'이 자신들에게도 모교의 행사인데다 나를 통해서나 신문 기사를 통해 '백일장'의 의미와 저간의 어려운 사정을 자세히 알고 있었다. 그래서 그들은 자발적으로 주변 분들에게 '백일장'의 의의를 적극 설명하며 '후원이 가능한지'를 묻고는 '검토해 보겠다'는 답변을 들으면 곧바로 행사계획서를 만들어달라고 하였다.

'제3회 중국 백일장'과 '다문화가정 백일장'에 7,000만 원을 후원해준 김중회 KB금융지주 사장님도 친구(심상영/성대 행정학과 74학번)의 처남이고, 두 번에 걸쳐 총 4,000만 원을 후원해 준 하나은행 김정태 행장님도 친구(박은진/성대 철학과 74학번)의 동서이다.

이분들은 신문 기사를 통해 익히 '성균한글백일장'의 의의에 대해 알고 계셨고 "백일장은 해외에서 국익을 위해 도움이 되는 일이며, 한국어 보급은 물론 국가 브랜드 가치를 높이는 일이다"라고 말씀하시면서 적지 않은 금액을 후원해 주시니 그저 감사하다는 말씀밖에 더 드릴 말씀이 없었다.

일반 사기업뿐 아니라 정부 관계자도 만날 때마다 대회 취지를 설명하고 지원요청을 하였다. 문화체육관광부 박광무 국장은 '한국어의 해외 보급과 발전'과 관련하여 매우 의미 있는 행사라 판단하고 '제4회 중국백일장'의 행사비를 지원해 주었다. 그러나 규정상 특정 대학에 정부지원금을 줄 수 없어 '전국국어문화원연합회'와 공동으로 진행하도록 해주었다.

또 국제교류진흥회(YBM)는 나와 프로젝트를 함께한 인연으로 2008년부터 2011년까지 총 7회에 걸쳐 3,300만 원을 후원해 주었고, 성대에 재직하는 동료 교수(시스템경영학과 최후곤, 이호우)들은 고맙게도 후원 요청을 하지도 않았는데 자발적으로 후원금을 보내주기도 하였다. 액수의 많고 적음이 중요한 것이 아니라 동료 교수들의 마음에서 우러나오는 성원이 큰 힘이 되었다.

돌이켜보니 우리 대학 행사이긴 했으나, 뜻있는 많은 분들의 도움이 없었다면 여기까지 오지 못했을 수도 있다는 생각이 든다. 이 자리에서 후원해주신 모든 분들을 언급하지 못하는 것이 송구스러울 뿐이다.

이렇게 힘이 들면서도 '백일장'을 계속할 수밖에 없었던 이유는 1년 동안 우리 대회를 기다리며 한국어 공부에 매진한 학생들의 기대를 저버릴 수 없었고, 그들의 실망스러운 표정이 눈에 어른거리기도 하였기 때문이다. 그래서 어떤 때는 사비(私費)를 보태어 행사를 치르기도 했다.

2010년 사범대학 학장을 그만둔 후 '백일장'은 국제처로 이관되었다. 자연히 '21세기 한국어위원회'도 없어졌다. 국제처도 업무가 많은 부서이지만 2013년 부임한 이석규 처장은 본 행사의 의의를 누구보다 잘 알고 베트남과 동유럽으로 대회를 확대하였다. 당시 학내 분위기로 보아 결코 쉽지 않은 결정이었으리라 생각한다. 내가 처음 백일장을 시작할 때처럼 이 처장도 마음고생을 꽤 했을 것이다. 새로운 장소를 물색하고 후원을 받으러 여기저기 다니는 모습을 보면서 그 열정이 늘 고마울 뿐이었다.

2017년 부임한 구자춘 처장은 '동남아시아 백일장'으로 대회명을 바꾸고 지역을 확대하여 인도네시아에서 첫 번째 백일장을 개최하였다. 베트남이나 인도네시아는 '한류'로 한국어 공부 열풍이 불고 있는 곳이다.

특히 베트남은 월남전의 상흔으로 우리나라에 대해 좋지 않은 감정을 지닌 사람들도 있었다. '백일장'을 통해 한·베트남 젊은이들이 불행했던 과거 역사의 앙금을 걷어내고 미래지향적인 관계로 나아가는 계기가 되기를 바란다.

나는 2014년 교육부 산하 〈한국고전번역원〉 원장으로 가게 되어 그 후로부터 '백일장'과 일정한 거리를 둘 수밖에 없었다.

이때부터 법학전문대학원 성재호 교수가 이 일을 주관하였다. 성 교수는 2011년 기획조정처장 재임 시 백일장 예산이 학교 정식예산으로 편성될 수 있도록 도와주어 어려운 살림에 그나마 숨통을 틔울 수 있게 해주었다. 일을 맡은 성 교수도 지인(知人)들에게 널리 알리어 '신한카드'로부터 후원을 받았을 뿐 아니라, 삼성그룹 임원진을 통해 대회 현지 삼성법인의 후원을 이끌어낼 정도로 애를 많이 썼다.

성재호, 이석규, 구자춘 교수 모두 한 치의 사심(私心)없이 오직 대회의 성공적인 발전을 위해 자신의 일처럼 혼신의 노력을 다한 것이다.

〈한국고전번역원〉은 우리나라 한문고전을 번역하는 기관이다. 나는 '백일장'에 참가한 한국어과 교수들에게 우리 고전을 소개하면 어떨까 하는 생각을 하였다. 전에 대회에 참가한 현지 교수로부터 "해외에서의 한국어 교육은 콘텐츠가 부족하여 어려움을 겪는다"는 이야기를 들었기 때문이다.

2014년부터 임기를 마칠 때까지 대회마다 번역원 연구원 3~4명을 동반 참석하게 하여 학생들이 글쓰기를 하는 두 시간 동안 한국어과 교수들에게 '우리 고전을 한국어 교육에 활용'할 수 있는 강연을 하게 하였고, 번역원에서 간행한 책자를 무상으로 나누어 주었다.

회화책으로 강의하던 한국어과 교수에게는 신선한 교수법이어서 반응이 매우 고무적이었다. 지금도 번역원에 고전 자료를 요청하는 한국어과 교수들이 있다고 한다.

'백일장'은 처음 우연한 계기로 출발하였지만, 많은 분들의 성원과 열정으로 우리 대학이 내세울 수 있는 대표적인 국제행사가 되었다. 아울러 해외에서 우리 대학의 브랜드 가치를 높이는데도 일정한 역할을 하였다고 생각한다.

한때 연세어학당과 경희대학에서도 해외 백일장을 검토하다가 간단히 할 수 있는 일이 아니라는 판단이 들어 포기했다는 이야기를 들었다.

이용석 실장은 우리 대학에 유학 온 학생들을 진심으로 보살펴주었다. 대부분 여학생이어서 기숙사도 직접 가서 보고 안전한지 점검해주었고, 형편이 넉넉지 않은 학생들에게 행정실 조교나 교내 아르바이트를 구해주었다. 그 학생들은 지금까지 이 실장을 '아버지'처럼 생각하고 있다.

단지 우리가 가서 백일장을 하고 상을 주고 마는 것이 아니라, 그들이 우리 대학에서 잘 적응하여 학업을 마치고 돌아갈 수 있도록 세심하게 보살펴준 것이다.

매뉴얼 하나 없던 대회를 처음부터 고생하며 이끌어준 이 실장과 사범대학 행정실, 홍보팀, 국제처 직원 여러분의 노고에 무어라 감사해야 할지 모르겠다.

또 심사위원으로 함께한 교수들께는 형편상 심사비를 드릴 처지가 아니어서 매번 미안하기 짝이 없는 노릇이었다. 행사에 참석하면서 자비(自費)로 쓴 금액도 적지 않았을 텐데 어느 한 분 불평이 없었다.

어떤 행사든 진행 과정에 불만을 품는 사람이 반드시 있게 마련인데 10여 년 세월 동안 백일장에 참석한 어느 분도 자그마한 불평불만조차 없었다. 이것은 '우리가 이 대회를 왜 해야 하는지' 또 '어떤 의의가 있는지' 직접 보고 느꼈기 때문일 것이다.

지난 10여 년 동안 대회에 참석했던 모든 분들의 공통적인 말씀이 있다. "한국에서는 잘 몰랐는데 행사에 참석해 보니 진한 감동을 느낄 수 있었고, 우리가 왜 백일장을 계속해야 하는지 의미를 알 수 있었다"는 것이다.

우리와 모습이 다른 외국 학생들이 한글로 진지하게 글을 쓰는 모습과 수상자로 호명되었을 때 인솔 교수와 부둥켜안고 눈물을 흘리는 광경을 보면서 감동을 받지 않을 수 있겠는가?

또 그들이 우리 대학에서 자신의 꿈과 희망을 이루기 위해 부단히 노력하는 모습을 보면서 힘은 들었지만 그래도 잘했다는 자부심을 느끼지 않을 수 없다.

우리는 대학의 사회적인 역할과 책임에 대해 진지하게 생각해 보아야 한다. 설사 어떤 행사가 이익을 창출하지 못하거나 예산 대비 효율성이 떨어진다고 할지라도 그것이 진정으로 의미 있는 일이라면 대학은 사명감을 가지고 지속적으로 해야 한다. 이것이 대학의 존재 가치이며 책무이다.

'성균한글백일장'의 궁극적인 목표는 우리말과 문화를 사랑하는 외국 젊은이에게 그들의 꿈과 이상을 이룰 수 있도록 사다리를 놓아주는 것이다. 아울러 오로지 그들이 우리나라를 가장 잘 이해하고, 우리나라를 가장 사랑하는 인재로 성장해 주기를 바랄 뿐이다.

'성균한글백일장'을 통해 우리 대학이 전 세계 모든 나라에서 한국어를 공부하는 젊은이들과 열악한 환경 속에서도 오직 사명감으로 자리를 지키고 계신 한국어과 선생님들께 명실상부한 '한국어교육의 메카'로 성장해 나가기를 진심으로 기원해 본다.

지난 10여 년간 '성균한글백일장'의 전 과정을 기록한 이 책의 발간을 계기로 그 '공과(功過)'를 짚어보면서 새로운 10년의 계획을 세워야 할 시점이 되었다.

그간 진정으로 후원과 성원을 보내주신 모든 분들께 머리 숙여 감사의 인사를 드린다.

Contents

수상작

• 중국 •

• 몽골 •

• 중앙아시아 •

Contents

• 동남아시아 •

• 중·동유럽 •

Contents

수상자 소감

참관기 • 내가 본 성균한글백일장

부록

성 균 한 글 백 일 장

2 0 0 7 ~ 2 0 1 8

10 여 년 의 기 록

일러두기

'수상자의 글'은 백일장에서 학생이 직접 쓴 원고를 수정하지 않고 그대로 입력한 것입니다. 따라서 맞춤법, 띄어쓰기 등 잘못된 부분과 어색한 표현도 있습니다. 살펴보시기 바랍니다.

중국
몽골
중앙아시아
동남아시아
중·동유럽

성균한글백일장

수상작

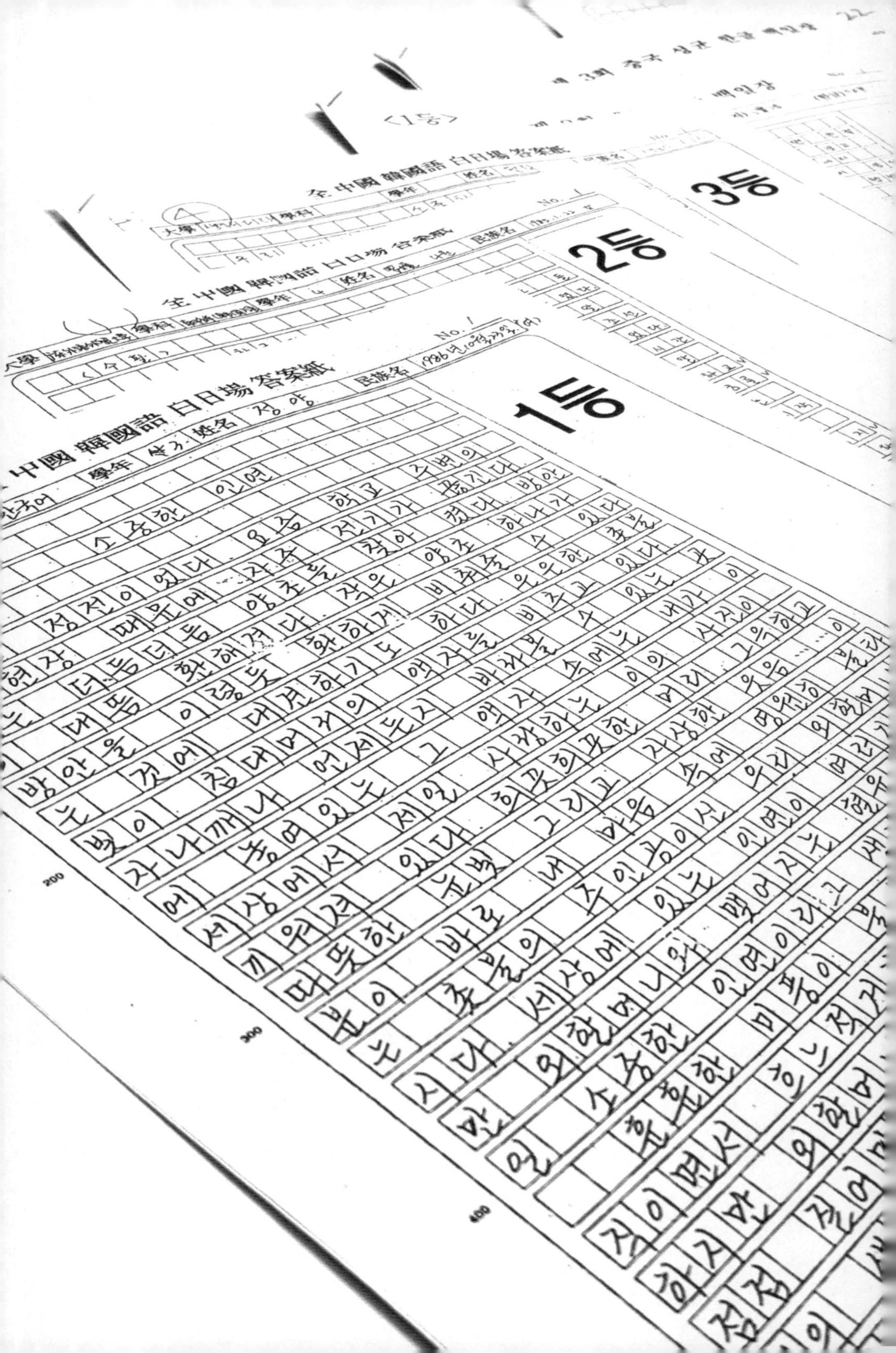

1등
2등
3등
全中國韓國語白日場答案紙

중국

성균
한글
백일장
수상작

성 균 한 글 백 일 장

2 0 0 7 ~ 2 0 1 8

10 여 년 의 기 록

소중한 인연

2007년 제1회 중국 성균한글백일장 금상
천진사범대학 정양

또 정전이었다. 요즘 학교 주변의 공사현장 때문에 자주 전기가 끊긴다. 나는 더듬더듬 양초를 찾아 켰다. 방안이 대뜸 환해졌다. 작은 양초 하나가 방안을 이렇듯 환하게 비춰줄 수 있다는 것에 대견하기도 하다. 은은한 촛불빛이 침대머리의 액자를 비추고 있다. 자나깨나 언제든지 바라볼 수 있는 곳에 놓여있는 그 액자 속에는 내가 이 세상에서 제일 사랑하는 이의 사진이 끼워져 있다. 희끗희끗한 머리, 그윽하고 따뜻한 눈빛 그리고 자상한 웃음 …… 이분이 바로 내 마음 속에 영원히 불타는 촛불의 주인공이신 우리 외할머니이시다. 세상에 있는 인연이 여러가지이지만 외할머니와 맺어지는 혈육인연이 제일 소중한 인연이라고 생각하고 있다.

훈훈한 미풍이 불어오자 촛불은 움직이면서 흐느적거리며 꺼질듯 말듯 한다. 하지만 외할머니에 대한 나의 그리움이 점점 짙어만 간다. 불빛 속에서 외할머니의 생전 모습이 점점 뚜렷하게 떠오른다.

산동 사람으로서 난방기를 한번도 본 적이 없었던 우리 외할머니는 소녀티를 벗을 무렵 외할아버지를 따라 척박하고 추운 동북에 와서 50여 년의 타향 생활을 시작하셨다. 어머니의 말씀에 의하면 그때의 생활은 여간 힘든 일이 아니었다고 한다. 많은 일손을 필요로 하는 농사일에다 어린 자식들까지 키우면서 외할머니는 고생이 많으셨다. 더욱이 산동성 사투리를 썼기에 의사소통이 너무 힘들었고 이해를 얻지 못했을 때의 외할머니는 얼마나 답답하시고 힘드셨을까?

하지만 외할머니는 변함없이 늘 산동성 사람답게 낙관적이고 꿋꿋하게 자기의 삶을 살아오셨다. 굉장히 쾌활하고 착한 성격의 소유자이신 외할머니는 일을 하실 때 손발이 날래시고 큰 소리로 말하기를 좋아하시며, 아이들과 같이 놀아주고 이웃 친구들을 도와 주는 것이 즐거운 일이라고 생각하셨다. 그래서 외할머니는 어디에 가시든지 남과 어울려 지내실 수 있으면서 늘 남한테서 칭찬을 한몸에 받으셨다.

그러면 나에게 외할머니는 또 어떤 분이셨을까? 외할머니는 나한테 빛과 따뜻함을 아낌없이 베풀어 주는 촛불이시며, 또 훈훈한 사랑으로 내 삶을 밝혀주시는 등대이시다.

사람은 누구나 심신이 편안하고 행복하면 까마득히 부모 생각을 잊어버리는 이기주의적인 사람이 되는가 보다. 부모의 마음을 아랑곳없이 독선일 때가 많고 오히려 괴롭고 힘들 때 부모에게 온갖 불평을 늘어 놓는 것이 자식이 아닌가? 그래도 우리 외할머니는 언제나 바다 같은 마음으로 모든 걸 포용하시고 잘못에 대해서도 관용과 사랑을 베풀어 주셨다. 다들 살기 바쁘다는 핑계로 명절 때야 얼굴을 내미는 자식들에게 원망스러울 때도 있으련만 외할머니는 단 한번도 내색을 하지 않으시고 오히려 마음껏 음식을 차려 주시며, 다들 떠나 갈 때만 그저 반드시 건강하게 살라고 부탁만 하셨다. 평소에 하루하루 자식들에 대한 그리움으로 힘들게 보내시고 몸이 편찮으실 때 자식들에게 폐를 끼칠까 봐 그냥 참으시거나 홀로 병원에 가시는 경우도 많았다.

외할머니는 항상 노년에 이 만큼 대접받는 것이 큰 행복이라고 하지만 자식들에게 돈이나 도움을 많이 주지 못하지만 이제까지 살아 있는 것이 미안하다고 하셨다. 그런 소리를 들을 때마다 내가 마음이 찡해 나면서 서러운 느낌이 들었다. 무슨 말이나 행동으로 우리 외할머니의 마음을 위로해 드려야 할지 정말 몰라서 그냥 외할머니의 손을 꼭 잡고 "우리에게는 외할머니께서 건강하게 계시는 것 밖에 아무 것도 필요없어요" 하고 말했다.

불교에 "회자정리"(會者定離)라는 슬픈 말이 있듯, 마침내 우리에게도 이별의 날이 찾아왔다. 생각해 보면 어찌 아무 전조도 없이 외할머니가 이토록 급급히 세상을 하직하셨는지 참으로 이해할 수 없으며, 또 우리와 외할머니의 혈육 인연이 이렇게 갑자기 그친다는 것을 믿기 어려웠다.

지난 여름 7월12일, 방학되자 내가 고향을 향해 가는 기차를 탔다. 도중에 외할머니와 전화로 통화해서 외할머니의 몸이 좀 편찮으신 걸 알았다. 7월13일 내가 집에 도착하자마자 외할머니를 선득한 후 병원에 모시고 가서 검사을 받았는데 다행히 건강한다는 진단이 나왔다. 하지만 이틀 새벽 우리 외할머니는 심장병 때문에 갑자기 돌아가셨다. 청천벽력 같은 소식을 참으로 믿기 어려웠다.

차디찬 영안실에 들어간 건 처음이었지만 추움과 두려움을 통 느끼지 못했다. 아마 우리 외할머니는 여기에 계신 것 때문인 것 같다. 상복(喪服)을 입으시고 창백한 안색을 띄시고 주무시듯 조용히 누워 계시는 외할머니는 아주 낯설어 보였다. 이 분은 정녕 우리 외할머니가 맞어? 어제까지 아직 나하고 손잡고 웃으시면서 이야기 꽃을 피우시던 외할머니가 이미 영원히 떠나셨다는 것이 참으로 농담인 것 같다…… "외할머니, 일어나세요! 외할머니, 가지 마세요!" 하고 부르면서 나의 눈물이 줄줄 흘러내렸다. 조금만의 따뜻함이라도 전해 드리고 싶은 내가 천천히 다시 외할머니의 손을 잡았다.

갑자기 우리 곁을 떠나신 외할머니를 원망하고 싶었고 그러면서도 외할머니의 품에 안겨 전처럼 외할머니와 얘기하고 싶었지만 모두 헛된 일이 되었다. 내가 한번 외할머니를 잘 보살펴드리지 못했을 뿐더러 직접 외할머니의 임종도 지켜 드리지 못했기 때문에 너무나 후회스러웠다. 생각할수록 애통할 뿐이다. "있을 때 잘해!"라는 말이 생각나서 나는 자신이 효자가 아니라고 여긴다.

어느새 외할머니께서 돌아가신 지 벌써 일 년이 지나갔다. 날이 지날수록 나도 외할머니를 잃어 버린 충격에서 벗어나 점점 성숙해지고 굳세졌다. 슬플 때나 기쁠 때나 내 마음 속에 굳건하게 자리 잡으시는 외할머니의 그 사랑은 늘 격려해 주고 고락을 같이 누눠 주신다. 나도 외할머니의 사랑을 먹으면서 외할머니의 기대에 어긋나지 않도록 더욱 열심히 살아가고 있다.

감사하는 마음으로 외할머니와 맺어진 이 혈육 인연을 소중히 여긴다. 지금 불빛 속에서 외할머니는 나한테 미소를 보내시고 있는 것 같다.

한국과의 인연

2007년 제1회 중국 성균한글백일장 은상
광동외어외무대학 나원

어렸을 때 한국은 나에게 한번도 들어본 적이 없는 아주 생소한 나라였다. 중학생이 되어서야 한국을 조금씩 알 수 있었지만, 그것 또한 중국의 조선족과 같은 조상의 나라라는 수준이었다. 고등학생이 되어서야 아시아 역사 시간을 통해 한국에 대해 많은 것을 알 수 있었고, 때마침 아시아에 유행하고 있는 '한류'라는 한국의 문화 컨텐츠를 통해 이 작지만 신비로운 한국이라는 나라에 대해 많은 관심을 가지기 시작했다. 그리고 그 관심은 내가 대학교 전공을 한국어과로 선택하는 데에 적지 않은 영향을 미쳤다. 그때부터 나는 한국과의 인연을 맺게 되었다. 4년이 지난 지금 생각해 봐도 그때 나의 선택은 정말 올바른 선택이었다는 생각이 든다. 왜냐하면 4년동안 한국어를 공부하면서 한국에 대해 많은 것을 알게 되었을 뿐만 아니라 이 민족의 정신문화도 나에게 가져다 준 것이 많았기 때문이다.

첫째는 한국인들의 강렬한 애국심과 단결정신이다. 한국은 지리적으로 중국의 동남쪽에 조선반도에 자리잡고 있는 작은 나라이다. 면적은 작지만 경제 수준은 '아시아 네 마리 용'이라 불릴 정도로 상당히 높다. 한국어를 공부하기 시작했을 때 나는 이 작은 나라가 어떻게 그렇게 빠른 경제 발전을 할 수 있었는지를 이해할 수 없었다. '인구가 많은 나라도 아니고 면적이 큰 나라도 아닌데 한국은 어떻게 세계적인 경제 강국이 될 수 있었을까?'에 대한 의문의 해답은 한국과 한국어에 관심을 가지면서 자연스럽게 알 수 있었다. 그것 바로 한국인들의 강렬한 애국심과 당결정신 덕택이다. 동남아에서 시작된 외환위기는 전 아시아를 강타했을 때 한국인들이 '금 모으기 운동'을 통해 위기에 빠진 나라를 건져내고자 작은 정성을 모았다. 그것은 전 세계 사람들에게 감동을 가져다 주었고, 한국을 역사상 가장 빠른 속도로 IMF외화위기에서 벗어난 국가로 만들었다. 당시 6000$까지 떨어졌었던 1인당국민소득(GNP)을 10년도 채 못 되어서 20,000$를 바라보는 상황으로 변화시킨 힘, 그것 바로 한국인들의 애국심에서 비롯되었다고 해도 과언이 아니다.

그러한 애국심과 단결정신은 축구장에서도 엿볼 수 있다. 월드컵의 열풍이 전 세계에서 불게 될 때 한국의 대표적인 축구팬 응원팀–붉은악마의 열렬한 함성도 전 세계에 울려 퍼지게 되었다. 항상 한국 축구팀과 승리의 기쁨과 패배의 슬픔을 나누는 붉은악마는 뜨거운 열기로써 세계인들의 눈길을 끌었다. 붉은악마들이 가장 많이 외치는 구호는 '대한민국'이다. 북의 곡조와 경기의 리듬과 어울려 4만명의 붉은악마들이 같은 응원 소리를 고르게 외쳤는데 그 기세가 온 세상을 깜짝 놀라게 할 정도라고 할 수 있다. 선수들이 나라의 명예를 걸고 경기장에서 필사적으로 싸우며 국민들이 단체의식을 가지고 선수들에게 열렬한 응원을 보낸다. 이렇게 축구로써 국민이 모두 하나가 되는 단결정신은 바로 한국을 짧은 기간 안에 선진국 대열에 서게 한 결과를 가져왔고, 한민족이 자신감을 가지고 아름다운 미래를 향하게 하는 원동력이 되었다.

나는 한국의 이런 모습에 탄복했다. 이렇게 아름다운 민족 정신을 가지고 있는 한국인들에게 경의를 표하지 않을 수가 없다.

둘째는 한국인들의 근면, 성실한 자세이다. 한국은 자고이래로 근면을 숭상해 왔다. '개미와 베짱이'의 이야기처럼 근면한 사람은 복을 받아 행복하게 살 수 있다. 현대그룹의 창시자 정주영 회장의 다음의 말에서 한국인들의 근면한 전통미덕을 엿볼 수 있다.

"당신은 정상에 오르기 위해서 항상 위를 바라보기만 하면 매우 빨리 지치게 된다. 나는 항상 나의 발 밑을 바라보는데, 이 때문에 나의 발걸음은 매우 견고하다." 실제 정주영 회장은 자그마한 일에 대해서도 매우 세밀하고 섬세하게 처리했다. 바로 이와 같이 작은 일에 대해서도 충실하게 임하는 태도로 현대자동차는 연간수출액 330만 대를 넘는 세계적인 자동차수출기업으로 성장할 수 있었다.

또 한번 네덜란드의 유명한 대기업 필립스는 아시아 시장을 열기 위해서 아시아에서 손을 잡고 협력할 기업을 찾고 있었다. 네덜란드의 출근 시간 때는 아시아 전지역은 밤 시간이었다. 네덜란드 측은 아시아에 많은 회사들에 전화를 했으나 전화를 받는 회사가 거의 없었다. 유독 밤새도록 일하고 있던 LG그룹의 한 직원이 그 전화를 받는 것이 계기가 되어 엘지필립스라는 유명한 브랜드를 만들어냈다. 필립스는 왜 한국 기업과 손을 잡았을까? 그것 바로 한국인들이 열심히 일하는 모습에 감동을 받았기 때문이다. 나는 한국인들이 일에 관해 진지하고 근면한 태도와 의식에서 많은 것을 배울 수 있다. 무슨 일이든 한걸음 한걸음 착실하게 나아가는 정신이야말로 앞으로 나아가게 하는 밑거름이 된다.

한국은 이런 훌륭한 민족 정신을 가지고 있는 나라이다. 나는 한국과의 인연이 지금 4년째가 되고 앞으로도 계속 이어질 것이라고 생각한다. 왜냐하면 한국과의 인연을 통해 나는 그런 훌륭한 정신을 보고 느낄 수 있었고,

그 정신들도 내 인생을 바꾼다고 할 수 있다. 나도 그런 정신을 배우고 앞으로의 인생에서 꼭 이겨나갈 수 있다고 생각한다.

나는 한국과의 인연을 소중히 여기고 앞으로 더욱더 깊이 있게 한국을 이해하기를 원한다. 한국은 자신의 지혜와 근면함을 더 발전시킴과 동시에 자기 민족의 우수성을 잘 보존해 나가길 나는 진심으로 바란다.

소중한 인연

2007년 제1회 중국 성균한글백일장 동상
상해외국어대학 필락

우리 인간이라는 존재는 날마다 가지각색의 인연을 맺으면서 인생의 길을 걸어가고 있다. 우리의 마음을 따스하고 출렁거리게 만드는 아름다운 인연도 있는가 하면, 자칫하면 나쁘게 물들어 옹졸함과 불안감이 감도는 미궁속에 갇히게 하는 악연도 있는 것이다.

인연이라는 것은 영혼을 건드리는 신의 선물이라고 볼 수 있다. 날마다 새로운 아침을 열릴는때 새로운 마음으로 그 성스러운 선물을 받아 안고, 또한 우리 인생의 순간순간에 채워주는 인연이라는 걸 어떻게 우리의 삶에 충실하고 알찬 그날그날을 보내는 데 도움이 될 수 있는 소중한 인연으로 끌어갈 수 있는가는 생각해봄직하다.

내 인생의 길에서 맺혀진 소중한 인연을 머리 속에 떠올라서 왠지 가슴속에 한 구석이 뭉클해진 것 같다. 그 중에서 가장 소중한 인연은 사람과의 해후가 아닌 한국의 떡과의 만남이었다.

한국어과 학생인 나는 떡과 인연이 있는 것 같다. 3년 전만해도 한국어를 전혀 모르던 나는 우연히 한국어과에 들어가게 되었고, 그 이후는 내 인생의 새로운 길이 펼쳐지기 시작했다.

한국어를 처음 배우기 시작했을 무렵 선생님이 "ㄸ"발음을 가르쳤을 때 '떡'이라는 단어로 연습을 했다. 그때 그냥 아무생각 없이 외웠다. 그때는 떡이라는 것과 이렇게 깊은 인연을 가지게 될 줄 생생도 못했던 일이었다.

2학년 때 한국 전통 음식에 대한 리포터를 작성한 기억이 있다. 설날에 흰쌀 떡국, 단오에 수리취 떡, 아이 백일날에 백설기, 그리고, 붉은 밭고물을 묻히는 수수경단까지 …… 그러나 그때는 중국에 있어서 이런 걸 다 접할 수 없어서 이론적이고 추상적인 것에 불과하지만 많이 알수록 더 궁금해진 것 같았다.

작년에 교환학생으로 한국에 갈 좋은 기회를 타서 드디어 떡과의 만남을 가지게 되었다. 떡집에 들어가는 그 순간 얼마나 반가웠는지 몰랐다. 눈 앞에 펼쳐지는 다양한 떡들이 훈훈한 인정을 내게 전해주는 그 순간의 기억이 아직 생생하다.

포장지를 열자마자 달콤한 향기가 풍겨와 내 온 몸까지 배는 듯 했다. 한 입 베어 물고 쫄깃쫄깃한 그것을 씹어서 그 고소한 맛이 내 마음에 파고들었다. 그 순간에 나는 떡사랑에 빠지게 되었고 떡과의 인연을 맺혀지게 되었다.

현대 사회에서 예쁘게 꾸미는 여러가지 과자들보다 나는 수수한 떡을 더 좋아한다. 특히 단백하고 별맛이 없는 백설기와 쑥떡이 유난히 내 입에 맞는 것 같다. 식욕이 왕성하지 않는 편인데 한꺼번에 한 접시 비울 수 있을 정도였다. 꾸밈없이 거칠기까지 한 그 겉모습 속에 순박하고 수수한 한국의 전통의 매력이 숨겨 있는 것 같다. 그 전통의 커다란 매력이 늘 내 심금을 울리고 눈물겹도록 은은한 감동을 내게 전해주고 있는 것이다. 그리고 패션을 이끌어가면서도 나라의 전통을 열심히 지키는 한국사람 모습이 떡을 먹을 때마다 내 머리 속에 생생이 떠올랐다.

떡과의 인연을 통해서 내 인생의 길이 많이 변하게 되었다. 떡을 씹을 때마다 그 고소하고 순박한 맛이 인생의 참지혜를 깨우쳐 주었다. 언제부터인지 내가 인생의 길에서 걸어가다가 발자국이 무척이나 빨라지게 되었고 헛된 삶의 분주함에 쫓겨서 헐떡거리며서 숨차게 뛰어다니고 있었다. 욕심에 불타고 허영에 찬 마음으로 자기 몫만 챙기고 남들을 얹신여기고 이기적이고 자기 안으로만 감겨가는 달팽이 같은 인생이 돼버렸다는 말이다.

한국에서 떡과의 인연을 맺는 순간 내 가슴이 왠지 흐뭇하고 뭉클해지는 느낌이 들어서 그 동안 잃어버렸던 내 삶의 여유를 되찾는 것 같았다. 떡과 만남을 가지는 순간 내 마음이 호수처럼 잔잔하고 평화스럽고, 떡 그자체가 지니고 있는 그 순박한 힘이 내 마음에 뒤덮여 있던 먹구름을 깨끗이 휩쓸어가 고 내 마비되었 있던 어두운 마음이 확 트이게 되었다. 그리고 그 동안 옹졸함에 갇히고 인생의 길에 이렇게 많은 아름다움을 음미하지도 못한 채 그냥 지나쳐 버렸던 내 모습이 얼마나 부끄러울까?

부지런히 일하되 마음의 여유를 가지고 자기의 인생을 꾸려가야 된다는 건 떡과의 소중한 인연이 내게 일깨워 주는 것이다. 떡과의 인연이 내 마음 밭에 묻어둔 아름다운 꽃씨이요, 내 메마른 삶의 적셔 주는 지혜의 물이요, 내 인생의 길에서 행복하게 걸어갈 수 있는 힘의 원천이다.

지금 비록 중국에 있어서 떡을 맛볼 수는 없지만 떡과 맺혀진 소중한 인연은 끊어지지 않는다.

나눔

2008년 제2회 중국 성균한글백일장 금상
남경대학 담결

"아름다운 입술을 갖고 싶으면 친절한 말을 하라. 사랑스러운 눈을 갖고 싶으면 남에게서 좋은 점을 보아라. 날씬한 몸매를 갖고 싶으면 너의 음식을 배고픈 사람과 나누라." 하고 헵빈은 이렇게 말한 적이 있다.

정말 따뜻함을 주는 말이 아닌가. 이 세상은 결코 우리 혼자만이 사는 세상이 아니다. 한 분명한 사실은 보다 좋은 삶을 살려면 우리는 나눌 줄 알아야 한다.

주위를 둘러보면 어렵고 힘들게 세상을 살아가는 사람들이 많다. 그들 중 대부분은 본의가 아닌 이런저런 원인으로 고생하며 지낸다. 으리는 사회 구성원으로서 차가운 눈으로 방관하면 안된다. 인간성을 간직한 채 위로도 주고 배려도 주고 도움도 주어야 한다. 함께사는 사회와 세상 속의 편리함과 행복함을 아낌없이 그들과 나눠야 한다. 이래야 객관적인 세계외의 무순한 개인적인 성격을 띠는 나만의 세계 서로 간의 교착이 가능하게 될 수 있다.

나눔의 마음이 필요할 때 인색해서는 안된다. 어려운 이웃 뿐만 아니라 친한 사람을 대할 때도 나눔의 마음을 품어야 한다. '슬픔이 나누면 반이 되고 기쁨은 나누면 배로 된다'는 말이 있잖았는가. 자기가 힘들고 외로울 때

이들은 항상 곁에 있어서 얼마나 힘이 되는지 모른다. 우리가 태어나는 순간부터 고독이 가득한 인생 여정을 시작한다. 우리의 육체가 더 이상 누군가에게 의존하지 못하듯 우리의 정신 세계도 다른 사람만의 세계와 함께 한 덩어리로 합하지 못한다. 그러나 사람들 사이에는 삶의 교착이 종종 일어난다. 우리가 할 수 있는 것은 바로 애써 남의 삶과의 교착을 확대하는 것이다. 그 방법들 가운데 가장 좋은 방법은 바로 나눌 줄 안다는 점이다. 유익한 정보를 서로 나눠 주고 각자의 삶에 도움이 된다. 삶에 도움이 되겠지만 그렇다고 삶이 꼭 행복해지는 않는다. 그래도 서로 간의 나눔으로 우리는 더 이상 답답하고 좁은 나만의 세계에 갇혀 있지 않는다는 점에서 큰 의미가 보인다.

사실, 개인 사이뿐만 아니라 국가 간에도 나눔은 존재해야 한다. 소중한 우리 지구는 오직 하나뿐이다. 평화에 대한 나눔, 사랑에 대한 나눔, 문화에 대한 나눔, 등등. 손에 손을 잡아야 서로 조화를 이루고 행복하게 살아갈 수 있다.

나눔은 아름답다. 이런 아름다움은 사람들이 외모가 뛰어난 이들을 바라보며 느끼는 즐거움과는 넓이와 깊이가 다르다. 외모 같은 것을 대했을 때 우리는 가볍고 일시적인 기쁨을 맛볼 뿐 가슴 깊은 감동을 느끼지 않는다. 세상 사는 보람을 느끼도록 깊은 감동을 주는 것은 바로 나눔이다. 마음 깊숙한 곳에서 우러나오는 무형의 멋, 또는 인격 전체에서 풍기는 멋이 담기는 나눔. 이런 나눔은 우리의 삶의 맛을 더할 수 있는 것이고 우리의 정신 의식의 새로운 경지로의 돌입을 가능하게 하는 것이다.

"생활은 거울이다. 내가 웃으면 생활도 따라 웃어 준다." 마찬가지로 나눔도 이런 매력을 지니고 있다. 주고받는 과정 중의 감동과 행복이 아닐까?

나눔

2008년 제2회 중국 성균한글백일장 은상
천진사범대학 기아비

시간이 시간일 뿐이다. 하지만 이 시간에 다양한 색을 칠하면 한편으로는 경험이 될 수도 있고 한편으로는 기억이 될 수도 있다. 귀한 경험, 소중한 기억 …… 우리는 이것들을 통해서 인생을 열심히 배우고 있다. 한 조각 한 조각이 합쳐져서 생명이 된다. 나에게도 한 조각의, 그렇지만 금싸락같이 소중한 경험이 있어 앞으로 걸어갈 내 생애를 환히 비춰 주고 있다.

그건 내가 고등학교 2학년 때의 일이다. 방송국에서 일하시는 아저씨의 초청을 받아 한 대화 프로에 관중으로 참석했다. 바로 이 프로가 나에게 너무나 소중한 것을 가르쳐 주었다. 나눔이라는 것은 물건을 나눈다는 뜻일 뿐만 아니라 그의 최고 표현으로는 정신과 마음을 나눈다는 것을 ……

포근한 음악 소리와 함께 스크린에는 한 소년의 환한 모습이 나타났다. 그의 사진은 한 장씩 한 장씩 지나가면서 꼭 "미소"라는 영화마냥 사람의 마음을 따뜻하게 했다. 천천히 컬러 사진은 흑백 사진으로 변했고 "빛나는 생명"이라는 글자가 밝게 드러났다. 화면도 여기서 멈추었다. 이때 불이 켜졌고 온 스튜디오가 밝아졌다. 이번 프로의 주인공은 바로 화면에서 나온 소년이라고 사회자는 말했다. 하지만 사연으로 현장에 직접 나올 수 없어서 그 본인 대신 어머님과 한 특별한 여자 손님이 오셨다. 어머님의 얼굴은 부드러워 보였지만 웬지 슬픈 느낌을 주었다. "오늘은 먼저 여러 분들께 이 소년의 감동적인 이야기를 소재로 만든 단편 영화를 보여 드리겠습니다."라고 소회자가 말했다.

무지 맑은 아침이었다. XX대학 4학년 학생인 이 남학생은 평일처럼 아침을 먹고 학교에 가려던 참에 어머님에게 불렀다. 오늘 니 생일이라고, 일찍 돌아오라고 어머님은 소년한테 당부하셨다. 어머님의 말을 듣고 소년은 신이 나서 나갔다. 하루가 너무 긴 것 같았다. 기다리시고 또 기다리시고 드디어 아들이 돌아올 시간이 되었다. 어머님은 사랑을 담아 정성껏 밥상을 차리셨다. 그리고 미리 준비한 예쁜 케이크 위에의 22개 초를 밝혀 놓고 아들의 기쁠 표정을 생각하면서 얼굴에 행복한 미소를 띄웠다.

반 시간 ……한 시간…… 두 시간…… 아무리 기다려도 소년은 돌아오지 않았고 어머님은 걱정하시기 시작했다. 이때 전화 벨이 울렸다. 급히 전화를 받은 어머님은 무슨 일에 놀란 듯이 얼굴이 갑자기 질렸다. 잠깐 멍하니 있다가 어머님은 있는 힘을 다해 밖으로 달아가셨다. 병원에서 온 전화였는데 소년이 교통 사고를 당해 죽었다고 말했다.

정말 청천벽력이었다. 하늘로 이 애통한 사실을 알았던지 갑자기 큰 비가 내리기 시작했다. 온 몸이 비에 젖었지만 어머님은 날씨가 춥다는 것을 하나도 느끼지 못하셨다. 왜냐하면 마음의 추움에 비하면 몸의 추움은 아무것도 아니었기 때문이다. 의사 선생님은 어머님에게 소년이 영안실에 있다고 말했다. 어머님은 조용히 누어 있는 아들을 보시면서 울지 않으셨다. "선생님, 우리 아들 지금 자고 있어요. 하루 종일 공부하다가 너무 피곤해서 지금 자고 있어요. 선생님 아세요? 오늘 이 애의 22살 생일이에요. 아직 엄마한테서 생일 축하한다는 말도 못 들었는데 다른 곳에 절대로 안 갈 거예요. 얘가 지금 자고 있어요. 자고 있는 거예요……" 흐느낌에 가까이 떨린 목소리로 말씀하신 어머님은 갑자기 뭔가 생각나신 듯이 소년을 품속에 안으셨다. "여기서 자면 안돼. 여기가 너무 추우니 감기에 걸리면 어떡해. 엄마가 안아 줄게. 그럼 덜 추울 거야." 이때 의사 선생님은 소년의 유물을 가져왔다. 작은 상자에 예쁜 팔지와 편지가 있었다. "엄마, 저 오늘 장학금을 받았어요. 엄마에게 뭘 사 드려야 할 것 같아서 이 팔지를 샀어요. 저 오늘 22살이 되었는데 곧 졸업할 거예요. 저를 이렇게 건강하게 키워 주셔서 고마워요." 아들의 글씨를 보고 어머님은 더 이상 참을 수가 없어서 오열을 터뜨렸다.

영화가 끝났다. 나를 포함한 모든 관중들은 다 눈가가 촉촉히 젖었다. 어머님은 목이 메어 잠시 말을 잇지 못했지만 드디어 씩씩한 도습으로 관중들을 향해 그 이후에 발생한 일을 얘기해 주었다. 소년이 죽은 그날 밤에 어머님은 의사 선생님한테서 한 동의서를 받으셨다. 그 동의서는 소년이 생전에 서명한 "장기 기증 동의서"이었다. 동의서에는 "내가 죽은 후 내 각막을 기증한다."는 글이 써 있었다.

여기까지 들어 현장에 있던 모든 사람들은 비로소 그 여자 손님은 바로 손년의 각막을 받아 다시 광명을 볼 수 있게 된 사람이라는 사실을 알게 되었다. 어머님은 일찍 죽은 아들을 많이 원망하셨지만 또 자기의 착한 아들이 너무 자랑스럽다고 말씀하셨다. 소년의 생명은 다른 식으로 계속 연장되고 있었다. 왜냐하면 그는 다른 사람을 통해서 의연히 이 아름다운 세상, 이 세상에서 그를 제일 사랑하는 엄마를 볼 수 있었기 때문이다. 소년이 죽지 않았다. 그의 심장도 계속 튼튼하게 뛰고 있었다. 여자는 어머님을 보고 있었고 어머님은 여자를 보고 계셨다. 여자는 눈물을 흘리면서 어머님을 향해 부드러운 목소리로 "어머님"이라고 불렀다. 그때 내가 알았다. 소년은 여자랑 나누는 것은 심장 뿐만 아니라 무엇보다 그 진심을 담아 있는 진정과 정신도 있었다. 바로 이 순간에 나는 빛을 보았다. 그 빛은 다름 아니라 바로 스크린에서 보았던 소년의 따뜻한 눈빛이었다.

집에 돌아간 후에 나는 어머니한테 이 사실을 말씀 드렸다. 그리고 나에게 준 18살 생일 선물로 나도 장기 기증 동의서에 서명하고 싶다고 어머니하고 상의했다. 중국 사람을 포함해서 아시아 사람들의 관념으로 사람이 죽은 후 육체가 불완전하면 길하지 않다고 생각하기 때문에 끝까지 어머니는 동의하지 않으셨다. 비록 동의를 받지 못했지만 나는 어머니를 원망하지 않았고 소년한테서 배운 착한 마음가짐과 나눔의 진정한 뜻을 마음속에 깊이 새겼다.

예전에 한 드라마에서 이런 말을 들은 적이 있다. "안 보인다고 없는 것이 아니라 이 세상에 있을 것이 다 있다." 이제 나도 이 말의 깊은 뜻을 어느 정도 알게 되었다. 생명은 그 실체가 없어지더라도 정신만 남아 있으면 길이 또한 영원히 빛날 것이다. 다른 사람하고 소중한 진정과 사랑을 나누는 것도 ……

밖에 부드러운 바람에 벚꽃잎이 만발하고 있다. 그들은 같은 나무의 양분을 나누면서 자라고 있다. 사람도 이같이 진정을 담아 살 수 있으면 우리의 세상은 더 따뜻해질 것이다.

나눔

2008년 제2회 중국 성균한글백일장 동상
복단대학 장연미

어렸을 때부터 부모님은 늘 나한테 나눔을 배워야 한다고 하셨다. 여동생이 한명 있는 나는 나눔이란 것을 잘 안다. 나이 차이가 별로 없어서 그런지 무엇든지 동생이랑 꼭 반 반 나눴다. 언니인 나는 원래 양보했어야 되는데 그때 철이 없어서 자꾸 동생이 가진만큼 가져야 마음이 편한 것이다. 우리 집은 별로 여유 있는 집이 아니라서 사과든지 과자든지 항상 둘이 나눠 먹곤 했다.

나이가 들면서 나눔에 대한 견해도 점점 깊어진다. 물질적인 것을 나눌 수 있을 뿐만 아니라 정신적인 것도 나눌 수 있다는 것을 깨달았다. 기쁨과 슬픔, 즐거움과 고통, 행복과 불행, 서로 마음을 털어놓으면 그런 것들을 모두 나눌 수 있는 것이다. 혼자서 기쁨에 잠기는 것은 무슨 의미가 있겠는가? 기쁨은 남과 나누지 않는다면 그의 진정한 의미를 보여 줄 수는 없다. 즐거움과 행복도 마찬가지다. 그리고 혼자서 슬픔에 빠진다면 누구나 그 슬픔 때문에 더 우울한 사람이 될지도 모른다. 다른 사람에게 자기의 슬픔을 알려준다면 위로를 받고 그 슬픔에서 벗어날 수 있다. 고통과 불행도 그렇지 않나? 좋은 일에든지 안 좋은 일에든지 귀가 기울려 주는 사람이 있는 것은 얼마나 행복한 일인가?

우리가 살아 있는 세상은 함께 나누는 세상이다. 우리의 삶은 남과 나누면서 즐기는 삶이다. 그렇기 때문에 우리는 나눔을 배워야한다. 남을 위해서가 아니라 자기의 아름다운 삶과 인생을 위해서이다. 무엇보다도 남과 더불어 나누는 과정에서 우리는 큰 행복을 느낄 수 있다.

내가 한국에 있었던 일이다. 다른 나라에서 자기 나라 사람을 만난 것은 여간 즐거운 일이 아니다. 그래서 나는 한국에 도착하자마자 두 친구와 소중한 인연을 맺었다. 한 친구는 서취라고 하고 다른 한 친구는 독특하게 왕비라고 한다. 시간이 지나면서 우리 세 사람의 우정도 두터워졌다. 어느날 나하고 왕비가 서취 방에 들어갔더니 서취는 혼자서 침대에 쪼그리고 앉은 채 흐니끼고 있었다. 왕비는 어리둥절한 표정으로 무슨 일이 있느냐고 물어봤는데 서취는 한국에 가져온 돈을 다 써 버렸다고 대답했다. 우리는 서취의 가정 형편이 좋지 않은 것을 잘 알기 때문에 둘이 주저없이 돈을 몇만원씩 뽑아 서취에게 주기로 했다. 비록 큰 돈이 아니지만 서취에게는 아주 소중한 것이다. 돈때문이 아니라 우리의 마음이 담겨 있기 때문이다. 서취가 찡푸렸던 이맛살이 폈을 때 나하고 왕비도 기쁨과 위안을 느꼈다. 우리에게 기쁨을 주는 것이 다른 것 아니라 바로 나눔이었다.

나는 나눌 줄을 아는 사람이 행복한 사람이라고 생각한다. 가족과 함께 나누거나 친구와 함께 나누거나 다 행복한 것이다. 좋은 일이 생겼을 때 그 기쁨과 즐거움을 나눠 줄 사람이 없으면 얼마나 속상한 일인가? 안 좋은 일이 있을 때 위로해 줄 사람이 없으면 얼마나 외로울까? 하지만 남과 함께 나누는 것이 쉬운 일이 아닌 것 같다. 어떤 때는 자존심 때문에 자기한테 생긴일을 남에게 알려 주기 싫어한다. 또 어떤 때는 이기적인 마음이 생겨서 무엇든지 자기만 갖고 싶어 한다. 그때 우리에게 필요한 것은 마음을 털어

놓는 것이다.

나눔이 벅차는 세상은 얼마나 아름다운 세상일까? 나눔은 기쁨과 즐거움이 될 수도 있는 것이다. 나눔은 사랑과 힘도 될 수도 있는 것이다.

어느 하루

2009년 제3회 중국 성균한글백일장 금상
천진사범대학 고남

수업이 끝나고 나서 나 홀로 기숙사로 돌아가는 길이었다. 한겨울 찬바람이 솜옷을 파고 들어와 온 몸이 부들부들 떨렸다. 마음마저 얼어붙는 것 같았다.

"하하하……"

뒤에서부터 웬 웃음소리가 들려오더니 어느 결에 내 옆을 바람처럼 스쳐 지나가는 것이었다. 한 쌍의 커플이 자전거를 타고 지나갔는데 자전거 뒷자리에 앉은 여 학생이 이처럼 추운 날씨에도 불구하고 화사하게 웃고 있었다. 이 세상에서 그들만이 제일 행복하다고 자랑하는 듯한 웃음이었다. 멀어져 가는 그들의 행복한 모습을 바라보노라니 문득 내 어린 시절의 어느 하루가 떠올랐다.

그 때 나는 초등학교 학생이었다. 내가 다니는 학교는 우리 집에서 걸어가면 30분이나 걸려야 하는데 마침 아버지가 일하는 직장이 우리 학교 근처에 있어서 나는 학교 입학 첫날부터 아버지의 자전거에 앉아 학교 다니게 됐다.

아버지는 나의 담당 운전기사나 다름없었다. 나는 항상 자전거의 뒷자리에 앉아 거리를 구경하면서 아버지와 재미나는 이야기들을 주고받으며 학교를 오갔다. 학교로 가는 길엔 주로 아버지가 특강을 해주고 집으로 돌아갈 때는 주로 내가 특강을 하였다. 나의 특강은 주로 오늘에 누가 숙제를 안 해서 선생님한테 혼났다든가 누가 누구랑 싸웠다든가 하는 사소한 일이었지만 아버지의 특강은 늘 재미나는 이야기들이었다. 바람이 부나 비가 오나 우리의 일과는 변함이 없었다. 바람이 불어오면 아버지가 튼튼한 몸으로 바람을 막아주고 비가 내리면 아버지가 커다란 비옷으로 비를 막아주었다. 참으로 아버지는 나한테 태산 같은 존재였다. 아버지의 자전거는 아버지가 처음 취직했을 때 할아버지께서 아껴 모으신 돈으로 사 주신 것이라고 한다. 그래서인지 아버지는 이 자전거를 아끼고 또 아꼈다. 나도 아버지의 자전거가 이 세상에서 제일 좋은 자전거라고 자랑스럽게 생각했다.

즐거운 시간이 빨리 지나간다더니 어느새 내가 벌써 3학년 학생이 되었다. 그런데 그렇게 자랑스러웠던 자전거가 점점 싫어졌다. 왜냐하면 친구들이 다 멋진 고급 승용차를 타고 다니거나 오토바이를 타고 다니는데 나만 아버지의 자전거에 앉아 다니기 때문이었다. 처음에 학교와 100m남짓떨어진 곳에 이르면 나는 아버지한테 내려 달라고 했다. 후엔 그 것도 싫어져 어느 날 저녁에 아버지한테 거짓말을 했다.

“아빠, 우리 선생님은 부모들이 아이를 맞이하지 말라고 하셨어요. 그러니까 아빠도 오지 마.”

이렇게 말해 놓고 나는 아무 일도 없는 듯 아버지의 표정을 훔쳐보았다. 아버지는 그냥 묵묵히 아무 말도 하지 않았다. 마치 무슨 깊은 생각에라도 잠긴 듯 하였다.

이윽고 내가 엿보는 걸 알고 있기라도 한 듯 아버지는 갑자기 나한테 시선을 돌리는 것이었다. 나는 스스로 찔리는 데가 있어 아버지의 시선을 피하고 싶었다. 그래서 도망치듯 집을 뛰쳐나왔다.

막상 집에 나와 보니 갈 데가 없었다. 다시 들어가고 싶지만 아버지한테 거짓말을 한 것이 너무나 미안하여 들어갈 면목이 없어졌다. 울고 싶은 것을 억지로 꼭 참았다.

내가 집 앞에서 서성거리는데 갑자기 문이 열렸다.

"집에 안 들어오고 뭐해? 빨리 들어와 밥 먹어."

아버지였다.

"싫어. 여기 있을래."

내 마지막 자존심이었다. 내가 거짓말을 했다는 걸 인정하고 싶지 않았다.

"선생님께서 그렇게 말씀하셨다면 어쩔 수 없지. 이제 다 컸으니 앞으로 너 혼자 걸어 다녀라. 빨리 들어와 밥 먹어."

아버지는 나에게 손을 내밀어 주었다.

아버지의 손바닥에 "난 널 믿는다"라는 말을 써 있는 것 같았다. 그렇게 무조건 날 믿어주는 아버지한테 거짓말을 한 것이 너무 미안하고 민망해서 쥐구멍에라도 들어가고 싶었다. 나는 오랫동안 참고 있었던 눈물을 터뜨리고야 말았다.

"아빠, 내가 잘 못했어. 내가 거짓말을 했어."

난 아버지의 손을 잡고 엉엉 울었다.

"울지 마. 잘 못한 걸 알면 돼. 아빠가 우리 딸이 어떤 아이인지 모르겠니? 다 알아. 네가 거짓말을 한다는 걸. 하지만 난 네가 언제간 꼭 자기 잘못을 고치고 성실한 사람이 될 거라고 믿고 있어. 난 영원히 널 신뢰해."

아버지는 따뜻한 손으로 내 얼굴의 눈물을 닦아주었다. 아버지의 손길은 신뢰라는 두 글자를 내 마음 속 깊이 심어주었다. 신뢰라는 말이 무엇인지 잘 알 수 없지만 네가 날 믿어주어야 나도 널 믿어주겠다는 식의 조건부가 달린 게 아니라 간혹 네가 날 속이더라도 난 네가 언제간 꼭 잘못을 깨우칠 것이라 믿고 또는 그 깨우칠 시간적 여유까지 충분히 배려해줄 수 있는 것이 신뢰가 아닐까 하는 것만을 그 날에 알게 되었다.

그 날 후에 나는 또 옛날의 나로 돌아갔다. 비가 오나 눈이 오나 아버지의 자전거는 어김없이 우리 학교 문 앞에서 날 기다려 주었다. 아버지의 자전거는 완전히 나의 자가용 같았다. 그것도 "신뢰"라는 브랜드를 가진 자가용 같았다.

난 이제 대학생이 되어 더는 나의 자가용을 타지 못한다. 그러나 시간이 아무리 많이 흘러도 그 하루만을 내 마음에 낙인을 찍듯이 영영 잊지 못한다. 내 마음 속에는 항상 나의 자가용—아버지의 자전거가 달리고 있다.

어느 결에 내 마음이 훈훈해지면서 기숙사로 향한 내 걸음은 한결 가벼워졌다.

행복의 느낌표

2009년 제3회 중국 성균한글백일장 은상
북경제2외국어대학 심기

"너희 집엔 아무 일 없지? 쓰촨에 큰 지진이 난 거 알고 있지?"

"지진이라니!"

어느 날 오후, 친구한테서 이 소식을 막 들었을 때는 그것이 장난인 줄만 알았다. 불안한 마음을 안고 티비뉴스를 본 뒤, 나는 눈앞이 갑자기 캄캄해져 바닥에 털썩 주저 앉고 말았다. 리히터 규모 7.8도의 초 강진이 내 고향을 강타했다는 소식 때문이었다. 건물들이 산산히 무너져 수없는 사람들이 건물더미에 매몰되고 숨졌다는 화면들이 모든 텔레비전 채널을 장식했다. 게다가 유리창 깨지는 소리, 부상자의 고통스러운 신음소리, 가족을 잃은 사람의 울부짖는 장면들이 세상을 온통 지옥으로 만들어 버렸다.

"아, 엄마!"

"어떡하지, 우리 엄마."

라고 혼자 울먹이며 주저 앉은 채로 떨리는 두 손을 진정해 엄마의 핸드폰 번호를 계속해 누르고 있었다. "두-두-두-두" 하는 전화불통을 알리는 소리뿐이었다.

"제발 전화 빨리 받아요. ……제발, 엄마!"

"운명이 이미 나로부터 아빠를 빼앗아 갔는데 오늘엔 엄마까지도……."

고일 때 수학 강의 끝나고서 받은 그 전화는 난 아직까지 생생히 기억한다.

"오늘 난 아빠하고…… 니 아빠하고 이혼했다. 사랑하는 아들아."

나중에 엄마를 통해서 아빠가 우리 가족 모르게 다른 여인이 생겼다는 사실을 들을 수 있었다. 며칠 후 집에 돌아갔을 때 가구 하나 없이 텅 빈 집에 엄마만 남아 있었다.

"아들은 내가 키운다."

이모의 말에 의하면 그것이 이혼 재산 분할 때 엄마의 단 하나 조건이었다고 한다. 그날 아빠가 아빠만 위해 새로운 사랑을 택했고 엄마가 엄마를 위해 택한 것은 다름 아니 바로 나였던 것이다.

지옥같은 시간이 지속되었다. 지진으로 인해 통신이 중단된 상태가 한 시간 한 시간 지속되었다. 평소 대학교 생활울 밞으면서 하루가 너무나 빨리 지났는데 시계의 바늘은 왜 거북이처럼 그렇게 천천히 걸어가는지 모르겠다. 그 동안 내가 몇 백번의 전화를 했는지 나 또한 모른다. 새벽 두 시에 내 휴대폰에 엄마의 번호가 찍힌 채 벨소리가 울렸다.

"아들아, 나다."

엄마의 소리를 듣자 목이 메여 가슴이 터질 것 같아 하염없이 눈물만 흘렸다.

"엄……엄마, 엄마, 엄마!"

'엄마'라고 부를 수 있는 그것이 그렇게 소중하고 따뜻한 행복인 줄 이전에는 정말 몰랐었다. 아빠와 엄마의 이혼으로 인해 나는 정말 불행하는 사람이고 아빠에게 버림을 받았다는 안 좋은 느낌을 갖고 이렇게 하루하루 살아왔던 것이다. 나를 향한 엄마의 사랑을 아무런 느낌없이 받으며 바보같이 그런 행복한 하루들을 불행이라고 생각해 온지 오래된 것 같다. 지진이 아니더라면, 이 특별한 '어느 하루'가 아니더라면 아마도 거기서 벗어나지 못해 원망스럽게 살았을 것이다. 이 잔혹한 '어느 하루'는 엄마와 나의 사랑에 행복의 느낌표을 붙어주었다.

어느 하루

2009년 제3회 중국 성균한글백일장 동상
대만정치대학 임흔의

대학교에서 전공으로 한국어를 배울 수 있는 것은 내 꿈이었다. 중학교 때부터 한국드라마에 빠져서 한국에 대한 관심이 생겼고, 그 후에 한국음악도 좋아하게 되기 때문에 한국어를 배우기에 관심이 생겼다. 이 관심이 이어지고 한국어를 전공으로 할 것은 내 유일한 목표가 되었다. 그러므로 한국어문학과의 입학신청시험을 보았다.

시험을 본 그 날이 나에게는 매우 중요하다. 중학교 3년, 고등학교 3년, 이 6년동안에 내가 신문이나 잡지에서 수집된 모든 한국에 관한 자료를 가지고 정치대학교로 갔다. 두근거리는 마음으로 '네가 해 낼 수 있다.'라고 자기에게 말해주었다. 학교에 가는 길에 아버님의 차 안에서 긴장을 못 멈추고 있어 오늘은 아마 내 인생에서 가장 긴 하루일 것이라는 생각을 하였다.

시험장소에 도착했을 때 이미 밖에서 기다리고 있던 수험생이 몇 명 있었다. 다들 책을 손에 들어 있고 열심히 공부하는 모양이었다. 마지막 남은 이 짧은 시간을 파악하여 조금이라도 공부해야 할 일을 나도 알기는 알지만, 공부를 전혀 못 하였다. 어머님과 이야기를 나누면서 긴장을 풀려고 했는데 시험이 시작하였다. '대만과 한국의 사이'라는 주제로 작문을 쓰라는 시험

문제이었다. 뭐라고 써야 할지를 몰라서 불안한 마음으로 내 생각을 썼다.

이렇게 필기시험은 끝났다. 면접시험은 점심시간 후에 시작할 것이었다. 작문은 나에게 준 충격이 매우 커서 입맛까지 없어졌다. 어머님께서 사온 도시락을 몇 입을 먹은 후에 더이상 못 먹겠다고 어머님께 말하였다. 내 기분을 아시는 어머님께서 그냥 조용히 내 옆에 계시고 정신적인 힘을 주셨다.

기다림이 늘 긴 것이다. 1시간이던가 2시간이던가. 드디어 내 차례이었다. 조교의 내 이름을 부르는 목소리가 들려 내가 자리에 일어나 천천히 운명의 문으로 갔다. 한숨을 쉬고 문의 저쪽으로 돌아갔다. 문이 닫히는 그순간에 어머님의 응원소리가 들리는 것 같았다. 떨리는 목소리로 심사위원분께 인사드린 다음에 하나밖에 없는 빈자리에 앉았다.

가지고 온 자료는 쓸모가 없었다. 위원들께서 책상에 놓어 있는 내 자기소개서만 바라보았다. 이 교실 안의 공기가 멈추는 것 같았다. 벽에 걸려 있는 시계 째딱째딱 하는 소리까지 들었다. 반 분이던가. 나에게는 십년처럼 기나긴 기다림이었다. 어떤 위원분께서 먼저 이 침묵을 깨뜨렸다. 앞으로 십오분 동안, 심사위원들께서 한명씩 내 소개서에 대해 질문을 하였다. 목소리가 내 긴장을 못 가리지만 시험은 드디어 끝났다.

그런데 나에게는 이 하루가 아직 끝나지 않았다. 집에 간 후에 울었다. 스스로 최선을 다 하지 못하는 생각이 때문이다. 이 6년 동안 모든 노력을 이 날을 위해 해오는데 왜 할피 아날엔 잘 표현하지 못하냐는 생각이 때문이다. 물론 마지막에 내가 이 시험에 붙었다. 그래도 지금까지 그 날의 생각이 나올 때마다 그때처럼 긴장하고 초조한 느낌이 날 것이다. 안타까워서 그런지 이런 마음을 감추지 못 하였다. 평생이라도 잊지 못할 하루일지도 모른다.

양심

2010년 제4회 중국 성균한글백일장 금상
남경사범대학 왕몽매

찢어지게 가난한 삶을 살기가 지긋지긋하게 싫어서 한참 동안 양심이라는 것을 나는 버렸다. 불쌍히 나에게 버림받은 양심은 어두운 구석에서 슬프게 흐느꼈는데 나는 내 눈을 감고 내 귀를 막고 그에게 시선을 돌려 주지 않았다.

중학교 3학년때 일이었다. 여름방학이 시작되자 나는 집안의 밀가루장사 때문에 바빠졌다. 우리 집의 희망은 하얀 밀가루에 달려 있다고 말해도 과언이 아니였다. 나와 동생의 만만치 않은 학비, 어머니의 심장병 치료비, 그리고 매일매일의 생활비를 다 밀가루를 팔아서 버는 돈으로 해결해야 했다. 그 해 여름의 장사가 유난히 잘 안됐다. 동네에서 아주 큰 슈퍼가 생겨서 그랬을까? 나도 잘 몰랐다. 하지만 나는 하나의 사실을 잘 알았다. 우리 집의 형편은 날로 더욱 나빠지고 있다는 사실이었다. 팔리지 않은 밀가루로 가득 찬 창고를 바라보시는 아버지의 걱정어린 눈빛, 하루하루 비어가는 어머니의 약병, 그리고 거의 매일 새벽까지 책상 옆에 처박혀 공부에만 몰두하는 동생의 야윈 모습은 내 가슴을 찌르고 있었다.

창고에 쌓인 밀가루에 곰팡이 슬기 시작했을 때 나는 가족을 도와 주는 방법 하나를 찾아냈다. 화학을 배운 나는 상한 밀가루에 어떤 화학물질을 섞으면 원래보다 훨씬 하얘 보이고 맛있다는 사실을 알게 되었다. 그 방법으로 창고에 쌓인 밀가루를 슈퍼보다 많이 싼 가격으로 동네 사람들에게 팔면 우리도 돈을 벌 수 있겠다. 아버지께 말씀을 드리려던 참에 어머니의 심장병이 갑자기 악화되어 부모님은 가까운 도시에 병보러 가셨다. 친척들의 따가운 눈총에서 비겁하게 치료비를 빌리신 아버지의 모습에 나는 이를 악물고 눈물을 삼켰다. 솔직히 그 전에 나쁜 짓을 하려는 마음에 너무나도 불안했으나 이제 단단하게 마음을 먹었다.

이 주 후에 부모님은 돌아오셨다. 창고에서 반 정도 사라진 밀가루를 보시며 아버지는 눈을 둥그랗게 뜨셨다. 아버지에게서 칭찬을 들으려는 마음을 품고 내가 밀가루를 팔아서 번 돈을 손에 쥐고 아버지 앞에 서 있었다. 너무 실망하게도 아버지 입에서 나온 말씀은 따뜻한 칭찬이 아니라 밀가루를 누구에게 팔았는지 기억이 나냐는 질문이었다. 그리고 그 것을 물으신 아버지의 목소리가 몹시 떨렸다.

아버지의 넓고 까칠한 손바닥은 내 얼굴에 무겁게 떨어졌다. 그 순간 억울한 눈물을 더 이상 못 참아 떨궈 버렸다. "아버지가 착하게 사셔서 뭐하세요? 양심같은 값싼 것을 목숨처럼 지키셔서 뭐하세요? 우리 왜 이렇게 가난하게 살아야 돼요? 정말 미워 죽겠어!" 차갑게도 아버지는 한마디만 나에게 던지고 나가셨다. "빨리 옷 입고 나와. 밖에서 기다릴게."

내가 꿈도 못 꾼 일은 그날에 아버지가 나를 데리고 동네에서 한집 한집 찾아가셔서 우리 집의 밀가루를 샀느냐고 물으셨다. 산 사람들에게 아버지가 돈을 돌려 주시고 밀가루를 돌려 달라고 하셨다. 그리고 반복반복 '미안합니다' '죄송합니다'를 하셨다.

집으로 갔을 때 이미 밤 열시나 넘은 때였다. 아버지는 묵묵히 앞에서 리

어카를 밀며 가셨다. 거기에 실린 밀가루는 내가 '좋은 방법'으로 판 밀가루였다. 조용한 밤길에 리어카의 바퀴가 구는 소리만 들렸다.

'아버지… 그거…' 입을 열어 무슨 말을 하고 싶었는데 왠지 모르게 목이 메어 왔다. "빨리 가자! 네 어머니가 기다리고 있어!" 아버지가 갑자기 발길을 멈추셨다. 머리를 돌리시고 밀가루로 하얗게 묻힌 손으로 내 숙인 머리를 쓰다듬으시며 이 말만 하시고 계속 길을 걸으셨다.

또랑또랑한 별빛이 소리없이 아버지의 어깨에 내려앉았다. 나는 가볍게 한숨을 내쉬었다. 참 다행이었다. 황금이나 보석보다 소중한 보물을 나는 영영 버릴 뻔했다. 아버지 때문에 되찾아서 정말 천만다행이었다.

영혼을 구하는 명약-양심

2010년 제4회 중국 성균한글백일장 은상
산동대학 전념순

한국에서 유학하던 어느날 나는 집에서 텔레비전 채널을 돌리다가 mbc의 《일요일 일요일 밤에》의 《양심 냉장고》라는 프로그램을 봤었다. 한국에서 유명한 개그맨 이경규가 나와 감시 카메라를 설치하여 정지선을 지키는 운전자에게 냉장고를 선물하는 프로였다. 나는 "그까짓 정지선 지키는 일이 뭐가 그렇게 어려운 일이라고 이런 프로그램을 만들었지?"라는 생각에 《양심 냉장고》를 시시한 프로로 느꼈었다. 하지만 하루가 지나고, 이틀이 지나고……정지선을 지키는 운전자가 한 명도 나타나지 않았다. 나는 "그런 사람이 과연 한 명도 없을까?"라는 오기가 생겨서 그 프로그램을 끝까지 보게 되었다. 그런 가운데 천신만고 끝에 정지선을 지킨 운전자가 드디어 나타났다. 이경규가 기뻐서 흥분할 때 시청자인 나도 함께 뛸 듯이 즐거워 동요되었다. 이경규는 환호를 외치며 뛰어가 양심을 지킨 자동차의 창문을 두드리며 운전자에게 "축하합니다. 우리 대한 민국의 양심을 드디어 당신이 지키셨습니다."라는 축하 메시지를 전한 뒤에 "양심맨"에게 수상 소감을 부탁하였다. 하지만 우리의 "양심맨"은 뜻밖에도 두 발이 없는 반신불구의 장애인이었다. 흥분의 도가니에 빠졌던 사람들이 커다란 충격을 받은 것처럼 모두들 잠깐동안 할 말을 잃었었다. 나도 마찬가지로 망치로 머리를 얻어맞은 것 같아 한동안 넋을 잃었었다. 반신불구의 장애인도 자신의 양심을 지킬 줄 아는데 하물며 건강한 신체를 가진 우리들이 못한다는 게 말이 되는가? 그후로 《양심 냉장고》는 사람들이 평소에 무심코 지나치는 양심을 일깨워주는 프로로 시청률이 대폭 높아졌었다. 나는 그 프로그램을 볼 때마다 가슴을 움켜쥐면서 나의 양심에 가책을 느낀 지난날의 일들을 떠올리곤 했었다.

고3때의 일이다. 대학 입시를 앞둔 우리는 셀 수 없을 정도로 많은 시험과 산더미처럼 수북이 쌓인 문제집에 매달려야 했었다. 학교에서는 우리의 사기를 북돋아주기 위해 중간고사에서 1등, 2등, 3등을 차지하는 학생들에게 장학금을 주겠다고 했었다. 늘 가난에 쪼들리는 나는 "장학금"이라는 말에 몹시 눈독을 들이게 되었다. 이 장학금만 받을 수 있다면 부모님의 부담도 덜어드릴 수 있고 책도 살 수 있는 일석이조의 효과가 있을 거라고 생각했기 때문이었다. 반장으로서 담임선생님의 사무실을 자유롭게 넘나들 수 있는 나는 선생님의 외출을 틈타서 컴퓨터와 서류를 뒤져 중간고사 문제를 찾아냈다. 나는 마구 뛰는 가슴을 가라앉히며 시험문제 파일을 나의 이메일로 보냈었다. 그리고 나는 남의 눈에 띄지 않는 곳에서 시험 문제를 꼼꼼히 풀어 보았다. 결국은 중간고사에서 나는 막상막하한 친구들을 제치고 1등의 장학금을 거머쥐었다. 하지만 며칠 후 나는 양심의 가책을 뼈에 사무치도록 느끼게 되었다. 시상식에서 사람들이 다들 내가 치사한 방법을 써서 1등을 했다는 것을 눈치챈 것처럼 보였고, 주위에서는 "쟤 양심에 털났어!"라는 야유 소리가 쏟아져 나를 휩쓰는 것 같은 느낌이 들었다. 그리고 마치 송곳에 찔린 것 같은 양심의 아픔을 느꼈다. "난 돈 몇 푼에 넘어가서 양심조차 지키지 못한 놈이로구나!"라고 스스로가 원망스러워 쥐구멍에라도 들어

가고 싶은 심정이었다. 그날부터 "난 날 믿어주시는 선생님을 배신하고 비겁한 수단으로 친구들을 제쳤어!"라는 양심의 가책이 병처럼 되어 자나 깨나 내 머리 속에서 떠나지 않았다. 또한 "남들이 이미 알아챘나?"라는 두려움의 그림자가 내 뒤를 계속 따라다녔다. 그래서 한동안 나는 누구와도 눈을 똑바로 쳐다보지 못하고 어느 누구와 말도 안한 채 마음을 걸어잠그고 우울하게 지내었다. 마치 가시방석에 앉은 듯이 안절부절못한 나는 견디다 못해 목구멍에 가시처럼 걸려 있던 말을 짝꿍한테 털어놓았다.

"돈이 중요해? 양심이 중요해?"라고 묻자 그녀는

"당연히 양심이 중요하지. 돈이 없더라도 존경을 받을 수 있어. 하지만 양심이 없으면 존경을 받기는커녕 손가락질 받을 거야."라고 말하였다. 그 친구의 목소리가 내 귓가에 은방울 소리처럼 맑고 경쾌하게 울려 퍼졌었다.

나는 친구의 말대로 용기를 내어 담임선생님을 찾아가 이실직고하였다. 비록 처벌을 받았지만 양심에 찔린 우울한 마음이 확 달아났다. 양심의 가책을 받던 마음의 먹구름이 마침내 걷히고 빛이 비치기 시작하였다.

한국 시인 윤동주의 〈서시〉에 이런 말이 있다. "죽는 날까지 하늘을 우러러, 한 점 부끄러움 없길." 이는 더없이 결백한 양심을 가지길 바라는 시인의 염원이며 우리에게 양심을 지키는 것이 인간의 근본 도리이라는 것을 일깨워주는 시이다. 양심은 선과 악, 옳고 그름의 사이에 놓인 경계선이고, 영혼을 그릇된 길로 빠지지 않도록 지켜주는 수호자이며, 자신이 양심에 어긋난 일을 했는가를 뒤돌아보고 반성하게 하는 파랑새이다. 그러나 현대 사회의 발전 속도가 너무 빠른 탓에 수많은 사람들이 양심을 외면한 채 이기적으로 살아가고 있다. 아무데나 휴지를 버린다든지, 줄을 안 선다든지, 교통 질서를 안 지킨다든지, 흡연금지 구역에서 담배를 피우는 것들이 이에 해당하는데 이런 행동들은 비록 법에 위반되지 않지만 양심의 가책을 충분히 받아야만 한다고 생각한다. 양심이 있어야 이 세상은 더욱 밝고 향기로운 낙원이 될 수 있다. 물을 주고 김을 매어 꽃을 가꾸듯 양심도 가꾸어야 할 것이다. 오늘 하루는 밤에 잠들기 전에 자신의 마음에 손을 얹고 오늘도 양심을 잘 지켰나 한번 물어보면 어떨까요?

아름다운 양심

2010년 제4회 중국 성균한글백일장 동상
산동공상대학 양주

이 세상에서 가장 아름다운 단어가 있다면 그건 아마도 양심일 것이다. 양심은 인간으로 제일 기본적인 것이다. 양심은 돈, 신분, 권력 등과 상관없다. 물고기가 물을 떠나면 살지 못하듯이 사람들은 양심이 없으면 영혼에 주름살이가 진다. 나는 아무리 잘 못 생겼더라도 양심을 가지고 오는 사람이 진정으로 아름다운 사람이라고 생각한다.

예전에 나는 아주 이기적인 아이였다. 내가 가지고 싶은 것을 얻기 위해 다른 사람을 속상하게 한 경우도 많다. 초등학교 때 나는 반장이 되고 싶어서 선생님께 다른 경쟁자에 대한 나쁜 말을 했다. 그리고 나를 많이 사랑을 주신 외할아버지께서 돌아가셨던 날 친구의 생일파티에 참석하느라 외할아버지의 마지막 얼굴을 보지 못했다.

그러다 보니 아버지께서는 “이기적인 사람이 되지 마라. 양심을 가지고 살아야 한다.”라고 말씀을 하셨다. 어머니께서는 내가 양심이 부족한 것을 나를 엄마게 꾸지람하셨다. 그리고 나는 이런 마음 때문에 많은 친구를 잃었다. 그런데 나는 줄곧 그렇게 살아왔다.

그러던 열 다섯 살의 겨울 날 우리 아버지께서는 고통사고를 당해서 병원에 입원했다. 그때 나는 생사의 갈림길에서 간신히 사시는 아버지를 볼 때 얼마나 슬펐는지 모른다. 그러나 그 잘못했던 운전사는 자신의 책임을 피하기를 위해 도망갔다. 그동안 비싼 병원비로 인해 우리 가정의 형편이 갑자스레 어려워졌다. 나는 낮이면 학교에 다니고 밤이면 뜬눈으로 아버지의 병상을 지켰다. 나는 하루하루 쉴 틈조차 없이 너무 힘들었다. '그 운전사는 어떻게 그럴 수 있어? 그는 사람이야? 양심이 있어?'라는 생각을 하면서 나는 매일매일 그 운전사를 원망하며 지냈다. 그런데 그 운전사보다 나는 자신의 양심을 가지지 않은 채 사는 것을 생각하면 너무 부끄럽다. 그러나 이 세상을 원망하며 지냈던 어느날 예전에 사귀었던 내 친구들은 병원에 가서 나를 찾아왔다.

"그동안 많이 힘들 것 같아. 괜찮아. 우리 영원히 니 옆에 있어. 힘들 때 괴로울 때, 도움이 필요할 때 언제나 우리를 연락해. 우리는 꼭 도와줄게. 제발 기운 내라. 모든 것이 꼭 좋아질 거야."

친구들은 나를 위로하고 격려하며 말했다. 나는 그 말을 듣고 코끝이 찡해지고 가슴에 저린저린한 간동이 느껴졌다. 나는 예전에 그 친구들에게 많은 나쁜 일을 했다. 그런데 지금 나는 여려움을 부딪칠 때 그 친구들은 나를 비운 것이 아니라 오히려 나를 위로한 것이였다. 그때는 내 기뿐이 어땠는지 말로 표현할 수 없었다.

그 친구들이 병상을 떠난 뒤, 나는 나에게 있었던 이 경험의 의미가 뭘까 생각해 보았다. 그냥 "속상했다"는 한마디로 정리해 버리기에 아버지께서 겪은 고통도, 내 슬픈 마음도, 친구들은 나에게 용기를 주는 것도…… 견딜 수 없이 너무 컸다. 나는 이 경험을 통해서 이 세상에서는 사람들에게 다른 것보다 양심이 제일 중요한 것이라는 것을 깨닫게 되었다. 양심이 없는 운전사는 나중에 나처럼 나쁜 일이 생길지도 모른다. 그때 그는 혼자 그 고통을 겪은 것이 얼마나 힘든지 내가 상상도 못한다. 그런데 아른다운 양심이 있는 내 친구들은 고난과 역경을 겪을 때 다른 사람이 다른 사람이 위로와 격려를 주면 꼭 현실을 이겨 낼 수 있다. 이건 다 아름다운 양심이라는 것은 그들에게 가지고 오는 행복이다.

나는 이제 아침에 눈을 뜰 때마다 오늘 꼭 아름다운 양심을 가지고 지내는 것을 가슴에 담고 산다. 이제 아름다운 양심을 가지고 살아오는 나는 하루하루 행복하고 유감없고 뿌듯하다.

'내 삶에 아름다운 양심에 대한 큰 깨달음과 가르침을 준 그 친구들, 참 고맙다.'

거울

2011년 제5회 중국 성균한글백일장 금상
광동외어외무대학 추영시

거울은 우리 일상생활 속에 빼놓을 수 없는 물건이다. 특히 여자들은 매일 나가기 전에 전신경앞에 최소 10분 이상 서서 최종점검 다 마쳐야 집밖으로 나갈 수 있다. 나도 마찬가지다. 전신경이 아니더라도 꼭 거울 앞에 서봐야 발을 뗄 수 있다.

사람들이 거울 자주 쓰는 사람들 보고 외모지상주의자라고 한다. 외모에만 신경쓰고 거울이 손에 안 잡히면 일도 제대로 못할 거란다. 나도 그런 편견이 있기는 했었다. 하지만 이는 옳지 않은 생각이라는 사실을 가르쳐준 사람은 바로 내 친구이다.

내 친구는 착하고 성격 좋은 사람이다. 그런데 친구가 별로 없다. 분명히 뭔가 잘못이 있거나 다른 이유가 있을 것이다. 그렇다. 이유가 있다. 그것이 바로 내 친구가 못 생겼다는 사실이다.

친구에 의해 어렸을 때 그렇게 못 생긴 아이가 아니였다. 9살 전까지도 친구가 많았었다. 게다가 춤추는 데에 끼가 넘친 아이라 선생님의 사랑도 듬뿍 받았지. 하지만 이 모든 것이 9살 때 일어난 화재에 타버려 먼지가 되어 사라졌다. 친구와 선생님의 사랑과 함께 사라진 것은 바로 그녀의 얼굴과 피부였다. 그녀의 얼굴과 전신 피부의 70%가 화상을 입히고 머리카락도 다 없어졌다. 수술을 받고 나서 얼굴은 좀 좋아졌지만 예전과 똑같이 회복하려면 의사선생님마저 불가능이라고 하셨다. 그때부터 그녀는 이름대신 괴물이라고 불렸다.

화재를 겪어난 한 동안 그녀는 살 용기조차 잃어버렸다. 친구들이 괴물이라 놀렸지 선생님도 등을 돌렸지… 그녀는 그때 정말 포기하려고 했었다. 사람을 무서워하고 매일 방안에 가쳐 학교도 안 가게 되었다.

그녀의 상황을 알게 된 어떤 간호사님은 그녀의 마음을 열기 위해 온갖 노력을 하셨다. 처음에는 책도 읽어주고 이야기도 나누어보았는데 나중에 둘이 친해져 친구가 되었다.

어느날 간호사님은 거울을 가져왔다. 화재 이후 그녀는 거울이나 자기얼굴 비추어 보일 수 있는 모두 것을 깨버렸거나 가렸다. 거울을 보는 순간 그녀는 당황해 숨기려고 했다. 하지만 간호사님은 이런 말씀하셨다. "너 지금 거울이 무섭다고 생각하지? 왜 무서워하는지 알아? 너도 자기가 괴물이라고 생각해서 그러는 거야. 너 자신부터 자기가 괴물이라고 생각하고 있는데 거울속에서도 괴물이 나올 수밖에 없지. 너도 자기를 인정해주지 않으면 남이 어떻게 너를 인정해? 생각부터 바꿔. 자, 이제 거울을 얼굴앞에 대봐. 아직 무섭니?"

간호사님의 말씀을 듣고 그녀는 펑펑 울었다. 그동안 마음속에 가친 고통과 남들에서 받은 놀림과 스트레스도 모두 눈물이 되어 몸밖으로 흘러나왔다. 한 시간인지 두 시간인지 울었던 그녀가 거울을 들고 자기 얼굴을 꼼꼼히 보기 시작했다. 화재이후 6개월만에 처음으로 웃어봤다. 수술 받은 부위가 팽팽하고 아팠지만 그녀는 자기의 웃음이 세상에서 가장 아름다운 것으로 보였다.

그녀의 애기를 듣고 나는 너무나 놀러워서 입이 저절로 벌였다. 내가 처음 이 친구를 만났을 때 솔직히 무섭기도 했었지만 그녀가 보통 사람들보다 더 적극적인 성격과 항상 행복해 보여서 점점 그녀의 매력에 빠져 결국 친해졌는데 이렇게 고통스러운 과거가 있었다는 것을 상상조차 못했다. 그녀가 거울 앞에 오래 서는 것도 단지 여자라서 외모에 관심이 많다는 생각뿐이었지 그녀의 행복함과 자신감 근원이 거울이라는 사실을 전혀 몰랐다. 사실을 알게 된 나는 감동과 그녀에 대한 미안함이 마음에 휩싸였다.

거울이 우리 얼굴이나 복장상의 단점을 발견해준 도구로써 일상생활속에서 자주 쓰인다. 부족한 점을 발견한 후 바로 고치지만 우리는 모두 보이는 것에만 신경썼다. 그녀는 우리와 다르다. 얼굴의 부족함을 발견하더라도 고칠 수 없기 때문이다. 하지만 그녀는 내적의 부족함도 발견해 채워주기도 했다. 나는 예쁘게 화장하고 옷도 멋있게 입으면 남에 대한 예의이고 자기도 당당해질 수 있을 거란 생각이었다. 하지만 내가 보이지 않는 내 성격이나 마음에서 단점이 여전히 그대로다. 외모를 아무리 예쁘게 꾸몄더라도 내적의 부족을 채우지지 않으면 완벽한 사람이 될 리가 없다. 그녀에 비해 나는 내 자신 정말 수치스럽다고 느낀다.

매일 집밖으로 나가기 전에 나는 거울 앞에 한 10분 정도 서서 머리부터 발끝까지 최종점검 마치고 나간다. 그리고 그녀를 거울로 삼아 매일 1시간 쓰고 당일에 어떤 면에서 잘 못하거나 부족한 부분을 종이어다 기재해 다음 날에 한결 나은 내 자신을 만난다.

거울 이야기

2011년 제5회 중국 성균한글백일장 은상
대련외국어대학 장영혜

거울이라는 것은 우리 가족들이 날마다 가장 많이 쓰는 필수품이라도 해도 과언이 아니다. 아버지는 매일 출근하기 전에 넥타이와 양복을 단정히 차렸는지 확인하곤 한다; 어머니는 고객들에게 환한 미소를 보여줄 수 있도록 자주 거울 앞에 연습한다; 모델로 일하는 언니는 매일 거울을 비추어 화장한다; 할아버지는 매일 오후가 되면 텔레비전을 보면서 거울 앞에 경극을 배운다; 나는 어제 꿈에서 거울이 나타나 끊임없이 상상이 떠올랐다…….

화면A: 멀리서 어떤 멋있는 남자A는 길을 걷고 있다. 이때 다른 두 남자가 맞은편에서부터 다가왔다. 남자A의 눈에 띄었다. "뭐야. 하나는 오관이 한 쪽으로 모이듯 흉악하고 키가 극히 크는데 하나는 아이처럼 작고 몸이 뚱뚱하네. 진짜 미워서 죽겠구나." 이렇게 혼잣말을 하다가 갑자기 말을 못하게 되었고 놀라운 표정으로 입만 닫지 못하게 보인다. 웬걸! 다가가서 눈앞에 있는 것은 요술 거울이었다.

뒷말: 밉게 여기는 사람이 바로 자기일 수도 있듯이 사람은 자주 남의 단점만 보며 남에게만 손가락질한다. 자기의 약점에 대해 거의 집중할 생각조차 없다. 길에서 누군가 버리던 바나나 껍질을 밟아 쓰러져서 큰소리로 치

며 욕을 한다. 하지마 이래도 불구하고 자기도 멋대로 쓰레기를 곳곳에 던져버린다. 가끔 우리도 거울을 보며 자기 반성을 하는 게 중요하지 않는가?

화면B: 이발소에서 머리를 자르게 했다. 남자B는 거울을 보면서 뿌듯하게 보인다. 마침 이발사를 칭찬하더니 뒤에 서 있는 이발사의 손에 쥔 거울을보자 화를 냈다. 앞면은 아주 멋있게 보이는데 뒷면은 바로 닭집에서 나오는 것처럼 질서없는 잡초과 같다. 정말 밉고 웃긴다.

뒷말: 사람들은 항상 근시안처럼 자기 정면만 볼 수 있다. 고급스러운 살림을 유지하기 위해 명품 가방, 화려한 집, 비싼 차를 마련하려고 해서 방법을 선택하지 않게 되었다. 그래서 부정부패도 나타나고 탐관우리라는 말 흔히 볼 수 있다. 부실한 물질적인 "행복"을 느끼기 위해 명실상부하지 않은 사람이 되어버렸다. 이렇게 정신없이 앞만 신경을 쓰면서 달리다 보니 자기가 진짜 원하는 것이 날로 많아졌다. 결국 깊은 못에 빠지지도 모르고 남의 웃음거리가 될 것도 눈치채지 못하게 될 것이다. 앞만 보기 때문이다. 앞만 반짝반짝하게 만들지 않고 가끔 거울을 통해서 뒷면에 어떤 흠이 있는지 또 달리는 길에서 노력하는 초심을 잃어버리는지 한 번 집중해 보자.

화면C: 강물이 잔잔히 흐르고 있다. 강아지 하나가 이슭에 따라 산책하고 있다. 마침 거울과 같은 강물이 처음 보듯 즐겁다. 웃음이 지으면 강물에 있는 "쌍동이 친구"도 웃어 주고 삐친 척 하면 그 "친구"도 화난 모습을 보인다. 그런데 강아지가 조금 뒤에 서면 그 "친구"도 사라졌다. 막상 재미있는 것을 발견하는 강아지가 섭섭해 보인다.

뒷말: 거울은 그냥 현실 물건의 상이다. 물건 실체가 사라지면 영상도 없어지기 마련이다. 그런데 현대 사람들은 이 원리를 알면서도 불현실적인 꿈을 가진다. 이웃집의 아들이 영어도 잘하고 농구도 잘하고 팔방미인처럼 환영을 받고 있다. 그래서 나도 내 아들에게 영어 선생님을 찾고 "아들아, 열

심히 공부하라"고 당부하며 아들의 건강을 위하답시고 그를 농구팀에 참석하도록 시키기도 한다. 굳이 아들을 위해서 하는 것인데 결국 아들은 영어에 대하여 관심을 덜 쓰게 되었고 원래 운동을 잘 못하는 체질이라서 그런지 농구장에서 자주 다치고 농구를 잘하지 못하는 탓에 자주 다른 팀 성원들에게서 욕을 받는다. 병원에 입원하는 것도 다반사가 되고 정신 상태도 나빠지게 되었다. 그뿐더러 자기가 원래 좋아하고 잘하고 있던 피아노도 완전히 포기하게 되었다. 참 불쌍하다.

거울의 성상 원리와 같이 사람의 성품을 복제하는 일도 불가능하다. 나라면 옳고 바르는 일을 하기 싫다. 진정한 자기만이 할 수 있는 것을 좋아한다. 그래서 글을 쓰는 것도 즐겁게 한다. 글을 통해서 자기만의 세계를 만들어 내는 것이 제일 행복하지 않을까?

이렇게 자기의 생각으로 하는 거울에 관한 꿈들이 꼬리에 꼬리를 이었다. 거울을 통해 많은 교훈을 받고 자기의 마음을 엿볼 수 있다. 우리 나라 당나라때 위징(魏徵)이라는 관리가 있었다. 당시의 부정한 정치 분위기에서도 자기의 주장을 견지했다. 그 사람이 있기에 황제는 마음대로 정책을 세우지 못하게 되었고 현명한 왕이 되었다. 위징이 죽은 후 당태종(唐太宗)이 "나에게 또 어디서 이런 거울이 찾을 수 있냐."라는 말을 하고 많이 슬펐다.

우리 현대에 와서도 가끔 자기가 길을 잘 걷고 있냐고 제시하는 "거울 친구"는 필요로 하지 않을까?

눈에 거울

2011년 제5회 중국 성균한글백일장 동상

중국해양대학 적청화

쨍그랑! 손에 쥐여진 거울이 땅에 떨어져 깨졌다. 마른 하늘에 날벼락을 맞은 듯이 멍하니 서 있었다.

“청화야, 뭐해? 무슨 일이 있니?”

그 소리를 들은 엄마는 급하게 내 방으로 들어왔다.

“엄마, 내 얼굴이 왜 이래? 미워 죽겠다. 밖을 못 나가. 사람들이 나를 비웃단 말이야. 나 이제 어떻게…”

목에 이상이 생겨서 병원에서 치료를 받았으니 주사 때문에 얼굴이 엄청 심하게 붓었다. 원래 그다지 크지 않은 눈이 안 보일 정도였다. 내 자신이 보기에도 미운 얼굴로 밖에 나가면 이상한 눈빛이 하염없이 내게 쏟아질 것이었다. 학교 친구들이 분명히 나를 비웃고 따돌릴 것이다. 이런 생각이 나자 겁나서 절대로 학교에 가지 않기로 결심했다. 엄마의 끈질긴 학교에 가라는 명령에도 끝내 나가지 않았다.

고집 센 나를 그만두고 엄마는 의사선생님에게 전화했다. 얼굴이 붓어진 것은 주사로 인한 정상적 현상이고 며칠이 지나면 스스로 나아질 거란 말을 나에게 똑똑히 전해줬다. 엄마는 오늘 일단 집에서 쉬고 내일 꼭 학교에 가라는 말을 하고 출근하러 급하게 나갔다.

방에 혼자 있었다. 창문이 열려 있지만 가슴이 답답해서 숨을 못 쉴 것 같았다. 침대에 앉아 있는 인형이 나보기가 역겨운 듯이 고개를 돌려 앉아 있었다. 다들 나의 이런 모습이 싫다는 생각이 오전 내내 머릿속에 돌고 있었다.

점심 때 엄마가 돌아왔다. 문을 열자마자 "우리 예쁜 딸"을 불렀다. 평소에 이런 말을 듣고 폴짝폴짝 뛰어가서 엄마를 맞이하는 내가 왈칵 눈문이 나왔다. 이제 예쁜 딸이 아니고 미운 딸이 되겠다는 생각이 들었기 때문에. 엄마가 아무렇지 않은 듯이 내 얼굴에 눈물을 닦아 주고 빙그레 웃으면서 말했다.

"우리 예쁜 딸, 아직도 그 거울 때문에 속상하네. 엄마의 눈을 좀 봐. 엄마에게도 거울이 있다. 바로 눈에 있어. 어디 한 번 찾아 봐."

고개를 들어 엄마의 사랑스러운 눈빛과 마주쳤다. '눈에 거울이 있다니, 그게 무슨 말이지?' 의문을 가지고 엄마의 눈을 열심히 보더니 찌푸른 내 얼굴밖에 아무것도 안 보였다.

"우리 살아가면서 사용하거나 만난 거울이 많지만 그 중에 정확한 거울이 별로 없다. 벽에 걸려 있는 거울이든 책상 위에 놓여 있는 거울이든 다 외모만 보는 거울이야. 사람의 속까지 볼 수 있는 거울이야말로 좋은 거울이다. 그런 거울은 눈에 있다. 예쁜지 미운지 겉으로만 보고 결정하는 게 아니라 마음도 보고 나서 판단을 내리는 거지. 이렇게 해서 눈으로 나타나 보는 사람에게 말해준다. 내 눈의 너는 여전히 우리 귀엽고 예쁜 딸이야."

엄마의 말을 듣고 나서 비로소 알았다. 외모만 보는 거울은 사람이 고운지 미운지 말할 자격이 없고 눈에 있는 거울을 믿어야 한다는 것을 깨달았다. 사람에게 가장 중요한 것은 뭐니뭐니해도 마음이라 마음을 보는 거울이야말로 좋은 거울이요, 우리가 자주 봐야 하는 거울이다.

다시 거울 앞에서 앉아 내 눈을 봤다. 거울에 있는 나에게 활짝 웃으면서 인사했다.

“안녕, 예쁜 청화!”

엄마에게 빚을 갚는다

2012년 제6회 중국 성균한글백일장 금상
제남대학 이흔열

자식은 부모님께 빚을 많이 진다고 한다. 태어나자마자부터 부모님은 우리들에게 많은 신경을 써 주고 많은 사랑을 주신다. 놀다가 넘어질 때나 친구하고 싸울 때, 맛있는 음식을 먹고 싶을 때 '엄마' '아빠'만 부르면 모든 것이 다 해결될 수 있었다.

나는 외동딸이어서 부모님에게 빚을 정말 많이 져 왔다. 특히 엄마에게 그렇다. 어렸을 때 기분이 좋지 않으면 늘 엄마에게 화를 내곤 했다. 그러나 기분이 풀린 후 엄마에게 미안한 자책감에 빠졌다. 이 세상에서 나를 가장 사랑하는 사람은 엄마밖에 없고 엄마를 가장 사랑하는 사람도 나라는 것을 나는 잘 알고 있다.

실은 이번 성균한글백일장에 참가하기 위해 나는 정말 열심히 작문 연습해서 학교대표로 뽑혔다. 그런데 나의 지도교수님이 일이 있어서 같이 참가하지 못한다고 하셨다. 부모님은 내가 혼자 북경에서 길을 잃을까봐 같이 가기로 했다. 그래서 학교에 있던 나는 6월6일에 제남기차역에서 부모님과 만나서 같이 북경에 가기를 약속했다.

그날 제남기차역에서 엄마를 봤을 때 나는 깜짝 놀랐다. 엄마가 길었던 머리가 잘라서 알아보지 못할 뻔했다. 옷도 이전에 입던 옷이 아니었다. 며칠 전에 내가 엄마한테 새 옷을 사서 입으시라고 했기 때문에 새 옷을 입고 오신다고 생각했다.

'새 옷을 샀네요!'

'아니, 너의 숙모의 옷이야.'

'뭐라고요? 새 옷을 사라고 했잖아요.'

'시장에 가서 보니 마음에 드는 것이 없어. 이 옷도 괜찮아 보이지.'

제남기차역에서 부모님을 만났을 때 반가울 것이라는 기대는 엄마의 남자 같이 짧은 머리와 숙모 옷을 입은 어색함 때문에 조금도 기쁘지 않았다.

또 엄마는 아주 큰 가방을 매고 있었다. 가방 안에 오이도 있고, 사과도 있고, 빵도 있고, 과자도 있었다. 가장 생각지도 못한 것은 단오절에 먹는 차잎에 담가 삶는 계란이다. 나는 차잎에 담가 삶는 계란을 좋아하지만 기차에서 계란을 먹는다는 것이 좀 창피하다고 생각했다.

'아니, 지금 단오절도 아닌데 왜 계란을 가져왔어?'

'단오절이 되면 너는 학교에 있어서 차잎에 담가 삶는 계란을 먹지 못 하잖아.'

엄마의 말을 듣고 나는 기가 막혔다.

기차를 5시간 타고 북경에 도착했다. 북경의 날씨가 제남보다 훨씬 더워서 아이스크림을 사러 가게에 갔다. 엄마는 '이거 얼마예요'라는 말을 여러 번 하고 나서 가장 싼 것을 골랐다.

또 창피하다는 것을 느꼈다.

'북경에 오면 당연히 북경을 구경해야지' 하는 생각에 이제 나는 부모님이랑 천안문과 자금성에 갔다.

나와 아빠의 걸음걸이가 좀 빨라서 엄마는 따라오지 못했다. 걷다가 엄마는 발이 아프다고 했다. 즐겁던 기분이 그 순간에 싹 사라졌다. 계속 구경하고 싶은 생각도 없어졌다. 지하철도 못 타고 길도 빨리 못 걷고 헤어스타일도 원래보다 대여섯 살 늙어 보이는 엄마가 싫어지기 시작했다. 더 이상 참지 못해서 엄마한테 큰 소리로 외쳤다.

'참, 엄마는 왜 자꾸 사람의 기분을 나쁘게 만들어?'

엄마는 침묵에 빠졌다.

실제로 그런 말을 하는 순간 내 마음도 아프고 엄마가 걱정되기 시작했다.

저녁에 호텔에 돌아간 후, 같은 방의 친구가 내가 찍은 사진을 보려고 해서 보여줬다. 옛날에 찍었던 사진들도 나왔다.

'어머, 이분이 흔열씨의 엄마예요? 정말 젊어 보이네요! 진짜 예뻐요!'

옛날에 엄마와 함께 찍었던 사진이었다. 그때는 엄마의 머리가 정말 길고 아름답다고 생각되었다.

마음이 갑자기 찢어질 정도로 아파오기 시작했다.

잊고 있었었다.

이전에는 엄마도 아주 젊고 예쁜 여자라는 것을 내가 진짜 잊고 있었다.

나 때문에 더 늙어진 것 같았다.

갑자기 눈물이 흐르기 시작했다. 자책감에 빠졌다.

시간 지나고 마음이 가라앉은 후 나는 엄마에게 전화를 했다. 엄마에 대한 미안함과 사랑하는 마음을 표현하기 위한 것이었다.

말문을 여는 것은 그렇게 쉽지 않았다.

'엄마, 나 호텔에 도착했어요. 걱정하지 마세요.'

'엄마, 발이 지금도 아파요? 푹 쉬세요.'

'엄마, 미안해요. 내가 잘못했어요. 엄마에게 화를 내서 정말 잘못했어요.'

'엄마, 사랑해요 ……'

또 짧은 침묵에 빠졌다.

'무슨 말이야? 나는 괜찮아……'

'엄마도 너를 사랑해……'

엄마는 행복해 하셨다.

한국 속담에 '말 한마디에 천 냥 빚도 갚는다'라는 말이 있다. 부모님의 자식사랑에 있어서 더욱 그렇다. 자식이 어떤 잘못을 하여도 딱 말 한마디이면 부모님으로부터 모두 용서를 받을 수 있다. 바로 '엄마아빠, 사랑해요'라는 말이다.

말 한 마디에 천 냥 빚도 갚는다고 하지만 자식에게 있어서 무엇보다도 열심히 공부하고 근면하게 생활하는 것과 부모님을 사랑하는 마음으로 부모님에게 빚을 갚는 것이 더 좋지 않은가?

나는 눈물을 흘리면서 이 글을 쓴다. 잘못 쓴 것이 적지 않겠지만 내가 진심으로 정성껏 쓴 작품이다. 어떤 때는 글도 말이다. 엄마에게 써 드린 이 글도 빚을 갚을 수 있는 것이 되기를 바란다.

말 한마디에 천 냥 빚도 갚는다

2012년 제6회 중국 성균한글백일장 은상
하얼빈원동이공학원 형매연

속담을 배울 때 그 중의 깊은 뜻과 담아 있는 지혜에 대하여 감탄할 수 밖에 없다. 속담은 긴 세월이 흘러 가면서 선인들이 생활에서 얻은 경험을 짧고 깔끔한 단어로 그 뜻을 표현하는 말이다. 하여 속담은 인간의 생활에서 존재하는 도리를 잘 나타내는 법이다.

사회가 발달하면서 사람들이 접축하는 일도 많아졌기 때문에 서로 개인적인 공간을 가지는 것이 많은 사람들의 소원이 되었다. 하지만 나는 다른 생각이다. 개인적인 공간은 필요하지만 적당히 교류와 서로의 접축이 매우 중요한 것은 사실이다. 그러고 보면 사회의 인간관계에서 말은 아주 중요한 역할을 하고 있는 것이다. 말은 마음부터 마음까지 생각을 표현하고 사람들이 서로 교류할 수 있는 중요한 매체이다. 사람들은 서로 말로 오고 가는데, 말은 무형한 도구라서 그 것을 중요시 해야 한다. 그래서 '가는 말이 고와야 오는 말이 곱다'라는 말에 대한 속담도 많이 있는 법이다. 사회 문명의 발달은 과학 기술이나 의학 기술의 발달이 아닌 인간의 의식이라고 생각한다. 그 의식을 서로 교류하고 서로 배우면서 사회가 오늘날까지 발달한 것이다. 이 긴 시간을 거쳐 속담은 인간의 사고 방식 일하는 방법등에 대해 자신의 중요한 역할을 해 온 것이다. 그리고 말에 대한 속담도 우리에게는 정말 정신적인 재부가 되기도 한다.

말 한 마디로 천 냥 빚을 갚는다고 말 한 마디에 정말 천 냥 빚도 갚을 수 있을 까? 속담은 속담이지만 나는 이 말은 정말로 의심한 적이 있다. 하지만 겪고 난 후, 나는 이 말을 새롭게. 세심하게 알게 되었다. 대학교 일학년 때의 일이었다. 친구의 컴퓨터로 게임을 아주 신나게 하다가 컴퓨터가 갑자기 자동으로 끊어 버린 것이었다. 컴퓨터가 너무 많이 사용되어서 고장이 난 것이다. 나는 시났던 기분이 확 다 떨어 지고, 친구한테 미안하는 마음 뿐이었다. 그래서 나는 '미안하다 친구야.' 이말을 하고 수리비를 주었더니 친구가 '괜찮아, 수리비는 내가 내면 되.'라고 한 것이다. 나는 이상하게 생각할 수 밖에 없었다. 컴퓨터가 나 때문에 고장이난 사실인 데, 수리비는 내가 내는 것이 순리가 맞다고 생각했다. 친구에게 생각을 말했더니, '너가 미안하고 했을 때 나는 진심을 느꼈다.'라고 하며 웃음을 지었다. 친구의 말을 듣고 나는 더 이상 할 말이 없어졌다. 그 때 나는 친구의 넓은 마음으로 나의 진심을 알아 준 것이 참으로 기뻤다.

세월이 참 빠르게 눈 깜짝할 사이에 나는 4학년이 되었고 곧 졸업생이 되었다. 친구들은 모두 논문을 쓰려고 아주 긴장스럽고 잘 쓰려고 노력하는 모습을 보고 나는 친구를 도와서 같이 의논 하던 중이었다. 어떤 친구가 와서 나의 논문을 좀 참고 하고 싶다고 해서 나는 컴퓨터에서 논문을 보여 주었다. 나는 다른 친구와 의논을 하고 있었는 데, 그 친구가 컴퓨터만 보고 울고 있었다. 나는 '갑자기 왜 울어?'라고 물었더니, 그 친구가 날보고 '정말 미안해 ……'라고 말도 잘 하지 못했다.

나는 안좋은 느낌이 들어서 컴퓨터를 검색해 봤더니 친구가 버튼을 잘 못 누렸기 때문에 두 달 동안 시간을 걸리고 겨우 완성한 나 논문을 다 삭제버린 것이었다. 나는 그 때 화가 안 났다고 하면 정말 거짓말이다. 하지만 친구의 '미안하다.'는 말을 듣고 너무나 후회스러운 눈빛을 보고 나는 '괜찮아, 내 머리가 좋아서 걱정할 것 없다. 다시 쓰면 되'라고 했다. 다들 졸업을 앞두고 논문 때문에 스트레스 받고 한 편 논문을 완성하기가 아주 어렵다는 것을 친구가 어떻게 모를 까라는 생각 때문에 나는 친구의 마음을 해아렸기 때문에 친구에게 괜찮다고 말한 것이다. 무엇보다 나는 친구의 진심을 느낀 것 같았다. 그 때 나는 말 한 마디에 천냥 빚도 갚는다는 말을 이해하게 되었고 그 뜻을 피부로 느꼈다.

무슨 일이 있어도 진심을 가져야 한다. 이렇게 해야 진심을 전달 할 수 있고, 진심을 느껴 주는 것이다. 얼마나 간단한 말이라도 진심만 가지면 정말 말 한 마디에 천 냥 빚을 갚는 법이다.

말 한마디에 천 냥 빚도 갚는다

2012년 제6회 중국 성균한글백일장 동상
중앙민족대학 이단청

한국에서 "말 한 마디에 천 냥 빚도 갚는다"는 속담이 있다. 이 말을 처음에 들었을 때 도저히 이해할 수 없었다. 만약에 내가 그 천 냥 빚의 주인이라면 말을 천마디, 만마디를 해도 소용이 없을 것 같다.

그러나 얼마전 들어던 한 사소한 이야기가 나의 생각을 바꿨다. 한국에서 유명한 개그맨 두 명이 중국에 여행하러 왔다. 호텔 앞에 주차장에서 야구를 놀고 있었을 때 공을 잘 못 던져서 어느 고급 승용차를 쳤다. 둘이 당황하고 있었을 때 차주인이 경보 소리를 듣고 왔다. 딱 봐도 화를 많이 내면서 보상금을 달라는 모양이다. 서로 말도 안 통하고 설명할 수도 없는 상황에 개그맨 한 명이 한 마디를 생각났다.

"I like 팬더!"라고 외쳤다. 차주인이 표정이 좀 좋아진 것 같아. 그 개그맨 또 "I like 야오밍!"라고 외쳤다. 경찰을 부르려고 하는 차주인이 개그맨 두 명의 선의적인 말을 들어서 사과를 받고 떠났다. 이 개그맨이 참 똑똑하고 반영이 빠르다는 생각이 든다. 어떻게 그 급한 상황에서 팬더와 야오밍을 떠올를 수 있었을 까? 지혜로운 한 마디 때문에 위기에서 빠져나가는 좋은 예다. 이 사소한 이야기가 말 한마디에 천 냥 빚도 갚을 수 있다는 가능성을 나한테 보여준다.

깊이 생각해 보면 말 한마디에 천 냥 빚도 갚는다는 선행 조건이 도대체 무엇인가? 말이 통하는 것은 아닌가 싶다. 말이 통하면 천 냥 빚을 갚는 것 뿐더러 오해도 풀릴 수 있고 사이도 가까워질 수 있다고 생각한다. 나라와 나라사이에도 마찬가지다. 보일 수 있는 국경선도 있고 안 보이는 국경선도 있도. 각자 사용하는 말은 바로 안 보이는 국경선 중에 하나다. 의사소통이 잘 안 되서 생기는 오해와 갈등이 한두개가 아니다. 이런 오해와 갈등들이 점점 쌓이면 쌓일수록 서로에게 무거운 빚이 되는 뜻하다. 빚을 갚으려고 하면 교류와 소통이 필요한다고 생각한다.

나는 천 냥 빚을 갚을 수 있는 목표로 한국말을 공부하고 있다. 문화적으로 유사하면서 지리적으로 인접한 두 나라가 가깝면서도 멀리 있는 이웃인 것 같다. 앞으로 더 가까운 관계, 더 친한 친구처럼 지내면 서로의 말을 배우는 것이 필요할 것 같다. 한국말 한마디도 못하는 학생부터 한국말로 의사소통을 할 수 있고 한국 문화를 많이 알게 된 한국어과 대학생이 되서 참 행운적인 일이라고 늘 생각하고 있다.

비록 천 냥 빚을 갚는다는 말을 아직 못하지만 지금 말하고 있는 한마디 한마디도 천 냥 빚을 못지않은 가치가 가지고 있을 것이라고 믿는다.

올해 한·중 수교 20주년이 되는 해는 한국어를 배우는 학생한테도 특별한 의미가 있는 해다. 수교전 한국어전공을 개설되 학교가 몇 개밖에 없는 상황에 지금 전국 80여개 대학교가 한국어전공을 개설되는 것은 불과 20년이 지났다. 올해 나한테도 특별한 의미가 있는 해다. 몇일전 중국청소년 대표단 단원으로서 서울, 안동, 여수, 제주도를 8박9일로 방문했다. 한국의 아름다운 풍경을 구경하면서 다른 단원에게 한국을 소개하는 과정에서 다시 한 번 한국말의 매력과 가치를 느꼈다.

처음부터 “말 한 마디에 천 냥 빚도 갚는다”는 속담을 도저히 이해가 안 가는 사람으로서 말 한마디의 매력과 가치를 충분히 이해하는 사람이 되는 과정이 참 의미가 있는 길이다. 이 길에서 오래오래 갈 수 있으면 좋겠다.

애증

2013년 제7회 중국 성균한글백일장 금상
산동대학 호문금

우리 중국말에는 '애증분명(愛憎分明)'이라는 말이 있다. 사랑과 미움을 엄격하게 구분해야 한다는 뜻을 포함하고 있다. 하지만 저는 그렇게 생각하지 않는다. 나한테는 사랑이 있어야 미움이 생길 수 있다는 것이다. 그래서 미움은 그저 사랑으로 비롯된 생긴 것이라고 생각한다. 그것은 바로 우리 할아버지한테서 배운 것이다.

휘영청 밝은 달빛 아래 산책하는 것은 나로 하여금 바람도 그림자가 있다는 전설을 생각하게 만든다. 이런 전설들은 어렸을 때 우리 할아버지한테서 많이 들었다.

"할아버지, 저 하늘의 별이 왜 그렇게 밝아요?" 4살이었던 나는 호기심에 가득 차고 있었다.

"그것 천사의 눈이다. 천사들은 평소에 하늘에서 살고 있기 때문에 이 땅에 살고 있는 사람들의 모습을 아주 궁금해. 그래서 매일 밤에 이렇게 내려다보고 있어…" 할아버지가 웃으면서 말했다.

"진짜요? 그럼 나도 천사 되고 싶어요. 그러면 나도 이런 예쁜 눈을 가질 수 있을 거예요."

"할아버지 눈에는 우리손녀가 누구보다도 예뻐. 그리고 천사가 되려면 좋은 일을 많이 해야 돼. 착한 사람이야말로 천사가 될 수 있어…"

어렸을 때 부모님들은 집의 생계를 위해서 나를 돌보는 시간이 별로 없었다. 그래서 나를 멀지 않는 할아버지의 집에 보냈다. 그때 할아버지는 나에게 없어서는 안 되는 존재이었다. 할아버지를 무척 사랑하고 있기 때문에 내 마음속에 천사라고도 할 수 있었다.

하지만 유치원에 들어간 후 할아버지에 대한 이런 감정은 점점 변하고 미움만 쌓였다. 할아버지가 평소에 열심히 공부해서 나중에 북경대에 가라는 잔소리를 계속 끊임없이 할 뿐만 아니라 내 생일 때 무조건 책이나 만년필, 그리고 공책만 사 주셨기 때문이었다. 내 나이의 다른 여자애들은 예쁜 옷을 선물로 받았는데 내가 왜 책만 받을 수 있을까? 나도 예쁜 옷과 신발을 가지고 싶었다. 나도 예뻐지고 싶었다. 그래서 어느 생일 날 내 마음속에 있는 불만을 할아버지한테 얘기했다.

"할아버지, 이제 책을 더 이상 받고 싶지 않아요. 나도 예쁜 옷을 갖고 싶어요."

"문금아, 옷이나 신발보다 책 더 좋지 않은가? 옷은 자주 입으면 낡아지지만 책을 읽으면 읽을수록 더 많은 지식과 지혜를 얻을 수 있지 않겠니? 나중에 더 재미있는 책을 사 줄께…"

"싫어요! 나 예쁜 옷만 좋아요."

"문금아, 말 좀 들어. 책을 많이 읽어야 나중에 니가 커서 북경대에 갈 수 있단 말이야…"

"싫어요! 나 책이 싫어요! 공부도 싫어요! 북경대도 싫어요! 난 할아버지 미워요! 나 이제 할아버지랑 같이 살지 않겠어요! 엄마랑 같이 살 거예요!"

너무 실망한 내가 소리를 지르기 시작했다. 할아버지도 갑자기 화나 셔서 내 볼기를 때렸다.

그날 나는 많이 울었다. 할머니는 아무리 달래도 소용없는 바람에 엄마를 불러 나를 데려갔다. 그날 이후 나는 할아버지에 대한 미움을 가지기 시작했다. 명절 때만 할아버지의 집에 갔는데도 할아버지와 말을 거의 하지 않았다. 설사 할아버지가 먼저 말을 걸어도 나는 그냥 아무 대답없이 뛰어갔다.

시간은 쏜살같이 지나갔다. 이런 미움을 가지고 있는 시간이 오래된 것 같았다. 고등학교 3학년 학생인 나는 눈앞에 닥치는 대학입학시험 때문에 눈코 뜰새 없이 바빠졌다. 그래서 집에 갈 시간도 없어졌다. 하지만 이상하게 시험 보기 이틀 전에 할아버지가 갑자기 내 꿈에서 나타났다. 그리고 그날 엄마한테서 전화도 받았다.

"문금아… 내 말이… 아니… 내 말은… 니 할아버지가 돌아가신다면 너 어떻게? 많이 슬퍼하겠지?"

"왜? 왜 갑자기 할아버지 얘기를 해?"

"아니… 아무일도 없어. 할아버지가 잘 계셔. 걱정마. 시험을 잘 보면 북경대 같은 좋은 대학 들어갈 수 있겠지?"

"나 절대 북경대 안 가! 북경대 싫다고!" 엄마의 말에 "북경대"라는 말이 나와서 나는 갑자기 화가 나서 전화를 먼저 끊었다.

시험이 드디어 끝났다. 나는 짐을 정리해서 집에 돌아갔다. 집에 들어온 후 이상한 분위기를 느꼈다. 가족들의 표정이 다 무거워 보였다. "니 할아버지가… 돌아가셨어…" 엄마는 무겁게 말했다.

엄마의 말이 내게 청천벽락이었다. 나는 그때 할아버지에 대한 미움이 다 사라졌다. 그저 할아버지와 같이 지냈던 세월만 떠올랐다.

"이건 사실이 아니야…" 목 놓아 울던 나는 재빨리 할아버지 집을 향해 달려갔다. 문 앞에 앉아 있는 할머니가 나를 보자 눈시울을 붉혔다.

"할아버지…"

"니 할아버지가 이미 천국에 가셨어… 그리고 이 영감이 너는 시험을 제대로 못 보면 좋은 대학에 못 갈까 봐 다들 절대 너에게 전화 걸지 말라고 했는데… 사실 이 영감이 너를 얼마나 보고 싶어했는지… 얼다나 너를 만나고 싶어했는지… 니 이름을 계속 부르면서 죽을 때까지 눈을 감지도 못했… 그래서 니 할아버지를 원망하지 마… 예전에 공부만 시키는 것과 때린 것 많이 후회하더라…"

나는 다시 비 오듯이 눈물이 쏟아졌다. 할아버지는 나를 이렇게 사랑하고 있는 것을 그때야 알게 되었다. 나도 할아버지를 잃은 후에야 할아버지를 얼마나 깊게 사랑하고 있는 것을 알게 되었다. 나는 바로 이렇게 우리 할아버지를 사랑하다가 미워하고 또 다시 사랑하게 된 것이다.

사실 이제 다시 생각해 보면 우리 할아버지를 미워한 적이 없다. 그저 너무 깊게 사랑하고 있기 때문에 상처를 한번 받으면 잊지 않는 것일 뿐이다.

중국어나 한국어나 다 "애증"라고 한다. 그 순서를 보면 사랑은 미움 앞에 있는 것이다. 다시 생각해 보면 남에 대한 관심이 없으면 아예 미워하지 않는다. 그래서 넓은 마음으로 다른 사람의 실수를 용서해 주는 것도 삶의 지혜라고 할 수 있다. 그때 나는 그것을 몰라서 할아버지를 계속 원망했다. 우리 할아버지는 이제 하늘의 별이 되고 매일 밤에 나를 바라보신다.

"잃어버린 후에 후회만급이라고 하는 사람이 되지 말아…" 할아버지는 이렇게 나한테 말하는 것 같다. 나는 이제 가족이나 친구나 다 소중히 여기고 행복하게 살고 있다. 아마 이런 손녀의 모습은 우리 할아버지도 좋아하신다.

애증

2013년 제7회 중국 성균한글백일장 은상
정주경공업대학 석려사

세상에서 어느 나라의 언어를 자세히 보면 인간 각종 감정에 대한 표현어가 아주 많다. 한국어도 예외가 아니다. 기쁨, 질투, 슬픔, 아쉬움, 외로움… 사람들의 순간마다 달라지는 감정이나 심정은 언어를 통해서 표현하고 있다. 이런 풍부한 감정들을 가지고 있어서 인간은 자연계에서 제일 고급스러운 존재가 된지도 모른다.

애증은 인간 감정선의 양극이다. 그런데 애증간은 분명한 한계가 없다. 어느 순간에 애는 증으로 변화되고 또 어느 순간에 증은 애로 변할 수도 있다. 애증은 제일 치열한 감정으로 인간의 감정 세계에서 공존하고 있다.

애는 좋은 감정이고 증은 나쁜 감정이라는 말을 할 수 없지만 만약 스스로 선택할 수 있다면 나는 내 생에서 애라는 감정을 더 많이 가지고 싶다. 그 이유를 묻는다면 내가 더 편하게 살고 싶기 때문이다. 아무 이유없이 무언가를 사랑할 수 있는반면, 분명히 안 좋은 일이 있어야 어떤 사람이나 사물에게 증이라는 감정이 생기는 것은 아닌가 싶다.

애라는 감정은 내 가슴에 잔득 채울 때 이 세상은 순간에 아름다워진다. 하늘은 더 파랗게 보이고, 구름이 더 많은 모양으로 예쁘게 펴지고 있고, 내가 만나는 모든 사람들이 다 환하게 웃는 얼굴로 나를 보고 있다. 참 신기한 것은 나도 그들에게서 힘을 얻는 것 같다. 자기도 몰래 얼굴에 웃음을 짓고 다른 사람에게 이런 따뜻함을 전하기를 시작한다. 서로간 애라는 감정을 전하는 과정을 통해서 나는 행복을 느낀다. 온몸에 느끼는 행복감은 더 좋은 나를 만든다. 애의 세계에서 날마다 나는 마음이 편하게 살고 있다.

물론 애라는 감정은 좋은 것이고 증은 인간의 나쁜 감정으로 판단할 수없다. 인간의 감정이 참 복잡하고 묘하다. 그런데 기쁨이나 슬픔, 애나 증, 어떤 감정이든 다 애쓰는 것이다. 사람들이 힘이 들어야 이런저런 감정을 담당할 수 있다. 짧은 인생에서 같은 힘이 들지만 더 행복하게 살 줄 아는 사람은 삶의 진정한 우승자가 아닌가?사랑하는 눈으로 이 세상을 보자. 그러면 더 좋고 환한 세계를 볼 수 있다.

아버지의 열쇠걸이

2013년 제7회 중국 성균한글백일장 동상
광서사범대학 요함

"따당따당…" 아버지의 남다른 열쇠걸이 소리가 들리면서 자전거를 몰고 나를 데리러 온 아버지의 모습이 또다시 내 꿈나라에서 나타났다. 꿈에서 깬 나의 얼굴과 베개는 벌써 눈물로 적셨다.

태어나면서 부터인가 아버지의 열쇠걸이가 내 주위에 맨돌았다. 성질을 부리고 엄마의 말을 안 들을 때, 부모님은 밖에 나가서 난 혼자 집에 있을 때, 망설이고 어떻게 할지 모를 때, 아버지의 열쇠걸이를 들으면 바로 가라앉고 정신을 차리게 되었다. 특히 학교에서 초조하게 나를 데리러 온 부모님을 기다릴 때 아버지의 열쇠걸이가 울리면 바로 그 방향에 향해 날아가고 아버지를 찾곤 했다. 어렸을 때의 나에 있어서 아버지의 열쇠걸이 소리는 믿음이며 사랑이다.

하지만 고등학교에 진학한 후에 아버지의 대한 자랑은 부끄러움으로 바뀌었다. 내 아버지는 다른 아버지과 달랐다. 정확히 말하면 다리는 정상인과 달랐다. 아버지는 소아마비로 말미암아 왼쪽다리는 굵고 오른쪽다리는 가늘게 생기게 되었다. 그래서 걸을 때 항상 오른쪽으로 기울이기 때문에 허리띠에 걸리는 열쇠걸이가 남다른 소리가 울린다. 또한 다른 친구의 아버지는 벌써 고급자동차를 몰고 친구를 데렸는데 우리 아버지는 여전히 그 허름한 자전거를 타고 나를 데리러 왔다. 이런 아버지의 모습을 보고 왠지 마음속에 부끄러움이 솟아났다.

어느날, 아버지의 자전거를 타는 나는 참지못해 말문을 열었다. "아빠, 그게 말이야, 앞으로 학교까지 나를 데리지 않아도 돼." "왜?" "난 이제 다 커졌으니까 혼자라도 아무 문제가 없거든! 게다가, 친구들은 아빠를 보면 뒤에서 나를 비웃을지도 몰라…"라고 중얼거렸다. 아버지는 내 마지막 말이 들릴지 안들릴지 모르겠지만 그냥 "어, 알았어. 우리 딸이 정말 많이 컸구나!"라고 하면서 내 머리를 어루만졌다. 그런데, 나는 아버지의 눈에서 슬픔이 스쳐가는 흔적을 보았다.

그 후에, 아버지는 정말 약속한 대로 학교까지 찾아오지 않았다. 혼자 가는 길이 좀 섭섭하지만 그래도 친구들의 비웃음을 당하는 것보다 훨씬 낫다. 고등학교 삼학년 때 나는 학교 기숙사에서 살기로 했다. 이러다가 아버지를 만나기는 커녕 집에 자주 오지 못하게 되었다.

어느날, 나는 눈코 뜰 새 없이 교실에서 복습하다가 그 낯익은 열쇠걸이 소리가 들렸다. 문득 창밖에 내다보더니 교실에 다가오는 아버지의 익살스러운 모습을 봤다. "그 아저씨 다리가 왜그래?" "보면 몰라? 장애인이지." 누군가 뒤에서 중얼거리는 소리를 들은 후에 부끄러움과 분노는 내 머리까지 치밀었다. 나는 밖에 뛰어가서 아버지를 정원까지 데렸갔다. "왜 왔어? 학교에 오지 말라고 했잖아!" 나는 좀 화나게 말했다. "요즘 날씨가 추워져서 니가 감기에 걸릴까봐 옷 좀 챙겨왔어. 그리고 몸 조심해…" "알았어, 알았으니까 그냥 집에 돌아가. 난 시간되면 꼭 집에 갈게! 걱정마…" 모처럼 아버지를 보낸 후에 나는 한숨을 쉬었다. 그때의 나에 있어서 아버지의 열쇠걸이는 부끄러움이며 미움이다.

천신만고끝에 나는 대학교에 붙었다. 싫지만 무거운 짐을 들 수도 없으니까 아버지가 동행한다는 게 허락했다. 다른 사람은 나를 비웃을까봐 아버지와 멀리 떨어지게 걸었다. 시무콩과 같은 인파에서 다리의 불편에도 불구하고 무거운 짐을 들고 힘들게 걷는 아버지의 뒤모습을 보고 나도 모르게 눈물이 고여있다. 순식간 아버지에 대한 모든 부끄러움과 미움이 사라져버리고 가슴에 후회과 감동만 넘쳤다. 나는 어렸을 때처럼 아버지의 열쇠걸이가 울리는 방향으로 기쁘게 날아갔다.

우리는 살아가면서 누군가를 사랑하거나 누군가를 싫어하기 마련이다. 사랑이 꿀인 만큼 할수록 서로 상큼하고 행복해진다. 반면, 미움이 독약인 만큼 할수록 독이 마음깊은 곳까지 침투하고 결국 다치기 십상이다. 미움을 사랑으로 바꾸는 지름길은 바로 용서과 이해다. 우리는 눈으로말고 마음으로 다른 사람을 이해하고 배려하면 온 세상에 사랑이 가득 차 있을 것이다!

깨끗한 세상

2014년 제8회 중국 성균한글백일장 금상
북경외국어대학 악원

누구나 깨끗한 세상에서 살고 싶어하겠다. 이 제목을 딱 봤을 때 '도대체 어떤 세상은 깨끗한 세상일 까?'라는 생각이 들었다. 자세히 생각해 보니까 나에게 깨끗한 세상이란 깨끗한 사회와 깨끗한 마음이다.

세상이라는 것은 굉장히 클 수도 있고 작을 수도 있다. 나에게 '큰 세상'은 우리가 지금 살고 있는 사회다. 많은 분들이 아시다시피 전세계에서 환경 문제들이 굉장히 많이 발생하고 있다. 특히 우리나라에서 올해 2월의 스모그 문제가 아주 심했다. 정부가 너무 지나치게 경제발전만 중요시하다 보니 환경 문제가 생길 수 밖에 없었다고 생각한다. 깨끗한 환경이 있어야 깨끗한 세상을 만들 수 있다.

또 지금 우리 모두가 살고 있는 세상에서 환경문제뿐만 아니라 여러 가지 사회문제도 존재하고 있다.

개인적으로 한국영화를 좋아하는 이유들 중에 하나가 한국영화를 보면 사회문제를 알 수 있다는 것이다. 예전에 유명했던 '살인의 추억', '변호인', '그 놈의 목소리', 요즘 인기를 끌었던 '소원' 등을 봐서 가슴이 아프고 세상이 끔찍한 다는 생각이 들었다. 교육과 법률을 통해 범죄자들이 점점 없어졌으면 좋겠다. 그래야 깨끗한 '큰 세상'이 될 것이다.

사회같은 '큰 세상'이 있는 것처럼 사람마다 '작은 세상'도 있다고 생각한다. 나에게 작은 세상이라는 것은 바로 마음이다.

밖의 세상은 물론 사람들의 마음도 깨끗해야 깨끗한 세상이라고 할 수 있다. 어떤 마음은 깨끗한 마음일 까요? 내가 보기에는 꿈과 사랑이 담겨 있는 착한 마음이 가장 깨끗하지 않을 까 싶다.

우리나라 유명한 작가 루쉰(魯迅)님은 옛날의 중국을 살리기 위해 우선 의학을 배웠다. 하지만 그 당시의 중국 사람들의 모습을 보고 단일한 의학으로 중국을 살리지 못하겠다는 것을 깨달았다. 그래서 당장 의학을 포기하고 글로 봉건제도에 잠이 든 중국사람들을 깨웠다. 나라를 살리겠다는 꿈을 가지고 끝까지 노력했던 루쉰 작가님이 정말 존경스럽다. 루쉰님의 마음은 깨끗한 작은 세상이라고 생각한다.

또 사람들이 항상 마음속에 사랑이 담겨 있어야 마음도 따뜻해지고 보는 세상도 아름다워지고 깨끗해진다. 연애중의 사람들이 예뻐 보인다고들 한다. 만약에 그런 범죄자들도 깨끗한 마음을 가졌으면 큰 세상도 훨씬 깨끗해질 것이라고 믿는다.

깨끗한 세상을 만들려면 마음속으로부터 깨끗한 작은 세상을 만들고 깨끗한 큰 세상을 만들 수 있다. 이 세상에서 사는 모든 사람들이 착한 마음을 가지고 다 같이 깨끗한 '큰 세상'을 만들었으면 한다.

깨끗한 세상을 함께 만들자!

2014년 제8회 중국 성균한글백일장 은상
복단대학 왕사원

요즘 들어 '깨끗하다'라는 단어가 흔히 눈에 띈다. 깨끗한 공기라든지, 깨끗한 옷차림이라든지, 깨끗한 정치라든지, 우리가 살면서 일상생활에서 심심찮게 이런 말들을 들을 수 있다. 그러나 이 낱말을 처음 딱 보면 너나 나나 제일 먼저 떠오르는 게 환경과 관련될 거라 내가 믿는다.

그렇다. '깨끗하다'라는 말은 원래 환경을 묘사하는 미사려구에서 많이 나타나는데 최근에 '깨끗한 환경을 가지자'라는 전사회에 걸친 로망에서 보다 많이 본다. 요새 환경 오염 문제가 전세계 사람들의 걱정거리가 되고 큰 화제를 일으키고 있다. 특히 중국은 그동안 불합리적인 경제 발전 패러다임으로 경제는 남부러울 정도로 가속도에 붙어 지속 발전하는 한편 환경은 돌이킬 수 없을만큼 심하게 파괴되었다.

여러분도 아시다시피 중국 국민들은 지긋지긋한 미세먼지때문에 건강에 위협을 받고 있고 국민 수입이 대폭 증가됐음에도 불구하고 그만큼 행복감을 느끼지 못하고 있다. 이런 과학적이지 못한 식으로 계속 발전해 나간다면 우리의 자손이 그보다 더 불행해질 수 있는 것으로 예상된다.

또한 우리가 때로 '깨끗한 정치'라는 말을 정치인의 입에서 들을 수 있다.

정치인의 말을 의하면 '깨끗한 정치'란 투명하고 비리나 부정부패가 없으며 국민에게 책임지는 정치라고 한다. 선거 후보로부터 한걸음 한걸음 간신히 나아가 끝내 출마해서 권력을 얻은 정치인들이 초심을 잃지 않고 국민들과 약속한대로 정책을 내세워 '깨끗한 정치'를 단단히 실천하기 바란다.

그러나 '깨끗한 환경'이나 '깨끗한 정치'보다 더욱더 소중한 것은 뭐니뭐니 해도 '깨끗한 인심'이라고 여긴다. 여기 말한 '깨끗한 인심'은 양심이랑 가깝다. 한국에서 이름난 윤동주 시인의 한 구절 '하늘을 우러러 한점 부끄러움이 없길'은 바로 유리처럼 깨끗한 인심을 강력하게 호소하는 심정을 그대로 드러내는 거지요. '깨끗한 인심'은 인간 세상의 때를 묵지 않고 결백하며 보석보다 더 값지다.

현대 사회에서 경쟁이 심해지면서 인심도 메말라가고 각박해진다. 어떤 사람들은 자기의 이득을 얻기 위해 심지어 잔인하게도 남을 밟고 올라간다. 이른바 '약육강식'의 경쟁 의식만 가지고 살기 때문이지요. 그러나 더불어 사는 사회라서 이처럼 이기적인 마음을 가지고는 안 된다. 다른 사회 구성원을 배려하고 나눌 줄 알아야 한다. 골짜기에 사랑한다고 큰 소리를 외치면 골짜기도 우리에게 고스란히 사랑한다는 말을 전할 듯이 우리가 먼저 한 걸음을 나선다면 남도 따라서 굴할 거라고 믿는다. 그러다 보면 우리 사회는 더이상 차갑고 무정한 사회가 아니라 사람 맛이 가득한 훈훈하고도 조화로운 사회로 변해 버릴 것이다.

게다가 '깨끗한 인심'을 가지고 있는 이라면 나만 잘 사면 된다. 자손이 어떻게 살든 나랑 상관없다는 어리석고도 무책임한 사상도 갖지 않을 것이다. 대신 후손을 위해 산자수명 아름다운 환경을 지키도록 적극적 나설 것이다. '깨끗한 인심'을 가진 이가 자기의 권세나 이익에만 집념하지 않을 거고 나라의 주인인 국민들의 행복실현을 위해 아낌없이 힘을 바칠 것을 확신한다.

여러분, '깨끗한 인심'의 소유자가 되어 함께 깨끗한 세상을 만들자! 이 말이 공허한 구호에 머무는 게 아니라 언제나 가슴에 담고 실질적으로 실천해야 한다. 그러면 한층 더 밝고 행복한 미래를 기대할 수 있지 않을까?

깨끗한 세상을 되찾기 위해서

2014년 제8회 중국 성균한글백일장 동상
북경대학 유창

깨끗한 세상을 만들기 위해서는 무엇이 필요할까? 내가 보기에는 무엇보다도 이 세상의 모든 사람들이 깨끗한 마음을 가지게 하는 것이 중요하다. 다시 문제가 생긴다. 깨끗한 마음은 어떤 마음일까? 실은 중국어로 “깨끗하다”라는 단어를 제대로 정의하기가 어렵다. 그래서 여기서 나는 우리 선조의 지혜를 조금 빌리고 싶다. 중국에서는 “세풍일하, 인심불고”(世風日下, 人心不古)라는 한자성어가 있다. 이 세상의 풍기가 날로 나빠지고 사람의 마음이 선조답지 않게 된다는 뜻이다. 이에 따라 나는 “깨끗한 세상을 만들자!”라기보다는 “깨끗한 세상을 되찾자!”라는 표현이 더 적당하다고 생각한다.

그래서 오늘 나는 옛날로 돌아가고 싶다. 선조의 말씀 중에 고인의 마음이 어떤 모양인지 확인해기 위해서.

다시 태이나면 어떤 사람이 되고 싶은가? “선비요!” 내 어김없는 대답이다. “아이고, 웃겨! 매일 매일 쓸데없는 책에만 몰두하고 생계를 전혀 모르며 굶기를 밥 먹듯 하는 놈이 되는 것은 좋을 게 뭐가 있니? 이 자식 아직 고역을 먹은 적 없네.” 이 말은 일반 현대인의 반응이겠지. 내 눈에는 선비는 그런 모습이 아니다. 굶기를 밥 먹듯 하더라도 부패가 심한 정계에 나가지 않고, 얼어 죽일망정 이익에만 눈이 먼 상인에게 허리을 굽지 않는다. 이것이 바로 내 마음 속의 선비의 이메지다.

그리고 그들은 책에만 몰두하는 사람이 아니다. 자기의 수양을 높이기 위해, 백성들의 복지를 확보하기 위해, 나라의 안정을 유지하기 위해 학문을 연구하는 사람들이다.

1592년의 여름이었다. 왜놈들이 동해를 건너 조선을 침략했다. 그때 우리 영웅 한 대왕과 그의 유능한 양반들이 어디에 있는가? 참 익살스럽더라! 무기 없는 빈손의 백성들을 버리고 중국으로 도망쳤다. 팔드강산은 단순간 칠도를 잃었다. 진짜 〈출사표〉 중의 문구처럼 "정말 국가의 위기는 단석에 박도되는 무렵이다." 그럼 조선을 그때 최악의 구렁텅이에서 구해 준 사람이 누구였을까? 선비들이었다. 각지에서 백성을 모아 의병을 조직한 사람도 그들이었고, 국가의 존엄을 훼손하지 않고 명 나라의 도움을 청한 사람도 그들이었다. 나라를 구한 사람은 매일 뇌물을 주고받고 당쟁에만 집중하는 "지혜로운 나으린들이" 아니고 국가와 백성에 대해 단순한 마음과 강한 책임감을 가진 유생들이었다. 그들의 일편단심이었다.

전쟁 때 뿐만 아니라 평화 시절도 마찬가지였다. 나에게 가장 존경하는 역사인물을 물어보면 내 답은 박지원 선생이 틀림없다. 조선왕조 후반기의 정치는 훈란이라고 해도 과언이 아니다. 동인과 서인, 그 다음 동인은 남인과 북인으로 나누어지고, 서인은 노론과 소론으로 나눠졌다. 세상에! 아마 한국인에게도 기억하기가 어려운 심한 파벌투쟁이었다.

그때 박지원 선생은 무엇을 하고 있었는가? 박해당할 가능성이 있음에도 불구하고, 허위의식에 빠진 양반을 비판하고 실용적인 학문을 연구하는 북학의 선두주자로서 활약하고 있었다.

"청 나라는 우리의 적이다! 우리는 소중화다! 가명인(假明人)이다!" 양반들

이렇게 말하면서 "북벌해야지!"라고 지르는 동시에는 박 선생이 청 나라으로 사행했다." 천하를 얻은 지 수십 년도 채 안 됐는데 어떻게 이런 성세를 만들었을까?" 박 선생은 깊은 고민에 빠졌다. "그래! 북벌 아니고 북으로 배워야 하길세!" 심사숙고 끝내 난 답이었다. 그때부터 그는 학문이 벼슬길에 나가기를 위해서 하는 것이 아니라 백성의 행복을 위해서 하는 것이라고 깨달았다. 그래서 청 나라의 선진 기술과 제도를 소개하는 〈열하일기〉가 오늘까지 전해 왔다. 그래서 양반의 허위성을 비판하고 자기의 뜻을 펴는 〈허생전〉이 오늘까지 전해 왔다.

그들은 전부가 아니다. 어부의 생업을 마음에 팔려 〈어류도감〉을 만든 정약영 선생도 그 중의 한 명이다. 서자, 그리고 천민이 받는 불평등대우를 눈에 뜨여 〈홍길동전〉을 쓴 허준 선생도 그 중의 한 명이다. 나는 이런 선비의 이야기를 들으면서 잘라 왔다. 나도 그들의 동반자가 되고 싶다.

다시 현대으로 돌아가 보니, 세월호 사건 때문에 월드컵도 실컷 응원할 수 없는 한국이다. 사건 때문에 적발된 부정부패를 알게 된 나는 생각이 깊어졌다. "이 시대는 모자란 게 뭐가 있을까? 왜 선장이 천진난만한 학생들의 얼굴을 모르는 척하고 혼자 해경선에 올랐을까? 왜 해경이 배 안에 들어가지 않았을까? 왜 이런 심사 불합격의 배에게 운영 허락증 줬을까?" 고인의 마음, 선비의 정신이 부족한 것 같다.

국가에 대한 애국심, 일에 대한 책임감, 다른 사람에게 배려 주는 마음, 그리고 진리에 대한 고직, 이것들이 "동방예의지국"인 한국은 잃은 버리면 안 되는 것이다. 공자의 제자인 쟁자의 말씀대로 매일 세 번씩 자기의 속마음을 반성하고 일편단심을 다시 찾아봐라! 그렇게 깨끗한 세성이 다시 우리 앞에 돌아올지도 모른다.

기차에서 만나던 아저씨

2015년 제9회 중국 성균한글백일장 금상
북경대학 장부

지도를 보면 알 수 있다. 수많은 철도는 어떻게 중국 교통 네트워크의 뼈대를 구축하고 혈관처럼 이 넓은 땅의 곳곳을 연결시키고 있는지를. 아마 중국인 치고 기차 못 타 본 사람이 없을 것이다. 특히 설날마다 기차 타고 고향으로 돌아가는 몇 억 명의 중국인은 항상 외국인을 놀라게 하는 '세계에서 가장 큰 규모의 인구이동'이라고 불리기도 한다.

나는 그 몇 억 명 중의 한 명이었다. 대학교 1학년 겨울 방학 때의 일이었다. 그때 고향에서 고속철도 아직 없어서 어쩔 수 없이 12시간짜리의 밤기차를 타게 됐다. 동경했던 경영학과에 못 들어가 한 학기동안 허무하게 살아 온 나는 우울한 기분을 가지고 기차에 올랐다.

역시 처음부터 전쟁이었다. 내가 모르는 사투리로 목청을 높여 떠드는 아줌마, 엄마한테 혼나서 울어버린 아이들, 어디서 흘러 들어오는 담배냄새… 나머지 12시간을 어떻게 지낼 수 있을까? 이렇게 걱정하면서 창문 밖으로 바라봤다. 겨울 밤의 차가운 달빛 아래에서 차가운 빛을 내는 철도는 그 머나먼 곳으로 펼쳐져 있다. 갑자기 기차가 부럽다. 정해져 있는 길에서 달리면 되니까. 그러나 내 길은 어딜까?

너무 심심해서 나는 맞은 편에 앉아 있는 아저씨를 자세히 쳐다봤다. 햇빛 때문에 구릿색이 된 얼굴, 이마에 잡힌 주름이 삶의 힘듦이 가득 쓰여 있었다. 기운 없는 두 눈도 겪어온 고생을 그대로 보여줬다. 마른 팔에 핏줄이 드러나고 손에 상처가 여러 군데 있었다. 무거운 짐을 자리 밑에 내려놓으느라 힘들어서 큰 숨을 내쉬고 있고, 가끔 찌른 땀냄새도 났다. 아마 며칠 동안 샤워 안했겠지? 이 아저씨는 틀림없이 농민공이었다. 이렇게 생각하면서 아저씨를 안 보고 눈을 잠깐 붙였다.

갑자기 핸드폰 벨이 울렸다. 나를 걱정하셔서 전화하는 어머니였다. 나는 고향 사투리로 걱정하시지 말라고 하면서 전화 끊었는데 맞은편 아저씨는 나보고 미소를 지었다. 이상하게 생각하는 참에 아저씨는 먼저 입을 열었다.

"학생 고향은 어디야? XX 맞지?"

아저씨는 나와 같은 고향 사람이었다. 서로 사투리가 통해서 거리감을 조금 좁혀 이야기를 나눴다.

"내 이름이 XXX야. 학생 이름이 뭔데?"

"XXX? 아저씨는 설마 10여년 전 우리 성에서 수능 수석을 한 XXX가 아니지요?"

"나 맞는데… 왜?"

워낙 크지 않은 도시인 고향에서 성 수석을 얻은 XXX는 완전 신화 같은 존재였다. 어렸을 때부터 부모님한테 그에 관한 이야기를 많이 들었다. 그런데 그런 '엄마 친구의 아들'인 사람은 어떻게 농민공이 돼 버렸을까?

경이하던 참에 기차표를 검사하는 열차직원이 나타났다. 아저씨는 열차원에게 기차표와 직원증을 보여줬다. 무심코 봤는데 아저씨의 직원증의 표지에 'XX성 광물연구소'가 쓰여 있었다!

그렇구나! 아저씨는 농민공이 아니라 광물연구원이었다. 야외작업을 많이 하느라 힘들어 보이고 젊은 나이에 주름이 많이 잡히고 처락해 보였구나!

내 마음 속에 쌓였던 의혹은 드디어 풀렸다.

"그럼 아저씨는 이번에 집에 가시는 거예요?"

"아니, 이번에 하남성에서 야외작업이 있어서 설날에 집에 못 갈 것 같네!"

아저씨는 웃으면서 말했다. 나는 갑자기 내 맞은 편에 앉아 있는 이 남자에 대해 강한 동정심이 생겼다. 명문대 출신을 불구하고 힘들게 야외 작업을 하는 이 남자, 목숨의 위험을 불구하고 많지 않은 월급을 받은 이 남자, 모든 사람이 가족이랑 상봉하는 날에 집에 못 가는 이 남자…

"혹시 아저씨는 힘들지 않으세요?"

"힘들지… 근데 내가 알고 있는 지식을 이용해서 그렇게 많은 가치와 공헌을 창출하는 것은 얼마나 재미있을까? 우리 연구소는 작년에 엄청난 석탄광산을 발견했거든."

아저씨는 광산 얘기 하자마자 기운 없던 두 눈이 갑자기 환한 빛이 났다. 나는 왠지 마음이 훈훈해졌다. 아저씨와 같은 사람은 한두 명이 아니다. 이런 사람이 있어서 우리는 수많은 시련을 극복할 수 있고 지금의 편한 생활을 누릴 수 있다. 개인의 이익보다 사회와 나라의 공헌을 앞서서 하는 이들은 우리의 존중을 받을 만한 진정한 영웅이 아닐까 싶다.

나는 다시 창밖으로 바라봤다. 부드러운 달빛이 우유처럼 잔잔히 흘러내렸다. 하얀 달빛에 덮히는 땅바닥, 호수와 산은 조용하고 아름다운 환상의 세계를 만들었다…

2학년부터 새로 생긴 고속철도를 타게 돼서 그 12시간 짜리 기차를 탈 리가 더 이상 없었다. 그러나 그 밤에 어두운 기차 불빛 아래에서 이야기 나눴던 아저씨의 미소가 항상 떠올랐다. 아저씨때문에 나의 방황했던 마음이 다시 방향을 찾게 되었다.

내 인생의 길잡이

2015년 제9회 중국 성균한글백일장 은상
흑룡강대학 장기

누구나 살아가면서 꼭 몇 번 일을 잘 안 풀리는 적이 있을 것이다. 심지어 우리에게 불행이 닥쳐 바닥 저 끝으로 떨어져 버린 적도 몇 번 있을 것이다. 이럴 때 우리에게 힘이 되어 주고 조언도 아낌없이 해주는 사람이 단 한 명이라도 있었으면 좋겠다는 생각을 품은 적이 없는 사람은 아마 한 명도 없을 것이다. 혼자 버티기가 너무나도 힘들니까. 그런데 과연 인생에 있어서 우리의 길잡이가 되어 주시는 사람이 몇 명 있고, 그분들과 어떻게 만날 수 있을까? 내 생각은 이렇다. 가장 복이 있는 사람은 태어나면서 인생의 길잡이가 되어 주는 사람을 만나고 두번째로 복이 있는 사람은 학교생활을 하면서 세번째로 복이 있는 사람은 역경에 부디칠 때 인생의 길잡이가 되어 주는 사람을 만난다. 참 행운스럽기도 나는 가장 복이 있는 사람이다. 나에게 그런 사람이 바로 우리 어머니시다. 이 세상에서 아무 조건도 없이 나를 예뻐하고 항상 내 뒷바침해 주는 사람이 우리 어머니밖에 없을 것이다.

어렸을 때부터 우리 어머니가 나에게 많은 도리를 가르쳐 주셨다. 그중에 어머니가 가장 처음으로 그리고 가장 중요시 여기는 것은 바로 남이 나에게 베푼 은혜에 감사해야 한다는 도리다. '성공하지 못해도 괜찮아. 단 이기적인 사람이 되지 마라. 인간으로서 기본적인 양심을 팔아먹으면 안 된다. 남이 너에게 베푼 은혜에 보답하지 못해도 항상 마음에 담아 두어야 한다'는 말씀은 나는 정말 수 십번이나 들었다. 그만큼 어머니가 이 말을 중요시하고 내가 감사하는 줄은 아는 아이가 되기를 바라는 것이다. 이밖에 또 다른 한 마디. 큰 성공은 작은 성공을 거듭된 일이라는 말도 어머니가 자주 하시는 말 중에 하나다. 눈사람을 만들듯이 무엇이든지 하루 아침에 이루는 법이 없다. 성공도 마찬가지다. 어머니가 항상 나보고 긍정적인 생각을 가지고 최선을 다하면서 일하라고 말했다. 너무 조급할 필요가 없다고 항상 오늘의 작은 성공과 기쁨에 만족하라고 하셨다. 나에게도 역시 힘들 때마다 또한 불공편하다고 생각할 때마다 어머니의 말을 크게 힘이 되어 주셨다. 매번 다 포기하려고 할 때 어머니의 말씀을 생각하면 나도 모르게 계속 하는 용기와 힘이 생긴다.

물론 인생의 길을 걸어가면서 많은 좋은 사람을 만날 것이다. 하지만 나는 우리 어머니만큼의 좋은 길잡이가 없다고 믿는다. 지금 우리 어머니가 천국에 가 계셨지만 나는 항상 어머니가 가르쳐 주신 도리를 다하면서 열심히 살겠다. 어머니도 항상 내 곁에 있는 것처럼 천국에서 이런 날 보고 행복하고 기쁠 것이다.

우리는 가지각색의 사람과 인연을 맺으면서 인생의 길을 걸어간다. 그 중에 우리에게 상처를 입히게 하는 사람이 있는가 하면 우리를 도와주고 인생의 길잡이가 되어 주시는 사람도 분명히 있을 것이다. 모두들 우리에게 상처를 가져 온 사람에게 교훈을 얻고 항상 바른 방향으로 우리의 아름다운 미래를 향해 열심히 살기를 바란다.

밤하늘에 가장 아름다운 별

2015년 제9회 중국 성균한글백일장 동상
북경대학 곡초

그때였다.

그는 술잔을 들고 나한테 빙긋 웃었다.

불의 빛이 술에서 별처럼 반짝 빛났다.

나는 갑자기 내 인생의 밤하늘에도 별이 나타나는 느낌을 들었다. 이런 느낌, 다시 말하면, 내 인생의 길잡이를 만나는 느낌이었다.

그 사람의 이름이 양연이다. 지금까지 내 인생에게 가장 깊은 영향을 주신 분이다. 사람마다 인생의 길에서 많은 사람을 만날 수 있지만 진짜한 운명적인 만남이 적다. 그래서 이런 자기 인생의 길잡이를 만나는 것은 정말 소중한 일이다. 나는 양연을 만날 수 있는 것이 운이 얼마나 좋은지 모른다.

나는 중학교 때부터 글쓰기를 좋아하기 시작했다. 글을 쓰기 시작하자마자 하늘에서 나는 새처럼 글 이야기의 세계에 빠져 모든 고민들을 다 잊어버렸다. 고용하고 평화한 마음을 다시 찾을 수 있었다. 그래서 작가가 되고 싶었다. 근데 우리는 다 아는 바와 같이 진짜 작가가 되면 아마 생계를 꾸리는 일도 문제가 될 수 있다. 왜냐하면 유명하지 않은 작가이면 돈벌기 어렵다. 그리고 글을 많이 쓰면 공부의 사간도 빼앗을 수 있다. 나중에 직업을 구하기에 나쁜 영향을 끼칠 수 있다. 그러므로 나는 점점 소설을 쓰는 것을 포기했다.

이렇게 해서 대학에 들어가고 한국어를 배우면서 바쁘게 살았다. 근데 점점 민망해졌다. 글쓰기를 좋아하지만 할 수 있는지 없는지 고민하기 때문이었다. 그때 우연히 친구를 통해서 양연을 알았다.

양연은 술집을 경영하면서 노래를 창작했다. 아주 독특한 사람이다. 그는 원래 정부 기관에서 무슨 고위 일을 맡다가 어느 날 갑자기 정부에서 떠나고 방송국으로 갔다. 방송국의 일은 그 정부의 직업보다 그냥 좋아 보이지 않지만 나쁘지도 않다. 돈도 많이 벌 수 있다. 그후 2년 쯤에 가장 재미있는 일이 생겼다. 신기한 일이라도 과언이 아니다. 양연은 방송국의 일을 포기하고 스스로 술집을 열기를 결정했다. 몇 번에 파산한 후에 지금 새로운 술집을 경영하고 창작하는 음악도 인기가 많아졌다. 잘 사는 것 같았다.

'나는 소설을 쓰고 싶은데 좀 망설이는 중이에요. 만약 작가가 되지 못하면……' 나와 양연은 그의 술집에서 만난 후에 나 이렇게 물었다.

'소설을 쓰고 싶다고? 좋은 일이지. 그냥 해라.' 양연은 술을 마시고 말했다.

'근데……'

'이 칵테일(cocktail)의 이름이 알아?' 양연은 자기 술잔에 있는 술을 일으키고 나한테 물었다.

'모르죠.'

'꿈이야.' 양연은 신비하게 웃으면서 말했다. '이름이 꿈이야. 세 가지 기본 술로 만들기 때문이어서 이렇게 불렸어. 꿈도 마찬가지야. 소설기 되는 것은 네 꿈이지. 근데 꿈을 추구하려면 이 술과 같이 세 가기 기본 것을 필요해. 알아?'

'세 가지 것은…… 뭐요?' 나는 말하는 동시에 그 술을 좀 마셔 봤다. 맛이 특별했다.

'우선, 용기가 있어야 한다. 나는 그 때 용기가 없으면 정부에서나 방송국에서나 그런 안전하고 돈을 많이 벌어 보인 일을 떠나기는 불가능하지. 근데 왜, 음악을 좋아하지. 자세히 생각한 후에 그런 자기의 술집을 가지고 그 내에서 자기가 작성한 노래를 부르는 것은 내가 진짜 원하는 일이라고 알았다. 꿈이라면 다른 것이 다 그렇게 중요하지 않아. 봐. 그래서 용기가 나서 결정했어.'

'하지만 실패하는 가능도 있죠.'

'아하, 똑똑한 애네. 그것 바로 내가 말하고 싶은 두 번째 것이다. 꿈을 추구하려면 두 번째 가져야 하는 것은 실력이야. 내가 왜 방송국에서 2년 동안 일했어? 그 동안 술집 경영하는 방법과 음악을 만드는 방법을 배우기 때문이었어. 방송국에서 재미있는 사람을 많이 만날 수 있어. 그런 기회가 많아. 너도 그렇게 해야 해. 뭐, 작가가 되고 싶으면 오늘부터 매일 천자정도 써서 연습해라. 알았어? 자, 짠!' 양연은 술잔을 들고 말했다.

'짠!' 나 점점 생각에 잠겼다. '근데, 양연 씨도 몇 번 도산했잖아요? 이렇게 실력을 가져도…'

'아하, 그치그치. 도산했어. 근데 그것 특별한 이유가 있어. 내가 술집을 여는 것은 돈 벌기만을 위하는 것이 아니지. 그래서 술집에서 말 잘 통하거나 재미있는 사람을 만나면 직잡 공자로 술 사 줬어. 고객이 없기 때문에 도산하는 것이 아니야. 오늘 네 술값도 낼 필요가 없어.'

'아, 쑥쓰러워… 그렇게 하면.'

'괜찮아. 근데 꿈을 추구하는 세 번째 조건을 잘 기억해야 돼.' 양연은 빙긋 웃었다.

'뭐에요?'

'자기의 꿈이 뭐인지 알고 이 것을 지키는 것이야. 내 꿈은 자기 술집에서 자신의 노래를 부르고 친구를 만나는 것이다. 술집을 통해서 생계를 꾸리지만 돈을 벌는 것은 내 꿈이 아니야. 재미있는 것은 그 여러 번의 파산은 다 술집에서 만나는 친구의 도움을 덕분에 다시 새로운 것을 열었다. 너는 꼭 기억해야 하는 것은 네 꿈은 좋은 소설을 쓰는 것이지 소설을 통해서 유명해지거나 돈을 많이 버는 것이 아니야. 아니면 진짜 작가가 돼도 즐겁게 살 수 없을 거야. 이미 꿈이 아니니까. 이익을 위해만 하는 일이 됐어.'

양연은 술잔을 들고 나한테 빙긋 웃었다.

불의 빛이 술에서 별처럼 반짝 빛났다.

나는 갑자기 내 인생의 밤하늘에도 별이 나타나는 느낌을 들었다. 내 인생의 길잡이를 만나기 때문이었다.

그때부터 나는 매일 천 자쯤 글쓰고 자기의 실력을 향상시켰다. 점점 꿈의 길이 뚜렷해졌다. 항상 그 '꿈'이라는 술이 기억났다. 양연한테 감사의 말씀을 드리고 싶다. 당신은 나한테 술 한잔만 주지만 내 모든 인생이 취했다. 내 인생의 밤하늘에 가장 아름다운 별이었다.

그리고, 여러분들은 다 자기의 밤하늘에 가장 아름다운 별을 만나기 기원한다.

천천히 해라

2016년 제10회 중국 성균한글백일장 금상
북경대학 도문심

할머니께서 가셨다, 영원히.

한 밤 중이었다. 나는 전화에서 아버지의 울음이 섞인 소리를 듣고 한창 멍했다. 빠르게 돌아가는 세상이 그 순간에 갑자기 멈추는 것 같았다. 이상하게 마음이 찢어질만큼 아프지 않았고 뭔가 내 머릿속, 그리고 가슴속의 모든 것을 빼앗았다는 느낌이 들었다. 갑자기 멈추는 세상은 나에게로 달아나는 듯 조용해지고 또 조용해지고 있었다. 그리고 할머니의 얼굴은 내 눈앞에 떠오르고 있었다.

그 얼굴은 예쁘다고 할 수 없었다. 세월의 주름이 얼굴에 흔적을 남겼고 삶은 얼굴에서 모든 수분과 영향을 잔인하게 빨아 뼈만 남게 만들었다. 하지만 그 얼굴은 무척 아름답고 평화로웠다. 달과 같은 눈에서 눈빛이 반짝이고 두꺼운 입술에서 햇빛과 같은 따뜻한 미소가 흘러나왔다. '천천히 해라.' 할머니께서 부드러운 목소리로 이 말씀을 나에게 자주 하곤 했다. 나는 그 눈빛, 그 미소, 특히 그 말씀을 보고 싶다, 아주 많이.

"천천히 해라." 이 것은 어렸을 때부터 할머니에게서 자주 들었던 말이었다. 그리고 내 기억속에 인상이 가장 깊었던 말이기도 하고 지금은 잊어버리기 쉬운 말이기도 한다. 갑자기 옛날 이야기가 생각난다.

어렸을 때 할머니의 손을 잡고 산책을 하곤 했다. 나는 토끼처럼 앞에서 뛰었고 할머니께서 뒤에서 천천히 걸으셨다. '천천히 해, 좀.' 할머니는 소리를 높여 나에게 말씀하셨다. '싫어요, 할머니 빨리 따라오세요.' 철없는 나는 이렇게 대답했다.

할머니께서 어쩔 수 없이 "그래, 그래' 응답하셨지만 계속 천천히 걸으셨다. '할머니께서 연세가 많으셔서 빠르게 뛰실 수 없겠지! 난 이곳저곳에서 뛰어갈 수 있어서 너무나 좋아!' 나는 그 때 스스로 이렇게 생각했다.

뛰고 나서 피곤해진 나는 할머니에게 애교를 부르기 시작했다. "할머니, 잠시 쉬고 가면 될까요? 좀 힘들어요." "그래, 그래." 할머니께서 빙긋 웃으면서 대답하셨다.

할머니는 돌에 앉으셨고 나는 할머니의 품속에서 물을 마시며 사탕을 먹으면서 쉬었다.

"아까 산책했을 때 뭘 봤니?" 할머니께서 부드럽게 물으셨다.

'글쎄~ 뭘 봤어?' 나는 머리를 긁으며 열심히 생각했는데 아무 것도 생각나지 못했다. '꽃을 봤다! 아니, 아니, 나무를 봤나? 아니면 나비를 봤어? 모르겠다!' '근데 할머니께서도 보신 것이 별로 없겠지?' 이렇게 생각하는 나는 할머니에게 물었다. "할머니는 뭘 보셨어요?"

할머니는 손으로 내 등을 어루만지며 천천히 말씀하시기 시작했다. "난 푸른 하늘에서 자유롭게 날아가는 새를 봤다. 잡초 중에 홀로 피어나는 노란 꽃을 봤다. 그리고 따뜻한 햇빛 아래 단잠을 자는 고양이를 봤고 바람에 천천히 떨어지는 나뭇잎을 봤어."

"와, 신기하다! 할머니께서 이렇게 많은 것을 보셨는데 왜 내가 못 봤어요?" 할머니의 말씀을 듣고 나서 나는 머리를 들어 할머니를 바라보며 물었다.

“넌 너무 빠르게 뛰어서 이런 걸 못 봤는 게 당연하지. 나는 천천히 걸으면서 자연에서 누리고 있어서 이 모든 아름다운 풍경을 봤어. 인생도 마찬가지야. 너무 바쁘고 빠르게 살면 삶의 아름다움을 쉽게 놓칠 수 있어. 하지만 여유 있게 천천히 살면 평소 보지 못했던 풍경도 볼 수 있고 평소 느끼지 못했던 기쁨과 설레임, 그리고 행복도 느낄 수 있어. 자, 눈을 붙여 봐.”

나는 할머니의 말씀대로 눈을 잠깐 붙였다. “뭘 듣고 뭘 느꼈어?” 할머니는 천천히 나에게 이렇게 물으셨다.

눈을 붙이고 나서 마음까지도 조용해진 것 같았다. 이 세상에 나와 할머니, 그리고 자연밖에 아무것도 없다는 느낌이 들었다. 봄바람이 내 얼굴을 스쳐갔고 새가 내 귀 옆에 아름다운 노래를 해 주었다. 그리고 따뜻한 햇빛이 나에게 ‘마사지’를 해 주었고 넓은 땅이 나를 안아 주었다. ‘이 것들은 다 평소에 내가 느끼지 못했던 아름다운 풍경이누나’라는 생각이 들었다.

할머니의 말씀 덕분에 천천히 가는 것이 얼마나 중요한지 나는 알게 되었다. 하지만 크면서 할머니가 계신 작은 마을을 떠났고 부도님과 함께 큰 도시에 갔다. 바쁘고 빠르게 돌아가는 큰 도시에서 살아온 사람들은 모두 ‘빨리 빨리’라는 말을 입에 붙인다. 나는 다들처럼 바쁘고 빠르게 사는 과정에서 자신을 잃어버렸다. 숙제도 빨리빨리 하고 밥도 빨리빨리 먹고 말도 빨리빨리 한다. 하지만 나는 행복하지 않았다. 빨리빨리 사는 과정에서 성격만 급해지고 삶이 좋아지지 않았다. 인생의 아름다운 풍경을 보는 시간도 없고 기쁨, 설레임, 그리고 행복을 느끼는 시간도 없기 때문이다. 한 마디로 말하면 지금 우리가 살고 있는 사회가 과속 사회이다.

갑자기 큰 도시에서 떠나, 과속 사회에서 도망가 할머니가 계셨던 작은 마을에 돌아가고 싶다. 다시 새가 노래하는 소리를 듣고 싶고 바람이 내 얼굴을 스쳐가는 것을 느끼고 싶다. 그리고 할머니와 손을 잡고 함께 농길에서 천천히 걷고 싶다.

할머니께서 세상을 떠났지만 할머니가 나에게 해 주시는 "천천히 해라"라는 말씀은 영원히 내 기억속, 그리고 마음속에 남을 것이다.

그리고 나는 이 말을 세상의 모든 사람에게 해 주고 싶다. 천천히 해야 아름다운 풍경을 볼 수 있다. 천천히 해야 기쁨과 설레임, 그리고 행복 등 것을 맛볼 수 있다. 천천히 해야 사람과 사람 간의 정의, 따뜻함, 그리고 사람을 느낄 수 있다. 이 사회의 모든 사람들은 모두 천천히 했으면 좋겠다고 생각한다.

과속

2016년 제10회 중국 성균한글백일장 은상
곡부사범대학 조설순

과속이라는 단어를 내 눈 앞에 생생히 나타낸 그때 그 순간, 나는 우물에 가 숭늉 찾는다는 속담이 머리 속에 떠오른다. 흔히 이 말은 급하게 행동하는 것을 이르는 말이다.

물론, 과속이라는 단어를 딱 보면 너나 나나 머리 속에 먼저 스치는 것은 과속 운전 뿐일 것이다. 그러나 나는, '과속'하고 '운전'을 한 세트처럼 쓰고 싶지 않고 내가 했던 어리석은 실수를 반성하려고 한다.

어린 시절에 나는 대자연에 모든 생물에 재미가 있고 흥미진진했다. 여름이 되면 친구들과 함께 나무 가지에 앉아 있는 곤충을 잡기도 하고 배나무에 아직 여물지 않은 떫은 배를 따기도 했다. 동물 중에서 나는 하늘에 나는 새들을 제일 좋아했다. 새 한 마리를 기르는 것은 그때 나의 유일한 소원이었다.

소꿉 친구 집에 아주 큰 과수원이 있었다. 거기에서 여러 가지 예쁜 새들을 드물로 잡을 수 있었다. 친구는 내 소원을 알게 된 후에 나에게 이렇게 말했다.

'그래, 알았다. 나중에 꼭 새 한 마리를 가지고 줄게.'

며칠 후 그녀가 역시 이름도 없는 새 한 마리를 가지고 나를 찾아왔다. 너무 흥분돼서 고맙다는 말조차 없이 새에게 먹이를 찾으러 뛰어갔다.

그러나 이틀이 지나도 새는 앞에 놓여 준 먹이를 보지도 않고 먹지도 않았다. 나는 새가 배고파 할까봐 걱정이 되고 애를 많이 탔다. 결국은 참지 못해 억지로 새의 주둥이를 잡고 밀러 넣으려고 했다. 새는 화를 낸 듯이 기회를 타서 무정하게 내 손을 쪼였다.

'이 바보야! 너 굶어 죽고 싶어하냐?'

너무 아파서 내 마음을 받아 줄 줄 모른 새에게 큰 소리로 외쳤다. 마침내 그 새는 일주일 동안 먹이를 먹지 않는 탓으로 죽고 말았다. 지금도 새만 보면 그때 나는 급한 나머지 새에게 쪼인 아픔, 그리고 더 중요한 것, 사랑스러운 새를 잃은 아픔을 생생하게 느낄 수 있다. 그때 내가 그렇게 급하지 말고 며칠 더 기다리고 새를 마음대로 편하게 해 주었으면 얼마나 좋겠을까?

이 세상을 살아가면서 누구나 다 실수할 때가 있듯이 내가 역시 과속이라는 실수를 했다. 어린 시절의 이 일은 나에게 고통을 많이 주었지만 실수를 통해 귀한 교훈을 얻게 되었다.

앞으로는 무슨 일을 하든지 급하게 행동하기보다는 진정하게 생각해서 일하는 것이 더 낫다는 도리를 깨달았다. 나는 역시 더이상 과속이나 초속도로 일을 대하지 않고 진정하는 태도로 세상을 살아가려고 한다.

나만의 속도

2016년 제10회 중국 성균한글백일장 동상

북경대학 장몽미

폭우 날. 쓰기 대회 현장에 가는 길에 왠지 긴장하면서도 답답한 난, 비오는 날이 얄밉다. 창 밖에 벌레처럼 느릿느릿 기고 있는 차들을 보니 머릿속을 막막함이 휩쓸었다. 비오는 날에 차가 막히는 게 더 얄밉다. 세상에.

빨리 속도를 올려 뛰어가고 싶은데 그만큼 힘이 없는듯이 큰빗속에 끊임없이 뛰고 있던 내가 생각났다.

6년 전. 중학교 3학년 학생이 되어 고등 학교 입학 시험을 준비하기 시작했던 시절. 학교 공부를 잘하면서 반장을 맡은 나는 스포츠 대회에서도 상을 타곤 해서 반 친구들이나 선생님들의 눈에 아주 우수한 학생인 것 같았다. 고등학교 입시에 체육도 필수과목으로 들어가 있어서 나는 무척 기뻤다. 체육 시험은 본격적 입시보다 한 달 더 일찍 봐야 돼서 좋은 체육 성적을 얻을 수 있다면 남들보다 좋은 고등학교와의 거리가 이미 가까워진 것 같다. 그래서 모든 학생들은 교실에서 악착같이 공부했을 뿐만 아니라 운동장에서도 연습을 많이 했다.

체육 시험 두 달 전의 어느날. 체육 선생님은 올해 점수 평가 기준을 우리한테 보여줬다. 워낙 달리기를 잘하는 편이라 걱정 하나드 안 했던 나는 만점과 대조하는 시간 제한을 보니 스트레스를 확 쌓였다. 32초. 평소에 200

미터 달리기를 연습할 때 한번이라도 32초 안에 들어간 적 없다. 하늘의 한 모서리가 무너진 느낌이 들었다.

불과 두 달. 시간이 흘러갈수록 스트레스가 많아진 나는 어떻게 실력을 키울지 고민하다가 머릿속에 어떤 아이디어가 스쳐갔다. 맞다! 무게! 짧은 시간에 체중을 줄리기 힘들지만 몸무게 기준에 다른 물건으로 중량을 증가시키면 달리기할 때 무조건 효과가 있다고 확신했다. 이어서 인터넷쇼핑으로 사 온 모래 팩을 발목에 각 1kg 묶고 다녔다.

평일에 저녁먹고 한 2시간 정도 늘 운동장에서 보내는 시간이었다. 항상 비왔음에도 불구하고 그 무거운 모래 팩을 묶고 달리기 연습을 계속 했다. 샤워 시간 빼고는 모래 팩을 계속 발목에 묶을 정도로 나는 모래 팩을 끼고 살았다. 뭔가 믿음이 간 것처럼 모래 팩은 내게 만점을 가져올 수 있는 행운물건이라는 생각이 들었다. 그러던 어느날 행운을 상징하는 모래 팩은 나를 다치게 만들었다. 빗속으로 한 바퀴, 두 바퀴 뛰고 있던 나는 결국 넘어졌다. 먼저 느꼈던 것은 아픔이 아니라 눈물이었다. 포기할 줄 모르던 나는 희한하게 울음이 터졌다.

뻥이었다. 속도가 오히려 느려졌다. 올라가지 않았는데 느려졌다. 의료실에서 상처를 처리하는 동시에 나는 이 생각밖에 안 들었다. 땀과 눈물이 얼굴에 혼재해 있었다. 아픔을 못 참는 것이 아니라 자존심이 땅바닥에 떨어졌기 때문이었다.

다리를 다쳤으니 집에만 박혀 있게 되었다. 코가 납작해진 나는 그때까지도 속도의 문제에 대해 고민했다.

“딸, 밥 먹자!” 엄마는 내 방으로 들어왔다.

“입맛 별로 없는데… 좀 이따.”

엄마는 내 옆에 앉게 되었다. “딸, 고생했다. 엄마 다 알고 있어. 우리 딸

이렇게 힘든 걸."

"엄마." 엄마 말을 들어서 눈시울이 갑자기 뜨거워졌다. 울컥 소리를 내면서 엄마 품에 들어갔다. "엄마… 나 왜 못해? 열심히 연습했는데 왜 못해? 그렇게 노력했는데, 그렇게 힘들었는데 속도가 안 올라가. 진짜 나 어떻게 해야 돼. 힘들어 죽겠다…"

엄마는 들으면서 펑펑 우는 나의 등을 쓰다듬으며 말했다. "딸, 못한 거 아니다. 진짜. 방법이 잘못 된 것뿐이지. 맨날 32초만 생각하면서 뛰면 얼마나 부담스러웠겠니? 그치? 솔직히 속도가 느린 게 아니라 네 속도가 너무 빠른 거야. 뭔뜻인지 알지?"

"내 속도가 빠른 거니?"

"그래. 너무 과해. 엄마로선 네가 매일 무거운 모래 팩을 묶고 다니는 걸 보니 정말 마음이 아프더라. 딸아, 네가 잘하는 학생이야. 사람들 다 알아. 근데 과유불급이다. 너무 과하면 거의 다 다가올 것도 쉽게 잃게 된다는 거야. 우리 딸 이렇게 똑똑한 아이인데 이해할 수 있겠지?…"

과유불급. 이런 이치를 알면서도 자신을 이런 지경으로 만들었네. 너무 느린 게 아니라 과속이다 난. 자신의 한계가 있음에도 불구하고 빨리 더 빨리 뛰고 싶은 마음만 먹었다. 어리석은 내가 간절히 원할수록 더욱 떨어지게 될 수밖에 없잖아.

체육 시험 날. 내 차례다 드디어. 신발끈을 다시 꼼꼼이 묶고 한숨을 쉬었다. '나만의 속도. 나만의 페이스를 지키면 된다.' 이렇게 생각하면서 얼굴에 미소가 피었다. 그래, 속도를 쫓아다니는 것보다 나만의 속도로 뛰는 게 더 중요하다.

"준비!"

가슴이 두근두근 뛰면서 앞만 지켜봤다. 심장이 벌렁벌렁 목구멍까지 튀어나오는 듯이.

"빵!"

총소리를 듣자마자 날기 시작했다. 이렇게 가벼운 느낌이 처음이었네.

이 것이구나. 나만의 속도.

제 1회 몽골 성균 한글 백일장

No. 1

대학 ...국립대학교 | 학과 한국어학과 | 학년 3학년 | 이름

1등

2등

소망

몽골

성균
한글
백일장
수상작

성 균 한 글 백 일 장

2 0 0 7 ~ 2 0 1 8

10 여 년 의 기 록

소망

2008년 제1회 몽골 성균한글백일장 금상
몽골국립대학 홀랑

하루하루 날씨가 풀리고 따뜻해지는 초봄 어느날이었다. 나는 수업 시간에 늦을까 봐 걱정이 돼서 부랴부랴 학교로 가고 있었는데 페이브먼트 옆에서 소꿉놀이를 하는 아이들이 눈에 들어왔다.

"나는 엄마다."

"어, 그럼 난 교통순경이다. 교통순경!"

저마다 배역을 맡았는데 한 남자애가 친구들이 재촉하는데도 아무 말도 없이 가만히 앉아 있었다. 그리고 한참 있다가 뭔가 생각이 떠오른 것처럼 벌떡 일어나 "우와, 나는 햇볕이 될 거야. 햇볕" 하고 말했다. 이런 철부지 애가 웬 햇볕이 되고 싶은 건지 궁금해진 나는 그 아이에게 다가갔다. 그 이유를 물어 봤는데 "어, 헤헤. 우리 엄마니가요. 시장모퉁이 난전에서 나물을 파는데 거기 너무 춥다고 하셨어요. 저는 이 다음에 커서 햇볕이 되면 하루 종일 어머니를 따뜻하게 비추어 주고 싶어요. 누나 이건 제 소망이요." 하고 했다. 아이의 그 속 깊은 말에 나는 콧등이 시큰해졌다. 나는 그 기특한 아이를 꼬옥 껴안아 주었다. 마치 햇볕을 품은 것처럼 따뜻했다. 실천에 옮길 수는 없지만 세상 그 무엇보다도 값지고 소중한 소망이었다. 나는 그

날 그애때문에 지각하고 교수님한테 야단 맞았지만 후회하지 않았다.

나도 소망이 있다. 쉽게 이룰 수 있는 작은 소망도 있고 평생 동안 못 이룰지도 모르는 큰 소망도 있다. 그 소망들 중에서 내겐 전세계의 평화가 가장 중요하고 소중한 소망이다. 미국에서 있었던 9월 11일 테러의 비극. 그때 나는 어린 아이였지만 모든 분노 절망을 눈으로 본것처럼 느꼈다. 우리 가족들이 다 내곁에 무사히 앉아 있었는데도 그 눈물바다가 된 장면을 텔레비전으로 봤을 때 눈물이 절로 쏟아졌다. 세상의 몹쓸 시선에 떠밀린 사람들. 테러의 그림자는 밖에 놀고 있던 아이들도 비켜가지 않았다.

그때부터 나의 이 소중한 소망이 생긴 것 같다. 전세계의 평화와 사람들끼리의 서로에 대한 사랑은 밀접한 관계가 있다. 우리는 다른 사람들을 내 자신처럼 받아들이고 사랑할 수 있다. 우리가 꿈꾸는 사랑이라는 것은 우리가 서로를 받아들인 다음에 일어난다. 고통의 늪에 빠져 있는 사람은 길을 잃은 아이과 똑같다고들 한다. 만일 고통의 늪에 빠진 사람을 만나면 내 자신이 그런 위기에 처한 것처럼 느끼고 그 늪에서 벗어나길 도와 줘야 한다. 그러면 가슴이 뿌뜻해지고 당신도 그 사람도 안도의 미소를 지을 것이다.

분노, 절망, 고난 등 수 많은 에너지들이 항상 우리 곁에 있다. 그러나 그런 것들을 다독여 줄 깊은 사랑, 위로, 용서도 우리 곁에 있다는 것은 정말 천만다행이다. 그 두 에너지 중 어느 것을 삶의 모토로 삼을 것인지는 우리에게 달려 있다. 나는 진인사 대천명이란 말을 믿는다. 그러니까 나는 내 소망이 혼자서는 이룰 수 없는 것이지만 최선을 다해서 노력할 것이다. 한 방울 한 방울 모이면 거대한 바다를 이룰 수 있는 것처럼 나와 같은 소망이 있는 사람들이 한 명 씩 한 명 씩 모이고 소망을 합치면 언젠가는 온세계에 평화를 가져올 날이 있을 것이다.

소망

2008년 제1회 몽골 성균한글백일장 은상
몽골국립외국어문화대학 궁지뜨마

저는 사람의 인생은 나무와 같다고 생각합니다. 나무는 여름의 비바람과 겨울의 눈보라를 이겨내면 많은 사람들이 그 그늘 밑에서 쉴 수 있는 큰 나무가 됩니다. 사람도 삶을 살면서 많은 것을 이겨내고 자기 세상을 만듭니다. 제 꿈은 우리 몽골이 행복하고 잘 사는 나라가 되는 것입니다. 그러기 위해서 사람은 자기 인생부터 시작해야 한다고 생각합니다. 제가 행복하면 제 주변에 있는 사람들도 행복하게 살 수 있지요. 가장 훌륭한 것은 제 인생을 자기 손으로 만드는 것입니다.

저는 중학교에 다닐 때 러시아어에 관심이 많았습니다. 여러 대회에 나가서 상을 받은 적이 한두번이 아니었습니다. 그 때부터 외국어를 좋아하고 사랑하게 됐습니다. 그래서 중학교를 졸업하고 외국어를 전공하기로 결정했습니다. 그 때 저는 한국어를 선택했습니다. 왜냐하면 중학교에 다닐 때 한국 사람들은 착하고 일을 열심히 한다는 말을 여러 번 들었습니다. 그래서 저도 한국어를 잘 배우고 그 나라의 문화와 역사 등 많은 것을 알고 싶었습니다.

대학교에 입학했고 처음에는 친척 집에서 살았습니다. 집을 떠나니까 내 인생은 마치 안개 속에 있는 것처럼 힘들었습니다. 혼자서 식사할 때, 빨래

할 때, 아플 때는 집 생각이 났습니다. 그렇지만 저는 마음을 독하게 먹고 공부를 열심히 했습니다. 처음에 우리 반 친구들 중에 전에 한국어를 8년동안 배운 학생도 있어서 한국어를 전혀 모르는 저는 아주 힘들었습니다.

그러나 저는 지지 않고 노력해서 2학년 때 장학금을 받았습니다. 우리 부모님은 연금 수령자이어서 제가 겪고 있는 문제는 학비였습니다. 장학금을 받을 때 우리 부모님이 아주 기뻐하셨습니다. 그 때부터 저는 사람은 자기만 노력하면 행복한 인생을 만들 수 있는 것을 믿게 됐습니다. 올해도 장학금을 받고 학비를 냈습니다. 그리고 지난 여름 방학 때 우리 학과에서 추천해서 한국에 갔다 왔습니다. 오천년의 역사를 가진 그 아름다운 나라를 제 눈으로 볼 때 아주 감탄했습니다.

몇년 전에 전쟁 등 여러 어려움 때문에 가난했던 나라가 모두들 노력하고 최선을 다해서 오늘날처럼 선진국이 되는 것은 사람은 열심히 할 수 있으면 이 치열한 경쟁 사회에서 남보다 앞서고 모든 어려움을 이겨낼 수 있다는 걸 보여 주는 것입니다.

그리고 저는 사람마다 믿음과 좋은 마음을 꼭 가져야 한다고 생각합니다. 사람은 사회적인 동물이라는 말도 있습니다. 누구나 혼자서 살 수 없지요. 그래서 사회에 나가서 사람들을 도와주고 남들을 기쁘게 해 주면 우리 인생이 얼마나 풍부해지는지를 느낄 것입니다.

사람마다 소망이 있고 그 소망을 이루기 위해서 항상 한 계단 한 계단 올라가면 이 모든 세상의 미래가 밝게 보일 것이라고 생각합니다. 앞에 말한 그 행복한 나라를 만드는 꿈을 이루기 위해서 저는 좋은 선생님이 되고 싶습니다. 선생님이란 지식의 뿌리를 심어주고 사람의 인생을 올바른 길로 끌어주신 분이라고 생각합니다. 그래서 저는 좋은 선생님이 돼서 많은 학생들에게 지식을 나눠주고 조국 발전에 공헌하기를 원합니다.

소망

2008년 제1회 몽골 성균한글백일장 동상
울란바토르사립대학 강토야

저는 어렸을 때부터 꿈 꾸기를 아주 좋아하는 아이였습니다. 오늘은 선생님이 된다고 하다가 내일은 의사가 되고 싶다고 합니다. 이런식으로 수많은 직업을 가졌고 세상 누구와도 비교할 수 없는 사람이 되어버렸습니다.

저는 중학교에 들어갔을 때 의사가 되고 싶었습니다. 그때 당시 저와 친밀하게 사귀었던 친구들 중 한 친구가 치통으로 시달리곤 했습니다. 그 친구는 사탕을 매일 먹는 아이였습니다. 그래서 저는 앞으로 훌륭한 치과의사가 되어서 친구의 썩은 이를 치료해 주겠다고 결심했습니다.

그러다가 고등학교에 들어가서 세계화하는 이런 시대에 외국어를 배워야겠다고 생각해서 모국어를 더 공부했습니다. 그때 당시 한국 영화나 드라마가 TV에 많이 나오게 되었습니다. 영화를 보면서 한국에 대해 생각하고 영화를 볼수록 한국어에 대한 관심이 많아졌습니다. 저는 생각했습니다. 아니 꿈 꾸기 시작했습니다. 앞으로 한국어를 가지고 한국과 몽골 관계에서 많은 좋은 일들을 하고 싶었습니다. 그래서 저는 스스로에게 약속했습니다. 한국어로 인기있는 울란바토르대학교에 들어가서 한국어를 잘 배우고 졸업하고 한국에 유학가서 많이 공부하고 다시 몽골에 와서 나라 발전을 위해서 힘껏 일하고 정성을 다해서 다른 사람들을 가르쳐 줄 것이라고 마음을 굳게 먹었습니다.

지금 4학년 학생으로써 나름대로 열심히 공부하고 있습니다. 지금 한국어를 배우는 것이 꿈을 이루기 위한 첫 발걸음이고 앞으로 계속해서 걸어갈 겁니다.

저는 꼬마아이를 무척 좋아합니다. 어렸을 때 집에서 동생들을 돌봐서 그런지, 아이들을 보면 기쁨이 생기고 그들을 통해 새 힘을 얻습니다. 앞으로도 어린아이들을 위해서 무엇인가를 해 주고 싶습니다. 특히 부모로부터 왕따를 당하는 아이들에게 고아원을 세워 주고 싶습니다. 사실은 몽골에 이런 어린아이들이 많습니다. 불쌍한 이런 아이들이 자기를 보면서 '정말 운이 없다, 내 운명이 이렇다, 오히려 태어나지 않는 게 나았을 텐데'라고 자기 자신을 부인합니다.

가난한 집에 태어나 돈이 없어 거리에서 구두를 닦는 아이, 부모가 일하지 않고 일을 시켜 학교에 다니지 못한 아이 등 자기가 아무리 공부하고 남들처럼 살고 싶었지만 생계를 이어가기 위해서 힘들게 일하는 어린아이들에게 제가 소망과 미래를 주고 싶습니다. 이것이 어떻게 하면 가능할지에 대해서도 생각했습니다.

첫번째: 먼저 고아원을 세우고 그들이 편안하게 살 수 있도록 따뜻한 분위기와 환경을 만들어 줄 것입니다.

두번째: 다른 아이들처럼 공부를 시키고 정신적으로 건강한 아이로 자라도록 신경을 많이 써 줄 겁니다.

셋번째: 인격적인 사람으로 양육할 것입니다. 이것은 성경책을 읽고 책에 나오는 교훈을 삶에 작용하는 것입니다.

이것도 저의 소망 중 하나입니다. '세 살 버릇 여든까지 간다' 이런 말이 있는데 어린아이들에게 좋은 습관을 가르치고 삶으로 보여 주는 것이 아주 중요한 일이기 때문입니다.

꿈이란 것을 아무것도 아닌 자를 어떤 훌륭하고 남다른 뛰어난 사람으로 변화시켜 주는 크고 놀라운 힘입니다.

저는 소망이 없는 인간은 하나도 없다고 생각합니다. 그러나 소망이 이루어지기 위해서는 본인 스스로 노력해야 합니다. 이 세상에 저절로 생기고 이루어지는 것은 전혀 없습니다. 노력해야만 우리 소망과 꿈이 이루어집니다. '신은 스스로 돕는 자를 돕는다'라고 하듯이 우리는 자기가 해야 할 일을 성실하게 최선을 다해서 해야 한다고 생각합니다.

마지막으로 말하고자 하는 것은 소망이 없다면 소망을 가져라, 소망을 가졌으면 노력하고 전진해라. 그렇게 하면 성공하고 인간으로서 이름을 남길 수 있다는 것입니다. 호랑이는 죽어서 가죽을 남기고 사람은 이름을 남긴다는 말로 끝내겠습니다.

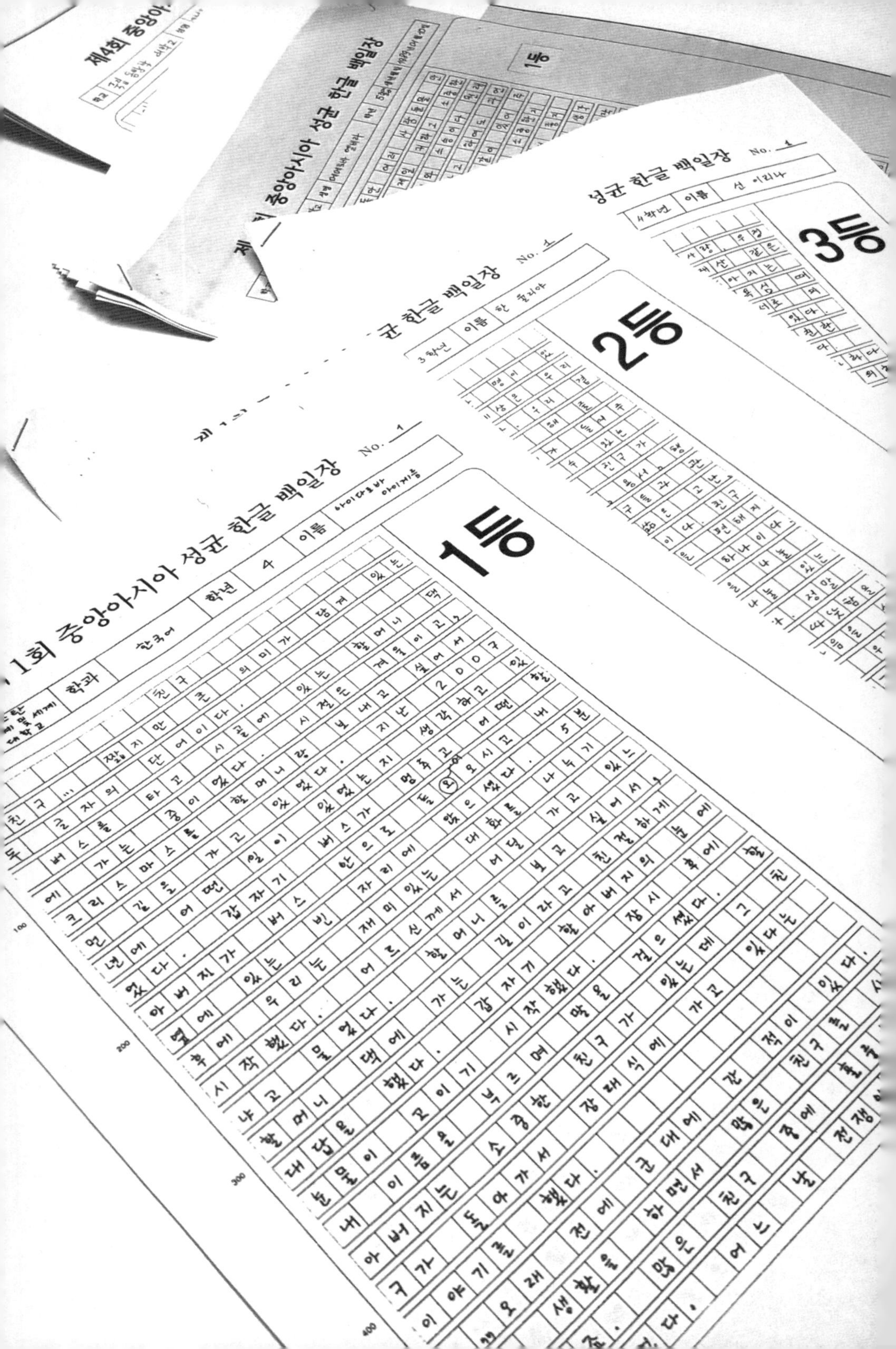

제4회 중앙아
중앙아시아 성균 한글 백일장
1등
성균 한글 백일장 No. 1
3등
균 한글 백일장 No. 2
2등
1회 중앙아시아 성균 한글 백일장 No. 1
학과
한국어
학년
4
이름
1등

중앙 아시아

성균 한글 백일장 수상작

성 균 한 글 백 일 장

2 0 0 7 ~ 2 0 1 8

10 여 년 의 기 록

친구

2008년 제1회 중앙아시아 성균한글백일장 금상

카자흐스탄외국어대학 아이게름 아이다로바

친구… 짧지만 큰 의미가 담겨 있는 두 글자의 단어이다.

버스를 타고 시골에 있는 할머니 댁에 가는 중이었다. 시절은 겨울이고, 크리스마스를 할머니랑 보내고 싶어서 먼 길을 가고 있었다. 지난 2007년에 어떤 일이 있었는지 생각하고 있었다. 갑자기 버스가 멈추고 어떤 할아버지가 버스 안으로 들어오시고 내 옆에 있는 빈 자리에 앉으셨다. 5분 후에 우리는 재미있는 대화를 나누기 시작했다. 어르신께서 어딜 가고 있느냐고 물었다. 할머니를 보고 싶어서, 할머니 댁에 가는 길이라고 친절하게 대답을 했다. 갑자기 할아버지의 눈에 눈물이 고이기 시작했다. 잠시 후에 내 이름을 부르며 말을 걸으셨다. 할아버지는 소중한 친구가 있는데 그 친구가 돌아가서 장래식에 가고 있다는 이야기를 했다.

"오래 전에 군대에 간 적이 있다. 군대 생활을 하면서 많은 친구를 사귀어 봤죠. 많은 친구 중에 훌륭한 한 벗이 있었다. 어느 날 전쟁이 시작했다. 전쟁은 내 인생에서 제일 힘든 시간이었다. 그 때 밥 한 끼를 나누어 먹었던 사람은 바로 그 친구이었다. 언제든지 뭐든지 거절 없이 도와 주는 친구이었지. 그 친구가 옆에 있으면 어떤 상황이라도 자기를 행복하게 느끼고,

옆에 싸움이 일어나도 자기를 안정하게 느꼈다. 적이 들어와도 나를 위해서 자기 인생을 희생할 수 있다는 사실을 알고 있기 때문이다. 그 때 친구한테 제대로 잘 해 주지도 못했네."라고 눈물이 초록 초록 내리기 시작했다. 문득 어렸을 때 책에서 봤던 어느 명언이 생각났다. "힘들 때는 친구는 친구이다." 그 때 너무 어려서 그 명언의 뜻을 몰랐는데 이제야 알았다. 힘들 때 아무 말도 안 해 주고 그냥 옆에 있어 줌으로만 위로를 받고 행복을 느낄 수 있다. 그런 사람을 친구라고 할 수 있다. 하지만 내 생각으로 진정한 친구의 또 다른 점이 있다. 힘들 때 같이 힘들어 해 주는 사람을 친구라고 하지만, 기쁠 때 같이 기뻐해 줄 사람도 친구라고 한다. 힘들어 해 주는 것보다 어떤 좋은 일이 있을 때 진심으로 기뻐할 수 있는 친구가 많지는 않다. 어떤 사람에게도 그 것이 쉽지 않기 때문이다.

버스가 멈추었다. "자네는 좋은 친구가 있다면 될 수 있는 대로 도와주고, 그 친구를 아껴라!" 하며 버스를 내리셨다. 지난 40분 동안 그 할아버지의 이야기를 통해서 많은 것을 배웠다. 도대체 진정한 친구라는 것이 무엇이고, 나에게 진정한 친구가 누구일까 라며 고민을 하기 시작했다. 내 머리 속에 물음 표가 가득했다. 내가 친구라고 부르는 수많은 사람 중에 그 진정한 친구를 찾았다. 드디어 그 친구를 찾았다.

지난 겨울 방학도 할머니 댁에서 보냈었다. 그 시골에서 아무도 모르는 나는 하루 종일 그냥 집 안에만 있었다. 너무 지루했었다. 어느 날 할머니가 예쁜 아이의 손을 잡고 집으로 들어오셨다. 옆에 있는 아이가 이웃 집 아이이고, 같이 놀고 남은 겨울 방학을 재미있게 보내라고 했다. 나이는 나랑 동갑이었다. 그 때부터 모든 지루함과 심심이 문득 살아졌다. 그 때 그 친구는 나에게 비 오는 날에 하늘에서 생긴 빛나는 태양 같았다. 우리는 빨리 친해졌다. 몇 하루를 같이 보내고 많은 이야기를 나누었다.

정공은 한국어이고 학교에서 배웠던 것들 한국 가서 실제로 경험해 보고 싶다는 내 오랜 꿈도 이야기했다. 그날 밤에 한국어 교수님이 전화하시고 한국에 갈 수 있는 기회가 생겼다고 축하하셨다. 눈에서 눈물이 나오고 바로 그 친구를 찾았갔다. 내 꿈이 이뤄지는 것을 듣고 그 친구는 나보다 더욱 기뻐했다. 짧은 시간에 내 마음을 알아 주고, 나를 위해서 진심으로 기뻐할 수 있는 진정한 친구가 바로 그 사람이었다. 그 친구에 존재를 내가 잠시 잊어버리고 사는 것 같았다.

이제 내가 가고 있는 시골에도 다 왔다. 버스에서 내리고 그 친구를 보러 달려가던 내 가슴이 떨렸다. 그 친구를 내 기억 속에서 떠오르게 한 그 할아버지 이야기… 친구에 대해서 다시 한 번 생각할 수 있는 기회가 되었다.

이제 그 친구 집 앞에 서 있었다. 그 나의 진정한 친구를 평생 아끼고 될 수 있는 대로 도와 주겠다는 결심을 했다.

친구

2008년 제1회 중앙아시아 성균한글백일장 은상
카자흐스탄국립대학 한 율리야

"인생에 소중한 친구가 한 명이 있으면 성공한 인생이다." 이 세상은 우리 혼자만이 사는 세상이 아니다. 우리 곁에 항상 친구가 있다. 지지를 해줄 수 있는 가족이 없어도 언젠가 들어주고 고통을 나누고 도와 줄 수 있는 친구가 있다. 주위를 둘러보면 친구가 없는 사람이 없다. 사랑, 위로, 용서, 행복 등 같은 좋은 감정은 친구들과 관련한다. 친구가 없다면 우리 삶은 고난, 고생과 눈물로 가득차있을 것이다. 친구는 마음에 상처가 나면 마음을 편해지게 할 수 있는 사람들 중에 하나이다.

"친구라는 사람은 나와 슬픔을 나눌 만큼 나의 행복과 즐거움을 나눌 있는 사람이다."라고 부아스트가 말했다. 정말 맞는 말이다. 친구는 태양처럼 따뜻함을 주기도 하고 차가운 비처럼 마음을 섭섭하게 될 수 있다. 어떤 때도 우리 삶에 중요한 결정과 선택이 친구의 생각과 의견에 달려 있다. 그리고 우리 삶은 친구의 사랑과 주의에 달려 있다고 본다. 우리가 사는 동안 재앙, 전쟁, 사고, 문제 등 속상하게 하는 걸 당하고 친구와 관련한 것만 우리를 기뻐하게 된다.

우리를 둘러싸 있는 것들이나 사람들 중에 어떤 것이나 누구를 친구로 삼을 것인지는 우리에게 달려 있다. 나는 처음에 주제를 받았을 때 제일 좋아하고 나에게 지혜로운 충고를 주는 책에 대해서 쓰려고 했다. 그러나 한참 생각하다가 고마운 친구에 대해서 쓰고 싶어졌다. 내가 살아왔던 날들 중에 그 친구와 같이 보냈던 날들이 가장 기뻤다.

얼마 전에 언니의 동창생에게서 전화를 받았다. 그는 아주 똑똑하고 견문이 넓은 걸 알게 되었다. 우리는 3년 동안이나 전화로만 알고 지냈다. 좀 이상하게 보이지만 우리는 서로 친해져서 서로의 마음을 파악할 수 있었다. 내가 무슨 일이 있어도 친구가 항상 도와 주고 충고를 줬다. 그 친구는 나를 몇 번이나 만나 달라고 했지만 내가 실망할 까 봐 거절했다. 이 기우 때문에 큰 실수를 했다. 어느 날 그는 더 이상 참을 수 없고, 내일 만나지 않으면 나를 잊어버리라고 했다. 그 때 내가 사과커녕 오히려 화를 냈고, 참을 수 없으면 연락하지 말라고 대답했다. 우리는 마지막으로 이야기한지 벌써 3년이 되었다. 나는 너무 늦게 실수를 깨달았다. 그와 연락이 끊긴 후에만 그는 나한테 얼마나 필요하고 나는 얼마나 아끼는 사람인 지 파악했다. 작년에 내가 친구는 사고를 당해서 죽었다고 알게 되었다. 가끔 사람은 실수를 하고 앞으로 사과해야 할 사람은 자기 자신 뿐이라고 생각하는 경우가 많다. 그 실수 때문에 나 뿐만아니라 친구도 고생을 받았다. 나는 친구를 보호할 수 없었다. 제시간에 사과하지 않고 고맙지 않았다. 지금은 나의 친구가 하늘 나라에 살고 있고 나에 대해서 좋은 것만 기억한다고 기대한다. 그리고 내가 눈물이 흘릴 정도로 힘들고 죽고 싶을 정도로 외로울 때 친구의 귀신에게 이야기한다. 가끔 꿈에서 만나고 그동안 가지고 있는 고마운 말을 하고 용서해 달라고 한다. 친구 덕분에 다시 한 번이라도 좋은 기회를 놓치지 않을 것이다.

어제 “일단 한 번 만”이라는 미국 영화를 봤다. 한 번만 죽음을 이길 수 있고 실수를 고칠 수 있고 사랑하는 사람에게 사랑을 선물로 줄 수 있다면 우리 삶은 영원히 바뀔 수 있을 것이다. 지금 바로 나의 글짓기를 읽으시는 사람에게 자신의 삶에 중요한 순간을 놓치지 마시기를 바란다. 곁에 있는 친구가 제일 아끼는 사람이고 제일 소중한 사람이라고 생각한다. "친구들은 우리의 보물이다. 나는 이 글짓기를 친구에게 용서해 달라는 뜻으로 썼다. 순간의 선택이 일생을 좌우하게 하는 경우가 많다. 친구야, 정말 미안하다."

친구

2008년 제1회 중앙아시아 성균한글백일장 동상
카자흐스탄외국어대학 신 이리나

우리 살고 있는 시대에서 사랑, 우정 같은 감정적인 것보다 명예, 재산 같은 물질적인 것의 가치가 점점 높아지는 모양이다. 사람들이 끝이 없는 욕심 때문에 같은 가족식구들끼리마저 서로 미워해 주고 배신할 경우도 많이 있다. 이에 따라서 이 세상에 정말로 친한 친구를 만나면 다행이라고 생각한다.

"많은 돈보다 친구들이 더욱 중요하다"는 러시아 속담이 있다. 그 말에 의하여 열심히 노력해서 부자가 될 수 있지만 순수한 좋은 친구를 만나기 십상이 아니다.

친구란 내가 너이고 네가 나인것처럼 기쁠 때나 슬플 때 한마음이 된다. 내가 사고를 치던가 불행할 때 항상 와주고 위로해 주는 친구보다 내가 무지 행복할 때 같이 기뻐해 주는 친구가 좋다고 본다. 내가 너무 불쌍해서 위로해 주는 사람이 많은 반면에 나의 큰 소원이 이루어지면 마음껏 기뻐해 주는 친구가 한명밖에 없기 때문이다.

내가 이런 친구를 한국에서 교환학생으로써 공부했을 때 만났다. 픈이라는 베트남사람이고 아주 명령하고 순수하고 지혜로운 여학생이다. 22살인데 당연한 학적 범위에서 커다란 경험을 받은 사람인데다가 한국어를 한국인처럼 유창하게 한다. 우리 한국에서 있었을 때 길거리에서 한국사람이 길을 물어보면 픈 언니가 자세히 설명해 주기 때문에 한국사람마저 픈이 한국사람이 아닌 것을 알아보지 않았다. 픈이 덕분에 내가 하나님의 뜻을 알게 된 것이 나에게 가장 소중한 일이다. 픈 언니가 나를 올바른 길로 살리게 해 주는 듯한다.

우리 목사님이 픈에게 한국이름을 만들어 주셨다. 예쁜 마음이라는 뜻이 있는 미영이라고 하는 이름이 굉장히 어울린 것 같다.

미영의 가족 형편이 안 좋아서 미영이 사춘기때부터 일해야 하게 됐다. 어머님과 아버지 이혼하시고 픈이 맏이 딸이어서 항상 돈을 벌기 위하여 고생하는 어머님께 도와 주면서 자기보다 많이 어린 남동생을 돌봐 주었다. 대학교에 입학할 때 시험 성적이 높이 나와 가지고 학비를 지불하지 않은데다가 창학금을 꼬박꼬박 받았다. 하지만 절약해서 먹고 살면 창학금이 부족했으니 여러 가지 알바를 부지런히 해 보았다. 아침에 대학교로 나오고 오후에 식당에서 베이터로써 일하거나 도서관에서 일하면서 한번도 결석한 적이 없었다. 그리고 밤에서 한국어를 머리가 터질 만큼 열심히 공부해서 일년 후에 통역원으로써 일할 만했으며 더 일년이 지나간 후에 전문적인 통역원이 됐다. 여기 저기 번 금액을 나누어서 한 부분을 어머님께 보내 주고 나머지 부분에서 오십달러로 책을 사고 독서하고 나머지 돈을 생활비로 썼다. 언니의 방에 들어오자마자 눈에 닥 뛰는 것이 책으로 콱 차는 책상이었다. 그중에서 소설이나 역사, 한국사, 문화, 경제, 심리에 대한 한국어로 나와 있는 책들뿐이었다. 언니의 견해로는 책과 둘이서 하는 공부가 조화되면 사람에게 제일 효과적인 과정이란다. 인터넷, 텔레비전, 기타 정보통신보다 책을 통해서 얻을 수 있는 지식이 중요하기 짝이 없단다.

언니와 함께 서점에 책을 사러 가기를 무지 좋아했다. 왜냐하면 책 제목만 보면 재미있는 지 이식할 수가 없어서 차례를 자세히 보아야 되니 언니의 도움이 자주 필요했다.

내가 한국에 가기 전에 부모님과 멀리 떨어져 살지 않았음으로써 한국에서 많이 힘들고 외로워했다. 하지만 미영이 언니 덕분에 내 의지가 강해지고 자립심이 생겼다고 생각한다. 내가 불쾌할 때나 기운이 하나도 없을 때나 나를 항상 웃기고 힘을 주는 언니이다. 또한 내가 경기에서 일등하거나 좋은 일이 생길 때 언니가 항상 곁에 있고 같이 놀아 준다.

우리 언니와 못 본 지 벌써 일년이 됐다. 우리 같은 나라 사람이었으면 좋겠다는 생각이 자꾸 든다. 인터넷 통해서 자주 편지를 서로서로 써 주지만 막상 마주 보지 않아서 마음이 속상하다. 언니의 목소리를 생일날 때 전화로 들은 순간에 숨통이 막혀 가지고 마음이 뭉클했다. 21살 생일의 가장 소중한 선물이 바로 그 전화였다.

내 삶에서 친구들이 흔하지 않아서 괴로워할 데가 많았다. 하지만 이젠 정말로 순수하고 신뢰스러운 친구 한명을 만나게 되어서 난 행복한 사람이라고 단언한다. 우리 언니와 이심전심처럼 고통할 때 서로서로 배려해 주니까 우리 만남이 우연한 일이 아닌 것 같다.

그러므러 다시 만날 기회를 기대하고 있다.

어머니

2009년 제2회 중앙아시아 성균한글백일장 금상
타지키스탄국립외국어대학 메메토바 엘비라

인간은 평생 동안 여러 사람들을 만난다. 그들 중에서 제일 귀하고 소중한 사람들은 바로 어머니와 스승이다. 원래 어머니는 삶의 스승이라고 하여도 과언이 아니다. 첫 순간부터 같이 있어 주는 어머니는 나에게 얼마나 소중한지 말로 표현할 수 없다. 세상에서 좋지 않은 어머니가 있을까? 아니라고 생각한다. 인간의 인생은 어머니로부터 시작되고 어머니의 교육에 달려 있다.

어머니와 나의 관계가 너무 긴밀한다. 나의 어머니로서 바로 내 가장 진정한 친구이다. 힘들고 외로울 때 내 힘이 되고 기쁠 때 진심으로 축하해 주는 나의 어머니이다. 어머니로뿐만 아니라 바로 친구로 인정한 이유는 어렵고 외로울 때 같이 울어주는 사람은 친구가 아니라 좋고 즐거울 때 진심으로 기뻐하고 축하해 주는 사람은 바로 진정한 친구라고 성각하기 때문이다. 한 5년전까지 내가 어머니를 진정한 친구로 생각해 본 적이 없었다. 그런데 한 경험해 본 일 덕분에 내 눈이 뜨게 했다. 원래 내가 학교에서 러시아말로 공부했는데 대학에 입학한 다음에 타직어로 공부하게 됬다. 오느 날 타직문학 시험을 봤던 나의 친구가 시험을 잘 못 봤고 내가 좋은 결과를 가져서 친구의 속이 상한 것 같았다. 그 친구가 나와 말도 안 했다. "나의 진정한 친구가 왜 같이 기뻐줄 수 없을까?"라는 내 머릿속에 질문이 계속 반복됐다. 그 반면에 내 어머니는 전화 통해서도 항상 나를 온 마음 다해 기뻐해 주니까 어머니께 내 진정한 친구로 인정하게 됐다. 대학에 입학하고 다른 도시로 가게 된 내가 너무 힘들고 죽을 정도로 외로웠다. 그런데 어머니와 전화로 통화할 때 그 분의 목소리만 들었을 때 마음에서 평화가 생겼다.

"자식은 울으면 엄마의 가슴이 피로 운다"라는 말을 한 한국 드라마에서 나온 말인데 가만히 생각해 보면 그 말이 사실인다고 생각이 든다. 가정 평화를 유지하는 사람은 바로 어머니이다. 평화로운 가정에 사회, 국가, 세계의 평화가 달려 있다고 생각한다. 나도 여자로서, 장래에 어머니가 될 때 자기 가정뿐만 아니라 평화로운 세계를 시키기 위해 힘을 다해 해 보겠다. 이 순간에도 날 위해 걱정하신 어머니를 생각하면 나의 대한 어머니의 사랑을 한번 또 깨닫게 한다.

어떤 결과이라도 나를 진심으로 축하하고 따뜻한 품에 안아주실 어머니가 나에게 있으니까 다행이다. 이런 어머니의 사랑을 느낄 수 있는 사람은 더 뭘을 바랄까? 장래에 나도 자식을 위해 대단한 어머니가 될 수 있도록 최선을 다 하겠다. 나에게 인생을 선물해 주신 어머니께 내 고마운 마음을 전해 드린다.

어머니

2009년 제2회 중앙아시아 성균한글백일장 은상
우즈베키스탄IT대학 남 마르가리따

저에게 이 세상에서 제일 소중한 사람은 바로 제 어머니예요. 어머니에 대한 생각을 하면 항상 이런 글을 기억나요. 비를 맞으며 걷는 사람에게 우산보다 같이 걸어줄 누군가가 필요한 것이고, 우는 사람에게 손수건 한 장보다 기대어 울 수 있는 한 가슴이 더욱 필요한 것이라는 글이에요. 저에게 제 어머니는 그런 사람이에요. 저는 힘들 때 제 아픈 마음을 따뜻한 이불처럼 감싸주는 제 어머니는 항상 내 곁에 있는 사람이에요.

저는 어렸을 때 집 옆에 있는 유치원에 다녔어요. 그 때 저녁마다 어머니는 저를 데리러 안 오실까봐 걱정했어요. 아직도 그 때에 다한 생각을 하면 왠지 마음이 두려워요. 그 때 어머니의 얼굴만 보면 마음이 놓았어요.

살아가면사 당연히 좋은 일도 있고 나쁜 일도 있죠. 저는 아무리 기분이 나빠도 집에 갈 때 저도 모르게 기분이 좋아져요. 왜냐하면 집에 어머니는 기다리신다는 것을 알기 때문이에요. 저는 원래 친구 별로 없어요. 남을 잘 믿지 않는 편이니까요. 제 제일 좋은 친구가 어머니라고 생각해요.

어머니는 항상 니가 다른 사람을 죽여도 난 널 여전히 사랑할 거라고 말씀해요. 제가 아무리 나쁜 짓을 해도 저를 용서해 줄 사람이 있다는 것을 알면 힘이 생겨요. 다 할 수 있다는 힘 말이에요.

제가 대학을 다녔을 때 어머니는 하루에 몇번씩 전화하셨어요. 그냥 잘 지내냐고 뭘 하냐고 물어 보셨어요. 그 때 정말 짜증만 났어요. 친구는 그 때 저를 많이 부럽다고 했어요. 저는 왜냐고 했는데 그 친구는 어떤 사람이 너를 그렇게 사랑하면 얼마나 행복해야지 니가 모른다고 했어요. 그 친구의 어머니는 몇년 전에 돌아가셨어요. 그는 어머니에게 사랑한다는 말을 한 번도 못 해서 이제는 후회해요. 그 때 저는 어머니가 없으면 얼마나 외로울 건지 깨달았어요.

이제는 제가 어머니를 위해 성공하도록 최선을 다 하고 있어요. 성공은 뭐가 기준인지 아직도 잘 모르겠지만 열심히 공부하고 제 꿈을 이루도록 노력 하고 있어요. 아무튼 제 어머니에게 저는 이 세상에서 제일 훈륭한 사람이잖아요. 그런데 가끔씩 겁 날 때도 있어요. 어머니는 항상 내곁에 계실 수 없죠. 그래도 어머니는 돌아가셔도 제 마음속에 사실 거라고 생각해요. 그리고 우리 천국에 만날 때까지 최선을 다 하고 잘 살 거예요.

저는 어렸을 때 생일날마다 하나님께 기도했어요. “하나님, 오늘 나에게 좋은 선물 주세요”라고 했어요. 그 때 저는 태어났을 때 제일 좋은 선물을 벌써 받았다는 걸 몰랐어요. 그 선물은 제 어머니예요.

저는 한번 어머님께 물어봤어요. “어머니, 꿈이 있어요?”라고 했어요. 어머니는 대답하셨어요: “어렸을 때부터 그냥 좋은 엄마가 되고 싶었어요.”

이제 저는 어머니의 꿈이 벌써 이루어졌다고 생각해요.

아직도 저녁마다 기도해요. 하나님은 어머니가 오래오래 건강하고 행복하게 사실 수 있도록 하면 얼마나 좋을 거예요.

제 어머니는 제 마음 속에 항상 사랑이 가득한 천사의 마음을 가진 사람이에요.

어머니

2009년 제2회 중앙아시아 성균한글백일장 동상
카자흐스탄외국어대학 주메코바 아셀

이 세상에는 어머니만큼 소중한 사람이 있을까? 물론 어머니는 다른 사람과 비교하기가 어렵고 보석같이 귀중한 사람이다. 태어났을 때 어머니의 따뜻함을 느끼게 되는 아이의 웃음이야말로 누구에게나 기쁨을 준다. 어머니는 우리 삶에서 제일 중요한 역할을 한다. 어릴 때부터 키우시고 삶에 대해서 알려 주시고 새로운 것을 가르치는 어머니는 모든 사랅이 자기 삶처럼 아끼고 사랑하는 사람이다. 그런데 모든 사람들은 어머니를 갖는 것은 아니다. 어떤 문제 때문에 어머니를 잃게 된 사람들도 있다. 이 사람들은 생활의 여러가지 즐거움과 기쁨을 받을 수 있어도 어머니가 줄 수 있는 사랑과 기쁨을 얻을 수 없다. 그래서 어머니가 있는 사람은 참 행복한 사람이다. 나는 그 행복한 사람들 중에 하나이다.

나는 어머니가 있어서 얼마나 행복한 사람인지 모른다. 어머니는 내 삶의 가장 중요한 부분이다. 그렇게 되는 것은 당연한 일이지만 내 경우에는 다른 사람들과 달리 어머니는 더 중요하다. 그것은 내 어머니가 인생의 큰 아픔과 곤란을 겪게 되었기 때문이다. 어머니는 나와 오빠를 혼자서 키우시고 우리를 위해서 많은 어려움을 극복하셨다. 오빠가 5살이고 내 태어난지

3달밖에 안된 아기였을 때 아버지는 교통사고를 당해서 돌아가셨다. 그 때 아직 어린 아들하고 딸과 혼자서 남겼던 어머니의 마음이 얼마나 아팠는지 생각하기가 여간 어려운 일이 아니다. 그런 일이 생겨도 모든 아픔과 슬픔을 이낄 수 있었던 어머니는 우리를 키우시고 최선을 다하셨다. 그렇게 하면서 어머니는 나에게 아버지의 없음을 느끼게 하지 않으셨다. 가족을 위해서 혼자서 일하고 의식주를 사 주고 다른 아이들처럼 행복하게 살 수 있게 하셨던 어머니는 정말 힘이 가득한 사람이라고 생각한다.

중요한 것 하나는 내가 네 살 때부터 어머니의 슬픔과 겪게 된 곤란을 이해한 것이다. 그 때까지 나는 무엇이 무엇인지 모르고 어머니께 왜 내가 아버지가 없냐고 묻곤 했다. 그렇지만 나는 어느 날 모든 것을 알게 되고 그때부터 어머니의 말을 잘 듣고 어머니의 마음을 아프게 하지 않게 행동하도록 노력했다. 그렇게 하고 어른들만큼 행동하고 생각하게 된 것은 내가 네 살 때였다.

어느 날 어머니의 생신이었는데 우리 집에 손님들이 왔다. 그 손님들 중에 어머니의 대학 시절 때부터 사귀고 있는 친한 친구도 있었다. 그 친구는 어머니에게 특별한 선물을 했다. 그 선물은 어머니의 친구가 스스로 그린 그림이었다. 그 친구는 그림을 먼저 나에게 보여 주셨다. 그 그림에는 여자 한 명이 앉아 있고 손에 큰 태양을 들고 있었다. 또 여자 옆에 아름답게 피는 꽃 두 송이 있었는데 한 송이가 다른 꽃보다 좀 작았다. 나는 그 그림을 보고 나서 어머니의 친구가 나에게 말을 했다.

"이 그림에 앉아 있는 사람은 너의 어머니야. 그리고 옆에 예쁘게 피는 작은 꽃은 너이고 좀 큰 꽃은 너의 오빠야. 너는 왜 이 꽃들이 예쁘게 피고 있는지 아니? 물론 태양이 있기 때문이야. 너의 어머니는 빛나는 태양과 같다. 손에 태양을 들면서 이 예쁜 꽃들 위해서 따뜻함을 주고 있다. 태양이 없으면 꽃이 없어지죠? 그래서 어머니는 너와 오빠에게 삶을 주고 따뜻함과 행복을 느끼게 하고 있다. 태양이 있으면 썩은 나무 등걸에서 인생의 움이 트는 만큼 어머니는 너에게 자기가 갖고 있는 모든 것을 선물로 너에게 주고 있다. 그래서 너는 어머니를 실망시키지 말고 항상 좋은 일만 하고 공부도 잘 해야 해. 우리 둘 대학 시절부터 서로 잘 아니까 어머니의 마음을 잘 이해한다. 그래서 너도 이 그림을 보고 어머니에 대해서 생각해 보면 많은 것을 알 수 있을 거야."

이런 말을 듣고 나는 정말로 어머니에 대해서 다르게 생각하게 되었다. 그때부터 나는 언제나 어머니의 옆에 있고 도와 드린다. 삶의 어려움을 겪게 된 어머니의 상태를 이해하면서 내가 앞으로 가치가 있고 성공한 사람이 되고 어머니의 모든 희망을 이루기 위해서 최선을 다하며 노력한다. 나도 앞으로 어머니처럼 어떤 어려움이라도 극복할 수 있고 다른 사람들에게 기쁨을 줄 수 있는 사람이 되고 싶다.

선물

2011년 제3회 중앙아시아 성균한글백일장 금상

타슈켄트국립동방대학 마다미노바 딜라보

인생에 자주 나오는 단어 중에서 하나가 선물이다. 시장이나 백화점에 가면 사람들의 '어떤 선물을 사면 좋겠어?'란 말을 듣고 또는 '어떤 선물 받겠어?'란 말을 많이 들었다. 여러분 선물이 무엇인가? 우리 이 말 자주 하고 자주 사용한다. 그러나 이 것이 사람들에게 어떤 느낌이나 생각을 줄 수 있는 것을 잘 모른다. 선물에 대한 깊이 생각하면 그 것이 무엇인지 알 수 있다고 생각한다. 제 생각에는 선물에 대한 여러 까지 의견들이 생겼다. 이들 중에 첫번째는 선물이 사람들에게 기쁨을 줄 수 있는 것이다. 생일때 자기 받고 싶은 선물을 받으면 얼마나 좋겠다. 둘째는 선물이 우리에게 주억을 줄 수 있다. 예를 들면 우리 모두 '첫사랑'이란 말을 안다. 그때 어떤 사람이 첫사랑에서 장미꽃을 받고 그 꽃을 좋은 선물이라고 생각한다. 그 사람에게 다른 경우에 장미꽃을 선물하면 그는 첫사랑에 대한 생각하기 시작한다. 셋째는 선물이 행복을 줄 수 있다. 제가 그런 생각을 하고 자기 받고 싶은 선물에 대한 대답을 아직도 안 받았다. 갑자기 제가 학교에서 공부할 때 저에게 할머니께서 말씀하셨던 말을 기억했다. 그때 제가 할머님께서 말씀하셨던 말을 잘 이해하지 못 했다. 어렸을때 제가 혼자 산책하고 혼자 노는 것을 좋아했다. 집에서 밖으로 나갈때 마다 부모님께서 조심해야 하는 말을 언제나 들었습니다. 제가 그 말을 자주 듣기 싫어서 밖으로 빨리 뛰어갔다. 어느 날 할머니께서 저에게 야단 치셨다. 혼자 노는 것이 위험하다고 하셨다. 그때 제가 아무것도 이해하지 않고 우는 것만 했다. 그런데 지금은 제가 좋은 결론을 했다. 세상에는 제일 좋은 선물은 삶인다. 사람들은 집을 떠날때 아니면 자동자를 타고 갔을 때 자기 삶이 얼마나 중요하는 것을 잊어버린다. 여러분 우리 꽃, 자동차, 인형, 향수, 옷등 선물을 언제든지 받을 수 있다. 그러나 삶이란 선물을 한번만 받고 가끔 이 선물을 아끼는 것을 잊어버린다. 그때 할머님께서 저에게 그 것을 가르치고 싶어하셨다. 우리는 손으로 잡을 수 있는 것을 선물이라고 생각한다. 그러나 하나님께서 주셨던 건강, 삶과 느낌등 선물을 잘 모르고 가끔은 그들을 아끼지 않고 살고 있다. 인형, 꽃과 향수등 선물없이 살 수 있다. 그렇지만 건강, 느낌과 삶없이 어떻게 살 수 있냐고 생각해 보면 어느 것이 좋은 선물인지 쉽게 알 수 있다. 또는 생일 아니면 다른 중요한 날이 있을 때 선물 주어야 되면 꼭 그 사람에 성격을 잘 알아야 하는 것을 잊어버리지 말라고 말하고 싶다. 왜냐하면 성격마다 사람들이 받고 싶은 선물도 따르기 때문이다. 저는 언제나 선물로 책을 받고 싶다. 학교에 다닐때 우리 도서관에 있는 모든 책을 읽었다. 선물이 비싸지 않아도 선물하는 사람의 마음이 꼭 담겨 있어야 된다. 그 사람에게 감사한 마음을 자기 선물에 놓으면 얼마나 아름답다. 우리와 같이 선물의 값이 제일 중요한다고 생각하는 사람들도 살고 있는 것을 아는 것이 얼마나 나쁘다. 작은 선물이라도 마음껏 그 선물을 만들고 선물해야 한다. 세상에는 제일 부자가 마음이 부자 사람인다. 그래서 비싼 선물보다 좋은 느낌이 담겨있는 작은 선물이 더 좋은 선물인다. 제가 제일 아끼는 선물 중에서 하나가 시간인다. 시간도 선물인지 모르는 사람들이 자기 인생에는 많은 기회를 놓칠 수 있다.

마침내 선물이 우리 생각보다 다른 것인지 이해했다. 이때 부터 삶, 느낌, 건강과 시간을 꼭 아껴야 된다. 왜냐하면 그들을 잃어버리면 다시 잦고 가질 수 없기 때문이다. 여러분 자기 비싼 선물을 자기 삶이라고 생각해 보고 꼭 아끼는 것을 바란다.

선물

2011년 제3회 중앙아시아 성균한글백일장 은상
우즈베키스탄 싱가포르경영대학(분교) 마쨔꾸보바 아미나

선물이라는… 이것이 도대체 무엇일까? 내 생각엔 선물은 누군가를 기쁘게 하기 위하여 준비한 물건이나 이벤트이다. 사람들이 보통 선물을 줄때 자기들에게 가깝고 소중하게 생각하는 가족 · 친구 · 사랑하는 사람한테 주는 건데 그걸 왜 주냐면 그 사람이 나에게 어떤 의미를 가지는지 그 사람에게 나의 마음이 어떤지 보여 주고 싶어하기 때문이다. 내 인생에 선물이 많았고 그 선물들이 무엇이었는지를 누구한테 받았는지를 물론 기억 못할 것이다. 하지만 나에게 제일 소중한 선물인 첫 선물이 무엇인지 내가 천년을 살아도 잊지 않을 것이다. 이첫선물은 바로 나의 어머니가 나를 낳으신 것이다. 내가 태어나기전부터 어머니 뱃속에 있을때도 어머니께서 날 아끼시고 9개월동안 참으시고 지켜주시고 결국 힘들게 낳으셨다. 이것이 바로 나의 첫선물이다. 그래서 엄마한테 많이 감사하고 항상 고마운 마음을 가지고 있다. 비록 지금 떨어져 있어도 매일매일 전화하시고 잘 지내냐고 아픈데 없냐고 밥 잘 먹느냐고 꼬박꼬박 물어보신다. 나는 그것때문에 짜증날때도 있었고 '엄마, 나는 이제 어린이 아니에요'라고 말하고 싶을 때도 있었다. 지금 생각해보면 이것때문에 부끄럽고 어머니한테 미안한 마음이 든다.

어머니가 걱정하시고 자주 전화하시는데 나는 자식으로써 그것을 이해하지 못하는데도 있다. 하지만 엄마가 하루라도 전화 안 하시면 이상한 느낌과 뭔가 부족하다는 느낌이 든다. 그래서 엄마 보고 싶어지고 내가 먼저 전화를 하고 왜 전화 안 하시냐고 삐진다. 엄만 웃으면서 엄마가 어제 전화했잖아라고 말씀하신다. 나의 엄마가 내 인생에 가장 소중한 사람이시며 가장 소중한 선물이다.

선물은 꼭 눈으로 보고 손으로 맬수 있는 것이 아니고 싸고 비싼 것이 전혀 중요하지 않다고 생각한다. 내 기억 속에 내가 받은 선물들 생각해보면 머릿속에 지금 막 떠올리는 선물이 작년에 받은 생일 선물이다. 생일날 전에는 스트래스 많이 받아가지고 외롭고 슬펐다. 그래서 많이 울었다. 그땐 생일날에도 슬플 거라고 생각했는데 그게 아니었다. 생일날 저녁에 깜짝 놀랐다. 타슈켄트에 있는 나의 초등학교, 중등학교, 고등학교, 대학교 그리고 덩아리 친구들까지 서로 잘 모르면서도 한 군데에 모여서 나의 생일파티를 준비한 것이었다. 나의 가장 친한 친구가 이상하게 나를 캄캄한 방으로 데려가고 문을 열자마자 나를 기다리고 있었던 친구들이 '쇼르프라이즈!'라고 했고 나는 너무 놀랐다. 감독 받아서 눈물이 내 말 듣지 않고 줄줄 흐르고… 내가 외로운 사람이 아니라 이 세상에서 친구가 제일 많고 행복한 사람이라는 생각이 들었다. 지금 그때를 생각하면 얼굴에 미소가 지어지고 마음이 따뜻해진다. 그친구들 보고 싶은데 그런 기회가 자주 오지는 않는다. 친구들이 타슈켄트에 없거나 자기 일하면서 맨날 바빠서 요새 친구들 얼굴 보기가 힘들어졌다. 근데 내가 나에게 소중한 사람들에게 무슨 선물을 줬을까? 생각이 안 나네… 아! 맞다! 어제 내가 아는 오빠 생일이었는데 그 오빠의 생일을 챙기기 위해 언니·오빠들이랑 선물로 뭘 줄까하고 한참 생각했다. 생각해보니까 그 오빠가 너무나도 피아노 배우고 싶어하는 것이었다. 그래서 선물로 키보드 사기로 했다. 그걸 사로 악기 파는 가게로 갔는데 거기 문 닫아 있었고 어떻게라도 가게 주인 전화번호 찾아서 연락했고 한 시간동안 비 맞으면서 밖에서 기다리고 있었다. 결국 성공! 주인이 와서 가게를 열어 줬고 키보드도 몇개 보여 줬다. 키보드 가지고 케이크도 만들고 약속한 데로 가서 다른 친구들이랑 오빠를 기다렸다. 선물을 줄때 오빤 깜짝 놀랐다. 키보드를 얼마나 갖고 싶었고 그것보다 항상 자기 마음을 알아 줘서 고맙다고 애기했다. 오빠 생일 재미있게 보내고 집에 왔는데 오빠한테 또 고맙다는 메시지가 온 것이었다. 그래서 나도 기뻤지. 왜 기뻤는지 난 잘 모르겠지만 아마도 그냥 오빠가 기뻐해서 나도 기뻐한 것 같다. 받는 것보다 주는 것이 더 낫다는 말이 있는데 그 말이 맞나 보다는 생각이 들었다. 난 앞으로도 항상 친구들을 기쁘게 해 주고 싶다. 그러기 위해 자꾸 작은 선물이나 이벤트나 좋은 말로 그들을 행복하게 만들도록 많이 노력할 것이다. 그들이 웃으면 나도 웃고 그들이 울면 나도 울기 때문이다. 나는 행복을 주는 아미나가 되고 싶다. 백일장 끝나고 나면 첫번째로 하는 것이 엄마한테 전화하는 것이다. 엄마는 나에겐 먼저니까.

선물

2011년 제3회 중앙아시아 성균한글백일장 동상
세계경제외교대학 노디로브 자파르

사람들이 살아 오면서 서로 무엇인가를 주고 받는 경우가 우리 인생에 일반적이다. '받는 손보다 주는 손이 좋다'라는 우즈벡 속담이 있듯이 우리가 주는 것보다 받는 것이 기억에 남을 것이다.

아는 사람들간 기쁨을 주고 두 분간 관계를 더 좋게 만드는 것이 선물이다. 보통 생일이나 명절 때마다 좋은 바람을 기대하고 선물을 주는데 선물이 그렇게 중요할까? 사람들에게 선물 주지 않으면 그들은 상처를 받을까?

내가 고등학교 때부터 우리 가족과 따로 살고 있어서 명철이나 생일을 잘 쟁기고 파티도 자주 하고 산물도 많이 주고 받는다. 지금은 선물이 나에게 중요한 것이 않다. 나는 친구들이 나한테 선물을 주지 않아도 그들의 다뜻한 마음을 느낄 수 있기 때문이다. 그렇지만 10년 전 맞은 생일 날이 기억에 남아 있다.

어렸을 때 우리 가족이 커서 잘 못 살았다. 아버지만 일하셨고 우리가 아이들 5명 학교를 다녔다. 나는 수학에 관심이 많고 아버지께 "내 생일 선물로 계산기 사 주세요"라고 계속 말했다. 드디어 2001년4월21일이었다. 생일 파티가 있을 것이라고 동생들이 아주 즐거웠지만 내가 계산기 생각을 해서 기분이 좋았다. 계산기로 수학 문제를 빨리 풀고 친구들 중 인기를 얻고 싶었다.

우리가 맛있는 과자와 케이크와 계산기를 가지고 오실 아버지를 기다렸는데 아버지는 집에 안 오셨다. 어머니가 회사에 전화 해 보셨는데 벌써 퇴근 했대요. 우리가 밤 12시까지 기다렸고 자게 되었다. 3시간 전에 있었던 즐거운 분위기가 없어졌고 모두 슬펐다. 계산기를 선물로 못 받았고 나도 많이 울었다. 나는 아직 안 자고 눈을 감기만 하고 있는데 아버지가 들어왔고 제일 먼저 하신 말은 "아이들이 자고 있냐?"이었다.

이 사정이 매년 생일 날에 기억나서 '우리 부모님이 돈이 없었기 때문에 선물 못 사 주었다. 그때 부모님이 얼마나 힘들었을까?'라는 생각이 든다. 이제 나는 중학생이 아니라 대학교 졸업생인데 선물이 중요하지 않고 다른 사람들의 나에게 보여준 마음이 중요한지 깨달았다.

길

2012년 제4회 중앙아시아 성균한글백일장 금상
국립니자미사범대학 김 알료나

우리 인생은 길고 힘들지만 재미있는 길이다. 길거리처럼 가끔 복잡하고 빠르고 가끔 편하고 느르다.

사람은 지기 길을 직접 선택한다는 말이 있는데 내 생각에는 꼭 그렇지 않다. 어떤 사람이 힘든 생활을 선택하겠나? 물론 사람이 부자집에서 태어났으면 이 길로 아니면 그 길로 갈 수 있는데 가난 가족에 태어나면 아무리 똑똑하고 재능이 많아도 길이 하나밖에 없다고 생각한다. 그런 사람은 식구들이 밥을 먹을 수 있도록 일을 많이 해야 되겠다. 하지만 월급도 좋고 성공할 수 있을 회사에 취직 할 수 없을 것이기 때문에 언제나 힘든 일을 하고 힘든 생활을 할 거라고 생각한다. 그런데 힘든 길도 좋은 길이다. 왜냐하면 그런 길로 가는 것도 인생인데 사람의 삶은 세상에 가장 큰 행복이기 때문이다.

우리 인생에 사람마다 선택해야 하는 길이 있다. 어떤 길이냐면 진절하고 훌륭한 사람이 될 것인지 사납고 욕심이 많은 사람이 될 것이다. 선택에 따라 사람의 생활이 달라진다.

사람이 가는 길에 다른 사람을 많이 도와 주고 좋은 일을 많이 하면 길이 아무리 미끄럽고 더러워도 편하게 살 수 있다. 미끄러워서 넘어질 때 힘을 내고 일어나고 더러울 때 청소를 하면 된다. 그런 사람의 마음이 아름다워서 아무리 힘들어도 견딜 수가 있다.

그런데 사람은 사람이니까 길을 잘 못 고를 수도 있다. 하지만 안 좋은 길로 가다가 잘 못 했다고 이해되면 길 바꾼다. 나도 그렇다.

청소년 시절 때 공부도 안 하고 놀긴만 했다. 그 때 아버지께서 힘드시는 것을 못 보고 미래에 대해서 한번도 생각하지 않았다. 그 때는 정말 길을 잘 못 골랐다. 그 때는 어떤 사람이었는지 지금 생각만 하면 부끄럽다. 하지만 나쁜 길로 가는 것을 아버지, 지난 사랑 덕분에 알게 되었다. 그 때부터 길을 바꾸고 내 생각에 맞는 길로 살아간다. 그런 길로 계속 살아갈 것이다. 공부를 잘 하고 아버지를 도와 드리고 다른 사람들도 도와 줄 수 있으면 도와 주고 좋은 사람이 되도록 노력하겠다고 마음을 먹었다. 내 생각에는 이 길이 좋은 길이다.

세상에서 모든 길이 차이가 있지만 비슷하고 한 곳에 여러 길로 올 수 있다. 어떤 길이 복잡하거나 고장나면 다른 길로 가서 그 곳에 올 수가 있다. 사람들도 서로 도와 주면서 살면 좋고 맑은 세상을 만들 수 있다는 말이다. 그렀기 때문 내 길이 좋은 길이라고 생각한다.

우리는 살아가면서 좋은 순간도 있고 힘든 순간도 있고 행복할 때도 있고 눈물이 흐릴 때도 있다. 하지만 언제나 고른 길에서 쉬운 길로 가지 말아야 된다. 너무 힘들어서 쓸어질 때나 미끄러워서 넘어지면 다시 일어나서 계속 가는 것처럼 문제가 생길 때 포기하지 말고 무서워하지도 말고 가는 길로 계속 가야 한다는 말이다.

길

2012년 제4회 중앙아시아 성균한글백일장 은상
비쉬켁인문대학 오 예카쩨리나

사람의 인생을 넓게 보면 길이랑 비교할 수 있다. 누구나 살아가면서 '생로병사'라는 길로 간다. 태어나고 늙어지고 병에 걸려서 죽는 법이다. 그러나 우리가 생활하면서 어떻게 살고 있는 것과 어떤 일을 하고 있는 것은 가장 중요하다. 사람은 길을 밟으면서 흔적을 남긴다. 사람은 다른 세상에 가더라도 흔적과 기억이 사라지지 않는다. 그래서 사람이 남들과 동고동락으로 힘든 일이 있으면 서로 도와 주고 즐거운 일이 있으면 같이 즐거우면서 아름다운 세상을 만들게 좋은 흔적과 기억이 남기도록 살아야 한다.

우리가 안주하게 아무 궁리 없이 살다가 길을 선택해야 할 아주 중요한 과도적인 시기와 부딪일 때가 있다. 그럴 때는 사람이 어떤 길을 선택할까 머뭇거리고 고민한다. 예컨대, 어려운 길로 가면 연마하게 일을 하고 분발함으로써 성공할 수 있는 반면에 나태한 마음을 다잡지 못 해서 쉬운 길로 가면 실패할 수밖에 없다. 어떤 사람은 열심히 살자니 싫어하고 놀자니 마음이 놓이지 않아서 우왕좌왕 거리를 배회하고 안달하며 산다. 또한 어떤 사람은 힘든 것을 무섭지 않고 마음을 먹고 목표에 이끄는 길을 찾아간다. 그런 사람이야말로 반드시 성공할 마련이다.

길이 여러 가지 있다. 하지만 올바른 길은 하나뿐이다. 우리 인생의 성공과 행복은 그 길을 선택하는 것에 달려 있다. 목표를 세우고 한 걸음을 걸으면서 앞으로 10 걸음을 투명히 봐야 목적을 달성할 수 있다. 그렇지만 먼 길을 가는 사람은 길을 가면서 해가 맑게 비치는 날 있고 차가운 비와 바람을 극복하는 날도 있다. 인생도 마찬가지다. 우리가 자신의 생활을 하면서 여러 가지 경험을 겪는다. 어느 순간에 '내가 이 세상에 가장 행복한 사람이다'라는 생각이 들고 어느 순간에서 힘들고 지치고 도와 줄 사람이 한명도 없어 포기하고 싶은 마음이 든다. 러시아 '운명의 아이러니'라는 영화에서 유명한 말에 의하면 자연이 나쁜 날씨가 없다고 한다. 사람드 인생 길을 가면서 하늘이 맑고 이무 구름 없는 날이나 하얀 하늘에서 내리고 땅을 부드럽게 감싸주는 눈이나 은 현악이처럼 찍찍 내리는 비나-모든 것을 아름다워하고 감사하는 마음으로 받아야 한다고 생각한다. 우리가 '운명'이라는 것을 미리 알고 바꿀 수 없지만 행복의 도착지에 가는 길을 만들 수 있다. 마음이 같은 동방자와 만나고 아름다운 경치를 바라보면서 많은 경험을 하고 인생을 즐겁게 살 수 있다는 것은 사실이다.

길

2012년 제4회 중앙아시아 성균한글백일장 동상
타지키스탄국립외국어대학 미르조예프 도바르

어렸을 때 통역가와 번역가가 되고 싶었다. 그래서 내가 대학교에 입학하고자 시골에서 수도로 왔다. 하지만 영어과에 입학하려면 돈이 있어야 했다. 내가 입학할 수 없었다. 왜냐하면 우리 가족 형편으로 입학할 수 없었기 때문이다. 또 러시아에 가서 돈을 벌고 대학교에 들어가고 싶었다. 러시아에도 갈 수 없었다. 러시아에 갈 돈이 없었다.

어느 날이었다. 어떻게 할까?라고 고민을 하다가 밖으로 나갔다. 도시에 온지 얼마 안 되어서 아무것도 몰랐다. 그냥 사람들한테 물어보면서 보스를 타며 걷기도 하며 구경했다. 한참 구경을 하다 보니 몸이 으슥으슥 피곤했다. 보스를 타고 집에 가려고 하는데 주머니를 찾아 보니 돈이 하나도 없었다. 소매기를 당한 것 같았다. 정말 그랬다. 다 찾아 봐도 없었다. 이제 길도 모르고 돈도 없었다. 또 또 사람들한테 물어 보고 걸어서 집에 가려고 했다. 길을 가다가 피곤해서 쉬고 싶었다. 나는 참깐 쉬다가 하나 광고를 봤다. 광고를 자세히 읽어 보니 입학생을 모집한다고 적혀 있었다. 한국어를 타지키스탄국립외국어대학교에서 배울 수 있다. 내가 궁금하기 시작했다. 한번 알아보고자 전화번호를 받았다. 그러다가 전화를 한 다음에 조건이 우리 가족 형편으로는 괜찮았기 때문에 결국 한국어과에 입학했다. 처음에 내가 우연히 보고 입학되어서 잘 공부할 수 있을지 걱정을 많이 했다. 사실은 그랬다. 너무 어려웠다. 포기할 만큼 두려웠다. 왜냐하면 우리 가족이 있던 돈을 등록으로 냈기 때문이다. 열심히 공부할 수 밖에 없었다. 또 시간이 지나서 잘 공부하는 학생들한테 장학금과 등록금을 준다고 한다기에 내 자신과 열심히 배운다고 도전을 했다. 나는 공부에 몰두해서 나드 모르게 장학금과 등록금을 받게 되었다. 이제 한국어에 관심이 많아졌다. 또한 한국에 가게 되었다. 한국에 가서 한국어를 배울 뿐만 아니라 한국문화와 역사를 배울 수 있었다.

한국에 갔는데 기숙사에서 살았다. 아침과 저녁 밥을 기숙사에서 주지만 점심을 내 생활비에서 먹어야 했다. 그러다가 겨울이 되자 필요한 것을 사야 했다. 내가 아껴서 점심을 먹어온 돈이 다 떨어졌다. 내가 한푼도 없었다. 내 상활을 듣고 여러 분들이 돕기 시작했다. 나는 돈을 받아서 열심히 배울 수 있었다. 만약에 그분들이 없었다면 내가 공부를 그만하고 고향에 갈 수 있었다. 또 시간이 지나 우리 학과 학장님께서 "사랑을 나눔"이라는 재단에서 나를 신청해 주시고 밥을 먹을 수 있는 쿠폰을 받게 하셨다. 그분들의 도움을 받으면서 내가 졸업할 수 있었다.

내가 감사하는 길이 있다. 그 길이 내 인생을 바뀌었다. 왜냐하면 내가 한국어를 배우고 성공을 하고 있기 때문이다. 사실 한국에서 졸업한 것은 나한테 큰 성공이다.

또 길이 나를 한국에 계신 훌룽한 분들과 뵙게 했다. 나도 장래에 혼자 못하더라도 좋은 친구들을 모아 장학재단이나 기부재단을 만들겠다. 만약에 내가 다른 길로 갔었다면 여기까지 올 수 없었다. 그 길이 내 바뀌었다고 생각한다. 고향에 있을 때 하루에 한버 안 가면 불안하고 밤에 잠이 안 온다.

그 길에 간 것을 항상 하나님께 감사하겠다. 어제와 오늘도 생각이 나서 마음이 불안하다. 빨리 가고 싶다.

길

2012년 제4회 중앙아시아 성균한글백일장 동상
타슈켄트국립동방대학 커디로브 바슬릿딘

어머니 자궁에 있는 아이에게도 "길"이라는 단어가 낯설지 않다. 왜냐하면, 그 자그마한 애는 이 밝은 세상에 나오기 위해서는 어느 정도 길을 건너야 한다. 태어날때의 길은 그 사람의 인생을 확인해준다. 인간은 태어나고 살다가 다시 이 세상을 떠나기 마련이다. 이 긴 길을 어떻게 가는 것이 중요하다고 생각한다. 한번만 주는 기회를 어떤 식으로 잡는 것이 주요한 일이다. 이 세상에는 모든 것이 짝이 있다. 만약에 그 짝은 없거든 다른 하나의 가치도 없다는 말이다. 하늘과 땅, 천국과 지옥, 남성과 여성 및 초명과 초화가 있듯이 길도 딱 두 가지만 있다.

첫째는, 빠르고 밝은 길이다.

둘째는, 그르고 어두운 길이다.

어느 것을 양자택일하는 것이 그 사람에게 달려있는 일이다.

저는 자기 길을 찾았다고 할 수 있다. 이 길을 잘 건너기 위해 그 길에 나오는 가시들을 없애야 한다고 생각한다. 만일 가시 하나라도 발에 들어오면 상처가 생기고 온몸을 악화시킬 수도 있으니까 항상 조심스럽게 가야 한다.

천리 길도 한걸음부터라는 말이 있듯이 저도 첫걸음을 아주 어렸을때 했다. 부모님이 일반 평민이기 때문에 자기들이 공부도 제대로 못하고 산전수전을 겪은 사람들이다. 그래서 제가 아직 말 못하는 나이때부터 열심히 공부했다. 아직도 기억에 난다. 4살쯤에는 어린이책을 보고 이해할 수 있었다. 5살때는 자기가 시를 창작하고 할머니께 읽어주었다. 그때 사랑스러운 할머니는 저에게 "앞으로 네가 꼭 큰 사람이 되리라"라고 하셨다. 그때 저는 기쁜 마음으로 의기양양하게 뛰어다는 생각이 든다. 어렸을때부터 저는 하나의 꿈이 있었다. 우리는 지방에서 살기 때문에 늘 수도에 가서 공부하고 싶었다. 왜냐하면, 제가 평생 한 곳의 토박이가 되고 우물 안 개구리처럼 사는 것을 싫어하기 때문이다. 그래서 그 꿈을 이루기 위해서 꾸준히 노력했다. 드디어 그 꿈은 이루어진다. 타슈켄트외교대학교 리쩨이(lyceum)에서 공부하게 된 날은 마치 가장 행복한 사람은 저뿐이다. 그 리쩨이를 마치는 마련에 제 인생에 또 하나의 길이 생겼다. 그 길은 바로 한국으로 데려다주는 길이었다. 그때 제가 저의 길은 한국어와 연결되어 있는지 깨달았다. 동방대학교에 입학하게 만드는 동기도 바로 한국어라는 아름다운 단어였다. 실은 가끔 너무나 외롭고 지겨울 때는 한국어가 저를 격려해주는 역할을 한다. 한국 문화, 역사, 소설을 좋아하기 때문에 그와 관련된 책이나 드라마를 신청할 때 속이 시원해진다. 그때는 꼭 한국이라는 꿈나라에 가서 직접 실천하고 싶곤 한다. 제가 왜 자기 자신에 대해서 쓰고 있냐면 지금까지 건너온 길은 모두 다 부모님 덕분이다. 그래서 아주 어린 나이때 애를 어떻게 키우면 죽을때까지 그 길로 가는 법이다. 여기까지 조심스럽게 데려다주신 부모님께 항상 감사한 마음으로 효자가 되고 싶다.

살다 보면 간혹 길을 잃은 보행자처럼 다니는 사람들이 보인다. 그들도 어머니라는 소중한 사람의 자식들이다. 문제는 부모에 있다고 한다. 아무도 태어나자마자 말을 하고 제대로 걷지 못한다. 부모가 가르쳐주고 애를 키우는 역할을 잘 해야 한다. 그때는 각 부모가 자기 애들에게 앞으로 갈 길을 보여주고 도와주어야 한다. 아무 꿈이나 목적이 없는 사람은 어릴때 부모의 도움을 못 받다고 한다.

우리의 생활 방식을 한번 생각해보면 집에서 학교까지 된 길을 각 자는 다르게 간다. 어떤 사람은 걸어가고 또 어떤 사람은 자전거나 자동차로 간다. 누군가는 개인 운전기사가 데려다준다. 더군다나, 기사는 손님을 만족스럽게 데려다주기 위해서 노력한다. 어떤 기사는 평평하고 긴 길을 건너가고 다른 자는 울퉁불퉁하고 짧은 길로 간다. 하지만 시간은 똑같이 걸린다. 필자는 평평하고 긴 길을 건너면 좋다고 한다. 아무리 길어도 안전하니까 마음 놓고 갈 수 있다.

인생은 새옹지마다. 가끔은 슬프고 가끔은 기쁠 때가 있다. 그 인생을 의미있고 감사하게 사는 것이 우리의 기능이다. 길을 잃은 사람에게 도와주면서 가면 좋겠다. 세상 사람들이 빠른 길로 가고 서로 도와주며 더불어 아름다운 세상을 만들면 한다. 한 마디로 "길"은 "긴 인생의 로드(load)"라고 할 수 있다. 이 긴 인생을 예쁘게 살자고 말하고 싶다.

행복

2013년 제5회 중앙아시아 성균한글백일장 금상
사마르칸트외국어대학 아브디에바 이로다

"안녕, 내가 세상에서 가장 사랑하는 내 오빠. 지금 너도 천국의 문으로 들어갈 수 있겠지요? 이제 오빠도 그 아름다운 곳에서 행복하며 맞고 있을지도 모른다. 안녕, 오빠. 천국에서 오빠가 항상 꿈 꾼 행복과 함께 슬픔 없이 잘 사세요…"

나는 주변 사람들이 아는 행복만 아는 것이 아니다. 바로 내 오빠가 갖고 싶었던 행복을 안다.

8년 전의 일이다. 우리는 아버지, 어머니, 오빠과 나 아무 슬픔 없이 같이 살았다. 그 때 나는 13살이고 내 오빠 쟈므시드가 16살이었다. 우리는 남매지만 친한 친구였다. 학교도 같이 다니고, 같이 게임도 하고 재미있게 놀았다. 오빠 나에게 항상 잘 해 주었다. 학교에서 남학생들이 나를 놀리면 화가 나서 그 남학생들이랑 싸웠다. 나는 그 때 오빠를 차랑스러워했다. 오빠는 공부도 잘 하고 운동도 잘 했다. 나는 오빠가 우리를 버리고 다른 곳에 일찍 떠날 줄 몰랐다.

어느 날 한밤중에는 우리 가족의 머리에 먹구름이 덮여 왔다. 오빠가 갑자기 많이 아팠다. 그 아픔 때문에 한 달이 지나자 마자 죽었다. 나는 아직도 오빠가 죽은 그 날을 잊지 못한다. 오빠는 병원에서 28일 동안 있었다. 오빠가 누워 있는 침대 옆으로 가까이 갔다. 목이 메어서 소리가 나오지 않았다. 자꾸 눈물이 쏟아졌다.

"오빠…" 하지만 오빠가 움직이지 않았다. 내 가슴이 뜨거워졌다.

"오빠, 내가 왔어요. 오빠한테 행복의 그림을 가져왔어요. 오빠가 이 그림을 보고 싶다고 했잖아요!" 오빠가 아무 말도 안 했다. 아버지와 어머니가 동시에 눈물 흘리시며 오빠의 몸을 어루만졌다. 눈물이 날 때 이렇게 가슴까지 아픈 줄 몰랐다. 잠시 후 오빠의 몸 위로 하얀 가운이 덮였다.

오빠의 취미는 그림 그리는 것이었다. 어느 날 오빠가 어떤 그림을 그리는 것을 보았다. 그 그림속에는 맑고 끝이 안 보이는 하얀 하늘이었다. 나는 그림을 보고 놀라 오빠를 바라보았다.

"오빠, 이건 어떤 그림이에요? 왜 아무것도 없는 하늘만 그렸어요?"

오빠가 희미하게 웃고 대답했다.

"이것은 하늘이 아니고 행복의 그림이다. 내가 너무 너무 갖고 싶은 행복의 그림이란 말이다"

나는 더욱 놀라 눈을 크게 떴다.

"날 피웃지 마세요. 하늘은 행복이랑 어떤 관계가 있어요?"

"이로다, 넌 좀 깊게 생각해 봐. 세상에는 사람마다 행복을 다르게 본다. 오빠가 꿈 꾸는 행복은 하늘처럼 하얗고 끝이 없다. 행복도 하늘처럼 눈에 안 보이는 것이다. 내 행복은 내 손에 있고 네 행복은 네 손에 있을 것이다. 그래서 우리는 가끔 행복을 느낄 수 있어도 볼 수가 없다. 너도 네 행복을 갖고 싶으면 항상 새로운 꿈을 꾸고 그 꿈이 이루어지도록 노력해!…"

나는 그 때 오빠의 이런 이상한 말들을 못 이해했다.

지금 나는 대학생이다. 8년 전의 오빠 말대로 행복하도록 노력을 해 온다. 한국어에 관심이 있어서 한국어 학과에 입학했다. 나는 오빠처럼 그림을 잘 그릴 수 없지만 여러 가지 사진을 찍는 것을 좋아한다. 요즈음 공부뿐만 아니라 취미 활동도 잘 하고 있다. 나는 여러 사람들의 행복하게 웃는 모습을 사진을 찍고 싶다. 오빠가 갖을 수 없던 행복을 다른 사람들의 얼굴에 있는 것을 보고 싶다. 나는 오빠를 위해서도 행복하게 살 것이다.

오빠는 마지막 숨을 쉴 때 자기 행복 그림을 못 보았다. 내가 늦게 가져갔기 때문이다. 이제 나는 하나만 안다. “공부도 하고, 유학도 가고, 일도 잘 할 것이다. 그래야만 내가 행복할 수 있다. 그래야만 천국에 있는 오빠가 날 보고 행복하겠다!”

“안녕, 내가 세상에서 가장 사랑하는 내 오빠. 지금 오빠도 천국의 문으로 들어가겠지요? 이제 오빠도 그 아름다운 곳에서 하늘처럼 끝이 없는 자기 행복과 같이 있을지도 모른다. 안녕, 오빠. 천국에서 오빠가 항상 꿈 꾼 행복과 함께 아프지 말고 잘 사세요…”

행복

2013년 제5회 중앙아시아 성균한글백일장 은상
타지키스탄국립외국어대학 이 예카테리나

하늘이 캄캄해지고 비가 내린다. 그 날도 그랬다. 살을 에는 추위가 얼굴을 할퀴고 날아갈듯이 심해지는 바람 때문에 걷기도 힘들었다. 운좋게 버스를 잡아 좋은 자리에 앉아 종종거리며 걸어가는 사람들을 보며 '저 사람들이 참 춥겠네'라고 생각하면서 내가 따뜻한 자리에 있다는 것이 위로가 되어 기쁘기까지 했다.

갑자기 번개와 비바람이 치면서 장대 같은 비가 내리기 시작했다. 불현듯 내 머리에 '어머니' 생각이 스쳐지나갔다. '이렇게 비가 내리면 어떻게 장사를 하시지? 거긴 노천인데 큰일났네'라는 생각이 들었지만 '날도 저물고 추우니까 지금쯤은 집에 와 계실 거야' 하고 억지로 자조하면서 집에 돌아왔다.

집에 와 보니 동생들만 있고 어머니는 안 계셨다. 벌써 비가 내린 지 1시간이 지났지만 어머니가 돌아오시지 않으셨다. 불안해져서 우산 들고 시장 쪽으로 나갔다. 꾸물대다가 늦게 나가는 내가 싫어서 미친듯이 달려갔는데 멀리에서 비에 젖은 새앙쥐처럼 어머니가 당신 키만큼 두개 가방을 들고 언덕을 올라오시고 있었다. 우산도 내팽개친 채로 얼른 어머니의 손에서 가방을 받아드는데 소맷자락으로 빗물이 흘러 내리고 손은 가뭄의 밭고랑 같았다. 엄마께 너무 미안해서 "왜 어렇게 늦게 와? 우산은 어디다 뒀어?" 하고 오히려 화를 냈다. 어머니는 대답 대신 "밥 먹었어?"라고 물으셨다. 고개만 끄덕으며 돌아서서 둘 다 아무 말 없이 눈물로 범벅된 언덕길을 지나 집으로 돌아왔다.

우리가 4형제이다. 아버지는 러시아로 우릴 버리고 떠나신 지 10 년이 되어 간다. 아버지의 빈자리에 어머니가 노천에서 반찬장사를 하시면서 우릴 키워주셨다.

이 기막힌 타향에서 남편도 없이 10년을 우릴 위해 일해 오셨다. 자식 때문에 결현도 못 하시는데 "너희의 행복이 엄마 행복이야"라고 늘 하시면서 살아오셨다. 어머니는 늘 조용하시고 말이 없으시지만 자녀들 위해서라면 불구덩이에도 뛰어들 수 있는 분이시다.

세상은 부자나 큰 일을 한 사람들만 행복할 수 있다고 하지만 어머니는 양심을 지키시면서 오로지 자식들 위해서만 고생하시면서 살아오셨지만 그것은 '내 행복'이라고 하십니다.

지금도 비가 내린다. 내 눈에 그 비오던 언덕길을 올라오시던 어머니의 모습이 떠오른다. 그러나 어머니의 초라한 모습이 아니다. 어떻게 살아야 하는지, 무엇이 성실한 삶의 행복인지, 행복을 위해서 어떻게 노력해야 하는지를 알리는 지표로 각인되어 내 평생 동안 함께 할 것이다.

행복

2013년 제5회 중앙아시아 성균한글백일장 동상
사마르칸트외국어대학 가파로바 말로핫

내 손바닥에서 자신 행복을 만드는 흙이 있다. 그 흙으로 자신을 위해서 만드는 것이 많이 있지만 나를 위해서 가장 소중한 사람을 만들었다.

그림 그리기 대회에 침가할 때 내가 '웃고 있는 행복'이라는 그림을 그렸다. 그림 가운데 내가 웃고 있는데 하늘에서 두 분은 나를 바라보고 웃고 있다. 그 분들 미소는 태양처럼 밝고 태양처럼 따뜻하게 그려졌다. 그런데 그 분들 누군지 저도 모르는데 부머님 모습을 그렇게 상상한다.

나는 할머니랑 산다. 할머니는 시장에서 오다가 너를 찾았다고 하신다. 할머니는 나를 잘 돌보고 어머니 대신 어머니, 아버지 대신 아버지이신다. 그런데 아직도 나는 사실 누군지, 누구 자식인지 모르다. 부머님처럼 나를 키우고 있는 할머니를 어머니처럼 사랑한다.

할머니는 내 행복이 너라고 하신다. 내 행복은 마음 속에 있는 부머님의 모습이라고 생각했는데…

어떤 성공을 하면 나와 함께 기뻐하는 사람이 있는 것을 원한다. 슬픔도 기쁨도 나누는 사람이 있으면 아주 좋을텐데… 할머니도 내 곁에서 있고 따뜻한 마음으로 나를 위해서 최손을 다하고 있지만 내가 행복하게 살도록 나를 도와 주는 사람이 없다.

그러던 어느 날 책에서 어떤 전설을 읽었다. 알라는 사람을 흙으로 만들었다. 사람을 만들 때 조금만 흙이 넘어 있었다. 알라는 사람을 아무 잘못 없이 만들었는데 그 넘어 있는 흙으로 무엇을 만드는지 몰랐다. 그 때 사람에게 그 흙으로 무엇을 만들어 줄 거라고 물었다. 사람은 나를 위해 행복을 만들어 달라고 부탁했다. 그 때 알라는 그 흙을 사람 손바닥에 두고 그 흙으로 행복을 자신이 만들라고 했다.

그 전설을 읽고 내 손바닥에도 '자신 행복을 만드는 흙이 있다'라는 생각이 들었다. 부머님에게 필요하지 않은 사람이지만 나는 첫 번째 할머니에게, 사회에 필요한 사람이라고 생각했다. 그 흙으로 세상에서 가장 아름다운 행복을 만들기 위해 노력했다. 그리고 그 흙으로 어떤 사람을 만들었다. 그 사람은 아침마다 거울에서 나를 바라보고 미소한다. 그 사람은 바로 나이다. 두 번째 말로핫이다. 위냐하면 자신을 위해서 가장 아름다운 행복을 자신이 만들기 때문이다.

나는 가정을 꾸며지면 부머님을 찾을 것이다. 내가 부머님이 되면 내 얼굴에 부머님 모습이 생겨지기 때문이다. 내 가슴이 뛰고 있어서 내가 세상에서 가장 행복한 사람이다. 그 흙으로 자신의 믿음을 만들고 자신을 새롭게 만들었다. 지금 더 손바닥에 흙이 있다. 그 흙으로 유학이라는 행복한 나라 문을 열 수 있다. 내가 꼭 그 행복한 생활을 만들 수 있으리라 믿는다. 위냐하면 유학 통해서 마음 속에 가득 차 있는 희망이 이룰 수 있기 때문이다. 나는 항상 행복을 만들려면 자신을 바라볼 것이다. 별처럼 빛나고 두 눈으로 거울에 바라보고 나는 세상에서 가장 행복한 사람이라고 생각한다. 다른 사람보다 가난하지만 건강해서 자신 믿음이 있어서 행복한다. 그 행복을 아끼고 항상 자신을 위해서 아름답고 예쁘게 아끼기 위해서 노력할 것이다.

꼭 돌아오겠다

2014년 제6회 중앙아시아 성균한글백일장 금상
타슈켄트국립동방대학 허지예봐 마디나

더운 여름을 보내고 시원한 바람으로 온 가을을 맞이했다. 후텁지근한 여름 계절을 벗어나고 서늘한 가을 품에 있어서 기분이 역시 최고다! 창문을 열어보니 집에 있기에 아까운 날씨니까 자연과 벗할 겸 바람 쇠러 외출했다. 우와! 공기도 좋고 신성한 바람도 부르고 스트래스를 풀기에 딱 좋은 날씨, 단풍 시절이라서 그런지 나무들이 눈을 뗄 수 없는 정도로 아름답게 변했다. 어제 바람이 매섭게 부른 바람에 낙엽이 땅을 가리고 켜켜이 내려있다. 나는 우리 집 근처를 바스락 바스락하는 낙엽 소리를 들으면서 산책중이다. 밟을 때 바스락거리는 낙엽 소리를 듣기 좋아서 더 세게 밟고 기분 좋게 걸어있다.

아 맞다! 오늘 우리 언니가 선 보러 갔다. 일주일 동안 사촌 언니가 아는 남자랑 한 번만 딱 한 번만 만나보라고 언니를 하도 졸라서 언니도 할 수 없이 선 보러 갔다. 어땠을까? 갑자기 너무 궁금해지지 시작했다. 언니가 원래 남자들과 잘 어울리지도 않고 관심도 없는 편이다. 그래도 우리 언니가 너무 착하고 배려심도 많아서 친구들 중에 인기가 많다. 언니가 웃는 모습을 보면 누구나 반하게 된다. 가끔씩 어떤 일이 뜻대로 되지 않아 화가 날

때 언니가 항상 예쁘게 웃어주고 위로하면 화가 확 풀린다. 언니의 마술적인 웃음! 나를 몇 번이나 살려주었다. 오늘 만난 남자도 언니의 예쁜 미소에 반할 지도 모른다. 빨리 집에 가서 언니에게 선을 어떻게 본 지 물어봐야겠다. 이 순간 왠지 언니의 즐거운 목소리가 귓가에 맴돌아 있다. 나는 부랴부랴 집에 뛰어갔다. 집에 도착하자마자 언니 방부터 갔다. 예쁜 꽃들으로 꾸민 밝은 언니의 방, 마음이 너무 급해서 노크도 없이 언니 방으로 들어왔다. 우리 미소 천사 언니가 침대 위에 옷도 갈아입지 않고 무엇인가를 깊이 생각하는 표정을 짓는 재 앉아 있다. 언니 옆으로 가서 얼굴을 들리며 괜찮냐고 물었다. 그 때 언니가 행복에 가득 찬 눈으로 "첫 눈에 반했어"라고 수줍게 웃었다. 언니를 왈칵 안고 귀에 "다행이다"라고 말했다. 나는 당황해서 잠시 정신을 잃는 재, 언니는 설레는 재 서로 마주보고 앉아 있다. 정신을 왜 잃었을까? 언니와 19년 동안 살고 있지만 언니 입에서 남자를 반했다는 말이 처음으로 나왔기 때문이다. 귀에 굉장히 선 말이지만 갑작스러우면서도 행복한 느낌! 안 그래도 설레고 있는 언니를 만남이 어떻게 됐냐고 괴롭혔다.

언니의 말에 따라 그 남자자 키가 크고 깔끔하고 말하는 스타일도 좋고 얼굴까지 예쁘게 생긴 남자다. 한 마디로 딱 언니 스타일. 이대로 서로 사랑하게 되며 사랑이 꽃 피우며 결혼하기로 했다. 처음에는 언니가 전화로 오래 통화하는 것이 어색하고 눈에 거슬렀지만 결혼할 사이니까 찬성했다. 드디어 결혼할 날짜가 정했다. 여태까지 언니가 우리 집을 떠나는 날이 있다는 걸 생각도 안 하니까 왠지 이제 마음이 불안해지기 일쑤이다. 그래도 여자니까 시집가기 마련이다. 한편 말로 표현할 수 없는 이상한 느낌을 부모님도 느끼고 계시는 걸 알게 되었다. 드디어 결혼식이 올리는 날! 모든 식구들이 차려입고 서있다. 나도 마잔가지다. 큰 거울 앞에 반짝 반짝 빛나는 하얀 웨딩 드래스를 입는 재 가슴이 두근거리는 언니가 예쁘게 앉아 있다. 행복예식장에서 기쁨과 슬픔이 섞여 있는 부모님 목소리가 들렸다. 이 분들이 자기의 뜨거운 바람을 신랑신부로 정했다. 결혼식이 기대 이상이었다. 언니가 결혼한 지 1년 반이 지나 두 분 사랑 열애로 아들이 태어났다. 모두 뛰듯이 기뻐했다. 근데 우즈백에는 보름 달이 밝으면 보름 달이 어둡다는 말처럼 밝은 달이 언니 가족을 외면했다. 갑자기 형부가 일을 잃고 아무리 다른 일자리를 찾아봐도 적성에 맞는 일을 못 찾았다. 그래서 러시아로 일하러 가게 됐다. 부모님, 사랑스러운 아내, 태어난 지 얼마 안됀 아들을 버리고 러시아로 일하러 안 가면 식구들이 시장하게 되는 걸 알고 있었다. 그래서 할 수 없이 따뜻한 집을 떠나버리고 추운 러시아로 갈 수 밖에.

형부가 언니랑 헤어질 때 눈물을 닦아 주면서 1년 지나 꼭 돌아온다고 약속했다. 언니가 자나깨나 남편 걱정을 해서 잠도 못 자고 밤새도록 울고 남편을 안고 싶을 때 옷만 안고 쓸쓸히 지내기 시작했다. 형부가 좋은 일자리를 찾다고 걱정하지마라고 전화했다. 이제야 우리 언니가 안심이 됐다. 형부가 간 지 마침내 1년이 됐다. 언니가 1년을 어떻게 지냈을까? 하지만 이제 사랑하는 남편이 올테니까 신경 쓸 필요없다. 근데 형부 연락이 끊어졌다. 언니가 무소식이 희소식! 나를 놀리려고 연락 없이 올 것 같다고 기대했다. 그런대 어느 날 형부가 전화하고 마지막 3개월 월급을 받지 않아서 받자마자 가겠다고 약속했다. 1년을 힘없이 지낸 우리 언니 마음이 이 소식을 듣고 어땠을까?

우리 조카가 거의 3살을 먹었다. 하지만 걷기 시작하고 넘어질 때 한 손을 엄마 한 손을 아빠가 잡고 이러나게 하는 걸 원해도 아빠가 없고 말도 혯갈리지만 귀엽게 하고 있는 우리 조카가 “아빠”라는 말을 하지 못한다.

언니가 꼭 돌아온다는 약속을 믿고 남편을 기다리고 있다. 이혼해도 안되고 재혼해도 안된다. 왜냐하면 형부를 자기보다도 사랑한다. 빈손으로 돌아오는 걸 창피라고 생각하는 남편을, 가뭄에 콩나듯이 전화하는 남편을 그토록 사랑한다. 약속을 지키지 못해서 괴로워하는 우리 형부가 지금 어떤 상황에 있을까? 귀엽게 생긴 사랑하는 아들에게 애정을 주지 못하고 얼마나 마음이 아프고 있을까?

얼마 전에 오빠가 출장 다녀왔을 때 조카가 "우리 아빠 왔다! 엄마, 봐봐. 우리 아빠가 왔다"라고 뛰어가고 오빠를 왈칵 안고 너무 기뻤다. 모두 당황했다. 나는 눈물을 가릴 수 없었다.

어제 엄마와 통화했다. 언니가 많이 아프다. 조카가 언니가 아픈 걸 보고 "엄마, 아파? 나 지금 아빠에게 전화할테니까 아프지마!" 전화기를 잡고 자판을 누르지도 않고 "아빠! 오고 있어? 엄마가 많이 아파. 빨리 와!"라고 전화를 끊었다. 이 이야기를 듣고 참지 못했다. 눈물이 줄줄 내렸다.

언제 올지도 모르는 남편을 아직도 기다리고 있는 언니, 오빠를 아빠라고 부르는 우리 불쌍한 조카, 아무튼 꼭 돌아오겠다니까 나도 매일 매일 기도하고 기대한다.

약속

2014년 제6회 중앙아시아 성균한글백일장 은상
사마르칸트외국어대학 아즈모바 나르기자

이 세상에 꼭 지켜야 하는 약속이 무엇인가? 살아가면서 시키지 못 한 약속이 있는데 가장 중요한 약속은 부모님께 약속했던 것이다. 우리에게 아름다운 인생을 주셨던 사람－엄마, 아빠를 제일 사랑하기 때문이다. 누구의 사랑은 더 강한지에 대한 갈등은 아무 소용없는 것이다. 엄마의 사랑은 하늘 만큼 크다. 아빠의 사랑은 산처럼 든든하다. 산이 골짜기를 둘러싸 방풍하듯이 인생에 어떤 어려움이 있어도 아빠가 항상 지켜 주신다.

어린 시절부터 나의 꿈은 피아노 연주가였다. 좋아하는 만큼 음악에 소질이 있었기에 꿈꾸며 성장해 왔다. 피아노 연주 배우기를 시작할 때부터 "차이코브스키"라는 음악회에 참여하는 것이 나의 꿈이라 이 날을 학수고대했다. 하지만 음악회 한 달 전에 큰일이 났다. 피아노 건반 위에 놓여 있던 휴대폰 폭발로 인해 피아노가 탔다. 시간이 모자란 데다가 어디에 연습할 수 있는 방법이 없다는 생각에 절망했다. 그때는 신이 내 편이 아니구나 싶은 게 마치 세상은 내동댕이처진 것 같았다.

그런데, 다음 날 이른 아침에 다른 방에서 들려온 아름다운 소리가 나를 깨웠다. 바로 일어나 다른 방에 서둘러 갔다. 방문을 열자 아침 햇빛을 받으며 피아노 치고있는아빠의 모습을 봤다. 그 순간에 가슴이 뛰었고 너무 기뻤는지 그 느낌을 말로 다 전달할 수 없다. 한 마디도 못 하여 아빠를 끌어안았다. 아빠는 나를 품에 안겨서 말씀하셨다!

"살아가면서 후회한 일이 많아. 그런데 쉽게 포기하기보다는 모든 어려움을 디딤돌로 여기면 아무리 못 할 일이 없어… 그래서 모든 닥쳐온 시련을 극복해내라!"

아빠가 내 얼굴의 눈물을 닦아 주셨다.

"무엇보다도 우리의 딸의 꿈은 산산조각이 나 버리는 것을 허용할 수 없어! 이 때문에 너는 약속해! 앞으로 어려움이 있어도 끝까지 버텨야 해!"

그 날부터 꿈을 이루기 위하여 연습 많이 했다. 내 연주는 성공적이었다. 사람들의 큰 박수 소리를 들으면서 마음속으로 한 없이 외쳤다.

"아빠, 사랑합니다!" 그때는 아빠의 눈물을 본 게 처음이었다.

아빠가 수술 받기 위해 모은 돈으로 피아노를 샀다. 그런데 나는 이 걸 몰랐다. 성공적인 나의 연주 몇 달 뒤에 아빠가 이 세상을 떠나가셨다. 사랑하는 사람의 죽음과 아무것도 비교할 수 없는 것을 깨닫게 되었다.

시간은 강물처럼 흐른다. 아빠의 사랑은 마음속 깊이 느끼면서 눈물이 나온다. 아빠가 나의 행복은 건강보다 중요하다고 봤기 때문이다.

지금까지 살아오면서 후회된 점이 많았다. 하지만 그런 혹한처럼 어려운 순간에 아빠의 말씀이 또어른다. 내 마음속 깊이 아침의 아름다운 햇빛에 빛나는 아빠의 모습은 간직되어 있다.

"이제는 차가움을 피하지 않고 인생의 혹한에도 맞 설 수 있다."

아빠 덕분에 이 것을 깨닫게 되었다. 과거로 돌아갈 수 있다면 아빠께 고마운 마음을 표현하고 싶다.

"아빠, 약속합니다!"

약속

2014년 제6회 중앙아시아 성균한글백일장 동상
타지키스탄국립외국어대학 아흐메도바 비비파티

수업 마치기를 눈이 빠지도록 기다렸다. 이 수업이 끝나면 고향에 가서 그립고 사랑하는 동생을 볼 수 있는 방학이기 때문이었다. 택시를 타고 가면서 동생과 함께 지냈던 순간들을 떠올리며 동생과 함께 여기저기 여행할 계획을 세웠다. 고향에 가는 길이 천리 만리처럼 느껴졌다. 동생에게 주려고 샀던 목거리를 가방 속에서 꺼내 보면서 동생에게 잘 어울릴 거라고 생각했다. 드디어 집에 도착하자마자 동생을 찾으러 갔다. 그런데 동생이 없었다. 다시 나가서 마당의 여기저기를 돌아봤지만 동생을 찾을 수 없었다. 아버지께 달려가서 동생이 어디에 있냐고 물었다. 아버지는 어두운 얼굴로 팔았다고 하셨다. 아버지의 말에 다리의 힘이 풀려져 서 있을 수가 없었다. 잠시 후에 "왜 팔았어?"라고 소리치면서 울었다. 믿을 수가 없었다. 아버지는 나를 안으시면서 "미안하다. 사만드가 없었으면 넌 대학교에서 공부할 수 없었을 거야"라고 하셨다.

나 때문에 나의 사랑하는 동생 사만드를 팔아야 하는 우리 상황이 너무 싫었다. 그런데 그 때부터 동생이 없어도 동생을 위해 열심히 공부하겠다고 마음 속에 약속했다.

나의 열다섯살 생일 날에 할아버지가 망아지 한 마리를 선물해 주셨다. 나는 막내라서 너무 외로웠는데 이제 동생이 생겨서 사만드라는 멋진 이름도 지어줬다. 나는 사만드를 동생이라고 불렀다. 내가 가는 곳 어디든지 함께 다녔다. 망아지 때부터 어미가 될 때까지 우리는 함께 지냈다. 사람들이 이런 착한 동생이 있어서 부럽다고 했다. 아버지께 혼 맞아서 헛간에서 잠들었던 나를 찾은 것도 사만드였고 밥도 함께 먹고 모든 일을 함께 했다. 고등학교를 마치고 대학교에 입학하려고 도시로 왔다.

그런데 이것은 나와 사만드의 마지막이었다. 지금은 그 이름을 부를 수도 만날 수도 없지만 잊을 수 없다. 나 때문에 나의 사랑하는 동생 친한 친구 팔려갔으니까 나는 열심히 공부하고 앞으로 사회에서 필요한 인간이 되겠다고 마음 속으로 약속했다. 그런데 우리는 언젠가 만날 수 있다고 믿는다. 나는 열심히 공부해서 우리 이별을 멋진 만남으로 바꾸는 날을 위해 최선을 다하고 있다. 항상 책상 위에 놓여 있던 동생과 함께 찍었던 사진을 보면서 너무 슬프고 약속이 생각 난다. 그래서 더 공부에 자신이 많이 생기고 하루종일 학교에서 공부하고 싶다. 사실하게 말한다면 나는 공부를 싫어했다. 그런데 동생과 약속 때문에 열심히 공부하고 있다. 보통 사람들은 서로 약속하고 서로를 위해 약속을 지킨다. 그런데 나는 사랑하고 귀여운 말을 위해 약속을 지키고 싶다. 누구를 사랑하느냐에 따라 그를 위해 약속을 잘 지킬 수 있다고 생각한다. 나를 듣지 못해도 동생에게 할 말이 있다. “동생! 나를 믿어줘, 난 약속을 잘 지켜.”

신뢰

2015년 제7회 중앙아시아 성균한글백일장 금상
카자흐스탄외국어대학 바이베코바 악토르긴

사람들은 가정에서 아버지의 역할이 무엇이라고 생각하는지 궁금하다. 나는 아버지가 가정에서 가장 중요한 역할을 한다고 본다. 그러므로 나의 아버지에 대한 기대가 너무 컸던 것 같다. 나는 지금 나의 인생의 이야기를 과거에서 꺼내버리고 한다. 15년 전, 내가 너무 어려서 집 환경이 어떤지 눈치를 채지 못했던 시절이었다. 아버지는 몇달동안 집에서 잘 안 나타나고 생각조차 못할 때 집에 오고 어느새 또 사라져버리기는 했다. 알고 보니 아버지의 하는 사업이 망한 뒤에 아버지는 여러 가지 일을 하느라 고생을 많이 했다. 어렵게 가진 물건을 소중하게 여기는 것처럼 나는 아버지를 일편단심으로 사랑했다. 그래서 나는 '악토르긴이 누구 딸이야?'라는 질문에 망설임 없이 아빠 딸이라고 답을 했다.

하지만 그 시절도 눈 감빡할 사이에 지나가버렸다. 아버지는 제자리걸음만 하고 하는 일이 좋아지지 않았다. 그 때는 우리 가정이 넉넉하지 못 했고 나는 어머니의 방 안에 조용히 우는 장면을 자주 보게 되었다. "엎친 데 덮치다"라는 말이 있듯이 아버지가 사기를 당해 새로 시작한 사업이 더 고품처럼 사라져버렸다. 그 사업에서 남아있는 것이 바로 빚이었다. 나는 그 뒤로 가족을 지키지 못하는 아버지가 원망스러워 아버지에 대한 신뢰를 잃었다. 그때는 우리가 이렇게 사는 것은 아버지의 탓이라고 생각하며 살았다. 집에서 위로를 받아야 할 사람은 나라고 여기며 아버지의 괴로워하고 고생하는 모습을 보지 못한 나의 얼굴이 지금 화끈거리다. 머리에 피도 안 마른 내가 그때 너무 어리석이고 힘들때도 좋을때도 아버지의 옆에 있어야되는 사람들은 다른 사람도 아니고 바로 가족이라는 것을 깨달았지 못 했다. 부모가 자신이 되고 싶은 부모가 되지 않을수도 있고 자녀가 자신이 되고 싶은 자녀가 되지 않기 마련이다. 지금 생각해 보니까, 내가 아버지에 대한 신뢰를 잃은 것이 아니라 아버지와 나의 사이의 그동안 쌓인 신뢰를 문어지게 한 것이다.

십중팔구 사람들은 잘못을 저지르는 사람만 죄인이 된다고 생각한다. 하지만 나는 이 잘못된 행동이 향한 사람도 잘못을 한다고 본다. 우리 아버지는 그때 가족을 윤택하게 살게 해주지 못하는 것은 어느정도 잘못이라고 볼수 있지만 아버지는 그렇게 하려고 땀을 흘리면서 열심히 노력했다. 하지만 아버지를 믿지 못한 내가 그것보다 더 큰 잘못을 했다.

그래서 어느 날 아버지하고 대화를 하다가 어린 시절의 대한 이야기가 나왔다. 이 기회를 잡고 나는 아버지에게 용서를 빌었다. 그때 아버지가 한 말이 아직 생각난다. 아버지는 "너무 가까이 있어도 남보다 더 서로를 이해 못 하고 사랑을 받고 주는 것도 너무 당연하다고 여기지만 서로에게 상초를 주고 받는 것도 가족이 아닌가? 그 반은 상초를 나으게 해주고 잘못을 용소하고 잊어버리는 것도 가족이다"라고 말했다. 아버지의 이 말을 듣고 가슴이 찡했다. 나는 우리 아버지의 딸로 태어나서 감사하고 기쁘다. 그래서 이제는 아버지를 실망시키지 않도록 모든 것을 열심히 할 거라고 다짐했다.

다른 사람의 실수를 보면서 배우라는 말이 있다. 그래서 다른 사람들도 나의 인생의 경험을 보고 같은 실수를 하지 않기를 바란다. 그리고 가족은 신뢰에서부터 비롯하다는 것을 꼭 잊지 않았으면 한다.

신뢰

2015년 제7회 중앙아시아 성균한글백일장 은상

두샨베세종학당 라흐맛조다 자혼기르

비가 내린다. 겨울을 재촉하는 가을비다. 이런 날이면 유난히 기억나는 한 아이가 있다.

그날도 오늘처럼 가을비가 내렸다. 몸이 으슬으슬 추워서 따뜻한 레몬차 한 잔을 마시며 창가에 서서 비 구경을 하고 있었다. 이상한 소리에 놀라 창문을 열어보니 비에 젖은 아주 작은 강아지 한 마리가 오들오들 떨면서 나를 쳐다보고 있었다. 다리를 다친 듯했다. 그냥 두면 죽을 것 같아 그 아이를 집으로 데려왔다. 어머니의 엄한 눈초리가 잠시 스쳐 지나갔지만 다른 것은 생각할 수가 없었다. 얼른 내가 입었던 옷을 벗어 자리를 만들어 주고 어머니 몰래 우유를 먹이고 지하실 바닥에다가 집을 만들어 줬다. 이틀 만에 어머니한테 들켜 혼이 났지만 동물을 싫어하시던 어머니도 그 아이의 상태를 보시고는 같이 살게 해 주셨다.

난 어릴 때부터 몸이 약해서 늘 집에만 있어야 했다. 친구도 없었고 나가서 놀 힘도 없었다. 하루 종일 창 밖으로 해 질 때까지 신나게 노는 아이들을 보면서 시간을 보냈다. 그 아이들이 참 부러웠다. 그렇게 늘 외로웠던 나에게 친구가 생긴 거다. 그 아이의 이름은 록키다. 나의 친구 강아지의 이름이다. 동물을 싫어하시던 어머니께서 나에게 기쁨을 주었다니까 지어주신 이름이다. 어린 록키가 우리들의 사랑으로 건강도 회복하고 무럭무럭 자랐다. 학교에 갔다 오면 문 앞에서 꼬리치며 기다릴 록키를 생각하여 내가 집으로 달려오곤 했다. 그뿐만 아니다. 록키가 나를 학교 앞에서 기다리기도 했다. 그리고 동네 앞 상수리나무 밑에서 록키가 마치 경호원처럼 학교에서 돌아오는 나를 기다렸다.

정말 신기하게도 록키가 온 다음부터는 내가 조금씩 건강을 회복하고 밖으로 나가 놀 수 있을 만큼 모든 게 좋아졌다. 해 질 무렵 록키와 함께 동네를 산책하는 게 하루 중 가장 즐거운 일이었다. 우리는 온 동네사람들이 다 아는 절친이었다. 부러울 게 없었다. 나는 세상에서 가장 행복한 사람이었다. 몇 년 지나 우리 가족은 다른 도시로 이사를 하게 되었다. 나의 눈물의 항의에도 불구하고 너무 커 버린 록키를 데리고 이사를 가는 것은 쉬운 일이 아니었다. 결국 록키를 친구 집에 맡기기로 하고 동네시골 커다란 상수리 나무 밑에서 우리의 마지막 시간을 보내고 있었다. 록키는 나와의 이별을 느낀 듯이 안절부절하며 낑낑 울고 있었다.

"록키야 걱정 마. 내가 꼭 돌아올게 널 만나러."

록키 눈을 보면서 록키에게 말했다. 그리고 "꼭! 올거야"라고 스스로에게 다짐했다. 아직도 록키를 끌어안고 해 질때까지 아주 오랫동안 울었던 그날을 기억한다.

유난히 부끄러움이 많았던 내가 새로운 곳에서 적응을 해야 하는 것이 힘들었다. 록키가 보고 싶어서 이사를 간 게 아버지 탓인 양 아버지를 원망하기도 했다. 가끔 내가 몸이 아플 때 꿈에 록키가 나타나기도 했다. 어머니는 그건 내가 몸이 약해서 그런 거라고 말씀하셨다. 점점 새로운 친구들을 만나고 학교생활에 적응해서 나의 머리에서 록키에 대한 기억이 멀어져 갔다.

어느 날 학교에서 돌아왔는데 출장 가셨던 아버지가 맨발로 뛰어 나오셨다.

“얘야, 놀라지 마. 록키가 돌아왔어. 록키가.”

나는 너무 놀라 가방을 던져 버리고 집 안으로 달려 들어갔다. 정말 그 곳에서 더럽고 냄새나는 내 친구 록키가 있었다.

“록키야, 미안해. 정말 미안해.”

우리는 얼싸 안고 울었다.

아버지가 출장 차 우리 살던 동네에 가셔서 록키가 있는 걸 보시고 놀랐다고 하셨다. 동네시골 앞 상수리나무 밑에서 록키를 발견했을 때 심장이 멈추는 줄 알았다고 하셨다. 그래서 힘들게 록키를 데리고 오셨다. 비가 오나 눈이 오나 록키가 그 나무 밑에서 나를 기다렸던 것이다. 우리는 다시 한 가족이 되어 몇 년을 같이 살았다. 나는 록키를 처음 만날 때 6살이었는데 록키도 그 6살때 영원히 내 곁을 떠났다.

오늘도 가을비가 내린다. 계절은 진실하고 정직한 친구처럼 돌아온다. 나도 나의 록키라는 친구처럼 신뢰한 사람이 되고 싶다. 나는 록키를 잊어버렸지만 록키는 내 약속을 믿고 힘들어도 끝까지 기다렸다.

신뢰

2015년 제7회 중앙아시아 성균한글백일장 동상
우즈베키스탄국립세계언어대학 압둘라예바 닐루파르

신뢰라는 단어는 글자 두 개로 구성되어 있지만 안에 아주 큰 의미를 품고 있습니다. 그 단어를 다른 말로 믿음이라고 할 수도 있습니다. 우리하고 다른 사람들의 관계는 이 신뢰로부터 시작합니다. 친구 사이, 부부 사이, 부모님하고 자식 사이, 선생하고 학생 사이, 사장하고 직원 사이에 항상 믿음이 있어야 합니다. 저는 신뢰라는 것이 유리와 같다고 생각합니다. 왜냐하면 그 믿음이 유리처럼 한번 깨지면 다시는 예전 상태로 돌아갈 수도 없고 그 상태를 만들 수 없기 때문입니다.

지금 신뢰라는 주제로 글을 적으면서 우리 부모님이 자꾸 머리속에 떠오릅니다. 왜냐하면 제가 아는 사람들 중에 우리 부모님이 자기 자식을 제일 많이 믿기 때문입니다. 이슬람 국가들에 옛날 옛날부터 여자를 먼 곳에 잘 안 보내고 집에 있게 만드는 문화가 있었습니다. 지금 시대가 많이 변했지만 아직까지 곳곳에 그 문화가 남아 있습니다. 우리 동네도 그것하고 마찬가지입니다. 그래서 우리 친척들 중에 오직 저만 수도에 와서 공부하고 있는 여자입니다. 그것은 우리 부모님 덕분이라고 생각하고 늘 감사의 마음을 가지고 있습니다. 왜냐하면 부모님의 신뢰가 저의 인생을 바꾸었기 때문입니다. 저는 어렸을 때부터 많은 꿈을 가지고 왔습니다. 첫째 우리 나라에서 제일 높은 대학교 쯕 세계 언어 대학교에 들어가는 것, 둘째 거기에서 한국어를 공부하고 한국에 가는 것, 셋째 한국에 가서 바다를 보는 것이었습니다. 그러나 저의 꿈을 다른 사람들에게 얘기할 때마다 상처만 받았습니다. 왜냐하면 사람들이 여자는 먼 곳에 가서 공부하면 안 되고 부모님의 눈 앞에 있어야 한다는 얘기를 했기 때문입니다. 그리고 꿈이 이루어질 수 없는 꿈이라는 얘기를 많이 들었기 때문입니다. 그 때 저를 믿었던 사람이 우리 부모님뿐이었습니다. 부모님의 신뢰가 저에게 힘이 되었고 항상 자기 자신을 믿게 만들었습니다. 그래서 저의 꿈이 다 이루어졌습니다. 만약에 그 때 부모님이 저를 믿지 않았으면 제가 꿈을 포기 했고 지금 이 자리에 없었을 것 같습니다. 그래서 하나의 믿음으로 다른 사람의 인생이 변해질 수 있다는 것을 알 수 있습니다.

앞에서도 얘기했듯이 신뢰라는 것이 큰 의미를 가지고 있습니다. 그 신뢰는 우리 인생에서 큰 역할을 합니다. 다른 사람을 믿는 것도 중요하지만 다른 사람의 신뢰가 깨지지 않게 지키는 것도 아주 중요합니다. 다른 사람을 믿어주는 것도 저처럼 사람들의 인생을 바꿀 수 있고 믿음을 깨뜨리지 않고 잘 지키는 경우에는 양쪽의 관계를 깊게 만듭니다. 우리에게 한번만 주어지는 귀중한 삶을 서로 믿고 살아가야 한다고 생각합니다.

다름

2016년 제8회 중앙아시아 성균한글백일장 금상
카자흐스탄외국어대학 조 옐레나

어느 것이나 비교할 때 공통점도 있고 차이점도 있기 마련이다. 나와 당신은 공통점이 있을 수도 있지만 차이점도 분명히 있다. 그 중 하나는 우리는 다르게 생긴 것이다. 모든 사람들은 조금이라도 다르게 생겼다.

나와 우리 부모님은 비슷한 점이 많이 있다. 얼굴도 닮았고 성격도 비슷하다. 그러나 어렸을 때 "나는 절대 엄마 아빠처럼 안 살거야."라고 생각하곤 했다.

어렸을 때 나는 다른 아이들처럼 예쁜 옷을 입고 싶었고, 컴퓨터나 휴대전화를 가져 있고 싶었다. 그러나 우리 집은 가난한 편이었기 때문에 우리 부모님을 못사 주셨다. 그래서 나는 원망했다. 우리 부모님은 하루종일 일하시고 고생하시고 최선을 다하셨는데… 나는 그것을 이해해 주지 못하고 살았다. 나의 신뢰가 없어진 것 같다. 그래서 어렸을 때 나는 어른이 되어서 아이를 낳고 돈을 많이 벌고 나의 아이에게 모든 것을 사 줄 거라고 생각했다. 그렇지만 나의 그때의 생각은 지금 현재 상황과 다르다. 돈을 버는 것은 식은 죽 먹기가 아니다. 이 것을 우리 아버지가 돌아가실 뻔했을 때 깨달았다. 우리 아버지는 심장과 관련된 병을 걸리셨는데도 계속 일을 하셨다. 돈을 조금이라도 더 벌기 위해서 끊임없이 노력하시고 고생하셨다. 결국 쓰러지셨고 병원에 입원하게 되었다. 병원으로 갈 때 나는 우리 아버지와 함께 응급차 안에 있었다. 그때 펑펑 울고 모든 것이 나 때문이라고 생각했다. 그리고 나는 나의 자신을 원망했다. 다행히 우리 아버지는 제 정신으로 돌아왔고 지금은 건강히 잘 지내고 계신다. 그 상황을 통해서 나는 배운 것이 많이 있다. 옷이든 컴퓨터든 휴대전화든 세상에서 가장 중요한 것은 아니다. 물론 현대 시대는 정보화 시대이지만 가장 중요한 것은 아니다. 건강과 가족은 최우선인 것 같다. 또한 최선을 다한다 해도 안되는 것이 분명히 있다. 그런데 포기하지 말고 지금까지 노력한 것처럼 노력하면서 살면 된다. 어렸을 때 나는 분명히 우리 엄마 아빠처럼 안 살 거라고 분명히 다르게 살겠다고 생각했는데 지금은 아니다. 지금은 나는 우리 부모님처럼 끊임없이 노력하고 최선을 다하면서 살겠다고 나의 자신에게 약속했다. 내가 생각했던 다른 것은 공통점이 되어 버렸다.

어느 것이나 비교할 때 공통점도 있고 차이점도 있기 마련이다. 그러나 그 차이점, 그 다른 점은 공통점이 될 수 있다. 나는 지금 한국어를 배우고 있다. 한국어를 배울 때 러시아어나 우리 나라 문화와 비교하면 차이점이 많다. 많은 다름이 보인다. 그렇지만 배울수록 한국 문화든 언어든 더 잘 이해하게 되고 더 잘 알게 된다. 그러므로 한국어를 통해서 나와 한국인의 다름이 없어진 것 같다. 한국어 덕분에 우리는 하나가 되어 간다. 한국어를 배우는, 한국어를 아는 전 세계 모든 사람들은 힘을 다 합쳐서 차이점, 다름을 없애기 위하여 더욱 더 노력을 했으면 좋겠고 우리는 한국과 언젠가 하나가 되었으면 좋겠다.

다름

2016년 제8회 중앙아시아 성균한글백일장 은상
카자흐스탄국립대학 자미라 우스마노바

우리가 살고 있는 세상에서는 똑같은 대상이나 현상이 없다. 하나님이 모든 곳이 유일한 특성을 가지고 있게 하셨다. 예를 된다 한다면 한 나라의 사람들이 사용하는 언어도 다르고, 옷차리도 다르고, 습관도 다르다. 심지어 쌍둥이도 똑같이 생겼지만 각각 보면 쉽게 누가 누군지 알 수가 있다.

사람들이 똑같은 곳을 다르게 인식한다. 예를들면 행복이란 무엇인가에 관한 반론이 아직까지 수많은 사람들의 의견을 던진다. 어느 나라에 50명 사람들을 대상으로 "나에게 행복이란 무엇인가"에 관한 조사를 실시했는데 응답자들의 대답들이 전혀 비슷하지 않았다. 한 사람이 가족이 제일 큰 행복이라고 대답하고 한 사람은 "돈이 없으면 행복도 없다"라고 대답했다. 사람마다 왜 대답이 다를까요? 그것도 한 사람의 마음이 다른 사람 마음과 달라서 그랬다고 생각한다. 어느 사람이 여러 감정을 받아들이고 행복하게 살기 위해서 노력한다. 어느 사람이 이미 갖고 있는 곳에 만족하지 않고 불행, 고민 같은 감정을 받아들지 못하고 스트레스만 받고 있다. 이 곳은 보면 "행복은 장소 아니라 방향이다"라는 명언이 떠오르고 있다.

그리고 모든 곳이 다르다는 점을 가지고 있다는 곳을 저의 개인적인 개인적인 경험으로 볼 수 있다. 저에게는 친구가 두 명이 있다. 그들은 독일 친구이고 카자흐 친구이다. 우리는 서로 초등학교 때부터 알게 되었다. 그 땐 같이 놀아 다니고, 밥도 나누어 먹고 그런 사이였다. 우리는 다른 학교를 진학하는 것도 그 우정 때문이였다. 이렇게 셋이 친해지만 너무 다르다. 외모도 다르고, 성격도 다르고 키도 다르다. 그런데 제일 재미있는 곳은 약속을 지키는 곳이다. 우리 독일 친구는 약석을 정하면 어기지 않고 정한 곳이나 시간에 오는 편인데 우리 카지흐 친구는 전혀 그런 사람이 아니다. 약속한 시간보다 늦게 오는 편이다. 그것은 카자흐 문화의 특징 중 하나인 것 같다.

그러면 좀 더 짧게 말하면, 모든 것이 다르다는 점을 가지고 있다. 이는 제 생각에는 우리 살고 있는 세상에는 흥미롭게 살 수 있다고 생각한다.

다름

2016년 제8회 중앙아시아 성균한글백일장 동상
키르기스-한국대학 베이셴베코바 아이잔

이 세상에 모든 사람들이 똑같이 태어나고 똑같이 죽는다. 모든 사람들이 똑같이 태어나도 사람들의 외모, 이름, 성격이 다 달라서 사람들 사이에 당연히 다름이 있고 그 다름을 없을 수가 없다.

우리는 모두 이 세상에 똑같이 사람으로 온다고 해도 우리가 비슷한다고 말할 수가 없다. 왜냐하면 사람들이 여러가지 나라에 태어나고, 여러가지 이름을 가지고 있고, 나이도 비슷하지 않고, 평소에 사용하는 언어가 다르고, 직업, 취미생활, 좋아하는 것, 모든 것이 다르기 때문이다. 어떤 사람이 한국에 태어나고 한국인이면, 다른 사람이 키르기즈스탄에 태어나고 키르기즈 사람이고, 또 다른 사람이 다른 곳에 태어나고 다른 나라의 사람이라서 그 사람들 중에 다름과 차이가 물론 있다. 예를 들면 사람의 이름을 보면 한 나라에 비슷한 이름을 가지고 있는 사람들이 있지만 이름의 뜻을 다르다. 나의 이름은 아이잔이다. 나는 키르기즈 사람이다. 그런데 아이잔이라는 이름을 카자흐스탄에서도 많이 만날 수가 있다. 생각해보면 키르즈 이름 아이잔과 카자흐 이름 아이잔이 뜻으로, 쓰는 모양으로 비슷하지만 바름이 완전 다르다. 그리고 아이잔이라는 이름뿐만 아니라 그런 경우가 엄청 많다. 더 다른 경우를 보면 두 사람이 한 회사에 일하고 한 언어를 써도, 다른 분야에 일할 수도 있고, 아니면 한 회사에 일하고, 한 분야에 있어도 다른 언어를 사용할 수 있다. 다른 언어를 사용할때 한 사람이 "Thank you"라고 영어를 쓰면, 다른 사람이 "Pax Mas"이라고 키르기즈어를 쓴다. 그때는 단어의 뜻은 똑같지만 표현이 다르다. 그런 경우를 생각보다 훨씬 많다.

이 세상에 다름이 많은 것처럼 비슷함도 아주 많다. 우리 삶에서 가장 좋은, 가슴을 두근두근 하는 느낌이 하나 있다. 그것은 바로 사랑이다. 사랑하는 사람을 만나면 다름보다 비슷함이 더 많이 있어야 한다고들 한다. 나도 그렇게 생각했다. 그런데 얼마전에 나는 인터넷으로 한 남자랑 만났다. 그 사람과 매일 매일 의사소통 하다보니까 비슷함보다 다름이 더 많았다. 그사람이 키르기즈 사람도 아니고, 우리 취미생활, 좋아하는 것, 생각조차 비슷하지 않다. 그리고 제일 아쉬운 것은 그 사람이 다른 곳에 사는 남자다. 그 사람이랑 너무 만나고 싶은데 그 것은 아직 가능하지 않다. 그 사람이랑 다른 나라에 살고 있어도 같은 하늘에 살고 있으니 기분이 좋아진다. 그 말로 비슷함보다 다름이 많아도 서로 사랑할 수 있다고 말하고 싶었다.

우리는 모두 눈을 두개, 코가 한개, 입을 한개 가지고 있는 사람들이다. 우리는 비슷하지 않아도, 서로 모르고 다른 사람이라도 무섭지 않다. 왜냐하면 모든 사람들이 아름답다. 다름이 언제든지 당연히 있어야 한다. 왜냐하면 모든 사람들이 비슷하면 지루할 수도 있다. 다름이 있어서 다른 사람과 비교할 수도 있고, 경쟁하고 그 덕분에 더 훌륭한 사람이 될 수도 있다. 그래서 사람들 사이에 다름이 있는 것이 아주 좋다고 생각한다.

진정한 행복

2017년 제9회 중앙아시아 성균한글백일장 금상
타지키스탄국립상업대학 미르조알리예프 후시누드

문득 얼굴 한 쪽이 일그러진 채 매일 내가 오기를 기다리던 아이가 생각난다. 웃음이 참 예쁜 아이였다. 어렸을 때부터 맹아였던 그 아이는 부모도 맹인이었다. 형편이 어려워서 어렸을 때부터 학교 기숙사에서 혼자 지내게 되었다고 한다. 그러나 화상이 그 아이의 미소까지는 없애지 못했다.

그 아이와의 만남은 3년 전이었다. 한국에서 시각 장애 학교 학생들에게 음악 수업을 하기 위해 선생님들이 왔다. 나는 학교에 가고 싶지 않았지만 그냥 한국 사람들을 위해 통역하는 것이 재미있을 것 같아서 갔다. 그들이 불쌍하기는 했지만 그들을 위해 무엇인가를 가르친다는 것은 힘든 일이라고 생각했다. 그리고 한국에서 학생들 가르치기 위해 오는 한국 선생님들도 이해할 수가 없었다. 이렇게 더운 여름에… 하긴 그들이 왜 이 일을 하는지 궁금하기는 했다. 나는 단지 통역하면서 그동안 배운 내 한국어 실력을 뽐내고 싶어서 캠프에 참가했다.

캠프 첫날부터 여기저기서 일이 터지기 시작했다. 캠프는 일주일 동안 진행되었다. 시각 장애인이라서 보이지 않아 넘어지고 다치고 소리를 지르면서 부끄러움이 없는 아이들이 싫었다. 피리는 나누어 주면 잃어버리고 다음

날 와서 새로운 피리를 달라고 하면서 귀가 아플 정도 시끄럽게 떠들었다. 둘째 날 더 이상 피리는 없는데 그 아이가 내 옷을 잡고 "피리 주세요 피리"라고 했다. 나는 화가 나서 "너 어제 내가 줬잖아" 하며 가라고 소리 쳤다. 갑자기 그 아이는 정말 세상이 무너지는 것처럼 큰 소리로 울기 시작했다. 나는 너무나 귀찮아서 내가 피리를 얼른 줘 버렸다. '다신 오지마'라고 다짐을 받았다. "고마워요"라고 하면서 벽을 더듬거리며 교실을 빠져 나갔다. 그 아이는 정말 캠프 내내 다시는 나타나지 않았다. 나를 괴롭히지도 않았다. 그렇게 정신 없이 하루 하루가 지나갔다. 에어컨도 없는 곳에서 그런 학생들에게 최선을 다해 음악을 가르치는 그 사람들이 경이로울 뿐이었다.

드디어 마지막 날이 되었다. 한국에서 오신 선생님들과 시각 장애 학생들이 같이 공연을 준비했다. 음악회가 시작되자 아이들은 자기 순서에 맞춰 악기를 연주하고 노래를 불렀다. 음악회가 거의 끝날 즈음 '꽈당' 하는 소리와 함께 그 아이가 교실로 뛰어 들어왔다. "나도 한번 하게 해 주세요"라고 했다. 그 순간 모든 선생님들과 학생들이 놀라 모두 그 아이를 쳐다봤다. 그 아이는 그 자리에 서서 '아리랑'을 피리로 연주하기 시작했다. 그 때 아리랑을 불던 그 아이의 표정을 지금도 잊을 수가 없다. 너무나 기쁜 얼굴이었다. 교실 안은 조용했다. 한국 선생님 몇 분이 울고 계셨다. 그 애의 연주는 나에게도 기쁜 감동을 주었다. 혼자서 편곡된 아리랑 전곡을 다 연주했다. 캠프 내내 음악을 귀로만 듣던 그 애는 혼자 연습한 것이었다. 볼 수는 없었지만 놀라운 음악적 재능이었다. 연주를 마친 그 애는 그 자리에 조용히 서 있었다. 모든 사람들은 감동을 받아 박수를 치기 시작했다. 나도 감동에 겨워 달려가 그 아이를 안아 줬다. 그 때 그 애가 내 귀에 대고 말했다. "선생님을 위해 했어요"라고 말이다. 그 것은 누구도 할 수 없는 사랑의 표현이었다.

나는 깨달았다. 억지로 던져 준 선물이 그 애에게 기쁨을 선사했다. 그러나 내가 선물을 준 것이 아니라 그 애의 음악이 나에게 그 누구도 줄 수 없는 큰 선물을 준 것이었다. 나의 시각에서는 내가 그 애에게 도움을 주는 사람이었다. 한번도 그 애는 나에게 감동을 줄 수 있는 존재라고 생각하지도 못했다. 그러나 그 애가 나에게 서로의 마음을 알고 서로에게 기쁨이 되는 비밀을 가르쳐 주었다. 사랑의 의미를 그 아이를 통해서 배웠다. 나도 누군가에게 기쁨과 감동을 줄 수 있는 존재가 될 수 있다는 것을 생각하게 되었다. 늘 나만 생각했던 이기적인 사람이었고 모든 것을 나를 위해 해 왔다. 사랑하는 가족에게도 그리고 캠프 봉사까지도…

더운 여름에 말도 통하지 않고 아무것도 모르는 장애 아이들을 위해서 한국에서 온 선생님들의 마음도 알 것 같았다. 그 일 이후 내가 무엇을 해야 할지 고민하는 습관이 생겼다. 내가 좋아하고 이익이 되는 것만 아니라 누군가와 나눌 수 있는 것이 무엇이 있을까를 생각하게 되었다. 그 것은 내가 무었을 하여 살지를 생각하게 해 준 그 아이가 준 가장 큰 진정한 행복의 선물이었다.

진정한 행복

2017년 제9회 중앙아시아 성균한글백일장 은상
카자흐스탄외국어대학 이자트 아이다

"꿈을 꾸는 삶… 그것이 바로 진정한 행복이다."

행복… 참 고운 단어이다. 인간은 누구나 평화로운 세상에서 행복하게 살고 싶어한다. 행복이란 말에 대해 사람들이 서로와 다른 이해를 갖고 있다. 누구에게 행복이 재산이면, 또 다른 누구에게는 돈이 아닌 사람, 사람의 마음이다. 가족, 친구, 연인 등… 아마 행복의 맛을 보지 못하는 자들은 도대체 행복이란 무엇일까, 어떻게 하면 행복할 수 있을까 또는 진정한 행복은 없다는 생각을 가지고 있을지도 모른다. 나는 그런 사람들을 보면 충분히 이해할 수 있다고 말해 본다. 나도 예전에 비슷한 생각을 많이 했으니까.

어린시절에 유치원부터 대학생활까지 어려운 환경에서 자랐으니 행복의 길은 돈이라고 생각해 왔었다. 경제적인 어려움을 많이 겪어서 내가 해야 할 일과 하고 싶은 일에 제한이 많았었다. 그때 개인 사정도 있었고, 성격의 탓인지 친구마저 사귀지 못하였다. 그래서 밖으로 놀러 나갈 일이 거의 없었다. 그러나 누가 나를 놀러 가자고 부를 때마다 엄마에게 용돈 좀 달라고 한 적이 한두번이 아니었다. 그때 내가 나에게 좋은 것만 주려던 부모님이 얼마나 고생을 하셨는지 상상조차 못했었다. 엄마의 "돈없다"라는 말 한

마디에 속상하고 맨날 삐지기만 하였다. 친구도 없고 돈도 없는 나는 이 세상에서 존재하는 이유가 무엇일까에 대해 어린 나이 때부터 고민하게 되었다. 나는 그저 돈만 있으면 정말 행복해질 수 있다고 여겼으며 공부를 열심히 하고 돈을 많이 벌겠다는 의식을 가졌다.

공부를 하도 많이 해서 머릿속에 공부밖에 공간이 없었다. 공부만 잘 하면 된다. 이 생각 뿐. 나의 꿈이 무엇인지, 누가 되고 싶은지, 무엇을 하고 싶은지, 나중에 어떤 사람이 될지에 대한 고민 따위는 전혀 하지 않았다. 목표도 꿈도 없는 공부밖에 모르는 로봇다운 인간이었다. 중학교 때 나는 한국 드라마를 보기 시작하였다. 처음 본 드라마는 올인이고 거기 나온 박용하 가수의 노래를 오늘날 계속 듣고 있다. 드라마를 본 내내 머릿속에 생긴 생각은 "한국에 한번 가보고 싶다"였다. 이 생각을 목표로 세우고 스스로 한국어 공부를 시작하였다. 고등학교 때 알마티 한국교육원을 다녀서 하던 공부를 이었다. 학교를 무사히 졸업해서 한국어를 좀더 심도 있게 배우고자 카자흐세계언어대학교 한국학과에 입학하게 되었다. 15살 때 세워둔 목표를 드디어 대학교 2학년 때 이루었다. 한국에 교환학생으로 갔었다. 카자흐스탄에서 한국 드라마와 영화, 다양한 프로그램 및 예능쇼들을 많이 봐서 한국의 편집 수준 매우 놀랐고 한국에서도 공연이나 행사 진행에 또한 놀랐다. 한국의 발달된 기계도 있지만 방송 쪽에서 일하는 분위기가 달랐다. 내가 계속 이 긴 이야기를 왜 하냐면 한국어를 공부한 이후로 나에게 꿈이 생겼다. 전에 꿈도 목표도 없다고 했는데 그때가 정말 힘든 시절이었다. 다른 사람들은 나중에 그런저런 사람이 되겠다고 열심히 하는 모습을 봤을 때 내 자신이 안스러워 보였던 것 같다. 그러나 나에게도 꿈이 생긴 순간에 새삼스러운 기분이 들었다. 나는 진심으로 행복했다. 나도 무엇을 하고 싶다는 의지가 생긴다는 것에 신하였다. 꿈이 있으면 행복할 수 있구나라는 생각이 확 들었다.

한국어, 꿈, 행복… 이 3가지 단어와 나에게 특별한 연관이 있다. 한국어 덕분에 친구도 많이 생겼으며 꿈도 갖게 되었다. 그래서 한국어를 모국어만큼 사랑한다. 꿈은 미래를 추측할 수 있게 해주며, 가장 중요한 것은 진정한 행복이 무엇인지를 알게 해주었다. 행복은 오직 돈이다라는 착각에서 벗어나게 해 주었다. 사람에게만 고유한 특성은 꿈 꾸는 삶을 사는 것이다. 지금도 이 글을 쓰면서 행복감이 든다. 나에게 꿈이 있어서 나는 매일매일 행복하다. 나만의 진정한 행복은 바로 꿈이 있는 삶이다.

진정한 행복

2017년 제9회 중앙아시아 성균한글백일장 동상
카자흐스탄국립대학 울란 로자

현대 사회에 발전에 따라 사람들의 행복에 대한 정의가 변하고 있다. 옛날에 대부분 사람들이 사랑하는 사람과 사랑을 나누며 함께 살 수 있다는 것을 행복이라고 생각하는 반면에 현대인들은 경제적 부유를 행복으로 생각한다. 물론, 행복을 얻기 위해 경제적 상황도 당연히 중요하지만, 나는 돈이 많는 것이 진정한 행복과 비례될 수 있다고 못 한다. 왜냐하면 많은 부자들의 사례에서 그 것을 볼 수 있을 것이다. 그러면 진정한 항복은 도대체 무엇을까?

위에 말한 것처럼 나한테는 행복이 부자가 되는 것도 아니고, 세계 점령하고 대통령이 되는 것도 아닌다. 진정한 행복을 얻기 위해 반드시 큰 부자나 위인이 되는 것이 아니라, 일상생활에서도 행븍을 많이 느낄 수 있는 것이다. 우리는 그냥 그러한 행복을 얻으면서도 모를 뿐이다. 그 것을 나의 경우에서 증명할 것이다.

나는 지방에서 알마티에 와서 대학교를 다니고 있다. 맨날 가족을 볼 수 없어서 가족을 매우 보고 싶어 한다. 그래서 방학 때마다 집에 가고 가족들과 함께 보내는 시간이 나한테는 너무 귀중하고 행복한 시간이다. 엄마와 같이 음식 만들거나 집안일을 하는 것, 아빠와 함께 텔레비전을 보면서 이야기하는 것, 그리고 동생들과 놀고 웃는 것, 어러한 것들이 얼마나 큰 돈으로도 바뀔 수 없는 행복이다. 그러나 이러한 행복을 내가 스스로 알게 된 것이 아니다. 어렸을 때 이렇게 가족들과 함께 보내는 시간이 당연하다고 생각해서 그 것이 사실 행복인다는 것을 이해 하지 못 했다. 나한테 이 것을 가르쳐 주는 사람이 우리 할머니였다.

작년에 할머니께서는 많이 편찮으셔서 입원하셨다. 우리 친척들이 할머니를 돌보려고 매일 오고 할머니와 같이 이야기하면서 식사했다. 나도 그때 방학이니까 병원에 자주 가고 할머니를 모셨다. 그때 나는 할머니 많이 불편하셔도 매일 밝은 미소를 지면서 이야기하시는 것을 보고 "할머니 매일 침대에 눕기만 하시고, 대소변도 제대로 하시지 못 하고 왜 매일 아무것도 없는 것처럼 지내세요?!"라고 물었다. 그 다음에 할머니가 하신 말씀을 나는 평생 잊지 못 한다. "로자야…… 내 보물같은 새끼, 흐흐…… 니가 지금 할머니가 얼마나 행복한 지 알아? 이 병덕분에 나는 오랫동안 못 만난 친구들과 친척들, 그리고 너도 만나게 되어서 할머니가 너무너무 행복한다는 말이야…… 잘 들어, 사람한테는 제일 중요한 것은 재산이 아니라, 정이야 정! 할머니는 정이 있어서, 애가 있어서, 그리고 지금 그 것을 느끼고 있어서 매우 행복한다. 사람이 죽을 때는 태산처럼 큰 돈이 있어도 가져 가지 못 한다, 가져 갈 수 있는 것이 그 사람의 행복했던 추억밖에 없다. 니가 아직 어려서 모르는 거야. 그 것을 니가 나이를 먹을수록 알게 될 거야. 흐흐흐……" 나는 할머니의 말씀을 들어 한찬 말을 하지 못 했다……

할머니의 말씀처럼, 진정한 행복은 많은 재산이 있는 것이 아니라, 사랑하는 사람과 시간을 함께 보내는 것이며 정(情)과 애(愛)를 가지고 사는 것이다. 이 것을 알게 되면 우리는 일상생활에서 행복을 느낄 수 있다는 말이다.

거리에서 노인을 도와 주는 학생, 버스에서 불편하는 사람에게 자리를 양보하는 소년, 또 다른 많는 작은 일에서도 행복을 느낄 수 있다. 우리 주변에 자기가 불행하다고 원망하는 사람들이 너무 많다. 나는 그 사람들을 보며 이러한 생각이 자꾸 든다: "우리의 생활에는 행복이 부족하는 것이 아니라, 그 작지만 진정한 행복을 느끼고 얻을 수 있는 눈과 마음이 부족할 뿐이다."

우리

2018년 제10회 중앙아시아 성균한글백일장 금상
타슈켄트국립동방대학 나자로바 마디나

제 생각에는 '나'라는 말보다 '우리'라는 말이 더 강하고 힘을 주는 말로 보입니다. '우리가 할 수 있다', '우리는 최고다', '우리 힘내자', 혹은 '우리 해보자' 등 말을 자주 듣고 쓰는데, 하필 왜 '나'가 아니라 우릴까 라는 생각이 듭니다. 외에 말을 다시 '나'하고 바꾸어 보면 어떤 의미가 될까? 나뿐입니다. '나는' 물론 자신 있다는 뜻을 표현하지만 왠 지 혼자라는 의미로 쓰이기도 합니다. 다양한 언어와 문화, 역사와 현대 생활, 가치관 또는 인생관을 갖고 있음에도 불구하고 우리 모두가 사람입니다. 외모, 성격, 생활 습관 등도 당연히 다르지만 각 사람은 같은 목적을 갖고 있다고 생각합니다. 우리가 어디에든 무엇을 어떻게 하든 항상 잘 살아가기 위해서 노력하는 법입니다. 따라서 자기 자신뿐만 아니라 주변 사람들도 행복하게 살았으면 좋겠습니다.

우즈베키스탄은 시간이 지나면서 점점 다문화 사회가 되어 가고 있습니다. 우즈베키스탄에는 여러 나라에서 온 사람들이 우즈벡 민족과 잘 어울려서 사이좋게 살고 있습니다. 그 사람들의 언어, 문화, 종교 등이 전혀 다르지만 우즈베키스탄 사람들이 그들하고 '우리'가 되도록 서로의 민족을 존경하고 있습니다. 제가 한국어를 배우기 시작할 때부터 가장 신기하고 놀랍던 것이 있는데 그것이 바로 삼팔선의 나누어짐입니다. 한국 작가의 작품을 읽으면서 한민족의 아픔을 더 잘 이해할 수 있었는데 이것은 저에게 깊은 감정을 주었습니다. 6.25 전쟁의 고난을 직접 느낀 사람들이 그 때 '우리'라는 말을 기억하고 있었을까? 가족을 잃을 때나 친척을 버릴 때 '우리'라는 생각을 했었을까? 물론 옆에서 지켜보는 것이 쉽지만 그래도 아직까지 세계적으로 잘 알려진 이 전쟁은 사람들의 머리속에서 '하나가 될 수 없었던 나라'의 전쟁으로 남아 있습니다. 안타깝게도 몇년을 이별로 보낸 한국 사람들의 운명은 '우리'라는 말 뒤에서 숨어 있는 것 같기도 합니다. 현재 남한과 북한으로 알려진 나라의 시민들이 하나로 합쳐서 '우리'가 되기를 원하지 않을까 싶습니다. 북한의 지도자 김정은하고 남한의 대통령 문재인의 첫 만남이 한국인뿐만 아니라 세계 어느 나라에도 기쁜 일이 되었습니다. 이 만남이 한국 민족의 깊은 상처를 어루만질 수 있었습니다. 두 나라가 통일을 이루고 하나가 될 수 있으면 우주에 사는 모두에게 '우리'라는 말이 얼마나 중요하고 소중한 지 보여줄 수 있을 만큼 큰 성공이 됩니다. 그리고 서로의 아픔과 상처를 잊고 서로를 응원하며 약 70년간의 속상함을 '우리가 할 수 있다', '우리 힘 내자', '우리 해 보자'고 하면서 견디면 얼마나 많은 사람들이 더 행복해 질 수 있을 지 모릅니다.

날마다 몇번씩 쓰는 '우리'라는 단어가 그 만큼 중요하고 소중한 지 모든 사람들이 알았으면 인생이 더욱 행복하고 재미있어질 수 있겠습니다. '우리'는 세상에서 모든 사람들에게 가치 있고 보물 같은 것이며 서로를 필요로 하는 것을 느낄 수 있게 도와줍니다. 여러분도 오늘부터 '내'가 아니라 '우리'라고 해 보면 어떨까? '우리'로 되어 보면 어덜까? 이 단어를 쓰기 시작하면 그의 기적 같은 힘이 효과를 보여 줄 거라고 믿습니다.

우리

2018년 제10회 중앙아시아 성균한글백일장 은상
카자흐스탄외국어대학 신 나데즈다

우리란 무엇인가?…

우리가 왜 중요할까?…

이와 같은 질문들을 사람은 누구나 해 본 적이 있다. 특히 어린 아이들이 이 세상을 알아갈 때 "나"보다 "우리"가 왜 중요하는지 보모님한테 교육을 받는다.

나도 그렇다…

내가 외동딸로 태어났다. 또는 어머니는 나를 42살 때 낳으셨다. 따라서 내가 어렸을 때부터 어머니의 사랑을 누구와 함께 나누지 않았다. 그래서 나는 어린 시절에 정말 나쁜 성격을 가졌다. 그러나 중학교 때 일어나던 사건은 나의 인생을 180도로 바꾸었다. 이 사건은 바로…

내가 조금 전에 말한 것 처럼 내가 어렸을 때부터 어머니의 사랑을 충분히 받고 있었다. 그러나 내가 아버지의 사랑을 받지 못 하였다. 우리 아버지는 내가 돌이 지나고 나서 러시아로 돈 벌어 이사하셨다. 그리고 암을 걸려서 내가 6살 때 돌아가셨다. 그래서 내가 지금까지도 "아버지"라는 단어의 의미를 모르고 살아간다. 그 뿐만 아니라 내가 아버지 쪽 친척들도 모른다. 왜냐하면 우리 아버지는 조선족이었고 학교를 입학한 후 혼자 카자흐스탄으로 이사하셨기 때문이다. 그래서 내가 반을 잃고 살고 있는 느낌을 받는다. 그래서 그런지 내가 항상 개인에 대해 먼저 생각하고 있었다. 맛있는 거 먹을 때 전혀 나누어서 먹을 생각이 없었고 장난감을 혼자 가지고 놀았던 어린 나. 초등학교에서도 항상 혼자 다녔다. 그러나 중학교 때 나의 인생을 완전히 바꾸었던 사건은 일어났다… 이 사건은 바로 "내가 고려인이구나"라는 생각이 처음으로 나의 머릿속에 생겼을 때였다!

내가 중학교 때 쯤에 우연히 고려인 협회에 들어갔다. 그 때 내가 처음으로 나와 같이 생긴 사람들이 열심히 봉사 활동을 하는 모습을 보게 되었다. 이렇게 그 전에 전혀 모르는 사람들이 한 몸처럼 움직이는 모습은 지금도 나의 가슴을 짠하게 만들고 있다. 또한 그 때 내가 처음으로 "아 내가 혼자가 아니라 내가 그냥 무엇의 조각이구나"라고 느꼈다. 또한 내가 고려인 4세대이지만 나도 온 민족은 가지고 있는 "한"을 가지고 있고 이 것을 덕분에 내가 무엇인지를 극복할 수 있다는 자신을 가지게 되었다. 왜냐하면 내가 혼자가 아니었기 때문이다. 그래서 지금 내가 어디를 가도 외로움을 느끼지 않는다. 왜냐하면 내가 "우리"의 의미를 충분히 알고 있기 때문이다. 또한 우리의 중요성은 아버지와 함께 잃어버린 나의 부분을 찾을 수 있었다고 믿는다.

사람은 그냥 어떤 가족의 조각이다. 가족은 그냥 어떤 민족의 부분이고 민족은 어떤 나라의 부분이며 나라는 그냥 우리의 세상의 부분이다. 따라서 "우리"는 인생에서 없앨 수 없는 중요한 요소이다. 나는 이 사실을 늦게 알았다. 그래서 가끔 "아 시간을 다시 되돌릴 수 있으면…"라고 생각한다. 그러나 쏟아진 물을 다시 담을 수 없으니까 후회하지 않고 살아가려고 노력하고 있다. 그리고 여러분은 나 같은 바보와 달리 "우리"의 의미를 미리 알았으면 기도하겠다고 지금 약속할 것이다.

우리

2018년 제10회 중앙아시아 성균한글백일장 동상
사마르칸트외국어대학 랍비모브 베흐조드

"우리"는 2글자로 구성된 단어이지만 큰 의미를 가지고 있다. 물론, 사람마다 "우리"를 다르게 생각하기 마련이다. 한 사람은 온세상을 "우리"라고 생각한다. 또, 다른 사람은 자기가 살아가는 사회를 "우리"라고 말할 수도 있다. 나도 마찬가지로 나만의 의견을 가지고 있다. 그래서 오늘 나만의 이야기를 전달하고자 한다.

한겨울 오느 날 새벽이다. 밤새도록 내린 눈은 벌써 그쳐 있었다. 우리 집은 학교에서 멀리 떨어져 있다. 그래서 학교 가기 위해서 집에서 일찍 나와야 된다. 그런데 그 날 날씨가 추운데다가 학교에 가고 싶지 않은 이상한 기분이었다. 자기 방에만 있고 하루종일 눈이 만들어 간 신비로운 장면을 계속 바라보고 싶단 말이다. 눈으로 덮인 땅은 신부를 부러워 그의 순백의 웨딩 드레스를 입은 것 같다. 하지만 나는 알람시계 울린 대로 일어나 졸린 채 버스 정류장까지 갔다. 찬 바람에 온몸이 부들부들 떨리며 마음마저 어러붙는 것 같았다. 드디어 버스가 왔다. 버스 안에는 나와 운전기사님밖에 아무도 없었다. 그래서 너무 조용했다. 맨 끝 자리에 앉은 나는 창문으로 버스 바퀴가 만들어가는 눈길 줄을 쳐다보고 있었다. 문득 머릿속에서 "우리라는 단어가 무슨 뜻일까" 생각이 스쳐지나갔다.

내가 어렸을 때 우리 가족은 너무 가난했다. 그래서 생활하면서 견뎌야 하는 힘든 날이 많았다. 아버지는 적성에 맞는 일을 못찾고 계셨다. 어머니는 중학교 선생님이시고 받는 월급이 한달 생활하는 데에 모자라는 경우도 있었다. 그래서 부모님은 돈을 아끼고 더 아껴 쓰시곤 했다. 하지만 둘다 깨끗하고 밝은 마음을 가지고 살아가고 계셨다. 내 친구들은 자주 새 옷을 입고 학교에 다녔다. 그러나 나는 춥고 더운 날씨에도 불구하고 옷은 한두 개밖에 없었다. 나는 친구들을 부러웠고 마음이 아팠다. 그래서 부모님한테 자주 눈물의 항의를 했다. 지금의 지식이 없는 그때의 나는 지나치게 이기적인 것 같다. 왜냐하면 "우리" 아니라 "나만"을 생각했기 때문이다.

형편이 어려워서 항상 거절을 당하고 "엄마 미안해. 이번이 아니고 다음번에 꼭 사 줄게"라는 말만 들었다. 내 마음은 이 말을 들을 때마다 어굴함을 느꼈다. 그래서 부모님을 원망하기도 했다.

그러던 중, 아버지는 눈물로 가득 차 마음으로 자기 가족을 버리고 외국에 가셨다. 몇 달 후 돈을 벌고 우리한테 보내기 시작하셨다. 나는 "엄마가 이 돈을 받고 나한테 다양한 것을 사 줄 거야"라는 생각을 하고 마음속으로 기뻤다. 아쉽지만 이번에도 거절을 당할 줄 몰랐다. 그 거절 이유는 하나 뿐이었다. 두방을 둘러싸여 있는 벽밖에 없는 우리 집을 다시 짓기 위해서였다. 아버지는 외국에서 낯선 환경에서 고생하시고 어머니는 여기서 혼자 우리도 챙기고 집 공사 일도 맡으시게 되었다. 어머니는 늘 뭔가 필요하면 꼭 남자답게 두려움없이 하셨다.

하지만 아버지는 건강 나빠져서 귀국하시게 되었다. 집은 완성되었지만 모아 둔 돈이 없었다. 어머니 부담이 두배로 많아졌다. 왜냐하면 한꺼번에 남편과 자식들도 챙기고 다른 일도 하셔야 되기 때문이었다. 나는 TV에서 방송된 드라마 때문에 한국어에 관심이 생겼다. 그리고 어학원을 다니고 싶었다. 하지만 부모님의 여유 돈이 없어서 만일 내 생각을 알려줘도 또 거절을 당할까봐 포기하기로 했다. 내 마음을 알게 된 어머니는 줄줄 울고 "엄마가 그동안 잘 해주지 못했지? 정말 미안해. 하지만 니 미래를 위해서 엄마가 목숨까지 바칠수 있어. 이것은 너 미래뿐만 아니라 우리 미래야. 아빠, 엄마가 늙을 수록 힘이 없어진거야. 너는 공부 열심히 하고 우리 미래를 예쁘게 만들어야 돼. 알았지?"라고 할아버지한테 돈을 빌려서 수업료를 내셨다.

나는 얼굴이 밝아진 채 내 잘못을 알게 되었다. 이 세상은 나만으로 아니라 우리로 완성된 곳이 될 것이다.

그리고 어머니는 나보고 "너는 우리 장관이야. 앞으로 장관이 될거야"라고 하신다.

그래서 나는 결정을 내렸다. 한국을 유학 가서 앞으로 부모님이 원하시는 장관이 되도록 하겠다. 이것을 나만을 위해서 아니라 우리를 위해서 할 것이다.

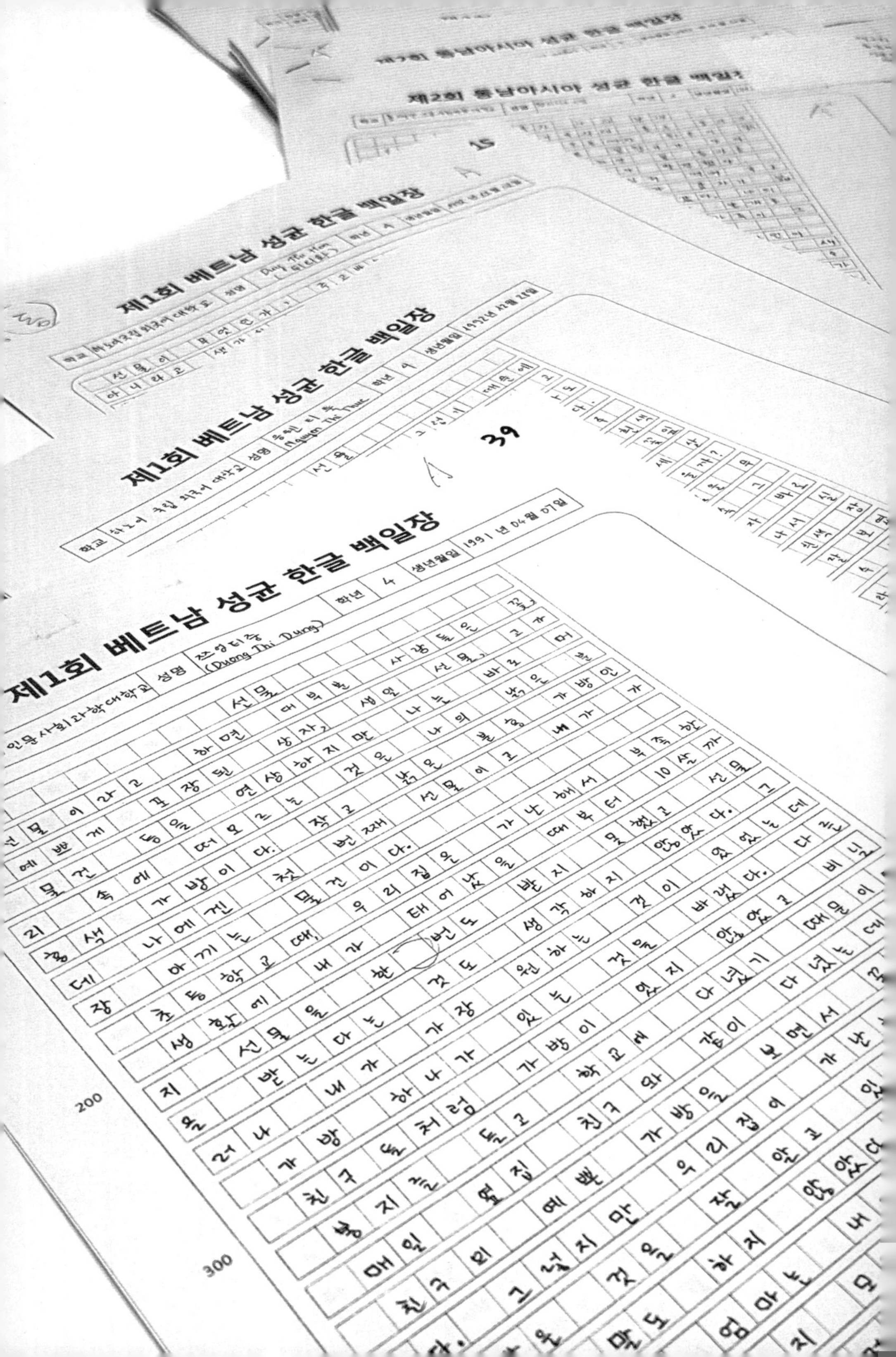

제2회 동남아시아 성균 한글 백일장
제1회 베트남 성균 한글 백일장
제1회 베트남 성균 한글 백일장
39
제1회 베트남 성균 한글 백일장
학교 인문사회과학대학교 성명 즈엉티중 (Duong Thi Dung) 학년 4 생년월일 1991 년 04월 07일
선물
200
300

동남 아시아

성균 한글 백일장 수상작

성균한글백일장

2007~2018

10여 년의 기록

선물

2013년 제1회 베트남 성균한글백일장 금상
하노이인문사회과학대학 쯔엉 티 중

선물이라고 하면 대부분 사람들은 꽃, 예쁘게 포장된 상자, 생일 선물, 고가 물건 등을 연상하지만 나는 바로 머리 속에 떠오르는 것은 나의 낡은 분홍색 가방이다. 작고 낡은 분홍 가방인데 나에겐 첫 번째 선물이고 내가 가장 아끼는 물건이다.

초등학교때 우리집은 가난해서 부족한 생활에 내가 태어났을 때부터 10살까지 선물을 한 번도 받지 못했고 선물을 받는다는 것도 생각하지 않았다. 그러나 내가 가장 원하는 것이 있었는데 가방 하나가 있는 것을 바랬다. 다른 친구들처럼 가방이 있지 않았고 비닐 봉지를 들고 학교에 다녔기 때문이다. 매일 옆집 친구와 같이 다녔는데 그 친구의 예쁜 가방을 보면서 꿈을 꾸었다. 그렇지만 우리집이 가난하고 형제가 많은 것을 잘 알고 있어서 엄마께 아무 말도 하지 않았다.

그렇다가 엄마는 내가 그 동안 바란 것을 아셨는지 모르겠지만 초등학교 5학년 개학의 전날에 분홍색 가방을 집으로 가져오셔서 나에게 선물로 주셨다. 작고 예쁘고 정말 귀여운 분홍색 가방이었다. 정말 좋고 감동적이라서 엄마를 안으면서 엉엉 울었다. 가장 좋아하는 선물을 받으니까 아껴서 4

년동안에 계속 쓰고 항상 친구에게 "내 첫 선물이야," "우리 엄마가 주신 선물이야"라는 하며 자랑스러워했다.

그 날의 나는 철부지 어린 애라서 예쁜 가방을 받아서 마냥 좋아했는데 지금의 나는 그 가방을 다르게 보게 된다. 가방을 볼 때마다 어렸을 때의 어려운 가정환경과 부모님의 고생을 생각한다. 지금 우리가족은 풍족해지고 그 가방도 쓰지 않는데 낡은 가방인 첫 선물을 잘 보관하고 아낀다. 우리가족의 사랑, 부모님의 헌신 그리고 엄마의 마음을 아끼는 나의 마음이다.

또한 지금 커서 선물의 의미를 새롭게 깨닫았다. 선물을 받기만 하지 않고 사랑하는 사람에게 나의 정을 담그는 선물을 주면 내가 행복하다는 것이다. 제일 먼저 선물을 드리고 싶은 사람이 우리엄마이다. 나에게는 우리 엄마가 가장 고생하시고 가장 훌륭한 분이다. 우리아버지께서는 내가 중학교 2학년때 돌아가셨는데 그때부터 엄마께서는 혼자서 저희 형제를 열심히 키워주시고 저희를 위해 많이 헌신하셨다. 그래서 나는 엄마를 많이 사랑하고 엄마께 정말 감사하다. 그러니까 열심히 공부해서 좋은 한국 기업에 입사하며 돈을 많이 벌어서 엄마를 잘 모시겠다는 마음을 먹었다. 이 목표의 첫 걸음은 엄마께 내가 스스로 버는 돈으로 사는 선물을 드리는 것이다. 아르바이트를 해서 돈을 받거나 장학금을 받을 때마다 엄마께 선물을 드렸다. 옷, 가방, 건강식품등 작은 선물인데 엄마는 받으시면서 눈물이 그렁그렁하셨다. 선물을 받으시기 때문이 아니라 나의 성과, 나의 성장 그리고 나의 마음을 보시기 때문인 것 같았다. 선물을 받는 사람보다는 선물을 주는 사람이 더 기쁘다고 엄마께 선물을 드릴 때마다 나는 행복하다. 엄마께 선물을 더욱더 많이 드릴 수 있도록 최대한 노력하고 성공하겠다고 생각한다.

감정, 사랑을 가지는 선물은 사람을 행복하게 할 수 있다는 것을 알게 되었다. 우리엄마께서 주신 첫 번째 선물은 나에게 가족의 소중함과 엄마의 사랑을 일깨워주고 내가 엄마께 드리는 선물들은 나의 효도마음, 나의 사랑을 보내드린다.

선물

2013년 제1회 베트남 성균한글백일장 은상
하노이국립외국어대학 응웬 티 툭

꽃을 엄청 좋아한다. 그렇기 때문에 나에게 선물하려면 무엇을 사 줄지 고민할 필요없다. 야생꽃 한 다발이라도 나를 감동받게 할 수 있기 때문이다.

중학교 2학년 때 과학수업에 아주 재미있는 지식을 배우게 되었다. 흰색 장미꽃을 색깔 물에 꽂으면 흰색 꽃잎은 다른 색깔로 될 것이다. 열세 살인 나에게 그것은 얼마나 신기했을까? 한교에서 집에 가는 길에 장미꽃을 무슨 색으로 염색하면 좋을지 계속 그 생각을 했다. 집에 도착하자마자 바로 보라색 잉크를 꽃병에 따르고 나서 실험을 해 보았다. 5일 후에 흰색 장미꽃잎은 보라색으로 된 것이 잘 보였다. 나는 내 성과에 만족할 수 밖에 없었다. 내 고양이까지 "야옹"라고 축하했지만 우리 언니는 오히려 내가 한 것이 진짜 쓸데없고 유치한 짓이라고 생각했나 본다. 근데 언니는 항상 그래서 나도 신경 쓰지 않았다. 내가 좋아하는 것을 싫어하고 내가 하고 싶은 것은 응원해주지 않은 사람은 우리 언니였다. 그러나 언니의 말은 나를 고민하게 해주었다.

"보라색이든 분홍색이든 흰색이든 뭐가 다르니? 어쨌든 다 시들어 버린 거야."

맞네! 꽃이 피고 시들다. 시들지 않는 꽃이 있으면 좋겠다. 그런 생각을 가지고 시들지 않은 꽃을 만들 수 있는 날을 꿈꾸었다. 그런데 얼마 안 된 후에 중학교 4학년생이 되었고 고등학교 입학 시험을 준비하느라고 그 "사소한 꿈"을 잊어버렸다. 안타깝지만 꽃이 피고 시들어야 한다. 그동안 좋은 학교에서 입학할 수 있도록 나조차 놀랄만큼 정말 열심히 공부했다. 엄마가 공부 좀 그만하라고 하셔야 할 정도로 열심히 했다. 그러나 생각과 달리 시험보는 날에 잘 하지 못했다. 얼마나 노력했는데 일이 잘 안 돼서 내 무거운 표정은 당연한 것이다. 방에서 혼자 엉엉 울었다. 3일째 아무것도 먹고 싶지 않아 울기만 했다. 가족과 친구들을 걱정하게 하는 것을 알지만 창피하면서 슬퍼서 그랬다.

내 방의 문이 갑자기 열렸다. 언니다. 무슨 일이지? 나를 비웃으러 온 게 아니지? 언니는 무엇을 들고 왔다. 꽃이였다. 보라색 장미꽃인데 진짜 꽃이 아니라 종이로 만들어진 꽃이었다.

"자! 네가 예전부터 원하는 시들지 않는 꽃이다." 언니가 먼저 말을 걸었다. 나에게 선물이라고 했다.

"직접 만든 거야?"

"이렇게 예쁜 꽃을 나 밖에 누가 만들 수 있냐?" 웃으면서 언니가 말했다.

언니가 웃을 때 제일 예쁘다. 그날에는 언니랑 오래 오래 얘기를 나눴다. 언니는 꽃이 피고 시드는 것처럼 삶을 살다가 행복할 때도 많고 힘들고 슬퍼할 때도 많다고 했다. 이런 보라색 장미꽃이 시들지 않는 듯이 나도 항상 웃어 달라고 하기도 했다. 그때 나는 웃고 싶었지만 왠지 언니를 꽉 안아 주면 또 엉엉 울었다. 시험 때문에 운 게 아니라 언니의 관심과 사랑을 느끼게 돼서 울었다. 말을 안 해도 보지도 못하지만 마음으로 느낄 수 있다.

그다음에 나는 좋아하는 고등학교에 입학하지 못했지만 다른 좋은 학교에 들어갔다. 그리고 거기서 좋은 친구들도 만났고 좋은 선생님들도 만나서 후회하지 않았다.

나이를 먹을 수록 생각도 다르고 어렸을 때의 버릇도 다르다. 그러나 나는 아직 꽃을 좋아한다. 내가 제일 좋아하는 꽃은 언니의 선물인 시들지 않는 보라색 장미꽃이다. 선물을 보면 마음이 편해진다. 피고 시들어야 꽃이다. 기쁨과 슬픔이 있어야 삶이다. 그러니까 힘들 일을 겪을 때 슬퍼하고 속상해도 소용이 없다. 자기의 기쁨을 소중하게 생각하고 행복하게 세세요!

선물

2013년 제1회 베트남 성균한글백일장 동상
하노이국립외국어대학 뒤 티 화

선물이 무엇인가? 주고받는 물건인가? 아니라고 생각한다. 선물이라는 것은 받는 사람 뿐만 아니라 주는 사람에게도 기쁨을 줄 수 있는 것이라고 생각하고 있다. 그런 생각을 가지고 살아서 그런지 매일 매일 선물을 받고 사는 느낌이 항상 든다. 그리고 제일 큰 "선물"은 나한테는 나의 동생인 것 같다.

나는 가난한 농촌 지역에서 태어났다. 형편이 좋지 않은데다가 나는 태어났을 때부터 몸이 너무 약하기 때문에 우리 부모님은 나를 잘 키우고 돌보기 위해서는 둘째 아이를 낳지 않기로 하셨다. 나는 그때 아무 생각없이 그냥 부모님의 많은 관심과 사랑을 받아서 좋았다. 하지만 점점 커지면서 그 기쁨이라는 것도 점점 없어졌다. 대신에 외롭고 미안한 마음이 커졌다. 나만 혼자 있다. 나 때문에 자기가 사랑하는 부모님은 고생이 많으셨고 나 때문에 우리 어머니는 좋지 않은 말을, 심지어 욕을 많이 받고 어두움 속에 혼자서 우셨다. 남아선호 사상을 가지신 우리 할머니가 손녀인 내가 아니라 손자를 좋아하시기는 하지만 우리 부모님은 또 낳지 않기로 결정한다고 하기 때문에 할머니께 압력을 많이 받으셨다. 어느 날 왠지 어머니는 부엌에서 우셨다. 나는 그 일을 봤고 문 뒤에서 눈물이 줄줄 내렸다. 잠시후 참을 수 없어 엄마한테 뛰어가서 엄마의 목을 안고는 “엄마, 동생을 가지고 싶어. 혼자이긴 싫어. 그리고 이제 나는 강해. 엄마, 봐봐. 엄마를 업을 수도 있어. 엄마, 내게 동생을 만들어 줘.”라고 했다. 부엌에서 모녀는 꽉 안으면서 엉엉 울었다. 드디어 나는 동생을 가지게 되었다. 남동생이었다. 나한테는 이 세상에서 제일 소중한 선물이다. 남동생 덕분에 나는 외롭지 않고 항상 웃는다. 부모님도 많이 행복하신 것 같다. 그리고 할머니도 좋아하신다. 나 뿐만 아니라 모든 가족들에게는 남동생은 아낄 만한 선물이다. 처음에는 본인을 위함이 절대로 아니라 아이를 위해서, 시부모님을 위해서 둘째 아이를 낳으신 우리 어머니는 출산 후 기쁨과 행복을 얻으신 것 같다고 생각한다. 본인이 낳은 아이 때문에 행복하신 것이 물론이지만 주변의 사람들도 기쁨을 느끼셔서 우리 어머니는 배로 행복하시다는 생각을 늘 가지고 있다.

이와 마찬가지로 받을 사람만을 위한 선물이야말로 가치가 있다. 무릇 선물은 물질적 의미를 벗어나고 나아가 정서적 가치를 담길 수 있다. 삶에는 때로 아주 간단한 행동들이 남에게 큰 선물로 보여질 수 있다. 우리 어머니는 내가 노래해 주는 것, 또는 “엄마, 나는 하나도 안 아파,” “사탕을 줄 거예요” 등과 같은 나의 유치한 위로하는 말도 모두 다 엄마에게 선물이라고 하셨다. 그리고 엄마가 기뻐하신다면 나도 기쁘다. 이것이 바로 선물의 의미라고 생각한다. 우리는 선물을 주면 확실히 뭔가를 받는 것이다. 기쁨이든 편함이든.

“엄마, 동생을 낳아 주셔서 감사합니다.”

가족과 나의 날개

2014년 제2회 동남아시아 성균한글백일장 금상
호치민인문사회과학대학 웬티 타오 스엉

수업을 마치고 기숙사에 홀로 돌아가고 있는 길이었다. 오늘따라 하늘이 맑고 어딘가에서 불어온 꽃향기가 나의 코에 들어왔다. 나는 하얀 꽃 송이를 올려다 보니 새집을 하나 발견했다. 엄마새가 새끼들에게 열심히 먹여 주고 있었다. 한참 있다가 엄마새가 갑자기 넓은 날개로 하늘 높이 날아갔다. 나의 얼굴에 스쳐 지나간 이 넓은 날개를 따라보고 있었던 나는 그때 가족이 그리워졌다.

가족은 나의 날개라고 해도 과언이 아니다. 가족이 없으면 날개가 없는 새처럼 날아갈 수도 없고 심지어 살 수도 없는 것이 틀림없다. 이에 따라 가족이 나에게 얼마나 중요한지 모르겠다.

나는 비를 맞을 때 가족은 나 곁에 있어 주고 비를 막아 주는 날개이다. 비가 쏟아져도 나는 두려움 없이 힘있게 걸어간다. 가족이 늘 나 옆에 있으니까 왠지 나의 학창 시절이 떠올랐다. 아빠가 오래된 자전거로 나를 태워 주었던 어느 날이었다. 비가 엄청나게 내리고 있었다. 아버지 뒤에 앚아 있었던 나는 아버지를 꽉 안고 있었다. 아버지가 힘찬 온몸을 다하고 비를 막아주었다. 비가 세게 쏟아지고 바람이 세게 불어오고 있었는데도 아버지 뒤에 앉아 있었던 나는 왠지 따뜻하게 느꼈다. 나는 몸이 떨렸으나 마음이 따뜻하고 그 어느 때보다 사랑을 느끼게 되었다. 아버지의 사랑이고 가족의 사랑이다. 가족에 대해 말하자면 어려움에서부터 나를 지켜 주는 날개라는 말로 표현할 수 있다.

인생을 살아가면서 누구나 어려움과 시련을 만난 적이 한두 번이 아니다. "흔들리지 않고 피는 꽃이 어디 있으랴." 이시를 보니 나의 인생도 흔들리면서 피는 꽃이 아닐까 싶다. 시련에 부딪쳐 넘어진 나를 일으켜 주는 날개는 나의 가족이다. 가족은 나의 날개처럼 항상 나 옆에 있고 어려움속에서 벗어나고 하늘 높이 날아갈 수 있게 해 주는 날개이라고 생각한다. 가족과 도전 덕분에 나는 지금처럼 성숙해지고 강한 것 같다. 비속에서 커피를 수확하는 나의 아버지 어머니의 모습을 볼수록 나는 더욱더 가족을 사랑한다. 그리고 이 사랑을 바탕으로 나는 더 성숙해지고 아무 도전도 이겨낼 수 있다. 이를 테면 가족은 나에게 힘 입어 모든 시련을 넘어갈 수 있게 해 주는 날개이다.

무엇보다도 가족도 나의 꿈을 품아주는 넓은 날개라고 말하고 싶다. 날씨가 쌀쌀한 날에 어린 시절에 빠져 들었던 나는 감기에 걸렸다가 몸져누웠던 나는 어머니가 챙겨 주신 죽 그릇을 먹으면 아두렇지도 않게 다시 놀러갈 수 있었다. 그리고 가족끼리 모여서 오순도순 이야기를 나누던 기억도 나의 마음 속에 간직되고 있다. 이 이야기와 나의 어린 시절은 나를 꿈이 있는 사람으로 만들었다. 하지만 이 꿈을 품고 간직해 주는 날개는 가족이다. "너는 꿈이 있어야 돼. 꿈이 없는 사람이 날개가 없는 새야. 그리고 나는 너를 믿어." 아버지와 어머니의 말씀이셨다. 이 말씀을 들으면서 자라고 있는 나는 언제나 웃음을 짓고 두려움이 없이 걸어간다. 나는 꿈이 있고 그 꿈에게 힘을 입어주는 날개란 가족이 있으니까.

앞으로 아무데나 가도 나 옆에 가족이 있다는 것을 명심할 것이다. 그리고 꿈을 이루기 위해 아버지 어머니의 말씀처럼 최선을 다하고 끝까지 노력하고 미래로 늘 향해 달려 나갈 것이다. 지금 가족이랑 멀리 떨어져 살고 있는 나는 가족이 얼마나 소중하고 귀한지 알게 되었다. 나는 지금 가족이랑 뗄레야 뗄 수가 없는 관계 되었다. 앞으로 멀리 간다 하더라도 가족에 대한 추억을 간직하겠다.

햇빛이 나를 비춰주고 있었다.

나는 이 세상에 가장 행복한 사람처럼 신나게 뛰어가기 시작했다. 넓은 날개로 저 푸른 하늘에서 날아가고 있던 새들처럼. 새들이 날개가 있어 날아갈 수 있다. 나도 가족이란 날개가 있으니까 오늘따라 나의 발걸음이 한결 가벼워졌다.

가족과 나의 날개

2014년 제2회 동남아시아 성균한글백일장 은상
하노이대학 딩 티 꾸엔

가족에 대해 이야기할 때마다 누구나 처음으로 마음속에서부터 떠오르는 것은 사랑과 고마움이다. 두 글자뿐인 가족이라는 단어 자체에 사랑과 고마움이 담겨 있기 때문이라고 생각한다. 나도 나만의 가족이 있다. 지치고 힘들 때 나를 감싸 주고 기쁠 때 내 곁에서 웃어주는 그런 가족이 있다는 말이다. 뿐만 아니라 나에게 많은 것을 가르쳐 주는 고맙고 자랑스러운 가족이다.

나는 1남1녀 가족에세 장녀로 태어났다. 우리 아버지가 내가 9살이던 때 암병으로 돌아가셨다. 그때는 가족을 잃다는 고통을 못 느껴지던 너무 어린 나이였다. 하지만 그때 다른 친구애들이 자기의 아빠를 부르는 소리를 들었을 때마다, 학교가 끝나고 아빠들이 아이들을 마중하러 학교앞에서 기다리고 있는 모습을 봤을 때마다 내 가슴이 철렁이던 것을 느낄 수 있었다. 학교에서 친구들이 나를 보고 아빠가 없는 아이라고 놀렸을 때 울기만 했던 나의 모습이 여전히 선명하다. 나는 우리 아버지가 미워서 울었던 게 아니라 보고 싶고 그리워서 울었던 것이다. 그때 내가 보고 싶은 사람을 볼 수 없는 것이 얼마나 아픈 것인지 알게 되었다.

우리 어머니께서 나를 키우시기에 너무나도 고생하셨다. 어머니께서는 선생님이신데 이른 아침부터 출근하시고 해가 질 때까지 집에 와서 또 야식을 만들어 파셨다. 어머니께서 부엌에서 얼굴이 빨개지면서 낡은 어머니의 옷은 땀으로 젖어 있었던 어머니의 뒷 모습이 얼마나 초라했을지 몰랐다. 옆에서 설거지를 하는 내가 어머니의 뒷 모습을 쳐다 볼 수만 있었다. 야위신 어머니의 얼굴과 눈빛을 그때 차마 눈 뜨고 못 봤을 정도로 마음이 너무 아팠다. 그런데 그때마다 어머니께서 내 마음을 아실 것 같아 항상 내 엉덩이를 토닥토닥하시고 '엄마가 괜찮아. 나중에 우리 꾸엔이 잘 커서 엄마에게 다시 잘해 주면 되잖니?' 라고 말씀하신곤 한다. 가끔씩 어머니의 눈고리에 글썽이는 눈물도 보였다. '우리 딸레미가 너무 고생한다.' 이러시면서 나를 보고 공부하러 가라고 하시고 혼자서 일을 하셨다. 나는 집에서 공부하고 동생에게 놀아 주면서 밤 늦게까지 어머니를 기다렸다. 어머니께서 집에 오셔서 손과 발만 씻으시고 내 숙제를 봐 주셨다. 그 다음에 동생이 잘 자고 있는지 보셨다. 어머니께서 어낌없이 항상 그러셨다. 어머니께서 정말 엄마이자 아빠이다. 어머니덕분에 내가 사랑은 무엇인지 알게 되었다. 사랑은 서로에게 잘해 주는 것뿐 아니라 서로 위해 희생하는 것이다.

우리 가족에는 아버지께서 안 계시지만 나는 항상 사랑과 관심 아래로 자라왔다. 우리 어머니께서 나에게 관심을 갖다 주시는 방법이 남다르다. 어린 시절부터 내가 넘어졌을 때 어머니께서 일으키신 적이 한번도 없었다. 주저하지말고 스스로 일어나라고 하신 어머니께서 나에게 자립심을 키워 주셨다. 소심한 그 나이였을 때 나도 솔직히 어머니를 미워한 적이 있었다. 그런데 성장하다 보니까 어머니께서 그렇게 키워 주셔서 정말 감사하다. 어떤 일을 한다고 결심내면 끝까지 소신 갖고 이루어내야 한다. 그리고 세상에 살면 우뚝 서 다는 강한 의지와 남에게 의존하지 않고 하겠다는 일에 마음을 먹고 실패의 두려움에 무릎쓰면 안된 것을 어머니께서 가르쳐 주셨다.

그러셨을 때마다 어머니께서 정말 아버지와 닮으셨다. 강한 가훈처럼 들리지만 속에서 어머니의 사랑이 넘친다. 어머니와 같은 어머니의 딸로 태어나서 항상 고맙게 생각한다. 내가 단 한번이라도 아버지가 없어서 부족하거나 운이 안 좋다는 생각이 든 적이 없다. 그리고 나를 위해 고생하신 어머니의 모습을 보고 내가 꼭 공부를 열심히 하고 자랑스러운 딸이 되겠다고 마음을 먹었다. 열심히 공부하고 어느 가을날에는 내가 하노이대학교에 합격하게 되었다는 소식을 받았다. 정말 그때는 나에게 더 기쁜 일이 아닐 수가 없었다. 그런데 합격했다는 말을 듣게 된 것보다는 어머니의 환한 웃음이 나를 행복하게 만들었던 것이다. 내가 어머니를 꽉 안아주면서 해냈다고 말했더니 어머니께서 외의로 눈물이 나셨다. 아버지의 장례식 그 뒤로부터는 어머니께서 우시는 것을 한번도 못 봤는데 이번에는 보게 되었다. '엄마, 울지마, 내가 꼭 해내고 말테다고 말했잖니?' 이 말밖에 못하던 내가 어머니께서 마음이 아프셔서 우신 것이 아니라 행복해서 눈물이 나신 것을 잘 안다. 며칠 후 내가 어머니와 헤어져야 하고 낯선 하노이에 왔다. 작은 가방안에 어머니께서 만들어 주신 음식이 꼭 차 있었다. 집에 나가면 잘 챙겨 먹어야 된다고 하셨다. 처음으로 어머니를 떠나 멀리 떨어져 있어야 했는데 나는 무섭질 않지만 벌써부터 어머니가 무지 보고 싶을 것 같던다. 내가 버스를 타고 하노이에 왔던 날에 비가 많이 왔다. 나를 보내셔서 비에 푹 젖어 계셨던 어머니의 모습이 내 머리 속에 안 잊혀간다. 어제 내 걱정하셔서 잠이 안 왔기 때문인지 비를 맞기 때문인지 어머니의 눈이 빨개졌다. 어머니께서 울고 계신다는 생각이 떠울리긴 했지만 내가 왠지 그 생각을 못했던 것이다. 평생 나를 위해 살아오셨던 어머니에 대해 항상 고맙게 생각한다. 다음생이 혹시라도 있다면 다시 어머니의 딸로 태어나고 싶다. 하노 와서 공부도 하고 어머니가 없는 생활을 해야 하는데 보고 싶다는 문자 그리고 힘내라는 전화를 매일같이 내가 어머니와 남동생에게 받을 수 있다.

가족 생각을 할 때마다 늘 힘이 나고 어떤 일이 일어나도 내 옆에는 항상 가족이 있으면서 나에게 응원해 주는 것에 항상 감사하다.

22년동안 살아왔는데 나는 항상 우리 가족에 대해 고맙게 생각한다. 우리 가족덕분에 오늘의 내가 있다. 아픈 일앞에 아플 줄 알고 사랑하면 서로위해 희생할 줄 안다. 삶이 얼마나 어렵고 힘들더라도 우뚝 서야 겠고 결심을 내야 한다. 그리고 가족을 항상 사랑하고 소중하게 생각한다. 가족은 진심 나의 소중한 선물이다.

핏줄

2014년 제2회 동남아시아 성균한글백일장 동상
호치민인문사회과학대학 응오 지엥 홍 아

나는 고등학교 일학년 학생 때 아주 더운 어느날 저녁에,

– 엄마, 아빠가 아직 안 오셨어요?

– 응, 근데 왜? 배고프니?

– 네, 너무 너무 너무 고파요. 우리 먼저 먹으면 안 돼요? 꼭 기다려야 돼요? 맨날 늦게 오시잖아요. 그래도 왜 기다려야 돼요?

– 아이구, 우리 딸이 배고파서 짜증나고 있구만.

– 이집이 진짜! 동생들은 왜 그렇게 시끄러워! 시끄러워 죽겠다. 공부도 못하고, 밥도 못 먹고, 아이구, 죽는 거 더 낫겠다. 왜 이렇게 살아야 되지???

지금 나는 22살이 되었다. 22년의 세월을 거의 살아야 나는 "왜 아빠를 기다려야 되나? 왜 나를 짜증나게 하는 동생들과 같이 살아야 되나? 그리고 죽으면 더 좋은데 왜 못 죽나?" 같은 질문의 답을 찾아낼 수 있었다. 답은 딱 하나만 있다. 우리 가족들은 같은 핏줄, 혈육을 가지고 있는 사람들이기 때문이다. 물론 핏줄이 완전히 다른 사람들 사이에 사랑이 생길 수도 있다. 그렇지만 같은 핏줄과 혈육을 가지는 사람들 사이에 그 사랑은 백배, 심

지어 몇 전배 더 많고 강하다. 그 사랑은 유일하고 다른 사랑으로 바꿔서는 안 되는 가족의 사랑이다. 때로 책임 때문에 같이 살아가는 사람들도 있지만, 부모님과 자녀, 오빠, 언니와 동생들의 관계에는 사람들이 진심으로 비롯되는 대단한 사랑으로 책임을 지면서 살아가곤 한다. 사랑으로 책임을 져서 평생 자녀를 위하여 힘들게 살아도 원망하는 부모님이 거의 없다. 우리 사랑하는 부모님도 그러시다. 우리 부모님이 우리를 자신의 목숨보다 훨씬 많이 사랑하신다. 우리는 부모님의 핏줄이니까.

나는 혼자서 심심해서 이렇게 상상해본 적이 있다. 우리 형제들이 하나씩 부모님께 계란과 만찬가지일 것 같다. 부모님이 사랑에 빠져서 결혼하기로 하셨고, 그후에 두분이 하루도 빠짐없이 꼬박꼬박 든든한 계란의 껍칠을 만드셨다. 껍칠을 다 만들어 놓으시면 우리 형제를 낳아서 그 껍칠안에 넣으셨다. 우리가 아플까 봐서, 우리가 밖의 안 좋은 영향을 받아 잘못 성장할까 봐서, 그리고 우리가 죽어 버릴까 봐서 그 껍칠에다가 넣고 매일 매일 조심히 보호해 줘 오셨다. 우리 부모님은 총 6개의 계란이 있다. 그 계란안에 우리 오빠, 우리 언니, 나와 남동생 3명이 있다. 부모님의 같은 사랑을 받아도 우리는 거의 자신의 방식으로 자랐다. 첫째로 태어나서인지 우리 오빠는 자립심이 많고 책임감이 아주 강하다. 우리 오빠는 엄마, 아빠의 말을 기다리지 않고 스스로 껍질을 깨서 밖에 나갔다. 오빠는 자신의 힘으로 부모님을 도와 드리고 싶어해서 빨리 성장인이 되고 싶어하였다. 오빠도 우리 가족에서 고등하교에 끝까지 못 가는 유일한 사람이 되었다. 오빠는 부모님이 밤낮을 가리지 않고 힘들게 일하시는 모습을 보고 참지 못해서 학교를 그만두고 16살 때부터 도시에 올라가서 돈을 벌었기 때문이다. 도시에서 하도 일해서 그런지 오빠가 눈띄게 말라졌다. 그래도 집에 올 때마다 오빠가 항상 엄마께 "전 괜찮은데, 엄마와 아빠 건강하시고 동생들이 집에서 열심히 공부하면 돼요"라고 하면서 환하게 웃었다. 그리고 아버지께서 돌아가신 날에 울고 있는 나를 안아 주고 오빠가 이렇게 말하였다. "걱정마, 오빠는 아빠 대신 대학을 끝까지 보내줄게, 너는 아직 졸업하지 않으면 결혼도 안 할게." 그때 나는 고등하교 2학년 학생이었다. 그때부터, 아빠가 갑자기 돌아가신 날부터 나는 가족이 어떤 존재인지, 처음 오른 질문의 답을 점점 알게 되었다.

둘째로 태어나고 나에게 유일한 언니인 우리 언니는 나와 완전 다르다. 활발하며 재주 많기는 한데 속이 별로 깊지 않다. 그래서 어머니가 깨워 줘야 껍칠을 나갈 수 있었다. 속이 깊지 않은 편이라서 엄마를 슬프게 한 적이 적지 않았다. 그런데 이제 결혼 하고 엄마가 됐기 때문에 엄마를 더 사랑하는 언니가 되었다.

나와 남동생들은 부모님과 오빠 사랑 덕분에 껍칠 안에 더 오래 있을 수 있다. 하지만 나는 지금 껍칠을 나가서 내가 살고 싶은 대로 살고 있고, 부모님의 자랑스러운 딸이, 오빠의 착하고 잘하는 동생이, 동생들의 의지할 수 있는 누나가 되도록 노력하고 있다.

시끄럽게 자극 하는 동생들도 열심히 공부하면서 자라고 있다. 언젠가가 껍칠을 나가는지 확실히 모르겠지만 나는 믿음과 소망이 있다. 동생들이 멋지고 훌륭한 남자가 곧 되는 것을 나는 믿고 매일 기도한다.

우리 형제들이 모두 다 부모님의 핏줄인데도 성격이 왜 그렇게 다른가? 그렇게 다른 성격을 가진 아이들에게 한꺼번에 맞춰 키워 줘야 하시는 우리 부모님이 얼마나 힘드신가? 분명히 아주 아주 아주 힘드시다.

하지만 이상하게도 우리 엄마 입에서부터 "힘들다"라는 말을 들어본 적이 단 한번도 없다. 나는 엄마에 대한 노래도 좀 들었는데 가사는 잘 기억하지 못한다. 정확히 기억이 안 나지만 대충 이런 노래의 가사가 떠오르고 있다.

이 순간에 엄마에 대해 생각해보니까, "그 높은 하늘보다 우리를 더 사랑하는, 그 넓은 바다보다 우리를 더 사랑하는 엄마의 은혜를 어떻게 갚을까"라는 가사이다.

우리 어머니도 이 세상에서 모든 멋진 엄마처럼 자녀를 사랑하신다. 내가 보기에는 우리 엄마를 어느 면으로 보나 멋진 사람이시다. 그렇지만 엄마는 아주 안 좋은 버릇이 한가지 있다. 거짓말을 잘하는 버릇. 어려서부터 맛있는 것을 같이 먹을 때 있으면 의레 우리 엄마는 드시고 싶으면서도 우리를 보고 "엄마 먹기 싫어, 너희들 다 먹어라"라고 거짓말을 하신다. 학비를 내야 될 때마다 돈이 없어도 엄마는 "엄마 돈을 다 마련해 놓았으니 걱정말고 학교 빨리 가라"라고 거짓말을 하신다. 그리고 엄마의 거짓말들 중에 내가 가장 싫어하는 말이 "엄마는 괜찮다"라는 말씀이다. 지금은 내가 대학생이고 집을 떠나 살니까 매일 엄마를 못 보게 되었다. 통화할 때 "엄마 건강하시죠"라고 물어보면 언제든지 무조건 "괜찮다"라는 대답을 듣곤 한다. 그때는 엄마가 혼자 병원에 계셔도 답이 다르지 않다. 나는 그 거짓말하는 버릇을 매우 싫어한다. 그런데 다시 생각해 보니 엄마를 거짓말하게 하는 존재가 다름이 아닌 바로 나다. 그래서 나는 빨리 커서 자신을 스스로 챙겨 주고, 엄마를 잘 모셨으면 좋겠다.

돌아가신 날까지 엄마의 손을 잡으시면서 우리를 잘 키워 주신 우리 아빠가 이제 계시지 않다. 그래도 엄마속에 아버지는 가장 멋진 남자이고, 우리 형제 마음속에 아버지는 가장 자랑스럽고 존경스러운 아빠라는 것은 웡원히 존재할 것이다.

우리가족들은 서로 사랑으로 책임을 지면서 행복하게 살아왔다. 시간이 지나면 하나씩 이 세상을 점점 떠나갈 것 같지만, 우리가 같이 사는 그동안 가족들 마음속에 흔적을 남겼다. 그 흔적은 핏줄과 혈육에 녹아지고 우리

뼈에 스며들어 갈 것이다. 스며들어가는 것들은 쉽게 뺄 수 없다. 그러니까 우리는 땅속에서 몸이 다 없어버려도 뼈와 같이 그 흔적은 남아 있다. 우리는 한 가족이라는 흔적.

가족은 여러 성격을 가지는 형제와 집안일을 관리하는 부모님이 있어서 작은 사회와 같다. 즉, 가족은 사회의 작은 모델이다. 그 작은 스식템에서 서로 사랑하면서 살지 못한다면 큰 사회에 나가도 잘 지낼 수가 없다. 그러니까 우리는 제일 먼저 우리 가족들, 우리에게 피와 쉼, 목숨을 주신 부모님부터 사랑해야 한다. 나는 지금 가족은 어떤 것인지, 그리고 어떻게 살아야 우리 가족들 마음속에 아름다운 흔적을 남길 수 있는 알게 되었다. 그리고 나는 진짜 껍질을 깼다. 우리 가족 덕분에 잘 자랐고 지금부터 그 가족을 더 따뜻하고 행복하게 노력하는 중이다.

나를 구해 주었던 그 마음!

2015년 제3회 동남아시아 성균한글백일장 금상
다낭외국어대학 판 티 튀 융

인간은 세상에 살아가면서 단 한 번도 실수를 안 하는 사람이 없다. 이유가 무엇이 냐면 간단하게 대답을 할 수 있다. 인간이니까. 나도 똑 같다. 한 번 아닌 여러번으로 실수, 잘못을 했다. 당신은 그 실수를 어떻게 극복해 벗어 나갈지는 중요하게 생각하지만 그것을 못지 않게 당신을 용서해 주는 사람도 아주 중요하다고 생각한다.

나에게 굉장히 창피한 추억이 있다. 몇 년전에도 그 추억이 떠오를 때마다 마음에 창피함, 부끄러움, 미안함이 가득 채웠는데 이제는 감사함이 남을 뿐이다.

어릴 때 나는 공부를 꽤 잘 했다. 매년 학교에서 전교 1등 내 이름을 불러 줄 때마다 내가 고개를 들고 엄청나게 주변 사람들에게 자랑을 했다. 그러다가 내가 세상에서 제일 잘 난 사람이라고 생각이 들고 교만이 생겼다. 나보다 공부를 못한 친구들을 무시하고 집에서 나보다 잘하는 것이 없는 동생조차 무시를 했다. 내가 더 잘 했으니까. 어느 날 아침에 내가 대회에 나가서 상을 받았다는 통보를 받았다. 그래서 파티를 해야겠다고 우리 아빠 엄마에게 준비해 달라고 했다. 그 날에 내 동생이 많이 아팠다. 부모님이 나에게 나중에 해도 된다고 하시면서 동생만 돌보았다. 그 때 나를 무시를 당한다고 생각해서 엄마 아빠에게 소리를 질렀다.

"그 못된 놈이 뭐가 있다고 그렇게 신경써?"

그 소리를 들은 순간에 우리 부모님의 얼굴 표정이 이상해졌다. 누워 있던 내 동생이 나를 보고 눈물이 났다. 그 순간에 내 마음에 이상한 느낌이 생겼다. 우리 아빠가 나보고 잠깐 얘기하자고 하시면서 나를 끌고 밖에 나갔다. 아빠가 한 참 조요하시고 이상한 눈빛으로 나를 보았다. 동생이 많이 아프다고, 오늘은 수술해야 한다고, 수술을 실패하면 동생이 떠나버릴 수도 있다고. 나는 아무 말도 안했다. 아니, 못했던 것이다. 그 때 한 순간에 떠오른 동생에 대한 추억 때문이었다. 만날 나랑 놀고 싶다고 하면서 따라다닌 내 동생이 귀찮다고 생각만 했고, 나보다 잘 하는 것이 없다고 만날 밥통이라고 동생을 무시했던 나, 그 순간 내가 잘못했다고 느꼈다. 나를 정말 미워했다. 수술을 끝나고 한 달 후에야 내 동생이 깨어났다. 미안하고 창피한 나는 동생 얼굴을 보러 못 갔다. 내가 조용해지고 엄마 아빠에게 처음으로 미안하다는 말을 드리고 내 친한 친구에게도 미안하다고 편지를 보냈다. 동생에게만 아무 말도 못 했다. 나를 어떻게 용서해 줄 수 있냐는 질문을 나도 답을 할 수 없었으니까. 며칠 후에 내 동생이 퇴원하고 집에 들어 왔는데 나를 먼저 찾아 왔다. 내가 좋아하는 장미 꽃 한 송이 들고. 누나가 상을 받았다는 걸 축하하다고 했다. 나는 거기서 울었다.

그날 이후로 내 성격이 많이 변했다. 다른 사람이 어떻게 생각하는지는 나는 모르지만 내 동생이 나에게 준 그 마음이 포용이라고 생각한다. 어린 아이가 나에게 그 마음을 주면서 나를 구했다고 생각한다. 만일 내 동생이 나를 용서해 주지 않았다면 내가 오늘까지 못 온지도 모른다. 죄책감 때문에, 내 평생 그 것을 잊지 못하고 계속 그 어두움속에서 벗어 나가지 못할지도 모른다. 웃기지만 나는 내 어린 동생에게서 그 예쁜 포용이라는 것을 배우게 되었다. 어렵겠지만 마음을 한번 열고 다른 사람에게 잘못을 극복하는 기회를 줄 수 있다는 것은 세상에서 가장 예쁜 마음이다.

나는 늘 그 말을 하고 싶었다. 우리 동생에게, 누나를 세상에서 더 예쁘게 살아갈 수 있게 누나를 용서해 줘서, 누나를 포용해 줘서 고맙다고. 내가 받은 이 행복을 여러 사람에게 나눠 주고 싶어서 나는 포용을 알아가 보고 있다. 나를 구해 줬던 그 아름다운 포용이 말이다.

포용

2015년 제3회 동남아시아 성균한글백일장 은상
하노이인문사회과학대학 응웬 티 나이

세상에서 모든 사물이 영혼을 가지고 있다고 생각한다. 동물 뿐만 아니라 식물 안에 영혼이 존재하고 있다. 영혼이란 감동의 느낌을 느끼게 하주며 감정을 살려 주는 것이다. 그렇게 말하면 인간이라든지 인간 이외에 있는 사물이 무도 영혼이 있는데 어떻게 인간을 다른 사물과 구분할 수 있느냐는 질문을 스스로에게 던질 때가 많이 있었다. 이 질문에 대한 답은 사람에 따라 달라질 수 있을 텐데 나의 답은 '포용'이란 것이다.

포용이란 것을 구체적으로 설명하기 위해 '포용'과 가까운 의미를 가지는 여러 개의 단어들은 소개할 것이다. 포용은 용서와 같은 의미를 쓸 때가 있다. 포용은 관용과 동일할 경우가 있기는 하는데 이 경우에는 관용이란 마음의 관용이라고 인식해야 된다. 즉 마음을 열어 다른 사람을 받아들이고 다른 사람의 실수를 간과해 용서해 주는 것이다.

삶에 포용은 개인 뿐만 아니라 사회의 전체에게 중요하다. 사랑의 중요성를 가지는 포용의 의미를 밝히기 위해 다음의 여러 가지 논점을 제시하겠다.

첫 째, 포용은 개인의 마음을 편안하게 해 주는 직능이 있다. 사회의 지표 중 하나는 행복지수란 것이 있고, 학자의 입론에 따라면 행복지수의 변

수 중 하나는 포용이라고 했다. 학자의 의견을 연구하지 않는 나는 포용과 행복지수의 관계성을 어떻게 과학적으로 설명하는지를 잘 모르지만 포용은 마음을 편안하게 해 주는 것을 통해 사람의 행복을 결정할 수 있다는 확신이 든다. 오랫동안 사귀었던 친한 친구가 바쁘다고 하며 그 원인을 빌려 내 생일에 가지 않았다. 그 날 후에 내가 친구에게 화를 냈는데 화가 난 이유는 그 친구가 거짓말을 하는 것이다. 그 친구가 내 파티에 참석하지 못한 사정은 다른 친구들과 여행 중이기 때문이다. 그 친구가 가장 소중한 친구라고 생각하는 나는 너무 실망하여 화가났다. 오래 기간에 나와 그 사람의 관계가 껄끄러워졌다. 그는 나한테 사과의 말을 했지만 내가 받아들이지 않았기 때문이다. 어느 날에 같이 찍은 사진을 다시 돌아보고 나를 위해 희생한 그 사람의 행동을 다시 생각해 봐 보니까 입장을 바꿔 생각하면 좋겠다고 인식했다. 포용을 가지며 그 친구에게 용서해 줄 거라고 생각한 나는 오래 기간에 화나는 악순환에 메달리는 기분을 해소하며 마음이 편안해졌다. 포용은 인간의 마음을 편안하게 하는 수단이며 그런 직능 덕분에 각자가 더 행복하게 할 수 있다.

둘 째, 포용은 사회를 발전시키는 직능을 가진다고 생각한다. 경제 학자들이 나의 의견을 읽는다면 반대할지 모르지만 나는 본인의 생각이 옳다고 믿다. 경제의 성장과 높은 생활 수준 등이 사회를 발전시키는 기반 요소인 것을 부정하는 사람이 없을 텐데 포용은 사회를 발전의 단계에 진입하게 해 준다고 생각하는 사람이 많지 않은 것 같다. 그런데 다른 각도에서 문제를 보면 사회의 연결망을 건전하게 구축하는 포용의 직능을 깨닫으며 포용이 사회의 중요한 요소라고 인식이 들 것이다. 부탄은 세계에서 가장 행복한 국가인 인정을 받게 되었다. 부탄에서 사회 관계의 질이 세계에서 최고의 순위를 차지했고 그런 것은 부탄 사회 속에서 포용의 심리가 모든 시민의 의지에 흡수된 것이다. 포용을 통해서 인간이 편안한 마음으로 살아가면서 정신건강에 좋은 상태에 있다. 그런 것 덕분에 인간이 좋은 환경에서 성장하게 되고, 사회의 발전을 위해 능력을 효과적으로 기여할 수 있다. 사회관계의 질의 측면에서 골찌의 순위에서 벗어나 높은 순위에 올라갈 수 있는 것은 모든 나라의 목표이고, 어떻게 그 목표를 달성할 수 있는지는 관심할 만한 과제라고 생각한다.

포용의 중요성을 증명하기 위한 세 번째 논점은 포용이 세계의 평화에 기여하며 세상을 사랑으로 아름답게 하는 것이다. 과거에 한국이 베트남을 침략하는 식민군과의 동맹을 형성하여 베트남의 영토에 들어가고 베트남의 민중에게 상처를 주었었다. 그래도 오늘날에 베트남과 한국 사이에 우호관계를 맺어 같이 평화하게 공존하며 동반으로 발전 해갔다. 포용이 없으면 두 나라가 서로 친구가 되기가 불가능해 평화의 관계를 형성할 수 없을 것이다. 평화는 인류가 영원히 지키고 싶은 것이지만 현재 세계에 평화의 꿈을 늘 꿈꿔오는 나라가 적지 않다. 따라서 포용이 더욱이 중요해진 것이 아닌가?

위의 세 개의 논점을 통해서 포용의 중요성을 밝혔다. 포용은 마음을 편안하게 해 주어 사람을 더 행복하게 할 뿐만 아니라 사회의 평화 및 성장 과정에 기여하기 도한다.

다른 사람에게 포용을 뿌려 주는 것은 자신이 피해를 입게 하는 것이라고 생각하는 사람이 있을 텐데 입장을 바꿔 다르게 인식하면 좋을 것 같다. 동물이 느낌을 느낄 줄 알지만 사람과 같이 복잡한 감정을 가지지 않다. 동물 사이에 싸움이 생긴 후에 화목하게 같이 살 수 없을 것이다. 본능으로 상대가 위험한 요소라고 인식하기 때문이다. 그런데 사람은 동물과 달리 다양한 쪽으로 조절할 수 있다. 즉 실수를 했던 사람을 용서할 수 있고 자신에게 상처를 주었던 사람과의 관계를 다시 맺을 수 있다. 그 것은 포용이다. 삶에서 살아가면서 포용의 마음을 가지면 행복의 문을 열기 위한 열쇄를 갖을 수 있다.

베트남 사람의 포용

2015년 제3회 동남아시아 성균한글백일장 동상
호치민인문사회과학대학 팜 호 치 마이

나는 한국학부 학생으로서 한국 봉사단들과 같이 베트남에 있는 간난한 곳에 자주 간다. 봉사활동을 통에 한국어 능력을 연습할 수 있을 뿐더러 한국에서 온 새로운 친구를 사귈 수도 있으므로 좋았다. 그런데 가장 중요한 것은 통역하는 일을 했을 때 베트남 사람과 한국 사람의 감동적인 이야기를 많이 알게 되었다. 한국인과 베트남인이 같이 일을 하는 이야기도 있었고 같이 초등학생들에게 과목을 가르쳐주는 이야기도 있었고 또 마치 같이 밥을 먹는 가족처럼 이야기도 있었다. 그 이야기중에 나는 포용에 대한 이야기를 하고 싶다.

나는 3학년 때부터 통역봉사자로서 많은 곳에 가봤다. 제일 기억하는 곳은 베트남 남쪽에 있는 빙롱성인 듯싶다. 빙롱성은 미국과 베트남의 전쟁때문에 많은 손해를 받은 간난한 곳이다. 한 슬슬한 가을에 나는 LS 해외봉사단과 그곳에 찾아 왔다. 봉사활동은 힘듬에도 불구하고 언제나 환한 웃음이 가득하였다. 한국 봉사자와 베트남 통역봉사자들과 함께 초등학생들을 위한 수업을 진행하고서 학교를 수리하고 새로운 학교를 만들기 위해 벽화를 했다. 해야하는 일이 그렇게 많은데 봉사활동 기간이 짧아서 언제든지 분위기가 부랴부랴 하였다. 특히 마을에 있는 사람들은 도움덕에 일을 잘 마무리했다. 뜨거운 밥상을 준비해 놓아주는 것이나 일을 했을 때 간식을 주는 것을 통에 마을 사람들의 따뜻한 마음을 느낄 수 있었다. 한국 사람이든 베트남 사람이든 구별없이 다 잘 대해주었다는 이유는 봉사자들이 거기 간난한 곳에 찾아 오고 생활 조건이 부족했음에도 불구하고 열정으로 봉사 활동을 해줘서 다 착한 사람이라고 말했다. 쉬는 시간에 우리 봉사자 들이 아이들과 함께 잘 놀았다. 봉사단의 간사님이 아이들이 저렇게 잘 놀면서 여기저기 즐겁게 뛰어가는 장면을 보고나서 눈물을 금할 수 없었다.

"아이들이 간난한 환경에도 이렇게 얼굴에 웃음 꽃이 피나는 것이 정말 예뻐요. 그런데 전쟁의 손해 때문에 태어나자마자 건강하지 않는 아이가 있어서 마음이 너무 아파요. 베트남인이 지금 받은 전쟁의 손해는 우리 한국인의 과거 탓이 한 부분이에요. 그래서 지금까지도 한국인은 자책감이 많이 나요"라고 말씀을 하셨다. 그 때 간사님이 우는 모습을 보고서 한 할머니가 와서 물었다.

– 간사님 왜 울어요? 어디 불편하셨어요? 이 코코넛을 드시고 시원해질 거예요.

– 아니요. 저는 괜찮습니다. 할머니 정말 고맙습니다. 우리 봉사단에게 많은 도와 주셨고 우리 미안하는 마음을 받아주셨으니 진심으로 고맙습니다.

할머니가 이렇게 말씀을 하셨다.

– 에이구 간사님 그런 말씀을 하지마세요. 과거가 과거이었고 전쟁이 다 지난 이야기잖아요. 아프게 하는 이야기지만 이제 베트남 사람들이 다 잊었습니다. 한국 사람처럼 전쟁의 손해를 받았는데도 미래를 향해 우리 나라를 발전시켜야 해요. 그래서 한국 사람이 이제 자책을 하지 않아도 돼요.

이렇게 할머니가 봉사단의 간사님을 안아주셨고 "괜찮아요 괜찮아요!"라고 위로해주셨고 간사님이 눈물을 줄줄 흘려내리면서 "미안합니다! 고맙습니다!"라고 했다. 나는 할머니와 간사님께 통역해주는 사람인데 눈물도 금할 수 없었다. 나는 이제 베트남의 포용이라는 성격을 더 깊게 느낄 수 있다. 그리고 포용해주는 사람이 미안함이 아니라 고마움을 받을 수 있는 것도 알았다. 이제부터 베트남과 한국의 관계를 더 좋아지게 만들려서 나는 더 열심히 하도록 하겠다.

씨앗

2016년 제4회 동남아시아 성균한글백일장 금상
호치민인문사회과학대학 딩 티 응아

따뜻한 햇빛을 향하는 땅속에 있는 씨앗처럼 밝은 미래를 향해 노력한다.

작은 씨앗을 땅속에서 심는 시간부터 하루 빨리 큰 나무가 되도록 물을 먹고 자란다. 따뜻한 햇빛이 비추는 곳으로 향해 예쁜 꽃과 열매를 맺는다. 고등학교 때 아빠에게서 생일 선물로 받는 콩 씨앗을 심었을 때 나도 그 씨앗의 생명력을 깨달았다. 그때부터 나는 밝은 미래를 향하면서 나의 꿈을 최대한 빨리 이루도록 끊임없이 노력한다.

어렸을 때 나의 꿈은 무엇인지 몰랐다. 매일 선생님과 부모님이 시키시는대로 했으면서 노력하지 않았다. 그래서 성적도 떨어져서 부모님을 실망을 시켰다. 그 때 내가 진정 원하는 것이 무엇인지 진지하게 한번도 생각해 본 적이 없었다. 미래의 희망도 없었다. 너무 실망했는데도 아무 방법이 없었다. 어렸을 때부터 고등학교 때까지 내가 나의 미래를 위해 한번도 노력하지 않았다. 그래서 우리 아빠가 나의 모습을 보셨을 때 고민을 많이 하셨다. 그렇기 때문에 나의 16번째 생일 때 아빠가 나에게 콩 씨앗을 선물로 주셨다. 그 때 아빠가 그 씨앗을 주신 이유를 몰랐다. 아빠가 씨앗을 주시면서 "이 씨앗은 너의 앞길을 가르쳐 줄 수 있었으면 좋다."라고 말을 하셨다. 아빠가 왜 나한테 그런 말씀을 해 주셨는지 드디어 알게 되었다.

그 선물을 받은 다음 날에 내가 직접 그 씨앗을 심었다. 매일 물을 줬고 그 씨앗과 이야기도 나눴다. 나는 그 씨앗을 심은 병은 햇빛이 비출 수 없는 곳에 놓았다. 하지만 며칠 후에 그 씨앗은 나무가 되어서 따뜻한 햇빛을 향하는 모습을 보았다. 그 씨앗의 생명력을 봤을 때 나의 미래를 다시 생각했다. 작은 씨앗인데도 매일 햇빛이 가득한 곳으로 향해 자란다. 열매를 맺기 위해 그 작은 씨앗이 많이 노력했다. 그 때부터 나도 밝은 미래를 향해 마음속에 희망을 품고 노력하기 시작했다. 내 마음속에서 품는 희망은 씨앗이라고 생각한다. 그 희망은 점점 커지면서 나의 밝은 미래를 가까워진다. 그 때부터 내가 처음 멈춰서 나의 미래에 대해서 생각했다. 그리고 아빠께 감사한 마음을 전해 드리고 싶다. 아빠의 선물 덕분에 나의 미래가 밝아진다.

나는 품는 '씨앗'을 잘 챙겨주면 나중에 많은 '열매'를 얻게 될 것이다. 그것을 알면서 매일 노력해야 한다. 나는 한국어를 좋아하는 마음과 선생님이 되고 싶은 마음이 합쳐져서 나중에 한국어를 가르쳐 주는 선생님이 되고 싶다. 이 뚜렷한 꿈을 내가 그 콩 씨앗을 심었을 때부터 알게 되었다. 한국어 선생님이 되는 희망을 품고 노력하면서 머지 않은 날에 그 꿈을 꼭 이루는 것을 믿는다. 매일 매일 그 씨앗처럼 밝은 미래를 향하면서 끊임없이 노력하겠다. 그렇게 하면 곧 많은 '열매'를 얻을 것이다. 씨앗이 큰 나무가 되는 것처럼 나도 훌륭한 선생님이 되기로 했다. 학생에게서 사랑과 존경을 받는 선생님이 되고 싶다. 그 꿈을 이루기 위해서 좋은 결과를 기대하면서 포기하지 않는다. 나의 미래는 아빠가 주신 씨앗 덕분이라고 생각한다.

씨앗이든 나무든 항상 햇빛이 가득 차 있는 곳으로 향한다. 나도 그렇다. 내 마음속에 있는 희망을 품고 밝은 미래를 향한다. 시련이 인생의 소금이라면 희망과 꿈은 인생의 사탕이라는 말이 있다. 희망을 잃는 사람에게 희망을 다시 찾아보기 위해 노력하고 꼭 좋은 결과를 기대하고 있다. 나도 나의 '씨앗'을 잘 챙겨주면 나의 좋은 결과를 얻을 것이다.

씨앗

2016년 제4회 동남아시아 성균한글백일장 은상
캄보디아왕립프놈펜대학 라인 쓰레이닛

사람은 살아가는데 양식이 필요합니다. 양식이 없으면 우리의 신체가 점점 약해지고 드디어 죽습니다. 마찬가지로 나라의 발전을 시키기 위해서는 여러 종류의 씨앗들이 꼭 필요합니다. 그러면 나라의 씨앗이 무엇일까요?

우선 씨앗의 뜻을 알아봅시다. 제가 생각하는 씨앗이란 어떤 작은 것이 하나의 생명을 주는 것입니다. 예를들어 우리는 밥을 먹고 싶습니다. 그러면 쌀이 필요합니다. 그러나 쌀은 쌀이 되기 전에는 여러기지의 불행을 겪어봤습니다. 생각해 봅시다. 벼의 씨앗은 아주 작습니다. 그런데 이 작은 하나의 씨앗때문에 지금까지 많은 사람들이 살 수 있습니다. 그렇다고 해서 씨앗은 다 좋은 것이 절대 아닙니다. 쓸모없는 씨앗도 있다는 말입니다. 그리고 좋은 씨앗이라 해서 다 좋은 열매가 나오는 것이 아닙니다. 중요한 것이 씨앗을 심는 사람입니다. 예를 하나 드 드리겠습니다. 어떤 어저씨가 밭에 가서 망고씨앗을 심었습니다. 그러나 하나의 씨앗이 땅속에 심었는데 그 씨앗 밑에는 큰 돌이 있었습니다. 시간이 지나 그아저씨는 다시 밭에 가서 자기가 심었던 것을 확인했습니다. 다른 망고들은 잘 자라는데 돌위에 심었던 망고씨앗만 안 나왔습니다. 그것을 확인하는 아저씨가 크게 후회했습니다. 사실 그망고씨앗은 좋은 씨앗입니다. 그러나 심는 사람이 잘못한 장소에 심었습니다. 그래서 그 좋은 씨앗은 드디어 안 좋은 씨앗으로 되었습니다. 여기에서 말하는 것은 씨앗을 심는 사람이 그만큼 중요한다는 말입니다.

이제 위에 얘기했듯이 나라마다 여러 종류의 씨앗들이 많이 있습니다. 그러면 나라의 씨앗은 망고씨앗일까요? 아닙니다. 나라의 씨앗은 바로 우리들입니다. 베트남에서는 베트남사람들이고 한국에서는 한국사람들이 나라의 씨앗들입니다. 저도 캄보디아에서 하나의 씨앗입니다. 위에 얘기했듯이 씨앗은 안 좋은 것도 있고 좋은 씨앗도 있습니다. 어떤 씨앗은 좋은 씨앗이더라도 심는 사람이 잘못하면 안 좋은 씨앗을 될 수 있습니다. 그런데 나라의 씨앗을 심는 사람이 다른사람도 아니고 바로 우리자신입니다. 저는 우리나라를 발전하기 위해 열심히 공부해야 한다고 생각합니다. 그이유는 사람에게는 지식이 있어야 새로운 사고방식도 생길 수 있기 때문입니다. 우리가 알다시피 발전한 나라는 그나라의 사람들이 주로 지식이 있습니다. 그래서 어느 나라사람이든 자기의 나라가 발전한 나로 보여주고 싶으면 무조건 공부해야 합니다. 그리고 그 지식들을 사용해야 합니다. 그렇게 할 수 있으면 후진국이 발전한 나라로 변화할 겁니다.

우리는 작은 하나의 씨앗이지만 그 작은 씨앗을 잘 심으면 나중에 좋은 열매를 맺힐 수 있을 것입니다. 벼의 씨앗도 크지는 않습니다. 그러나 열매가 나올 때는 모든 사람들에게 살릴 수 있습니다. 만약에 그 작은 씨앗이 없으면 저는 아마도 여기에 와서 성균한글백일장을 못 볼 것입니다. 그래서 벼의 씨앗은 저의 은인입니다. 저도 나라의 작은 씨앗이지만 나라의 발전을 위해서 열심히 노력하고 죽도록 공부하겠습니다.

나는 깨진 씨앗

2016년 제4회 동남아시아 성균한글백일장 동상
하노이인문사회과학대학 응우엔 티 이엔

성경 요한복음에 한 밀의 알이 깨져야 열매를 맺다고 했다. 세상에 살아 있는 모든 식물은 작은 씨앗으로부터 큰 나무가 될 때까지 힘겨운 과정을 지내야 하다.

인간도 마찬가지다.

농부는 씨를 뿌릴 때 많은 결심을 바라보는 희망을 가지다. 우리 부모님께서도 농부의 기대처럼 희망을 가지고 사랑의 씨앗인 나를 낳아 양육하셨다. 그런데 나는 사연이 하나 있다. 나는 팔삭둥이로 태어나게 돼서 다른 아이보다 병약해서 하루종일 울기가 일쑤다. 어머니와 할머니의 손에서 의지해서만 잠을 자고 따로 침대에서 잠을 안 자는 아이였다. 자장가를 불어주어 재워보려고 해도 아이가 울었기 때문에 우리 할머니와 어머니 하도 안타까워서 서로 겨안고 울어버렸던 때도 여러 번이 있었고 뜬눈으로 밤샐 때도 많이 있었다고 하셨다. 우리 작은 마을에 있는 많은 사람들은 이 아이가 너무 허약한데다가 기르기가 힘들어서 얼마나 안 가서 죽을거라고 했었단다. 그래도 우리 어머니는 끝까지 포기하지 않으시고 나를 살려내셔서 내가 신기하게 살았고 이만큼 성장했다. 끼니초차도 여려운 가정형편이었기 때문에 우리 어머니께서는 매일 3시에 일어나셔서 야채 두 바구니를 어깨에 짊어지시고 시장까지 3시간거리 걸어가시고 팔고 약간의 고기를 사고 딸한테 먹이셨고 심지어 개구리를 잡아 딸한테 먹이셨다. 지금에 와서 생각해보면 그렇게까지 하셨던 우리 어머나와 아버지의 모습을 상상하기만 해도 마음이 아프고 감사하기만 한다. 그런 사랑을 받아 나는 괜찮은 사람이 되었다. 공부도 좋고 대학3학년에 장학금을 받고 유학까지 했고 한 남자와 사귔고 결혼하게 되면 평생 행복하게 살 수 있는다고 믿었는데…!

씨앗은 땅에 떨어지고 깨져죽어야 새싹이 되고 큰 나무가 될 것이다. 나도 씨앗처럼 완전하게 깨졌다. 영남대학교에서 새마을국제개발학과 전공으로 공부하는 중에 갑자기 사물을 볼 수 없는 만큼 침침해졌다. 그래서 혼자 병원에 가서 검사해봤다. 그 날부터 내 인생을 완전히 바꾸었다. 심각한 얼굴로 의사 선생님은 그렇게 말했다.

"망막색소변성증입니다. 초기현상으로는 어두운 곳이나 밤에 사물을 잘 볼 수 없는 야맹증이 나타납니다. 점점 진행하면 터널처럼 가운데만 보이는 터널시야가 되고 사물이나 사람 얼굴도 알아볼 수 없거나 글을 읽지 못 할 겁니다. 이엔씨의 경우에는 정말 아쉽지만 황점에 있는 색소세포까지 사라지고 있습니다."

"예? 그럼 저의 시력이 어떻게 되었나요? 치료는요?"

"이엔씨는 경험하시면 아실 겁니다. 죄송합니다만 망막색소변성증이 유전질환이니까 아직까지 없습니다. 근데 자외로 손상 받지 않도록 썬크라스를 착용하고 교정안경도 쓸 수 있습니다."

"치료방법이 없다고요? 그럼 제가 어떻게 해야 하지요?"

"그래서 잘 준비하셔야 합니다."

"어떤 준비요?"

"나중에 세상을 볼 수 없는 가능성이 높으니까 점자나 시각장애인들 위한 수업에 참가하셔 야 됩니다."

"예? 시각장애인이라니..?"

당황해서 말 하나도 못 하는 내 모습을 보시면서 의사선생님은 고개를 숙이고 죄송합니다만 하셨다. 이 병으로 인해 학업도 포기해 야 하겠고 결혼도 포기해 야 하겠다. 나중에 아이를 낳고 싶어도 아이는 나처럼 병에 걸릴까봐 걱정한다. 그런데 치료법이 있을 수도 있는 희망을 버리지 않고 서울대병원 연세대병원 등의 다른 병원에도 가봤는데 진단결과 똑같이 나왔다. 그 때 나는 병을 숨기고 일상생활을 아무것도 없는 것처럼 지냈다. 어느날에 친구랑 같이 학교길목에서 안 보여서 넘어졌다. 친구들은 내 웃긴 듯이 모습을 봐서 깔깔하고 웃었다. 바로 그 때 숨기던 고통이 일쳐 나왔고 참을 수 없어서 마음껏 엉엉 울었다. 내 인생 내 씨앗은 그렇게 깨져있었다.

그 다음에 내 병을 영원히 숨기지 못 해서 가족들, 교수님, 남자친구에게 알려줄 경정했다. 그 후에 전화를 3번 받았다. 첫번째 전화는 우리 아버지의 전화이었다. 위안해주려고 하셨겠지만 마음 절제를 못 하셔서 눈물이 쏟아지셨다. 아버지의 딸꾹질하시면서 우는 소리는 아무말로도 표현할 수 없는 가족의 고통이다. 두번째 전화는 영남대 최외출 부총장님의 사무실에 오라고 전화었다. 한국의 새마을 모델을 배우고 베트남의 발전시키고 싶은 나에게 부총장님은 많이 기대하시고 관심하셨다. 따뜻한 정이 있는 우리 부총장님은 나를 보시면서 "나는 아무것도 할 수 있을 줄 알았는데… 할 수가 있다면 너에게 아무거나 해줄텐데 치료법 없는 병이라니…"라고 말씀하셨고 눈물이 흘리셨다. 내가 사랑하는 사람은 나때문에 마음이 아프는 것은 내 마음은 엄청 아프게 했다. 마지막 전화는 내 남자친구의 헤어지자고 전화였다. 내가 병에 걸려서 그 대는 담당할 수 없어서 결심하거나 아니면 우리간에 어떤 고칠적인 문제로 인해 더 이상 옆에 있지 못 할지 왠지로 헤어질 결정했는지 상상을 못 하고 믿지 못 했다. 그 날에 밤새고 많이 울었고 자살할 생각까지 들었었다. 내 인생 내 씨앗은 환벽하게 그렇게 깨졌다.

그렇지만 깨진 후에 다시 탄생할 것이다. 오래 시간을 걸렸지만 다시 정리하기 시작했다. 원망의 사랑에서 포용으로 보내고 한국에서 베트남에 돌아가기 전에 헤어진 남자친구에게 한 편지를 보냈다. 많이 생각하지 않고 그냥 인연처럼 만나면 인연처럼 깔끔하게 이별하고 축복해줄다고 편지었다. 두번째는 학업정리다. 나한테 학업은 가장 소중하고 중요하다. 그래서 영남대에서 학업을 그만두고 가는 것은 힘든 일이었지만 포기하지 않겠다. 점자, 영어도 공부하고 시각장애인 위한 학교를 찾아 경영이나 교육에 관련된 석사과정을 공부하고 싶다. 또는 내 병은 서양의학으로 치료를 못 해서 한의법 등의 전통적인 치료를 받고 있다. 사실은 병에 걸릴 때부터 나는 규칙적으로 생활하고 세상을 더 보람이 있게 느끼다. 마지막으로는 봉사다. 꿈이 많은 내가 마을주민들과 시각장애인위한 한 도서관을 열릴 계획을 세웠다. 왜냐하면 나보다 더 어려운 역경에 겪고 있는 사람은 더 많다고 생각하기 때문이다. 내 밝은모습을 보여주면 그들의 고통을 줄일 수 있고 힘을 줄 수 있고 생각한다.

진정한 깨짐은 아무 시련에 떨어져도 희망을 포기하지 않고 더 힘차게 도전하고 새로운 비전과 미래를 향해서 노력하는 것이라고 생각한다. 그리고 아무 병든 우리 마음의 반영뿐이다. 즉 따뜻한 애정과 강한 의지로 하면 다 좋은 결과가 나오겠다고 믿는다. 그렇게 하면 씨앗처럼 깨지고 다시 탄생할 것이다.

나비 같은 나의 꿈

2017년 제5회 동아시아 성균한글백일장 금상
가자마다대학 아지마똘 알리피야

어렸을 때부터 어른들은 우리에게 네 꿈이 뭐냐고 많이 물어봤다. 그 때는 우리가 아무도 모르면서 그냥 당당하게 '나 의사가 될거야,' '나 경찰이 되고 싶다!'라고 대답했다. 영화에서 많이 봤던 경찰이나 선생님에게서 들었던 의사 이야기 때문에 그때 경찰이나 의사가 되면 멋있다고 생각을 했다. 그런데 시간이 지날 수록 꿈이라는 것은 그렇게 쉽게 생각하면 안된다고 생각이 들었다. 왜냐하면 꿈은 우리 인생을 결정하기 때문이다. 그러므로 꿈이라는 뜻이 무엇인지 먼저 스스로 생각해서 자기 꿈이 무엇인지 깊이 생각해야 한다. 그러면 꿈이라는 것이 무엇 일까? 나는 꿈이라는 것이 우리가 하고 싶은 것과 우리가 무엇이 되고 싶은 것만 아니라 그 원함을 이루기 위해서 열심히 노력해서 우리의 초심을 지키는 것이라고 생각한다. 그리고 어렸을 때 우리가 말했던 경찰이나 의사가 되고 싶은 것도 꿈이지만 그때 아직 어리니까 생각이 지금과 다를 뿐이다.

어렸을 때 부모님이 꿈이 무엇이냐고 물어보면 나가 외국으로 가고 싶다거나 세계 여행을 가고 싶다고 대답했다. 웃으면서 부모님이 "그럼 영어 하고 다른 외국어도 잘해야겠네"라고 말했다. 그때는 아무것도 모르니까 그냥 끄덕끄덕 하고 '그렇구나'라고 생각했다. 시간이 지나서 그 꿈은 아직 변하지 않았다. 그 꿈 때문에 한국어 전공을 해서 지금 내가 다니고 있는 가자마다대학교에서 지내고 있다. 그런데 대학교 생활을 하면서 한국에 대해 많이 배울 수록 하고 싶은 것이 많아진다. 지금은 누군가 나에게 꿈이 무엇이냐고 물어보면 내 꿈이 많다고 대답한다. 나는 춤을 추는 것이 아주 좋아한다. 학교에서 춤 동아리에 가입해서 활동을 많이 한다. 지금도 그 동아리에서 투터로 활동하고 있다. 그것 때문에 앞으로도 투터나 춤 선생님이 되고 싶다. 그런데 예술 선생님은 안정적인 직업이 아니라서 고민이 된다. 그리고 작년에 5개월 동안 한국 강원도에 있는 강원대학교에서 유학해서 한국에서 살 생각이 들었다. 한국에서 가서 SBS, KBS, MBC 같은 방송국에서 일하고 싶다. 요즘 예능 프로그램들 중에 인도네시아어 자막을 제공하는 예능이 많아진다. 예를 들면 안녕하세요 라는 프로그램이다. 그 프로그램처럼 다른 프로그램에서도 인도네시아어 자막 작가가 되고 싶다. 그것 뿐만 아니라 한국에 있는 엔터테인먼트 회사에서도 일을 하고 싶고 한국에서 인도네시아 같은 분위기를 느낄 수 있는 인도네시아 카페도 열고 싶다.

나는 꿈이 그렇게 많이 생겨서 고민이 된다. 그런데 계속 열심히 노력하고 포기하지 않는다면 그들 중 하나라도 이룰 수 있는 것이 믿는다. 멀고 어렵지만 아름다운 이 나비 같은 꿈이 생겨서 나의 인생은 더 아름다워진다.

하늘의 꿈을 따기

2017년 제5회 동남아시아 성균한글백일장 은상
마하사라캄대학 핌파까 손씨

꿈을 위해서 꾸준히 노력하는 사람은 그 꿈과 닮아간다는 말이 있다. 어떤 사람은 끝까지 노력하지만 어떤 사람은 힘들다고 포기해 버린다. 그런데 나는 8년동안 꿈을 위해서 열심히 달리고 있다. 한 걸음씩이라도 내 꿈과 가까워질 수 있다면 망설임없이 도전한다.

나는 중학교 1학년 때부터 한국어를 공부하기 시작했다. 부끄러움이 가득한 나는 꿀을 먹은 벙어리처럼 교실에서 맨 뒤에 조용히 앉아 있었다. 그런데 누군가가 나에게 다가왔다. “너 슈퍼주니어를 알아?” 하면서 나에게 그 가수의 동영상을 보여 주었다. 나도 모르게 푹 빠져들었다. 그래서 한국 가수를 좋아하는 이유로 학교에서 한국어를 공부하게 되었다. 곧 8년정도 한국어를 열심히 공부하는 나의 모습을 보신 아버지가 뿌듯하셨다. 하지만 나는 영어를 잘하면 좋겠다 하신 어머니가 한국어를 공부하는 것을 반대하셨다. 슬프기 보다는 어머니께 보여 드려야 하는 생각을 가지고 나의 실력을 발휘할 수 있는 대회가 있다면 반드시 참여했다. 말하기 대회든 번역-통역 대회든 쓰기 대회든 빠짐없이 참가하여 상을 못 받은 대회가 없었다. 내가 좋아하는 것을 할 때 행복한 모습을 보신 어머니가 이제 반대하는 대신에 모든 것을 지원해 주셨다. 그 어머니의 마음을 감사드렸다.

나는 한국 대학교로 유학가는 것은 8년동안 꿈을 꾸고 왔다. 고등학교 때 장학금을 지원했지만 경험과 실력이 부족한 나는 떠러졌다. 직접 돈을 내고 유학을 가고 싶지만 집 형편이 어려운 가족에게 부담이 되고 싶지 않았다. 그래서 장학금을 따고 가야 해서 늘 부지런하고 열심히 공부했다. 나는 기회를 기다리지 않는다. 언제나 달리고 또 달린다. 넘어질 때도 있고 상처가 입힐 때도 많았지만 단한번도 포기할 생각이 전혀 없었다. 한 기회의 문이 닫히면 멍하니 바라보기만 하면 더 열릴 기회의 문이 안 보인다. 앞으로만 바라보고 달려야 한다. 나의 꿈은 참 하늘의 별따기와 틀림없다. 그 하늘에 있는 꿈까지 갈 엘레베이터는 고장이다. 늘 계단을 이용해야만 한다. 한 계단씩 계단을 밟아야 그 계단 위까지 설 수 있을 거라고 믿는다. 한계단씩을 올라가도 내 꿈을 닿을 수 있기 때문이다. 모든 일은 최고에 도달하려면 최조부터 시작해야 한다. 티끌 모아 태산이라는 말과 같이 나는 내 실력을 더 발전시키고 경험을 점점 쌓을 것이면 앞으로 나는 훌륭하고 유창하게 한국사람처럼 한국말을 잘할 거라고 믿는다. 그 때가 되면 내 꿈을 위해서 쌓여온 경험과 실력을 망설임없이 발휘할 것이다. 포기하지 않는 사람이 언젠가 그 꿈을 이루어질 수 있고 하늘에 있는 별이라도 딸 수 있을 거라고 항상 믿는다.

꿈

2017년 제5회 동남아시아 성균한글백일장 동상
가자마다대학 칸사 주이나

인간으로서 인생을 살아가면서 수많은 일들이 벌어진다. 우리가 태어난 순간부터 죽는 그 날까지 우리 인생은 바람개비처럼 계속 돌아가는 것이다. 가끔 좋은 공기를 맡으면서 높은 곳까지 올라가는 순간도 있으며 인생을 반성하라는 뜻으로 바닥까지 떨어지는 순간이 단 한 번이라도 있겠다고 생각한다.

세상을 처음 만난 아이로 태어났을 때 우리에게 모든 것이 낯설고 새로웠다. 태어나서 엄마 품에 안기며 아빠와 처음으로 눈을 마주치는 그 순간은 지금까지 잘 기억하지 못하지만 우리 부모님에게는 인생에서 한 번 밖에 없는 소중한 순간일 것이다. 그 날 이후로 매순간이 추억이 되며 되돌릴 수 없는 시간이 되어버렸다. 어린 시절에 뛰어 놀던 기억이 떠오르면서 어렸을 때 꿈을 꿨던 모든 순간들도 떠오르니 자신을 보고 점점 무서워진다. 꿈이라는 것이 왜 이렇게 복잡하냐고 자기 자신에게 묻기 시작했다. 진짜 나의 꿈이 무엇인지 모르는 상태에서 머뭇 거리면서 어떤 길을 선택해야 할지 망설이기 시작했다. 너무나도 늦게 깨달았다.

꿈이 뭐냐고 물어 보면 정해진 답이 없다고 생각한다. 어렸을 때 그런 질문을 받으면 얼마나 쉽고 당당하게 대답할 수 있으나 나중에 성인 되었을 때 꿈이 그렇게나 간단한 것이 아니라는 것을 깨달았다. 나이가 어리지 않아도 자기의 꿈이 무엇인지 모르고 사는 사람이 적지 않다고 볼 수 있다.

꿈이라는 것이 뭔지 정의를 해야 한다면 우리가 미래에서 하고 싶은 것이나 얻고 싶은 것이라고 할 수도 있다. 그러나 그 목적까지 걸리는 시간과 길이 짧지 않다. 그래도 자기의 꿈이 뭔지 모르는 것보다 꿈이 이루어질 때까지 시간이 오래 걸리는 것이 더 낫다.

꿈이 없는 사람은 네이비게이션 없이 차를 운전하는 것처럼 길과 방향을 모르게 인생을 사는 것이다. 하지만 꿈이 없어도 잘 살 수 있겠다고 생각하는 사람도 있다. 그런 생각을 가지고 사는 사람은 아마 자기 자신이 잘 할 수 있는 것을 아직도 모를 수 있다. 그래도 자기의 꿈을 모르는 것이 죽을 죄가 아니라고 생각하니까 꿈 없이 그냥 열심히 사는 것만으로도 나쁘지 않다.

인도네시아 문화에서 보통 부모님들이 아이에게 꿈을 꼭 크게 꿔야 한다고 말씀하신다. 왜 그런 말씀을 하시냐면 꿈을 크게 꾸면 꿈이 이루어지지 않는다거나 떨어지더라도 바로 바닥까지 떨어지지 않겠다는 뜻으로 이르는 말이다.

그런데 사회 생활을 하면서 주변 사람들이 계속 무엇을 하라고 하는 경우가 많다. 사람을 다 똑 같은 수준으로 보며 사회에서 정해진 수준을 따르지 못한 경우에는 사회적으로 인정을 받지 못할 지도 모른다. 이런 것때문에 다른 사람의 만족감을 위해서 힘들게 살고 고생하는 사람이 적다고 볼 수가 없다.

꿈은 자기 자신과의 약속이자 힘들어서 혼자라고 느껴질 때 초심을 잃지 않고 갈 길을 다시 찾을 수 있게 해 주는 것이라고 생각한다. 그러므로 꿈은 자기 자신을 위해서라도 꼭 가져야 하는 것이다. 다른 사람이 아니라 자기의 미래를 걸고 있으니까 다른 사람의 꿈을 사는 그 순간은 자기의 인생을 잃었다.

화해

2018년 제6회 동남아시아 성균한글백일장 금상
호치민인문사회과학대학 쩐 응우엔 밍 투

나는 고등학생 때 학교에서 "청춘 상자"라는 동아리에 가입했다. 라디오 동아리라서 친구들이 보내준 사연들을 읽고 음악을 들려주었다. 어느 날 "책벌레"라는 친구의 사연을 받았다. 사연의 제목은 "화해하자"였다. 사연의 내용은 이렇다. 그 "책벌레"라는 친구가 한 여자 학생과 짝이었다. 공부에 서로 도와주고 있는데 그 여자 학생이 수학을 못해서 같이 수학 문제를 풀 때마다 항상 싸웠다. 몇번이나 다시 설명해 주었는데 아직 이해하지 못하는 친구의 표정을 보고 "너는 멍청해서 진도 진짜 느리잖아"라고 했다. "책벌레" 친구가 사과하고 싶은데 계속 망설이며 부끄러워서 사연을 보냈다.

살면서 사람과 사람 사이에 오해가 생기거나 서로에게 피해를 입히는 경우가 많다. 그럴 때마다 상처를 받는 것이 당연하다. 사람은 어떤 사람에게 상처나 피해를 입힐 때 그 상처를 없애기 위해 노력하는 것이 화해라고 할 수 있다. 사람 사이 넘어 국가 사이에서도 싸움이나 투쟁이 있으니 화해하는 것도 필요하다. 한국과 베트남 경우에는 투쟁이나 싸움이 아니라 과거의 잘못이라고 할 수 있다고 생각한다. 그 잘못을 고치기 위해 한국은 많은 노력을 하고 있다. "미안해요 베트남"이라는 활동이나 현재 한국은 베트남에 많은 경제 투자, 문화 교류를 통해 화해하고 싶은 한국에 노력을 볼 수 있다고 생각한다.

화해를 해야 마음이 가볍게 할 수 있다. 화해의 첫 단계이자 가장 중요한 단계는 진정한 마음이라고 생각한다. 자기가 저지른 잘못은 상대방에게 피해나 상처를 주는 것을 알아야 그 피해와 상처를 극복하기 위해 한없이 노력할 것이다. 화해의 방법은 많다고 할 수 있지만 대화하는 것이 좋다고 생각한다. 누구나 사연이 있는 법이다. 그래서 서로의 마음을 이해하고 싶으면 대화하며 자기의 생각을 나누는 것이 좋다. 어떤 사람은 고집이 세서 화해하기 힘들다는 이야기가 있다. 그래서 진정한 마음뿐만 아니라 상대방의 입장으로 생각하는 것도 필요하다.

화해하는 것은 어려운 일이 아니라고 생각한다. 서로 진정한 마음으로 서로의 입장에서 넓은 각도로 문제를 살펴보며 서로 이해하고 잘못을 극복하려고 노력해야 한다. 무엇이든 늦어도 안 하는 것보다 낫다. 시간이 약이라는 의견이 있는데 그렇게 생각하지 않는다. 시간은 얼마나 지나가도 상처가 여전히 남아있으니 있는 힘껏 화해하기에 애써 노력해야 한다.

내가 키우는 화해 씨앗

2018년 제6회 동남아시아 성균한글백일장 은상
호치민인문사회과학대학 르엉 부 응우엣 하

우리가 살면서 싸우고 화를 내어 본 적이 없는 사람이 없다. 그래서 어렸을 때부터 우리가 최조 배우게 된 단어가 바로 "안녕하세요," "감사합니다," 그리고 "죄송합니다"라는 것이다. "죄송합니다"라는 말이 화해하려 하는 말이다. 우리가 그렇게 화해를 잘 해야 되라는 말을 배웠다. 하지만 언제나 싸우고 나서 화해하는 것이 좋을 까?

고등학교 때 나의 그림자인 듯이 항상 나의 옆에 있는 단짝 한 명이 있었다. 우리가 3년 동안 같이 즐겁게 지냈는데 갑자기 즐업날에 한 사견이 생겼다. 우리가 학교에서 마지막 산책하고 있었는데 친구가 말을 꺼냈다. "하야, 네가 내 뒷말을 했지. 네 눈에 우리는 친구 사이가 아니지?"라고 차가운 표정으로 나의 죄를 말했다. 그러한 나쁜 생각이 전혀 없는 내가 친구를 보고 절대 그러지 않는다고 강하게 대답했지만 친구가 나를 안 믿어 줬다. 친구가 다른 친구의 말을 믿었다. 우리는 그렇게 싸웠고 내가 할 말이 너무 없으니 먼저 등이 돌리고 가버렸다. 우리의 우정이 그렇게 끝나버렸다. 미안하단 말이 전혀 없었었다. 시간이 흘러 우리가 1학년 대학생이 되었다. 세 달 동안 연락이 없는 우리가 우연히 호치민 역에서 만났다. 물론 그때의 사건이 떠올랐다. 하지만 오히려 우리는 아무렇지 않게 반갑고 연락을 주고받았다. 어색하지만 우리가 그렇게 다시 친구가 되었다. 그래도 내가 아직도 뭐가 부족하다고 느낀다. 그래서 친구한테 만나자고 하고 직접 사과와 화해를 하기로 했다. 친구도 나와 같이 사과한다는 말을 하고 싶지만 언제에 하면 좋을 까 고민했다. 친구가 내가 먼저 사과했으니 다행이고 자기도 마음 편하게 사과를 했다. 우리가 고등학교 시절으로 그렇게 돌아갔다. 그보다 더 친할 것 같다.

지금 다시 생각해 보니 만약에 우리가 바로 화해하면 화해할 수 없는 것이 아니지만 진짜 화해인지 잘 모른다. 그래서 무슨 화해라도 시간이 필요하다. 한국말로 사과하는 것과 우리가 먹는 사과는 같은 것이 다 이유가 있다. 화해는 우리가 먹는 사과의 씨앗처럼 보자. 사과를 열매하려면 씨앗을 잘 키워야 된다. 씨앗을 잘 함양하려면 씨앗이 땅의 성분을 섭취하는 시간이 필요하다. 그 땅의 성분들이 우리의 감정, 생각들이라고 생각한다. 이러한 성분들이 형성하고 좋은 유익한 영양이 되는 시간도 중요하다 우리가 싸울 때 화가 나고 풀리는 시간, 싸움의 원인에 대해 생각할 시간, 싸우는 사람과 함께 즐거웠던 추억이 뒤돌아보는 시간, 원망하는 시간, 용서하는 시간, 둘의 미래에 대해 생각하는 시간, 본신에 대해 반성하는 시간과 같은 이러한 좋은 것이든 안 좋은 것이든 모두 다 화해 씨앗에게 필수 영양이라고 생각합니다. 우리가 이러한 영양을 섭취하는 화해 씨앗을 우리의 마음 땅에 뿌리고 품으며 함양한다. 하지만 화해 씨앗은 우리의 진정하게 키우고 싶은 마음으로 함양하게 되기만으로 좋은 사과를 낼 수 있다는 생각도 든다. 성실한 마음으로 키우면 틀림없이 단맛인 사과를 갖을 수 있다고 믿는다. 그뿐만 아니라 우리가 사과를 할 때 그 동안 우리가 성실하게 열심히 키웠던 우리의 진심을 담아 있는 화해 씨앗을 갖고 있는 사과를 주는다. 이러한 화해는 진정한 화해라고 해도 과언이 아니다. 나도 그렇다. 나도 세달 동안 그 화해 씨앗을 키웠다. 백개의 질문도 나왔고 화가 나고 원망했다. 그러나 그러한 나쁜 감정이 생각보다 빨리 없어지고 그 대신에 우리의 행복했던 추억 그리고 보고 싶은 마음이 지쳤다. 하지만 우연히 만나고 나서도 내가 화해를 못 했다. 반가웠기는 하지만 마음에 걸렸 있는 것이 아직도 있다. 그것이 바로 상대방의 마음과 자기가 용서할 수 있는지에 대한 의심이다.

그렇다. 화해는 시간이 필요하고 한 쪽만의 노력이 아니다. 우리의 마음이 화해 씨앗에게 땅이면 상대방의 마음이 하늘이다. 땅이 얼마나 좋은데 하늘이 계속 어두우면 화해 씨앗이 커질 수가 없다. 그리고 양쪽의 서로에게 용서는 화해에게 햇살이다. 양쪽의 마음이 열릴 때 용서라는 햇살이 틀림없이 비출 것이다. 이 용서는 서로를 용서해 주는 것이며 자기를 용서하는 것이기도 하다. 만약에 우리가 우연히 만나지만 내가 반갑고 화해하고 싶지만 우리 친구가 마음이 안 열리고 차갑게 가면 내가 그 동안 열심히 키웠던 씨앗이 햇빛이 없으니 커지는 것조차 못 했다. 그러면 내가 그 동안 했던 노력도 만지처럼 아무의미도 없는 것이다.

안 좋은 것인 싸움이 있어야 화해가 있지만 화해하는 후에 우리가 한 번 더 성장할 것 같다. 왜냐하면 화해라는 것이 그냥 한 순간에 쉽게 할 수 있는 것이 아니라 화해할 수 있기 위해 화해 씨앗을 키우는 시간도 필요하고 상대방의 마음과 협력을 해야 되고 용서 햇빛이 비추기도 필요하다. 그러니까 진정한 화해는 바로바로 하는 것이라고 생각하지 않는다. 그렇지만 이 화해 씨앗을 키우는 과정을 통해 우리가 자기에 대해 자기와 타인에 대해 생각하는 기회가 온다. 그래서 시간이 걸려도 화해하려면 꼭 꼼꼼히 화해 씨앗부터 키워야 된다. 이러한 말도 나의 인생의 지침이다.

화해

2018년 제6회 동남아시아 성균한글백일장 동상
하노이인문사회과학대학 쩐 뚱 응옥

20세기에 베트남 유명한 철학연구자인 투짱(秋江) 선생님은 동양 문화 전통과 서양 문화 전통을 비교연구한 후에 아래와 같은 결론을 제시하였다. 서양 사람들이 어떤 모순을 해결하기 위해 보통 왈좌왈우로 투쟁하거나 논쟁하는 방법을 애용한다고 한다. 반면에 동양 사람의 전통 가치관에는 '화(和)'의 역할을 너무 중요하다. 즉 투쟁이나 논쟁을 비해서 동양사람은 화해라는 방법을 더 중시한다고 한다.

우리 삶에 살다가 여러 이유 의해 남들과 오해나 모순을 겪기 십상이다. 화해이란 '리(理)'일뿐더러 '정(情)'으로 두 사람 사이에 겪은 모순이나 오해를 풀기에 도우는 방법이다. 더 넓게 적용하면은 화해는 두 나라, 두 민족의 오해를 배려심 및 이해심으로 없어질 수 있을 것이다. 어떤 사람은 '나는 리가 있는데 왜 그 놈을 양보해야겠지'라고 말하고 끝까지 논쟁하였다. 그렇게 좌우를 구별할 수 있을 까 말까? 우리 생각하기에는 할 수 있지만 제일 적당한 방법이 아니라고 한다. 왜냐하면 승패를 정한 후에 모든 쪽은 상처를 입기를 피할 수 없다고 한다. 이에 따라 결국 승자가 없을 것이다.

법구경(法詢經)에 따라 부처님께서 이런 말을 하셨다. '원한은 원한을 멸

망시킬 수 없다.' 역사는 그 진리를 증명하였다. 역사 속에 살펴보면 20세기 초에 다른 강대국들을 경쟁하고 모순을 해결하기 위해 독일은 제1차 세계대전을 일으시켰다. 결국 전쟁을 일으시킨 독일은 전패되지만 수십 년 후 제2차 세계대전을 계속 일으시키고 인간을 가장 어두운 역사장에 이끌었다. 그 아픔을 통하여 우리는 평화와 화해의 중요한 의미를 알게 되었다.

말한 것처럼 화해는 특별한 의미를 갖다고 한다. 화해로 사람들이 모순이나 오해를 피할 수있다. 뿐만 아니라 화해는 원한을 배려와 사랑으로 채울 수 있다. 다르게 말하면 화해는 상대방을 이해하기 위한 것의 첫걸음이며 평화의 기반이다.

화해는 그런 중요한 의미가 있는데 우리는 일반생활에 어떻게 화해를 적용할 수 있는가. 즉 화해에 오는 걸음들이 무엇인가. 우리 생각하기에는 화해를 달하기 위해 일단 마음을 열려야 된다고 한다. 닫힌 마음을 지키면 우리는 다른 의견을 아무도 받아들일 수 없다. 두번째 걸음은 '서로 대화'이다. 사람들은 남이 자기의 말을 존중하며 받아들일 것을 하고 싶지만 남들의 의견을 경청하는 것을 쉽게 잊어버린다. 그렇게 하다가 대화는 결과가 있을 리가 없다. 그러므로 화해과정에 우리는 우리의 입장을 존중해야 하는데 상대방의 말을 무시하지 말고 경청해야 한다. 마지막 단계는 '서로 이해'이다. 즉 상대방이 하고 싶은 것을 파악하며 리(理)와 정(情)을 근거로써 적당히 해결할 것이다. 화해의 최고 원칙은 'Win, Win'밖에 없다.

많은 사람들이 화해이란 양보이라고 오해하였다. 사실이 그렇게 아니라고 생각한다. 왜냐하면 지나치게 양보하다가 우리는 근본적인 입장을 지키지 못 할 것이다. 화해를 진행할 때 모든 쪽의 이익을 조화해야 하고 정답을 그런 바탕으로 찾아내야 된다고 한다.

요즘은 대중매체에서 한반도 문제를 해결하는 걸 향해 문재인 대통령과 북한 영도자인 김정은 주석은 정상회담에서 만날 소식은 많이 나왔다. 할 수 있으면 한반도는 새로운 역사장으로 넘어갈 수 있다. 그러므로 지금 한 민족 뿐만 아니라 전세계의 평화를 사랑하는 사람들도 기대하고 있다. 한국 국민들에게 그것은 현대사의 가장 큰 화해과정이라고 생각한다. 베트남 사람들도 전쟁과 이단의 아픔을 건너간 경험이 있으므로 베트남 사람으로써 한국 친구들의 마음을 이해할 수 있다고 한다. 지금 아무 단계보다 화해의 의미와 가치를 넓게 확대해야 한다고 한다. 그런 위대한 임무는 두 정부나 국가 영도자 사이의 책임일뿐더러 각 사람 각 국민도 자기 힘으로써 여길 수 있을 거라고 생각한다. 사람마다 평화와 화해의 대사가 되며 그것의 의미와 중요성을 홍보하다가 우리와 함께 기대하고 있는 꿈을 이룰 수 있다.

마지막으로 믿음, 사랑, 민족정신 그리고 화해로 한국사람들이 다시 기적을 만들 수 있을 거라고 믿는다.

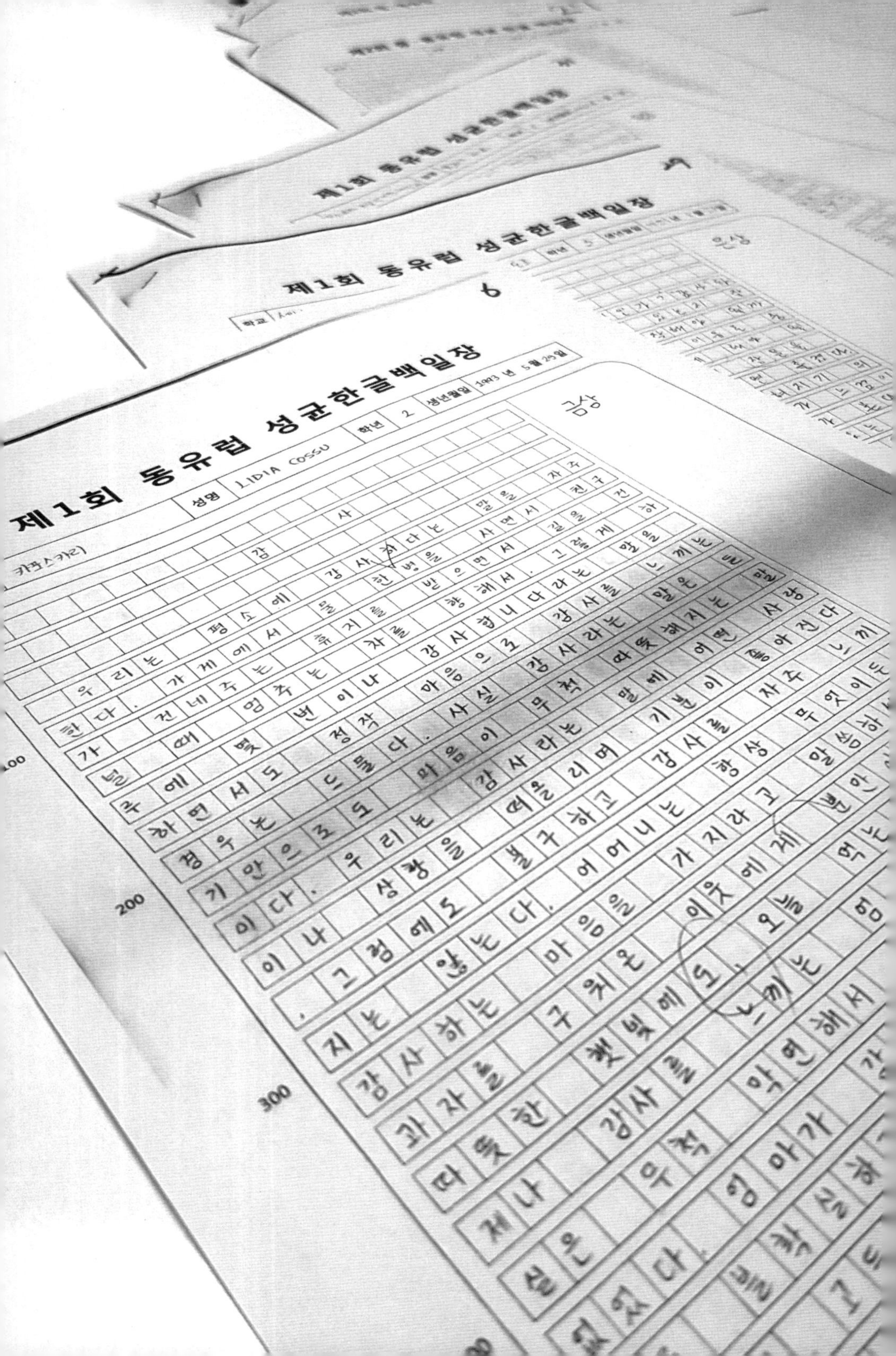
제1회 동유럽 성균한글백일장
성명
LIDIA COSSU
학년
2
생년월일
1993 년 5 월 29 일
금상
제1회 동유럽 성균한글백일장
제1회 동유럽 성균한글백일장

중·동 유럽

성균
한글
백일장
수상작

성 균 한 글 백 일 장

2 0 0 7 ~ 2 0 1 8

10 여 년 의 기 록

감사

2014년 제1회 동유럽 성균한글백일장 금상
카포스카리대학 리디아 코수

우리는 평소에 감사하다는 말을 자주 한다. 가게에서 물 한병을 사면서 친구가 건네주는 휴지를 받으면서 길을 건널 때 멈추는 차를 향해서 그렇게 하루에 몇 번이나 감사합니다라는 말을 하면서도 정작 마음으로 감사를 느끼는 경우는 드물다. 사실 감사라는 말은 듣기만으로도 마음이 무척 따뜻해지는 말이다. 우리는 감사라는 말에 어떤 사람이나 상황을 떠올리며 기분이 좋아진다. 그럼에도 불구하고 감사를 자주 느끼지는 않는다. 어머니는 항상 무엇이든지 감사하는 마음을 가지라고 말씀하셨다. 과자를 구워온 이웃에게 뿐만이 아니라 따뜻한 햇빛에도 오늘 먹는 밥에도 언제나 감사를 느끼는 엄마의 마음이 사실은 무척 막연해서 잘 공감할 수가 없었다. 엄마가 감사를 느끼는 대상은 때로 불확실하고 그 이유도 정확하지 않았다. 고등학교를 마치고 처음으로 가족들과 떨어져 살게 되었을 때 엄마가 누누히 말씀하셨던 기분이 무엇인지 조금은 알 것 같기도 했다. 혼자서 밥을 먹을 때 가족들과 함께 식탁에 앉아 도란도란 소소한 이야기를 하며 식사하던 것이 얼마나 감사했는지, 처음으로 혼자 가본 은행에서 허둥대면서, 고장난 전구를 갈면서 그 동안 내가 당연하다 여겨왔던 일상의 작은 것들이 얼마나 감사한지를 자주 느꼈다. 결정적으로 어머니의 말씀을 완전히 이해할 수 있었던 건 핸드폰이 고장난 덕분이었다. 처음 며칠은 모든 것이 불안해 아무것도 할 수가 없었다. 귀에는 항상 이어폰이 꼽혀 음악을 줄곧 들었었고 메신저나 SNS로 사람들과 끊임없이 연락을 주고 받았었다. 끔찍하게 조용한 방에서 하루는 곰곰이 생각해보니 그 모든 것들이 새삼스러워졌다. 책장에 가득 꼽힌 책들도 책상 위에 놓인 색색가지 볼펜도 심지어 입고 있는 옷의 촉감까지 새삼, 새삼 너무나 고맙게 다가왔다. 내가 처한 상황과 내가 가지고 있는 것들 중 그 무엇 하나 거저 주어진 것이 하나 없었다. 그 전에는 모든 것들이 너무나 쉬워서, 너무나 당연해서 알 수가 없던 것들이었다. 생각의 끝에서는 핸드폰이 고장난 것 마저 감사했고 종내는 살아있는 것 마저 감사할 정도였다. 사실, 매일 감사를 느끼며 지내는 것은 어렵다. 특히 우리는 살아있음으로서 얼마나 많은 것들을 할 수 있는지 언제나 자각하고 있지는 않다. 21세기의 삶은 사람에게 굉장한 편의를 가져다 주어서 많은 것들을 대부분 쉽게 얻을 수 있다. 이미 주어진 것에 대해 감사를 느끼지는 않는다. 이따금 우리보다 열악한 환경에 있는 사람을 보거나 종이에 베이거나 감기에 걸렸을 때 순간 평안하고 순탄한 일상들의 감사함을 떠올리고는 한다. 하지만 꼭 비교할 대상이 없다 해도 그저 찬찬히 내 주위의 작은 것들에도 새삼스러운 감사를 느낄 수 있다면 삶은 좀 더 풍요로워진다. 어제와 다를 것 없는 같은 하루라도 이 순간을 언제나 가질 수 없다는 것을 떠올리면 우울함이나 슬픔도 조금씩 잊혀지게 된다. 앞으로도 이따금 작은 감사를 느낄 수 있다면 내 삶은 점점 더 행복해지고 즐거워 질것이다.

감사

2014년 제1회 동유럽 성균한글백일장 은상
소피아대학 메르자노프 토도르

"감사"라고 하는 것이 무엇인가? "감사"라는 게 무슨 의미를 가지고 있는지 잘 해석하려면 어디에서부터 시작해야 될까요? 또 "감사"라는 것이 무슨 이유로 중요한지 잘 설명하려면 어떡헤 해야 될까요? 이와 비슷한 질문을 이 장문을 작성하면서 대답할 수 있었으면 좋겠다.

첫번째 감사가 무엇인지 밝혀지기 위해서 설명하도록 하겠다. 감사가 느낌이다. 그런데 보통 느낌이 아닌가 본다. 마음의 가장 깊은 느낄 수 있는 것들 중에서 하나다. 사랑 미움 애증을 비롯해서 사람들이 다양한 마음 상태를 가지고 있을 수 있는 것이 분명이다. 감사도 마음 상태라고 생각한다. 뿐만 아니라 그런 감사와 비슷한 느낌을 느낄 때는 다른 사람에게 표하기도 하고 싶은 것이 당연하다. 사랑 미움 애증 등의 느낌처럼 감사가 사람 두 명이상의 사이다. 왜냐하면은 감사의 의미는 누가 이느낌을 가져 있는 것도 누구한테 무엇때문에 이느낌이 마음에 생기게 된 것도 중요하다. 감사를 느낄 때마다 이 느낌을 누구한테서 받은 상대편에게 표하시면 좋다. 그래서 지금부터 이렇게 그린 감사 사이를 좀 더 깊이 설명해보겠다.

감사는 한자에서 나온 단어라서 "감"은 느낌이고 "사"는 사의를 뜻한다.

그러면은 이런 느낌을 어떤 상황에 받을 수 있나? 누구한테 사의했으면 좋은가? 예를 들어서 사람들 대부분이 평소에 부모님께 감사를 드린다. 어머니 아버지 자기 자식을 위해서 다 하실 테니까 감사를 드려야 되는 것이 분명이다. 부모님들의 사랑이나 지원이 아이들한테 제일 중요하다. 아이를 키우려면 사랑없이 할 수 없다. 그래서 이런 상황에 아이들이 부모님께 사의해드려야 된다. 어릴때 아이들이 "엄마 아빠 사랑해요"라고 하는데 어른이 되면 사고방식이 바뀐다. 그때는 부모님께 자식을 위한 모든 하셨던 일을 깨달아서 감사를 드리고 싶어해지는 거다.

다른 감사를 해야 되는 상황이 뭐냐면은 부탁할 때 상대편이 제 부탁을 들어준다면 당연히 사의 느낌이 생긴다. 원래는 사람들이 혼자서 살 수 없다. 남의 도움이 필요할 때 많다. 그럴 때는 어떻게 하나? 물론 친구나 다른 사람에게 부탁하는 거다. 만약에 상대편이 친절하고 도와주고 싶어하고 시간이 허락하면 부탁을 들어줄 수 있다. 그때도 부모님 상황처럼 감사를 드리고 싶은 느낌이 나타난다.

그러나 감사 느낌이 사람 사이 뿐만 아니라 하나님 사이일 수도 있다. 사람들이 자기 인생에서 모든 잘 진행된 것이나 모든 성공적으로 한 일은 누구한테 감사를 해야 되나? 감사를 해줄 수 있는 사람이 없을 수도 있으니까 바로 그때는 하나님께 감사를 드리면 된다. 그렇게 한다면 스트레스도 풀리기도 하고 기분도 좋아진다. 인생은 사람에 따라서 다르지만 인생마다 좋은 일도 나쁜 일도 있다. 그런데는 나쁜 경험을 잊어 버리고 좋은 일만 생각해서 사람에게나 하나님께 감사를 드리면 좀 더 행복하게 살 수 있다고 생각한다.

지금까지 감사 느낌이 무엇인지 설명했다. 그런데 사의를 실제로 할 때는 어떻게 해야 되나? 다른 사람에게 얼마나 고맙다는 느낌을 보여 드리고 사의를 표하려면 어떻게 하면 좋을까요? 부모님은 부모님의 댁에 만나러 가서 부모님께 "어머니 아버지 저를 늘 사랑해주시고 돌봐해주셔서 진심으로 감사합니다"와 비슷하게 감사를 드리면 된다. 어머니께 꽃다발이나 다른 좋아하실 선물을 골라서 사가지고 어머니께 드렸으면 좋겠다. 부탁할 때는 상대편이 부탁을 들어주신다면 "제 부탁을 잘 들어주시고 도와주셔서 깊게 감사합니다"라고 했으면 좋겠다. 선물도 드려도 된다. 제일 중요한 것이 뭐냐면은 그 감사해드리는 사람이 무슨 이유로 저한테 소중한지 표해야 된다. 만약에 하나님께 감사를 드리고 싶으면 기도하면서 하나님께 "오늘 운수 좋은 날이어서 감사합니다"라고 하면 된다. 제일 중요한 것은 자기의 인생이 좋다고 생각한다면 앞으로도 좋은 일만 생길 것이다. 이런 사고방식을 가지고 생활하면 행복하게 살 수 있다는 생각을 합니다. 그래서 제가 위에 발표해본 감사를 표하는 방법이나 다른 방법을 사용하면 괜찮겠다.

끝으로 "감사"라는 것이 무엇인가? 한편으로는 어떤 상황에 받을 수 있는 느낌이다. 마음 속에 생기는 느낌이고 사랑과 비슷한 새 느낌이다. 다른 한편으로는 받는 느낌이라서 받고 마음 속에 나타나고 나면 이느낌을 받은 상대편에게 마음 상태를 표하기 위해서 감사를 드려야 되는 것이 중요하다. 어떻게 해야 하냐면은 사의를 표하는 방법들이 다양해서 적당한 방법을 고르기가 어려울 수도 있기는 하지만 이중요한 것을 잊지 않고 감사를 드리는 상대편이 저한테 얼마나 소중한지 솔직하게 표한다면 가장 좋을 거다.

세상에서 가장 따뜻한 말

2014년 제1회 동유럽 성균한글백일장 동상
모스크바국립언어대학 알료나 츄브

감사하단 말은 어느 나라에 가도 제일 자주 들을 수 있는 말일것이다. 우리가 아무 생각없이 쉽게 하는 말. 버스 기사한테나, 편이점 직원한테나 정말 많이 하는 "감사합니다!"라는 이말속에 숨어있는 깊은 뜻을 잊지 말아야 생각한다. 이말은 원래 그냥 예의가 바른 것을 나타내는 말이 아니라 나의 마음을 보여주는 말이기 때문이다.

하지만 우리는 이말의 원래뜻을 잊은 것뿐만 아니라 감사하는 마음이 무엇일지도 모르는 것 같다.

내가 이아름다운 세상에서 태어난 것, 우리 부모님이 나를 키워주신 것, 내가 잘 먹고 건강하게 사는 것.

생각해보면 이것들 다 가져서 얼마나 감사해야 하는데 왜 자꾸 욕심 부리면서 투정거리는걸까? 나는 어린적에 제 2차 세계 대전이 낳은 시련을 겪게 되신 우리 할머니한테 그힘든 시기에 대해 이야기 많이 들었다.

"내가 감사하는 마음이란 것을 언제 알게 되었는지 아니? 나랑 같이 군인들을 보살폈던 간호사 4명이 뜬금없이 폭발로 죽게 되고 딸을 키워야하는 나만 살아남았던 날에 알게 되었고 굶어죽을 것같은데 따뜻한 빵을 받던 그

날에도 알게 되었다. 그날에 대한 기억이 아직도 너무나 생생하고 밤마다 떠올라. 그기억들은 살면서 매일 감사를 느끼게 하는 것이야." 어렸을 때 들었던 우리 할머니가 해주신 이야기를 기억하고 있다. 그 이야기는 내가 아무 걱정 없이 사는 행복의, 내가 먹는 밥의 소중함을 깨닫게 되었기 때문이다.

요즘은 사람들이 자꾸 바빠서 그런지 하늘이 주는 복을 받기만 하고 감사할 줄 모른다. 그전에 감사한 마음으로 살면 더 큰 복을 받을 수 있다고 생각한다. 낳아주신 부모님한테, 항상 응원해주는 친구들한테, 그냥 옆에 있으므로만 인생을 재미있게 해주는 사람들한테 감사를 표현해 본 적이 없는데 "감사합니다"라는 따뜻한 말 한 마디만 하면 그사람들 행복하게 해줄 수도 있어서 친함을 느낌으로 나도 더 행복해지지 않을까 싶다.

가장 의미 있는 유산

2015년 제2회 중·등유럽 성균한글백일장 금상
앙카라대학 알데미르 제이넵

사람들에게 유산이 무엇인지 묻는다면 대부분의 사람들은 누군가의 아이에게 남겨진 돈, 가치가 있는 물건이라고 대답할 것이다. 아니면 아버지에게 남은 집이라고 할 수 있을 것이다. 하지만 유산은 그것 뿐만일 아닐 것이다.

유산은 가치가 있어야 유산이 될 수 있는 것이라고 생각하는데 가치가 있는 물건보다 가치가 있는 행동, 습관 또는 예의가 훨씬 더 의미가 있다. 왜냐하면 유산은 물건처럼 언젠가 끝이 오는 것이 아니라 계속이 되는 행동처럼 영원하면 진짜 가치를 가질 수 있기 때문이다. 누군가가 자식들에게 남길 수 있는 것이 돈만이라고 생각하면 큰 착각을 하게 될 것이다. 왜냐 하면 자식들에게 남길 수 있는 좋은 말, 좋은 행동 등이 많을 수도 있기 때문이다. 여기서 중요한 것은 가르치는 일이다. 알고 있는 좋은 행동을 다른 사람에게 가르치지 않으면 좋은 보기가 되지 않으면 당연히 영원할 수 있는 유산을 남길 수 없을 것이다. 그런 유산으로 예를 들으면 예가 많을 것인데 예컨대 불공평함이 있는 고에서 공평을 지키려고 노력을 하며 공평을 언제나 지켜야 되는 것을 누군가에게 가르치면 그것은 진짜 가치가 있는 유산이다. 그렇게 하면서 바람직한 태도 하나를 누군가에게 가르치고 좋은 보기가 된다. "내가 가르칠 수 있는 것이 있을 까?"라고 처음부터 무책임한 태도를 가지면 누군가에게 아무것도 남길 수는 없다. 그리고 또 "내가 가르쳐도 몇 명이 나의 말을 들을 까"라고 생각해도 안 된다. 우리의 좋은 말이나 행동을 사람 한 명이라도 듣고 실행하면 그것은 매우 의미가 있다. 왜냐하면 세상에 한 명이라도 좋은 사람이 있으면 세상은 아직 그렇게 무서운 것이 아니기 때문이다.

또 우리들의 힘이 있는 모습과 어려움 속의 노력이 누군가에게 힘을 줄 지도 모른다. 누군가에게 힘을 주는 행동이 남길 수 있는 의미가 있는 유산이 아닐 까 라고 생각한다.

사실은 사람들이 의미가 있는 유산을 항상 받는데 그것이 유산인지는 모른다. 예컨대 터키에서는 길거리에 사는 주인이 없는 강아지들에게 물을 주는 엄마들의 경우다. 엄마가 매일 아침 강아지에게 물을 주는 모습을 보는 아이가 엄마의 그 행동을 아마 잊지 못 할 것이다. 아마 아이도 성인이 된 후 엄마가 한 것처럼 할 수도 있다. 하지만 엄마에게 받은 그 행동을 유산이라고 생각하지 않고 그냥 자연스럽게 그 일을 계속 할 것이다. 그리고 그 아이의 아이도 성인이 된 후에 그 습관을 갖게 될 것이다. 그러면서 계속이 되는 유산이 생긴다. 그 아이가 자랑스럽게 말할 수 있는 유산도 바로 그런 가치가 있는 유산이다.

결론적으로 유산은 단순히 언젠가 끝이 나는 것이 불가피한 돈이나 물건이 아니다. 왜냐 하면 유산은 계속할 수 있는 것인 좋은 행동, 태도 또는 예의가 될 수 있길 때문이다. 하지만 가장 가치가 있는 유산은 누군가가 따라할 수 있는 행동이나 태도이다. 그것의 이유는 좋은 행동은 하면 할 수록 많아지는 반면 돈 같은 유산은 쓰면 쓸 수록 없어진다는 점에 있다. 우리들도 하 명에게만이라도 진짜 가치가 있는 유산을 남길 수 있도록 노력을 하는 사람이 되기를 바란다. 그래야 이 세상도 찐짜 가치의 유산과 가득한 세상이 될 수가 있다.

유산

2015년 제2회 중·동유럽 성균한글백일장 은상
모스크바국립외국어대학 안나 그레벤키나

모든 사람들은 역사적인 의미를 갖는 곳을 방문하거나 자기 할머니와 이야기를 나눌때는 유산에 대한 생각을 한 적이 있었다. 하지만 보통 날마다 굉장히 바빠서 자기 유산이 무엇인지 더 깊이 고려한 기회가 없을 것 같다.

유산이란 우리 조상들이 우리에게 남은 가장 큰 가치가 있는 것이라고 한다. 만질 수 있는 것일 수도 있고 우리 머리속에만 존재하고 있는 것일 수도 있다. 예를 들면, 옛날의 이집트 왕들이 건설된 피라미드는 오늘도 전세계의 주의를 이끌고 있고 이집트의 관광 분야의 주요 이익 원천이 되었는데 현대 이집트에서 살고 있는 사람들이 자기 역사를 자랑하기도 하고 자기 나라의 유산 덕분에 경제를 발전하기도 한다. 일석이초라는 말처럼 역사적인 유산은 이집트에서 문화적이고 경제적인 역할을 한다. 각각 나라에는 이집트 피라미드 같은 전국가를 대표하는 유산이 있다. 사람들이 자기 조상과 역사를 잊어버리지 않도록 많은 도움을 준다.

그럼에도 불구하고, 내 생각에는 국가 차원의 유산보다는 가족 차원의 유산은 더 중요하다. 왜냐 하면은 우리 직접적인 조상들 없이 전나라의 유산에 대한 지식을 얻게 될 수 없다고 믿기 때문이다. 첫번째 생일부터 세계에 대한 우리 인식을 주러 부모들이 형성한다. 그런 초기교육은 모국어도 의미하고 사랑과 행복 같은 기본적인 감정을 포함한다. 그래서 할머니와 할아버지와 의사소통 통해서만 자기 삶의 진정한 뜻을 알게 될 수 있다고 생각한다.

내 경우에는, 우리 가족에는 옛날부터 돈이 많은 사람이 없었지만 우리 조상들의 가치관 덕분에 모든 식구들은 서로서로를 존중한다는 전통이 유지되는데 오늘까지 어려운 상황에 빠진 우리 식구는 환멸하지 않고 항상 가족의 도움을 받을 것이다. 그런 개념은 물질적인 것이 아니지만 자랑할 만한 유산으로 여겨진다. 주변에는 믿을 수 있는 사람들이 있을 때만 정말 행복하게 살 수 있기 때문이다. 내 조상들이 준 그 간단한 진리 없이 나는 매일매일 소비만 하고 다른 사람들에 대한 배려를 할 줄 모를 것 같다.

옛날의 이태리어에는 "Carpe diem"이라는 말이 있다. 오늘날에 대한 생각만 하고 전에는 있었던 일은 중요하지 않다는 뜻이다. 나는 그 말과 동의하지 못하다. 과거의 성공과 실수를 다 소중한 것으로 여기고 나중에 그 경험을 활용하고 자기 유산을 당연시하지 않은 사람만 자신에 대한 만족과 용감을 느낄 수 있다고 믿는다.

유산

2015년 제2회 중·동유럽 성균한글백일장 동상
빈대학 니콜라 호프

유산은 다양한 의미가 있다. 사랑하는 가족들중에 한명이 나이가 아주 많거나 아프기때문에 돌아가시면 남은 가족들끼리 보통 유산을 나눈다. 사람의 유산은 여러 가지의 물건이나 돈이다. 가끔 사람들은 살면서 아이에게 소중하고 의미있는 물건들을 추억으로 줄 수도 있다. 나도 우리 할머니에게서 아주 오래되고 예쁜 반지를 유산으로 할머니가 돌아가시기 전에 받았다. 그 반지를 볼때마다 우리 할머니에 대한 소중한 추억들이 생각난다. 작은 물건이지만 우리 할머니에게서 받아서 나에게 무척 중요한 것이다. 그것은 유산의 장점이지. 유산은 단점도 있는데 그것은 돈 때문에 싸우는 것이다. 가족들이 돌아가시면 자주 돈을 유산으로 남으면 자주 남은 가족들이 돈때문에 싸울 수도 있다. 그러면 아주 슬픈 것 같다.

우리 아빠도 할머니가 돌아가신 후에 형과 같이 많이 싸워서 슬펐다. 결국에는 돈이 남은 가족들끼리 나눠있어서 괜히 싸운 것 같다. 사랑하는 가족이 돌아가시면 슬프니까 남은 가족들은 싸우는 대신에 다들 긍정적으로 생각하고 유산을 잘 나누면 될 것 같다. 지금까지 가족에 관한 유산의 장단점을 설명했는데 다른 의미에 대해서도 쓰면 좋을 것 같다. 세계적으로 중요하고 오래된 물건이나 건물이 많다. 물건과 건물뿐만 아니라 문화도 중요해서 보호하기위해서 세계문화유산이라는 리스트가 단들게 되었다. 예전에 큰 힘으로 만든 물건이나 지은 건물은 미래에 없어지면 아주 아쉬울 거라서 꼭 지켜야 할 것 같다. 세계적으로 많은 세계문화유산이 있지만 유명해서 관광객들도 많다. 그곳에 관광객들이 너무 많으면 나빠서 세계문화유산이 되는데도 도움이 안될 수도 있다. 아마 어떤 곳이 세계문화유산이 되면 더 유명해져서 관광객들도 많아질 수도 있다. 생각해 보니까 세상에서는 아무거나 장단점이 있지. 나도 세계문화유산을 많이 구경했다. 오스트리아의 유산을 관람할뿐만 아니라 한국에서도 다양한 세계문화유산을 보러 갔다. 예를 들면 2013년에 첫 한국여행을 했을 때 경주로 불국사를 구경하러 갔다. 그리고 작년에 한국으로 유학을 갔을 때 종묘제례도 경험할 수 있어서 아주 재미있었다. 종묘제례는 건물이나 물건이 아니지만 그래도 세계문화유산이 된다고 들었다. 전통적인 노래와 춤과 행사도 미래에 없어지지 않기 위해서 세계문화유산의 리스트가 만든 유네스코가 그런 것도 꼭 미래의 시대를 위해서 지켜야 한다고 했다. 내 생각에는 세계문화유산들이 우리 세상의 환경처럼 지켜야 한다. 사람들이 자주 어떤 것이 갑자기 없어질 때까지 그것은 얼마나 중요하는지 모른다. 세상이든 가족이든 유산이라는 것에 대해서 생각하면서 인생에 무엇이 중요하는지도 생각날 것 같다. 마지막으로 유산이라는 것은 다른 단어로 정의하면 추억이라는 뜻이다고 생각한다. 왜냐하면 유산에 대해서 생각해 보면 보통 옛날 추억이 생각나기 때문이다.

나눔

2016년 제3회 중·동유럽 성균한글백일장 금상
바베쉬-보여이대학 킬러래스쿠 알렉산드라

내 생각에는 사람들이 평화롭게 조화롭게 공존하기 위해 서로를 이해하고 서로에게 힘을 줘야 한다. 인간들은 수천년동안 계속 진화하고 사회적인 존재가 되어서 이 세상의 모든 것들을 혼자서 할 수 없는 것 같다. 사람들은 보통 다른 사람들의 도움이 필요하고 응원도 필요한다. 어떤 일을 할 때 다른 사람과 그 힘듬과 부담을 나눌 수 있는 것은 아주 중요하다고 생각한다. 하지만 그 것을 하기 위해 이해와 배려를 가져야 한다고 생각한다. 오늘날의 사람들은 독립의 중요성을 강하게 강조하고 있는 것 같다. 독립적으로 살기 원하고 자기만 생각하고 있어서 배려의 중요성을 점차 잊어버리고 있는 것 같다. 다른 사람들과 할 일을 나눌 때 그 사람의 마음을 이해해야 한다고 생각한다. 다른 사람들은 얼마나 고생가고 있는지 이해하면 도와주고 싶은 마음이 있을 것이다. 현대적인 사회는 옛날의 사회와 비교하면 훨씬 더 바쁘고 사람들이 배려가 없이 살고 있는 것 같다. 배려가 없이 사람들이 나눔의 중요성을 어떻게 알 수 있는가? 내 생각에는 오늘날의 사람들은 조금 무시하게 살고 있지만 다른 사람을 도와주고 싶은 마음이 우리의 본능인 것 같다. 인간들은 인류의 시작부터 불 근쳐에 모아서 이런 사회적인 존재가 되었다. 옛날에 남성들은 식량을 구했고 여성들은 아이와 집을 챙겼다. 이렇게 역할을 나눠서 같이 사는 것은 훨씬 더 시워졌다. 그 것때문에 오늘날의 사람들이 사회적이고 독립적으로 살고 싶지만 항상 다른 사람들의 응원과 도움을 갈망하고 있다.

그러면 왜 나눔이 그렇게 중요하고 필수적인가? 그리고 사람들이 다른 사람들과 무엇을 나눌 수 있는가? 내 생각에는 이 세상의 모든 것들을 다른 사람들과 나눈가. 예컨대 친구와 행복과 슬픔을 나눈다. 좋은 일이 생기면 내 친구와 얘기하고 싶고 좋지 않은 일이 생기면 걱정을 나누고 내 슬픔을 없애기 위해 친구가 나를 달랜다. 걱정을 할 때마다 엄마와 아빠의 응원을 받으면 기분이 좋아지고 부모님이 내 곁에 항상 계실 거라서 힘이 낸다. 다른 사람과 슬픔과 걱정을 나누는 것은 이런 대단한 힘이 있다고 생각한다.

다른 사람들과 슬픈 것과 힘든 것도 나누지만 행복과 좋은 기억도 나눌 수 있다. 여행을 가는 것, 음악회에 가는 것 아니면 재미있는 영화를 보는 것을 다른 사람과 같이 하면 더 즐겁다고 생각한다. 이 좋은 것을 함께 하면 행복한 기억을 만들 수 있고 사람간의 사이가 더 좋아질 수도 있다.

하지만 친구와 가족과 좋은 것을 아니면 슬픔을 나눌 수 있지만 모르는 사람과 그 것을 나눌 수 있다고 생각한다. 같이 일하는 사람을 도와주고 나중에 그 사람은 우리를 도와주고 싶은 마음을 가질 것이다. 이 것은 바로 사회에 사는 방법이고 공존하는 것이다. 공존하는 것이 사람들의 우선순위였으면 대부분의 사람들은 더 배려가 있게 살 것이다. 오늘날에는 어딘지 나눔이라는 것이 있지만 바쁜 사회 때문에 사람들이 나눔의 중요성을 잊어버린다. 힘들 때 어떤 사람과 얘기 해야하고 행복할 때 다른 사람을 행복하게 만들고, 도움이 필요하는 사람을 보면 무시하지 않고 도와줘야 한다. 아주 힘들 때 감정을 숨기지않고 마음컷 울고 챙피하지 않았으면 좋겠다.

우리가 사람이라서 다른 사람에게 우리 감정을 보여주고 그 사람의 마음도 이해기 위해 노력해야 한다고 생각한다.

나눔

2016년 제3회 중·동유럽 성균한글백일장 은상
소피아대학 안드레에바 이리나

이 세상에서는 모든 일을 자기 스스로만 할 수 있는가? 나이가 들면 들수록 혼자서 여러 가지 문제를 어떻게 풀 수 있는지 배울 수 있지만 많은 일을 친구나 가족의 도움이 없이 할 수 없다.

인류의 역사에서는 나눔은 제일 중요한 것들 중에서 하나다. 먼 옛날에는 사람과 사람 사이에 나눈 것을 인해 첫 집단이 생겼다. 그 때부터 현대인 21세기까지 인간이 나눔을 없이 살 수 없다고 생각한다.

나눔은 어떤 것인지, 그리고 왜 필요한지 알고 싶으면 먼저 다른 사람과 어떤 것을 나눌 수 있는지 알아야 된다.

첫번째로 시간이나 물건을 나눌 수 있다. 어떤 것이든지 다른 사람과 나누면 둘이 사이에 애착이 간다. 어떤 사람이든지 같이 시간을 보내면 적어도 항상 친해질 것이다. 낯선 사람이라도 자기 물건이나 돈을 빌리거나 같이 사용할 때 애착이 간다. 내가 외국인인데 한국인의 특성인 정이란 느낌을 배워서 정이 바로 나눔으로써 든다고 생각한다. 매일 같은 버스를 타거나 교실에서 옆자리에 있거나 직장에서 똑같은 복사기를 쓰는 사람의 이름을 모르는데도 바로 그 매일 나누고 있는 것 때문에 애착이 느낄 수 있다.

그리고 전 세상에서는 제일 빨리 친해지는 것은 내 생각에는 바로 식사를 나누기다. 불가리아에서는 전통적으로 낯선 손님이 오면 주인은 그들에게 빵과 서금을 주고 같이 먹으며 친해진다. 거의 모든 사람들은 혼자보다 가족이나 친구와 함께 식사하기를 선호하고 데이트를 할 때 항상 식당이나 커피숍에 간다. 그 이유는 음식을 나눌 것은 제일 빨리 친해지는 방법이라고 생각한다.

두번째로 자기 물건보다 자기 생각을 이야기로 나누는 것은 제일 중요하다고 생각한다. 인류의 역사를 살표보면 모든 훌륭한 기술이나 기계들은 한 사람만 만든 것이 아니라고 깨달을 것이다. 예를 들어 불가리아에서 쓰는 키릴 글자는 형제인 키릴과 메토디 함께 창조했다. 그런데 생각을 나누는 것은 기계나 기술의 발전에 좋을 뿐만 아니라 개인적 문제를 풀려야 할 때 큰 도움이 된다. 왜냐하면 남의 의견이나 생각을 들어서 문제를 결정할 방법을 더 쉽게 찾을 수 있기 때문이다. 결정할 방법을 못 찾아도 자기 문제나 고민을 나누면 마음이 편해진다. 불가리아에서는 "나눈 고민은 반 고민이다."라고 한다.

셋번째로 많은 사람들은 현대인들이 인터넷은 때문에 옛날보다 나누는 것은 적다고 하는 반면에 내 생각에는 바로 인터넷으로 제일 많은 것을 나눌 수 있다. 인터넷에서 무명으로 자기 고민에 대해서 말할 수도 있고 자기와 똑같은 의견을 가진 사람을 쉽게 찾을 수도 있어서 인터넷은 나눔을 편해진다.

우리 모든 사람들은 사회적 동물이니까 좋은 것도 나쁜 것도 나눌수 없이 살 수 없다. 물건이나 시간이나 기쁜 생각이나 고민이나 나눔을 우리 인생을 편해진다

나눔의 힘

2016년 제3회 중·동유럽 성균한글백일장 동상
에르지예스대학 괵수 엘리프

나눔이라는 것이 사람과 사람 사이에서만 있는 것이 아니다. 사람과 자연 사이에서도 버러질 수 있는 것이다. 사람 사이에서 버러지는 나눔을 생각하면 무서워하는 사람들도 많다. 나누면 나눈 만큼 거둬 될지를 모르고 나눈 만큼 잃는다고 생각하기 때문이다. 그 생각이 틀리다고 본다. 그런 사람들이 나누는 것이 사물이면 그 순간에 나눈 만큼을 잃었다고 생각할 수 있지만 오히려 나누었던 사람에게로 더 큰 도움이나 사물을 받게 될 수도 있다. 세상은 예상할 수 있는 것이 아니다. 사람과 자연 사이에서 나눔은 조금 더 다르다. 자연을 말을 할 수가 없지만 계절로 따뜻함을 줄 수 있고 가을이 되어 눈물로 너의 슬픔을 나눌 수 있다. 자연의 눈물은 비다. 자연의 나눔은 사물이 아닌 감정이다.

나에게 나눔은 많은 방법을 가지고 있는 것이다. 교환 학생으로 한국에 갔을 때 깨달았던 것 중에 하나다. 가기 전에 나눔은 나에게 사람과 사람 사이에서만 있을 수 있는 것이었지만 가고 나서 그 생각이 바꾸었다. 사람 사이에서 버러지는 것도 나눔이 맞지만 자연과의 나눔을 처음으로 경험해보았다. 언니를 아주 보고싶어서 우리 전남대의 호수로 가서 울며 마음속에 있는 슬픔을 털어놓았었는데 신기하게도 속이 시원해진 것을 느꼈었다. 그 때는 "호수도 나의 감정을 나누며 나에게 희망을 견딜 수 있는 힘을 주구나"라고 생각을 했었다. 그 후에는 언제나 슬픈, 행복한 일이 생기면 가서 호수에게 이야기 했다. 호수도 반갑게 나를 보고 있는 것 같았다. 물론 이런 나눔 뿐만 아니라 사람과의 나눔도 여러번 경험해왔다. 그중에 기억에 남는 하나는 가나인 친구와 했던 나눔이다. 내가 그 친구의 한국어 발음을 많이 고쳤고 그 친구도 나에게 고급스러운 단어를 많이 알려주었다. 이 나눔 덕분에 서로 서로의 한국어를 늘게 했고 좋은 추억들도 가지며 좋은 우정을 거두었다. 내가 지금까지 썼던 내용이 바다같이 깊은 뜻을 가진 나눔이라는 단어의 작은 한 부분인 것을 알고 있다. 나눔은 두명에서 시작 되는 것이지만 사람들이 모여 단체나 나라 사이에서도 문화적인 나눔도 일어나는 것이다. 우리가 여기까지 오는 것도 지금 이 대회에 참가하고 쓴 이 글까지 나눔이 아닌가?

위에 있는 모든 이야기도 포함하여 나눔은 한 마디로 잃음이 아니라 힘이다. 사람이 있으면 나눔이 있고 나눔이 있으면 힘이 있는 것이다. 그래서 원래 나눔은, 보통 사람들이 생각하는 대로 잃음이 아니고 벌음이다. 이 것을 모르는 사람이 많지만 벌면서 느끼는 보람이다. 나눔은 사람과 사람의 중심이다.

함께 하는 삶

2018년 제4회 중·동유럽 성균한글백일장 금상
빈대학 밀레나 노비

"요즘 조금 힘들어 보이는데 무슨 일이 있어?"

선생님이 나에게 하신 이 한마디를 듣고 더 이상 참을 수 없었다. 눈물이 흘려 내렸다. 그 순간까지 쌓여 있던 힘든 순간들의 기억과 감정들이 떠올랐기 때문이다. 나는 교환학생으로 한국에서 공부하고 있었는데 혼자서 낯선 나라에서 사는 게 생각보다 힘들었다. 친한 친구가 없어서 외로웠다. 한국말 실력이 부족해서 친구를 사귀기도 어려웠다. 고향에 있는 사랑하는 사람들이 보고 싶어서 슬프기도 했다. 그런데 나에게 괜찮냐고 물어봐 줄 사람이 없어서 계속 참고 울지도 못 했다. 선생님이 나에게 무슨 일이 있냐고 물어 보셨던 그 순간까지. 그때는 드디어 울었다. 그리고 이야기를 하면서 스트레스도 풀리고 걱정도 점점 사라지기 시작했다. 선생님이 잘 들어주고 위로해 주셨다. 그래서 그 날에 헤어지고 나서 집에 갔을 때는 마음이 정말 가벼웠다. 선생님께 감사하며 나도 선생님처럼 다른 사람을 도와주는 사람이 되고 싶다는 생각도 들었다.

인간이 힘들 때 계속 혼자 있으면 더 힘들어지는 사실을 그 경험을 통해서 깨달았다. 마음을 열고 이야기를 나눠 봐야 위로를 받을 수 있는데 대부분 사람들이 그것을 왜 잘 못 하는 걸까? 다른 사람 앞에서 힘들다고 하는 걸 나한테 왜 그렇게 어려운 일이었을까? 이유가 여러가지 있을 것 같지만 그 중에 하나는 다른 사람에게 부담이 될까 봐 걱정했기 때문이다. 모든 사람이 다 힘든데 내가 나의 문제에 대해서 이야기하면 듣는 사람의 문제에다가 추가될까 봐 걱정했다. 그러나 지금 생각해 보니까 나의 문제는 나의 문제고 남의 문제는 남의 문제다. 그리고 둘이 힘들면 서로 이해해 주고 도와줄 수 있어서 나누는 것은 좋은 것이다.

그런데 사실 선생님과 했던 대화까지 계속 혼자서 참고 있었던 이유는 부끄럽고 무서웠기 때문이다. 나는 힘들 때도 있지만 항상 괜찮은 척해서 다른 사람에게 내 진짜 마음을 보여 주기가 무섭다. 나의 약하고 단점이 많은 모습을 보고 나를 판단하거나 거절을 할까 봐 걱정된다. 그런데 또 깨달은 것은 다른 사람도 나처럼 무서워한다는 것이다. 그리고 우리 스스로 아무리 약하고 잘못 된 사람이라고 생각하더라도 서로 이해해 주고 위로해 주고 격려해 주면 강한 사람이 될지도 모른다. 그래서 나는 앞으로 다른 사람 마음의 모습 그대로 받아드리고 사랑하고 도와 줄 사람이 되도록 노력한다. 선생님처럼 먼저 괜찮냐고 물어 보는 사람이 되겠다. 혼자 하는 삶은 힘드니까. 함께 하는 삶은 가장 아름다운 삶이니까.

함께하는 삶

2018년 제4회 중·동유럽 성균한글백일장 은상
튀빙겐대학 도미닉 푀르트너

칼바람이 불고 있는 현대사회에서 다수의 사람들이 무엇보다 돈과 성공을 중요하게 여기게 돼 버렸다. 어린 연령부터 나중에 반드시 성공하겠다는 생각을 들며 다수의 현대인들의 성격이 점점 이기적으로 변화한 것 같다. 대학, 취업을 비롯한 어려움들을 혼자서, 스스로 그리고 타인의 도움없이 이겨 내야 한다는 생각이 흔히 볼 수 있는 현대인들의 현상이 되었다. 이 이유로 많은 사람들이 함께하는 삶의 기쁨과 행복을 잊어 버리게 되었다고 본다.

솔직히 나 또한 그랬다. 어릴 적부터 부모님과 함께 살며 자랐는데 함께 사는 것은 행복보다 짜증이 날 때가 더 많은 것 같았다. 이제 혼자서 대학에 다니면서 내 생계를 유지하게 되면서부터 그 전에 짜증만 났다는 이유를 깨달았다. 함께 하는 삶의 가치가 나에게 당연했기 때문이었다. 그 당시에 태어날 때 부터 한번이라도 혼자 살아 본 적이 없었던 상황이라서 늘 옆에 있어 줄 사람, 힘들 때도 내 곁을 떠나지 않는 사람이 있다는 것의 가치를 전혀 알 수 없었다. 하지만 부모님뿐만 아니라 나는 살면서 친구가 없을 때도 거의 없었다. 그러나 고등학교를 졸업하고 나도 친구들도 각각 본인이 정한 인생의 길을 걷기 시작했기 때문에 원래 함께 걷고 있었던 그 길이 자연스럽게 나누어졌다.

늘 바쁘고 정신이 없게 살고 있는 우리 사회에서 따라서 많은 사람들이 새로운 인연을 맺기에도 어려움을 겪고 있는 것 같다. 요즘 인연들이 쉽게 맺어질 만큼 사람들이 헤어지게 되기 때문이라고 생각한다.

일만 중심으로 살고 있는 선진국 사회에서 출산과 가족생활을 비롯해서 과거부터 사람들이 가장 소중해 왔던 가치들이 대부분의 현대인들에게 이익을 얻을 수 없는 걸림돌뿐만 아니라 아예 귀찮아진 것 같다. 다수의 직장인들이 빨리 승진하여 돈만 잘 벌면 행복해지겠다는 생각을 자주 가지고 있지만 그 목표에 달성해서 마음의 외로움을 겪게 된다.

뿐만 아니라 위에서 이야기 한 과정으로 인해 독거노인을 비롯한 사회적 문제들이 더욱 심화될 것이다. 혼자 살면서 그 것에 익숙한 분들이 아무 할 것도 없게 매우 외로운 삶을 보내게 돼 버린다는 것이 현대 사회의 아쉬운 사실이다.

그렇다면, 무엇보다 사랑을 받기를 원하는 현대인의 마음의 문제를 해결할 수 있는 방법이 무엇일까?

나에게 있어 솔직히 굉장히 어려운 질문뿐만 아니라 아무리 생각해 보아도 모든 문제들을 해결하는 답은 없겠다.

내 생각에는 간단하게 시작하면 된다. 오랜만에 못 본 친구에게 만나자고 통화하거나 부모님의 집에 들려 드리거나 취미 생활을 하면서 새로운 인연을 맺으면 된다. 그러나 무엇보다 무조건 성공해야 한다는 생각을 버리고 삶의 목표는 행복하게 산다는 것이라는 것을 새롭게 파악해야 한다고 생각한다. 동물들처럼 인간들이 혼자 살 수 없는 존재이기 때문이다. 아무리 돈이 많아도 나눠 즐길 수 있는 사람이 없으면 무슨 소용이 있겠는가?

나만 이렇게 생각하는지 궁금하기에 친구들의 의견들을 들어봤더니 친구들도 마찬가지로 나와 같은 생각을 가지고 있다고 했다. 그러나 그들의 의견에 따르면 인간들이 이렇게 민감해진 이유는 타인과 함께 하는 삶의 기쁨과 행복보다 상처를 받기가 싫기 때문이라고 한다면서 현대인들의 이 문제를 해결하는 것은 말만 쉽다고 많이들 했다.

우리는 돈이 많아야, 과학기술이 발전해야 인간이 행복해질 수 있다고 자꾸 생각하게 되었데 아프리카를 비롯해서 많은 지역에 오늘날까지 2000년 전의 자연의 삶을 사는 인간이 존재한다. 우리는 그런 사람을 자꾸 불쌍해 하지만 그들의 얼굴 표정을 보면 미세 먼지 때문에 마스크를 써야 외출하는 현대인들보다 밝게 웃고 행복해 보인다. 그들이 아마 우리보다 행복한 삶의 비결을 더 잘 이해한 것 같다.

나 또한 앞으로 나만을 위주로 생각하며 살고 있는 사람보다 함께하는 삶의 즐거움을 느낄 수 있는 사람이 되려고 노력할 것이다.

얼마 전에 친구들과 오랜만에 모일 때 매일 우리만 모일 수 있는 곳이 있다면 좋겠다고 많이들 했다. 나는 그래서 장난으로 “취업하지 말고 우리 전용 식당을 하자”라고 한 말이 기억난다. 놀랍게도 다들 그걸 함께 했으면 좋겠다고 했지만, 반드시 취업해야 되니까 말만 쉽다는 말도 함께 했다.

맞다. 말만 쉬운데 현대인들이 함께하는 삶의 가치를 다시 느끼며 살 수 있도록 다들 노력했으면 좋겠다 본다. 단순하게 남의 고민을 들어주거나 같이 놀러 다니거나 가볍게 통화하기. 시작이 반이다.

함께하는 삶

2018년 제4회 중·동유럽 성균한글백일장 동상
모스크바국립외국어대학 안나 비군

햇빛이 비치는 것. 마음껏 크게 웃는 것. 소소한 이야기를 하면서 식사를 하는 것. 이런 일상적인 일을 즐길 수 있는 순간은 바로 일을 함께할 때이다.

내 생각에는 사람이 삶을 혼자서 사는 것은 너무 어려운 것이다. 왜냐하면 사람들이 행복한 삶을 살기 위해서 자기 감정을 반드시 나누는 필요가 있기 때문이다. 행복한 날에도, 슬픈 날에도 우리는 모두 다 곁에 있고 응원하는 사람이 한명이라도 있어야 있는 것 같다.

나에게 "함께하는 삶"이라는 표현은 의미가 아주 깊다. 내가 내성적인 사람이라서 어렸을 때부터 친구를 사귀는 것은 너무 어렵고 성격이 밝은 아이들을 볼 때마다 "나도 다른 사람들과 함께 고민 없이 대화를 나눌 수 있었으면 얼마나 좋을까"라고 생각했다. 다른 아이들이 나에게 먼저 이야기를 해도 나는 왠지 다른 사람들이 나와 친해지고 싶어할 리가 없었다고 생각했기 때문에 아무 말을 안 했고 상대방의 말을 못 들은 척을 해 그냥 다른 곳에 도망가는 버릇이 있었다. 그런 습관이 생긴 이유는 초등학교 때의 일이었다. 나는 머리가 빨간 색이고 곱슬곱슬하다. 그리고 내 엄마는 나에게 항상 이런 말을 하셨다. "우리 딸은 머리가 예쁘고 특별해. 남들이 이런 머리를 가지고 싶어해도 이런 예쁜 색깔이 절대 안 나올 거야.” 그런데 내가 초등학교를 다니기 시작했을 때 내 방친구들이 이런 좋은 말을 하지 않았고 오히려 내 머리 때문에 나를 놀렸다. 그래서 그때부터 다른 사람들이 나를 좋아하지 않았고 믿었다. 초등학교 때 친구가 한 명도 없었고 이런 슬픔으로 가득한 마음으로 초등학교를 졸업했다. 그런데 중학교 때 일어난 일 덕분에 내 삶은 바뀌었다. 새로운 중학교에 입학한 후 새로운 방친구들과도 처음으로 소통을 잘 안 했다. 그런데 어떤 날에는 내가 학교 수업 후 집에 가는 길에 무서운 개를 만났다. 그 개가 갑자기 나에게 가서 바지를 물었고 낳고 싶지 않았다. 이런 무서운 개가 내 눈 앞에 있어서 너무 두렵고 울기 시작했다. 그때 지나가는 사람들이 많았는데 모두 다 시치미를 떼 아무도 나에게 도와 주지 않았다. 그런데 어떤 순간에 내 방친구가 나타나 소리를 크게 지르면서 개를 방향해 가까워졌다. 개가 내 방친구의 모습을 무서워해서 내 바지를 낳고 도망갔다. 내 방친구는 내 손을 잡고 이런 말을 했다. “혼자서 사는 것은 불가능해. 모든 사람들이 도움이 필요한 시기가 있어. 그래서 혼자서 다니지 말고 우리랑 같이 친해지자!” 나는 이런 감동적인 말을 들은 순간에 눈물이 났다. 나와 친해지고 싶은 사람이 있다는 것은 상상도 못 했고 내가 평생 친구없이 살 줄 알았다. 그런데 이 방친구의 말 덕분에 나는 변화할 수 있어서 지금도 고마움을 느낀다. 이 사건 발생한 다음 날에 이 방친구가 다른 친구들과 친해지기 도와 줘서 우리는 다 같이 대화를 나눠서 점점 서로를 알게 됐고 며칠간에 모든 방친구들과 관계가 상당히 좋아졌다. 우리는 다 서로를 응원했고 우리 중에 한명이라도 힘들 일이 있었을 때 그 친구를 무시하지 않았고 도움이 되도록 최선을 다했다. 시간이 많이 지나도 나는 중학교 친구들과 연락을 한다. 그 친구들 덕분에 아무도 혼자서 있는 것이 아니라고 깨달아서 그 친구들은 내 인생에서 제일 소중한 친구들인 것 같다. 내가 이제 성인이 되서 이 경험 덕분에 나도 다른 사람들에게 할 수 있는 만큼 도와 주고 쉽게 친해질 수 있다. 그래서 삶을 함께 하는 것은 너무 중요하다고 믿는다.

성균 한글 백일장 수상자 소감

성 균 한 글 백 일 장

2 0 0 7 ~ 2 0 1 8

10 여 년 의 기 록

수	상	자		소	감

나원

제1회 중국 성균한글백일장 은상 수상

안녕하세요. 저는 나원이라고 합니다.

고향은 중국의 강서성 남창시입니다.

고등학교 때부터 한국 문화와 사회에 대하여 관심이 많았기 때문에 광동성 광주시에 있는 광동외어외무대학교 한국어학과에 2003년 9월에 입학하여 2007년 7월에 졸업을 하였습니다.

대학교 시절 한국어를 전공하면서 더 깊게 한국어를 공부하게 되었고, 다양한 한국의 문화를 체험하고자 3학년 때 부산으로 가서 1년 동안 교환학생으로 공부하였습니다.

4학년 때 다시 중국으로 돌아가 마지막 학업을 준비하던 중 졸업 무렵 학교의 추천을 받아 2007년 6월 베이징에서 성균관대학교가 주최하는 '제1회 성균한글백일장'에 참석하여 은상을 받았습니다. 그때 백일장의 주제는 '소중한 인연'이었습니다.

저는 어렸을 때부터 글쓰기를 좋아하고 글이 사람의 마음을 움직이는 힘이 있다고 생각해왔습니다. 제가 제 글을 사랑하니 글이 저에게 보답이라도 한 듯이 이번 '소중한 인연'이라는 글 덕분에 제 인생이 변화된 것 같습니다.

그래서 작년 10월에 성균관대학교의 초청을 받아 서울로 오게 되었고 서울 문화 탐방과 '성균인의 날'이라는 학교의 큰 행사에도 참석하게 되었습니다.

그리고 2008년 3월에 정식으로 성균관대학교 무역학과 석사과정에 입학하게 되었습니다.

이미 부산에서 1년 동안 한국 생활을 해보았기 때문에 서울에서 생활하는데는 그다지 문제가 되지 않았습니다. 전공 공부를 하면서 어려움이 있었지만 인자하신 교수님을 비롯하여 친구들이 저에게 많은 힘이 되었습니다.

그리고 그 친구들 덕분에 서울 지리와 한국 문화에 대해서도 더 많이 알게 되었습니다.

지금은 좀 많은 것을 배울 수 있는 기회를 얻어 학교 사무실에서 학업과 일을 병행하고 있습니다. 이것은 학교 학업만이 아닌 앞으로의 사회 생활에 대한 준비과정으로 생각하며 열심히 생활하고 있습니다.

이렇게 저는 저의 글 덕분에 한국에서 생활할 수 있는 기회와 많은 친구를 만날 수 있는 기회 그리고 한국 사회를 좀 더 자세히 알 수 있는 기회를 얻었습니다.[2008. 10.]

수	상	자		소	감

아이게름 아이다로바

제1회 중앙아시아 성균한글백일장 금상 수상

안녕하세요! 성균한글백일장을 통해 성공한 아이게름입니다.

저는 1988년 카자흐스탄 알마티에서 태어났고 중학교 때부터 외교관을 꿈꾸기 시작했습니다.

외교관이 되려면 무조건 영어를 잘해야 된다고 생각을 했고 학교에서 영어를 열심히 공부했습니다. 하지만 그냥 영어를 잘하고 세계 역사를 잘 아는 외교관보다 특정 지역을 전문하고 흔하지 않은(?) 언어를 잘하면 경쟁력을 가질 수 있다고 생각하고 한국어를 배우기로 결정했습니다.

그렇게 알마티의 국제관계 및 세계언어대학교 한국어과에 입학하게 되었습니다. 대학교 시절 카자흐스탄 국영방송국에서 한국 드라마를 번역하는 아르바이트를 했고 그중 '주몽' 드라마의 시청률이 제일 높았습니다.

어느 날 학교에서 제1회 중앙아시아 성균한글백일장이 개최된다는 공지를 보게 되었습니다. 처음에는 나보다 한국어를 잘하는 아이들이 얼마나 많은데, 나중에 괜히 상 못 탄다고 슬퍼할 거라고, 참석 안 하기로 하다가 결국 도전해 보기로 했습니다. 놀랍게도 1등을 하게 되었습니다. 신은 신비스러운 방법으로 움직인다는 말이 있듯이 갑자기 한국의 명문대학교 성균관대학교에 게다가 오래전부터 목표로 둔 정치외교학과에 입학하게 되었습니다.

성균관대학교는 나의 특별한 기억이 남아 있고 아주 특별한 곳입니다. 그

때의 캠퍼스 생활과 학교 시절을 생각하면 가슴이 아직도 두근거립니다. 그 때 정말 내가 한국 문화를 한국 사회 안에서 지켜보고 직접 경험할 수 있었습니다. 선배의 배려심, 후배의 공경이 무엇인지 알 수 있었고, 교수와 학생 간의 관계, 유니티라는 말의 의미를 알게 되었습니다.

언어 장벽이 있어 종합시험 때문에 힘들어하고 있는 내 모습을 본 선배들이 먼저 다가와 수업을 설명하고 가르쳐줄 때 처음에 많이 놀랐습니다. 다들 바쁘고 다른 사람한테 관심조차 없어진 이 시대에 이런 문화가 있다니…. 배려심… 이것이 바로 한국이 잘 간직해야 하는 가치 중 하나입니다.

한국인들은 정이 얼마나 많은지 모릅니다. 이 점에서 카자흐 사람들하고 아주 비슷한 것 같습니다. 또한 손님을 대접하는 문화도 굉장히 아름답습니다. 한국 친구들 덕분에 이 나라에서 외국인이었던 나는 추석, 설날 같은 명절에 다른 외국인들이 서울에서 웬만한 가게가 문을 다 닫는 바람에 고생하고 있을 때 나는 한국 친구 친척들 집에도 가보고 추석에는 맛있는 것을 먹고 설날 때는 세뱃돈까지 받아봤을 정도로 한국 문화를 직접 경험해 봤습니다.

그리고 학교 연구실에서 공부했던 시절이 가장 기억에 남았습니다. 선후배들하고 같이 공부하고 점심, 저녁까지 같이 먹고, 그들처럼 슬리퍼까지 신고 다니고 정말 한국 사회의 일부가 될 수 있었습니다. 밤에 공부했을 때 배고파 피자를 시켜 먹고, 스트레스가 쌓일 때 노래방에 가서 신나게 노래 부르며 스트레스를 풀었던 날들이 기억에 남았습니다. 특히 겨울날에는 밤새 연구실에서 공부하고 새벽에 집에 뛰어가는 길에 성균관대학교 정문에서 24시간 영업하는 분식점에서 어묵 국물과 떡볶이를 먹는 일을 좋아했습니다. 그 맛도 나에게 아주 특별했습니다.

무엇보다 성균관대학교에서 주몽 드라마 주인공 송일국 씨하고 만나게 해줬습니다.

이런 기억들을 떠올리면 '중앙아시아 성균한글백일장' 행사에 참석하게 된 것이 얼마나 감사한지 모릅니다. 제가 만약 백일장에 참석을 안 했다면, 도전도 안 하고 포기했다면 어떻게 되었을까요? 과연 이런 아름다운 한국 생활을 경험해 볼 수 있었을까요?

성균한글백일장에서 수상을 하고 나서 학비가 면제되었습니다. 나머지 비용은 카자흐스탄 대통령 '보라샥'에서 해결해 주었습니다. 그렇게 제가 한 푼도 쓰지 않고 유학을 하게 되었습니다.

내가 석사를 마치고 카자흐스탄으로 돌아갈 때 교수님이 '금의환향'이라고 하신 적이 있습니다. 눈물 날 정도로 옆에 계셨던 모든 분들께 감사했습니다.

외교관이라는 직업은 두 나라 사이의 다리 역할을 하는 사람인데 학교 시절 경험했던 한국 생활이 많은 도움이 되고 있습니다. 한국 사람이 주장하는 것을 쉽게 이해할 수 있고 또 대화가 잘 이뤄지는 것 같습니다. 카자흐스탄과 한국은 협력의 잠재력이 아주 크다고 생각합니다.

앞으로 제 이름이 '한반도', '한국'이라는 단어들과 같은 의미를 갖는 한반도 전문가가 되고 주한카자흐스탄 대사가 되는 것이 나의 꿈입니다. 앞으로도 양 국가의 우호관계가 더더욱 깊어질 수 있도록 최선을 다하고 노력하겠습니다.

성균한글백일장은 신이 나에게 주신 선물이 되었습니다.

모교의 성공과 번영을 기원하며

아이게름 아이다로바 드림

신 이리나

제1회 중앙아시아 성균한글백일장 동상 수상

드디어 대학교 종강을 앞두고 카자흐스탄에서 졸업을 준비했을 때였다. 하지만 학부과정을 무사히 마쳤다는 것에 기쁨도 잠시, 인제 앞으로 할 일을 선택해야 된다는 걱정이 현실로 다가왔다. 다른 졸업생들과 마찬가지로 아르바이트 생활을 하거나 일반 사무원으로 취직하거나 대학원에 진학하는 것을 선택할 수 있었다. 일자리를 구하면 마침내 모든 것으로 자신을 제한해야 하는 학생생활에서 벗어날 수 있으며, 또한 독립하는 것이 우리 집에도 많은 도움이 될 것 같아서 아주 매력적인 선택이었다. 그럼에도 불구하고 나는 항상 교육의 중요성에 대한 부모님의 말씀을 기억하고 있었다.

바로 그때 성균관대학교에서 주최하는 성균한글백일장 대회가 처음으로 카자흐스탄에서 열렸다. 운 좋게도 이 프로그램을 통해서 한국에서 유명하고 인정받은 대학에서 공부할 수 있는 기회를 받았다. 그러나 대부분 친구들은 취업하는 것이 더 합리적이라고 조언을 하곤 했지만 온 힘을 다해 한번 공부해 보고 싶은 마음이 커서 진학하기로 결심했다.

한국에서 생활하는 것이 나에게 새로운 도전이었다. 한편으로는 대학원에서 공부하기 어려웠고, 또 다른 편으로는 완전히 다른 문화를 가진 한국에서 적응할 필요가 있었다. 학부와 대학원 전공이 다르고 나의 영어 실력이나 갖고 있던 지식 수준도 부족한 상태였다. 그러므로 새로운 전문 지식과 정보를 빨리 습득하는 것이 중요했다.

매일 도서관에서 혼자서 공부하는 것보다 공동과제나 그룹 발표를 다른 학생들과 함께 준비하면서 상부상조 원칙대로 배우는 것이 훨씬 효과적이다. 빠른 속도로 언어 실력과 지식수준이 늘어날 수 있었을 뿐만 아니라 다양한 국가 사람들과의 의사소통 능력도 실질적으로 늘어난 것 같다. 졸업논문도 나에게 외국어인 한글로 써서 합격하는 것이 옛날에는 꿈같은 일이었지만 결국 끈기만 있으면 모든 것이 가능하다는 것을 깨닫게 되었다.

학교 외 은행, 관광지, 여러 생활시설을 방문하면서 한국 생활 방식에 적응하려고 노력하는 도중에 가장 어려웠던 것은 문화적인 차이였다. 그러나 비슷한 어려움을 겪고 있는 세계 곳곳에서 온 외국인 학생들을 보면서 마음이 좀 편안해졌다. 외국인이 한국에 와서 겪을 수 있는 문화적 차이를 중요하게 여기고 함께 이해하고 조금씩 배워 나갔다. 나의 대학원 성공에 회의적 의견을 가진 옛날 친구들도 많았다. 외국인이 적응하기 힘든 보수적인 나라라고 말했다. 그러나 나는 새로운 환경에서 공부에 전념할 수 있는 분위기에 몰입하여 새로 만난 사람들을 이해하려고 노력하면서 적응 과정을 거쳤다. 결국 가장 갑작스러운 상황에서 도와주고 필요할 때마다 달려왔던 새로운 친구들을 많이 만났다.

또 다른 어려움은 예전에 카자흐스탄에서 받은 교육과 사고방식의 차이였다. 문화적 맥락으로 볼 때 같은 문제를 다양한 방법으로 해결할 수도 있으며, 또한 같은 현상이 다르고 다양한 특성을 가진 문제를 야기할 수도 있다. 일어나는 현상이나 사건에 대한 다양하고 어떨 때 놀랍게도 만드는 익숙하지 않은 시각과 문제를 해결하는 새로운 방법들을 다시 배워야 했다.

사실은 힘든 과정이었다. 다른 학생들이 나보다 훨씬 빨리 이해하고 나보다 더욱더 잘하는 것처럼 느꼈다. 그러나 장기적으로 볼 때 내가 원하는 것을 찾아 고생 끝에 보람이 있다는 말을 경험했다. 어떤 것을 여러 관점에서 살펴볼 수 있는 능력을 갖춰 문제가 생길 때 이의 특성을 더 잘 이해하고 최적의 적절한 해결책을 찾을 수 있게 되었다.

한국에서 유학한 것은 세상을 완전히 다른 시각과 각도로 바라볼 수 있게 만들었다. 그동안 정말 좋은 사람들을 많이 만났다. 그리고 지금 뒤돌아볼 때 내가 올바른 선택을 했다고 생각하고 있다. 처음에 기초지식도 부족했던 내가 배우고 나서 자신감 있는 인재로 성장한 것 같다. 교육은 사람들 간의 경계를 깨고 갈등을 해결하는 강력한 효과를 가지고 있다고 생각한다. 한국에서 공부한 시간은 나에게 유익하고 놀라운 경험이 되었다. 한글을 사랑하는 다른 외국인 학생들도 성균한글백일장을 통하여 이러한 경험을 하기를 간절히 바란다.

지금은 결혼도 하고 가정을 꾸리고 있다. 내가 힘들게 쌓은 중요한 지식을 우리 자식들에게 전해주려고 노력하고 있다. 앞으로 전 세계에서 모든 어린이가 좋은 교육을 받을 기회를 만날 수 있었으면 좋겠다.

수 상 자 소 감

조 옐레나(성대 신문방송학과 석사과정)
제8회 중앙아시아 성균한글백일장 금상 수상

저는 어렸을 때부터 한국어에 애착을 가지고 있었습니다. 그래서 한국어를 전공으로 선택했습니다. 하지만 제가 처음부터 한국어에 능통했던 것은 아닙니다. 대학교에 입학하기 전에는 한국어로 쓰인 간판을 읽을 수도 없었지만, 한글 자모부터 시작해서 단어를 외우고, 글을 읽고 쓰며 4년 동안 노력했습니다. 그 결과 2016년 제8회 성균한글백일장 대회에서 금상을 받은 저는 예전에는 상상도 할 수 없었던 표현도 구사할 수 있습니다.

성균한글백일장 대회 이야기는 처음 대학교 교수님께 들었습니다. 그때 사실은 자신이 없어서 대회에 나갈 생각이 하나도 없었습니다. 하지만 교수님께서 항상 저에게 도전해야 한다고 말씀하셔서 그 말씀을 따라 대회에 나가게 되었습니다. 글을 쓸 때 저는 솔직하게 제 이야기를 썼습니다. 대회가 끝나고 나서 같이 참여한 친구들과 이야기를 나눴는데 친구들이 썼던 이야기를 듣고 저는 상을 받을 기대를 아예 안 했습니다. 하지만 감사하게도 상도 받게 되었고 성균관대학교 대학원에 입학하게 되었습니다.

이제 저는 성균관대학교 대학원 신문방송학과에 진학하여 방송 및 문화산업에 대해서 공부하고 있습니다. 미디어가 현대사회에 미친 영향력은 대단하며, 정치, 경제, 사회, 문화에 거대한 영향력을 행사하고 현재를 살아가는 우리에게 가장 중요한 일부분입니다. 미디어 발전과 인간 관계를 연구하여 현재의 인쇄 정책과 TV로 대표되는 전자미디어를 공부하고 있습니다. 성균관대학교 대학원에서의 공부는 제가 이러한 분야의 전문가가 되는 것에 큰 도움이 될 것 같습니다.

저는 예전부터 런닝맨 팬이었습니다. 7년 동안 1회부터 한 회도 빠짐없이 봤습니다. 제가 본 첫 한국 예능 프로그램이었는데, 의외로 외국인 팬이 많이 생겼고 프로그램이 잘 구성되어서 멤버들도 시청자들도 즐기는 것이 인상 깊었습니다. 그런데 카자흐스탄에는 이러한 예능 프로그램이 전혀 없다는 사실이 다가왔습니다. 카자흐스탄은 130여 개 민족이 함께 살고 있는 다문화 국가이고 지역별로 다양한 언어, 문화, 전통, 사고방식이 존재합니다. 카자흐스탄에도 한국처럼 이러한 예능 프로그램을 만든다면 카자흐스탄만이 가진 매력을 강조할 수 있을 것 같습니다. 이것이 바로 제가 성균관대학교 신문방송학과를 선택한 이유입니다.

성균관대학교 대학원을 졸업한 후에 저는 본국으로 돌아가서 카자흐스탄의 방송 분야를 세계로 알리기 위한 예능 프로그램을 구상하고 싶습니다. 카자흐스탄은 방송 분야가 잘 발전되지 않은 나라입니다. 카자흐스탄은 매우 크고 한 나라에 바다, 산, 사막 등과 같은 자연적으로 다양한 아름다운 관광지와 유적지가 있는 나라입니다. 그래서 예능 프로그램을 여기저기 촬영하면서 카자흐스탄만의 미를 보여 주고 시청자들을 웃기게 해서 일석이조입니다. 시청자들에게 매력적으로 다가가기 위해서는 단순히 대본대로 쇼를 보여 주는 것이 아니라 카자흐스탄 자연의 아름다움도 보여 주고, 많은 민족들의 문화도 알려 주고, 웃겨 주고 진심으로만 다가가는 프로그램을 만들고 싶습니다. 그리고 성균한글백일장 대회를 통해 성균관대학교 대학원에서 공부할 수 있는 기회를 얻은 것이 제 꿈을 이루는 데 밑거름이 되었다고 말할 수 있었으면 좋겠습니다.

수	상	자		소	감

이자트 아이다(성대 국어국문학과 석사과정)

제9회 중앙아시아 성균한글백일장 은상 수상

대학교 다니면서 졸업 후에 가장 먼저 이루어야 할 목표로 계획했던 것은 한국 대학원입니다. 그래서 학업 활동을 열심히 하여 대회도 많이 나갔고 봉사활동도 많이 했습니다. 대학원에 갈 수 있는 좋은 기회들이 많았는데 그때 운이 없어서 그랬는지 계속 실패만 하고 말았습니다. 그러나 대학원에 꼭 입학하고 싶다는 마음이 매우 간절해서 포기하지 않았습니다. 대학교 내 올림피아드, 정부 초청 장학생 프로그램, 성균한글백일장 등이 있었습니다.

백일장 대회도 해마다 개최되는 국가가 다르다고 알고 있었고 2017년에 카자흐스탄에서 하게 되었으니 '아, 이번이 마지막 기회다' 하고 큰 마음 먹고 참가했습니다. 하지만 역시나 이번에도 운이 내 편을 들어주지 않아서 이제는 다시 도전할 자신마저 잃고 있는 상태였는데 운 좋게도 백일장 대회가 또 저희 대학교에서 개최되는 걸로 확정되었다는 이야기가 나왔습니다.

저는 그 당시에 이미 정신적으로 힘들어서 이번에도 실패하면 어떡하지 하는 걱정과 고민을 하는 사이 저희 반을 담당하셨던 교수님께서 저를 앞으로 밀어 주셨습니다. 두 번째 참가의 결과로 은상을 받아 그동안 해왔던 노력과 마음고생의 결과가 나타났습니다. 성균관대학교 일반대학원 전액장학생으로 입학하여 국어국문학과 2학기에 재학 중입니다.

두 번째 대회의 글쓰기 주제는 진정한 행복이었습니다. 전에 시험 볼 때

나 글을 쓸 때 논리적으로 쓰려고 연습을 많이 하다 보니 내용들이 설정되어 있는 것 같은 느낌은 있었습니다. 백일장 대회 첫 참가 때 이 점이 제가 실패한 원인이 아닐까 싶습니다. 주제를 공개할 때 우선 논리적인 생각을 모두 치워버렸습니다. 제 마음속 이야기를 그대로 종이에 옮겼습니다. 내용을 간단히 말하자면 내 기준의 행복은 무엇인가, 어떤 것이 진정한 행복인가, 어떻게 하면 행복할 수 있는가 순서로 저만의 스토리를 써 보았습니다. 제 글의 포인트 키워드는 꿈이었습니다. 주제를 꿈과 연결해서 행복의 정답을 찾아보았습니다.

꿈이라고 해서 아마 꿈을 이루는 것이 행복이라고 썼다는 생각부터 들겠죠? 그런 뻔한 내용이면 상을 받지 못했을 겁니다. 저는 목표와 꿈 없이 살아온 인생부터 처음으로 꿈이 생기고 그때 처음 느낀 감정까지의 과정을 표현했습니다. 결말은 저에게 진정한 행복이란 꿈이 있는 인생이라는 것입니다. 꿈 꾸는 삶을 사는 것이 바로 인간의 세계에만 있는 고유한 특성이니까요. 저도 제가 가진 꿈 때문에 여기까지 와 있습니다. 한국 생활은 생각보다 힘들지 않습니다. 언제나 친절하게 도와주시는 분들이 많아서 편하고 좋은 것 같습니다.

이번에 집에서 멀리 떨어져 타지에서 혼자 생활하는 것이 처음이라서 외로울 때도 있지만 저는 목표를 이루기 위한 큰 도전을 했기 때문에 제가 해야 할 일에 집중만 하면 된다고 생각합니다. 꿈을 향한 희망과 이런 좋은 기회를 준 성균관대학교에 감사의 마음을 전해드리고 싶습니다. 제 머릿속에서 그리고 있는 그림이 언젠가는 완성될 것이라 믿고 앞으로도 지금처럼 의미 있게 열심히 살겠습니다. 감사합니다.

수	상	자		소	감

르엉 부 응우엣 하(성대 무역학과 석사과정)

제6회 동남아시아 성균한글백일장 은상 수상

안녕하세요, 성균관대학교 무역학과 2기 르엉 부 응우엣 하라고 합니다.

저에게는 성균한글백일장에 참여하기로 한 것이 제일 잘하였던 결정인 것 같습니다. 다시 돌려보면 제가 떨면서 2시간 동안 열심히 '화해'라는 주제에 대한 글을 쓰던 그날이 1년 전의 일이었습니다. 한 아름다운 봄날에 성균한글백일장 공지를 학과 홈페이지에서 읽게 되었습니다. 그전에 백일장을 전혀 몰랐던 제가 이 대회에 참여할 생각이 없었지만 한국학과 교수님들의 조언과 응원을 받아서 용기 내어 한번 도전해 보았습니다. 그때 상을 받는 것은 꿈도 꾸지 못하였습니다. 그냥 '그래, 한국어를 열심히 공부하느라 고생한 4년의 한국어능력이 과연 어느 정도 될까?'라고 생각하면서 백일장에 신청하였습니다.

봄날의 따뜻한 날씨 아래 백일장을 위하여 열심히 쓰기 연습하다가 어느 날 백일장 당일이 다가왔습니다. 그때 저의 기분은 모두의 시험을 코앞에 둔 기분과 다름이 없었습니다. 긴장도 하고 걱정도 하고 그리고 신기하게 설레기도 하였습니다. 하지만 저러한 감정들이 합쳐서 폭발한 순간이 바로 주제가 알려지는 순간이었죠. 그해의 주제는 '화해'였습니다. "재미있네!" "쓸 것이 많겠네"라고 생각하였지만 막상 써보니 그리 쉬운 주제가 아니었습니다. 역시 성균한글백일장의 급이라는 것이 느껴지기도 하였습니다. 하지만 "모든 일이 다 괜찮을 거야. 안 괜찮으면 끝이 아니야"라는 말처럼 드디어 고민 끝에 제가 경험해 본 이야기로 글을 잘 마무리하게 되었습니다. 그래서 여러분이 살아온 작은 경험이든 큰 경험이든 모든 경험이 다 여러분에게 도움이 될 것이라고 생각하면 좋을 것 같습니다.

저는 저의 소소한 이야기로 드디어 상을 받았습니다. 저의 이름이 상을 받는 이름으로 불릴 때 정말 이 세상의 모든 복이 저를 둘러싸는 듯이 무척 가슴이 벅찼습니다. 저는 믿기지도 않았습니다. '드디어 내가 해냈다. 부모님과 교수님들의 기대해 주신 마음에 보답할 수 있다'라는 생각을 하면서 너무나 행복했습니다. 그리고 제가 꿈꿨던 한국에서 공부하는 소원도 이루어지게 되었습니다. 그 순간이 저의 가장 행복한 순간이라고 해도 과언이 아닌 것 같습니다. 저에게 이러한 좋은 추억을 만들어 주신 성균한글백일장의 모든 교수님께 감사한 말씀을 드리고 싶습니다. 저의 한국어를 사랑하는 마음을 표현할 수 있는 기회를 주셨을 뿐만 아니라 그 사랑을 인정해 주시고 저의 그 사랑을 확장할 거리를 넓어지게 해 주셔서 감사드립니다.

저는 성균한글백일장이 주신 장학금 덕분에 성균관대학교에 진학하게 되었습니다. 저에게 그만큼 영광이 없습니다. 성균관대학교가 워낙 좋은 학교라서 공부하는 좋은 환경뿐만 아니라 여러 나라에서 온 친구들과 소통할 수 있고 재미있는 활동들도 적극적으로 해보았습니다. 성균관대학교에서 공부하는 시간이 많지 않지만 이 짧은 시간을 효율적으로 활용해서 자기계발도 하고 한국어 사랑도 넓게 펴고 싶습니다. 저는 성균관대학교의 학생으로서 이 세계무대에서 어디서든 빛나는 인재가 될 것을 자신과 약속합니다.

저는 성균한글백일장에 참여해서 좋은 인생을 살고 있습니다. 제가 할 수 있으면 여러분이 하지 못하실 이유가 없습니다. 여러분 화이팅!

수	상	자		소	감

괵수 엘리프(성대 교육학과 석사과정)

제3회 중·동유럽 성균한글백일장 동상 수상

터키 에르지예스대학교 한국어문학과를 졸업하고 현재 성균관대학교 교육학과 석사과정에 재학 중인 괵수 엘리프입니다. 2016년에 우리 학교를 대표하여 나갔던 성균한글백일장 대회에서 동상을 수상해 장학금을 받고 성균관대학교에 입학하게 되었습니다.

2년이 지난 지금도 그날의 설렘이 생생합니다. 수상자로 제 이름이 호명되었을 때 두 귀를 의심하고 행복에 겨워 눈물을 흘렸었습니다. 그때 당시에 성균관대학교 학생이 되는 것은 저에게 이룰 수 없는 꿈이었습니다. 성균한글백일장 대회는 제 꿈을 이룰 수 있는 첫걸음이었습니다. 꿈의 대학교 성균관대학생이 되는 것이 학생증을 받을 때까지도 믿기지 않았습니다.

백일장에 참여하실 여러분도 잊지 못할 추억도 만들고 좋은 시간을 보내셨으면 좋겠습니다. 두려워하지 마시고 도전하세요. 좋은 결과가 있길 바라겠습니다. 화이팅! 하세요.

참관기
내가 본 성균 한글 백일장

성 균 한 글 백 일 장

2 0 0 7 ~ 2 0 1 8

10 여 년 의 기 록

인도네시아 '성균한글백일장'

구자춘(성대 기계공학부 교수)

2017년 1월 생각하지도 않게 국제처장의 보직을 맡게 되었다. 학교의 국제화 업무에 무지했던 나는 국제처의 여러 사업을 검토하던 중 '성균한글백일장'을 처음 접하게 되었다. 특이했던 것은 2007년 중국에서 처음 시작한 이후 어려운 여건 속에서도 지금까지 행사를 계속 이어오고 있었다는 것이다.

그 후 교내에 백일장에 대한 다양한 평가가 있음도 알게 되었고, 투입된 예산의 효율성을 높여야 한다는 책무가 국제처장에게 있음도 인지하게 되었다. 내게 한 가지 확실한 사실은 백일장 행사가 '성균한글백일장'이라는 학교 이름으로 진행되었고, 오랜 세월 여러 사람의 노력으로 현재까지 이르렀으며, 적지 않은 주목할 만한 성과를 거두어 앞으로도 이 행사는 유지·발전되어야 한다는 것이었다.

따라서 국제처장 입장에서 이 행사를 예산의 효율성을 추구하기 위한 하나의 방편으로 유학생 시장과 연계하여 개최장소의 다변화를 추진하게 되었으며, 동남아시아 나라 중 대학원 유학생이 날로 증가하고 있는 인도네시아 반둥을 또 다른 장소로 생각하게 되었다.

백일장 행사를 처음 개최하는 곳이라서 행사를 열기 위한 현지의 '성균한글백일장 인프라'가 전무하였지만 백일장의 취지와 행사 내용에 대한 설명을 들으신 반둥공대(ITB : Bandung Institute of Technology) 화학공학과 이형우 교수께서 기꺼이 행사주최자(Organizer)를 자원해 주셨다. 이 교수님은 그동안 우리 학교 공과대학과 오랜 인연이 있었으며 ITB 학부를 졸업한 다수의 우수 학생을 우리 학교를 포함한 한국 내 유수대학 대학원에 진학시키셨는데, 그 학생들은 졸업 후 인도네시아로 돌아가 사회 각 분야에서 일하고 있다고 들었다.

2017년 10월 22일 밤 비행기를 타고 인도네시아로 출발하였다. 예전에는 자카르타를 거쳐 차량으로 반둥으로 가곤 했으나 자카르타와 반둥 간의 육지교통이 여의치 않아 싱가포르를 거쳐 반둥으로 가기로 하였다.

10월 25일 아침 반둥 노보텔 행사장에 모여 있는 많은 학생의 긴장한 얼굴을 보면서 국제처장 보임 후 처음 참석했던 백일장(중앙아시아)의 감동이 다시금 또렷하게 떠올라 가슴이 벅차기 시작하였다.

인도네시아, 말레이시아, 태국 3개국에서 40명의 학생이 참석하였으며 동남아시아의 여러 민족, 다른 종교 문화권의 학생들이 참석하였으나 예년과 마찬가지로 참가자 대부분이 여학생이라는 한계를 극복하지 못한 아쉬운 점이 있었다.

백일장이 진행되는 동안 학생들을 인솔하여 오신 한국어과 선생님들과 간담회를 개최하였는데 그분들 모두 성균관대학교가 그동안 백일장을 개최하고 한국어 보급에 앞장서 왔다는 점에 대해 감사하게 생각하고 계셨다. 모든 선생님이 여러 가지 어려운 환경 속에서 때론 자신을 희생해 가며 한국어와 한글을 가르치시면서도 우리말의 국제적 위상이 높아지는 것에 기쁨을 느끼며 묵묵히 학생을 지도하고 계시는 모습을 가슴으로 느끼게 되었다. 수많은 어려움을 선생으로서 당연히 감내해야 하는 것으로 여기고 있는 그분들의 상황과 비교할 때 월등히 우수한 환경에서 학생을 가르치고 있는 나는 과연 얼마나 최선을 다해 학생을 지도하고 있는지 되돌아보게 되었고 나태하고 부족한 나 자신에 대한 부끄러움을 감출 수 없었다.

학생들이 제출한 원고를 읽으며 한국어를 모국어로 쓰고 있는 나 자신을 또다시 부끄럽게 생각하게 되었다. 나는 그들의 언어로 글을 쓰지 못하는 것은 물론이고 읽지도 말하지도 듣지도 못한다. 따라서 그들의 삶과 문화를 전해 듣고 추측할 뿐이다. 그러나 그들은 나의 언어를 유창하게 사용하고 내 조국의 역사와 문화를 나보다 더 잘 알고 있었다.

30년 전 대학을 졸업하고 처음 외국에 갔을 때 한 식당의 종업원으로부터 받았던 질문이 생각난다.

"한국 사람은 중국어를 사용하느냐? 한국어와 한국문자가 있느냐?"였다. 무지한 식당 종업원의 어이없는 질문에 당혹스러웠지만 가난한 나라에서 온 유학생인 나는 짧은 영어로 절규하듯 내 조국 한국에는 한글이라는 우수한 문자와 한국어가 엄연히 있음을 설명해야 했다.

요즘 우리 젊은 세대는 세계 어느 나라를 가더라도 식당에서 그런 당혹스러운 질문을 받지 않을 것이며, 우리의 한국어를 듣고는 식당 종업원이 먼저 한국 사람임을 인지할 것이다. 그렇게 된 이유는 명백히 우리나라의 국력이 커졌기 때문일 것이다.

나는 항상 노력하고 있음에도 우리말의 문법과 우리글의 철자를 올바르게 사용하지 못하고 있으며 그런 나의 부족함에 부끄러움을 느낀다. 하지만 백일장을 경험한 이후로 세계 어느 곳에 가더라도 우리말과 우리글에 대해 한없는 자부심을 느끼며 우리글과 우리말을 알리고자 노력한다.

이와 더불어 국가가 해야 마땅한 한국어와 한글 해외 홍보·보급사업을 사립대학인 성균관대학교가 국가의 도움 없이 오랜 세월 유지·발전시켜온 것에 대하여 성대의 한 구성원으로서 커다란 자부심을 느낀다.

베이징에서 비엔나까지

–한국어에 대한 사랑, 그 길었던 여정과 미래

김경훤(성대 학부대학 교수)

또 정전이었다. 요즘 학교 주변의 공사현장 때문에 자주 전기가 끊긴다. 나는 더듬더듬 양초를 찾아 켰다. 방 안이 대뜸 환해졌다. 작은 양초 하나가 방 안을 이렇듯 환하게 비춰줄 수 있다는 것에 대견하기도 하다. 은은한 촛불 빛이 침대머리의 액자를 비추고 있다. 〈2007년 제1회 중국 대회 금상, 천진사범대 정양〉

"요즘 조금 힘들어 보이는데 무슨 일이 있어?" 선생님이 나에게 하신 이 한마디를 듣고 더 이상 참을 수 없었다. 눈물이 흘러내렸다. 그 순간까지 쌓여 있던 힘든 순간들의 기억과 감정들이 떠올랐기 때문이다. 〈2018년 제4회 중·동유럽 금상, 빈대학 밀레나 노비〉

위에 소개한 글은 첫해 금상을 수상한 천진사범대 3학년 정양 학생과 작년의 마지막 대회였던 중·동유럽대회에서 금상을 수상한 빈대학 3학년 밀레나 노비 학생의 글 도입부다. 한국의 유명 작가들이 썼다고 해도 믿을 정도의 소설 도입부 같은 이 글에 감탄하지 않을 심사자가 얼마나 있을지 묻고 싶을 정도였다. 우리 언어인 한국어를 외국인이 이렇듯 우아하고 정밀하게 형상화하다니, 참으로 놀랐던 기억이 다시 새록거리며 떠오른다.

2007년 베이징의 제1회 대회와 가장 최근인 2018년 가을 오스트리아 빈에서 심사위원을 맡았으니 필자는 '성균한글백일장'과는 참으로 큰 인연이 있다고 해도 과장된 말이 아니다. 횟수로 따지면 아마도 가장 많이 심사위원으로 참여한 사람의 하나가 아닐까 생각한다. 햇수로 따지면 12년, 결코 짧지 않은 여정이었다. 베이징부터 몽골, 중앙아시아, 동남아시아, 중·동유럽에 이르기까지 세계 4개 권역의 총 26개국, 참여 학생만 1,800여 명으로 이제는 한국어 공부를 하는 외국 학생이라면 거의 모두 아는 국제적인 행사가 되었다. 실로 감개무량한 일이다.

벤자민 워프(B. Whorf)의 문화와 언어에 대한 가설을 언급하지 않더라도, 언어와 문화는 서로 밀접한 관계를 맺고 있어서 문화는 언어에 영향을 미치고 언어는 문화에 영향을 미친다. 언어 사용 행위를 여러 문화적 차원에 적용하면 차원에 따른 언어 사용의 차이를 살필 수 있으며 문화권에 따른 언어의 성격도 알 수 있다. 이런 측면에서 요즘 한국의 아이돌에게 세계의 많은 젊은이가 열광하고 있고, 그에 따라 한국 문화와 언어, 또한 백일장에 많은 관심을 보내는 것도 어찌 보면 당연한 일이다. 그 거센 물결의 흐름을 주도하며 함께하는 한국의 언어·문화적인 행사가 바로 '성균한글백일장'이다.

물론 필자가 옆에서 보기에도 시작과 과정은 쉽지 않았다. 콜럼버스의 달걀 이야기처럼 누구나 뒤에서는 쉽게 말할 수 있지만 많은 이들이 생각하지 못한 달걀을 세우는 어려움이 있었을 것이다. 여기에는 초창기 여러분의 사명에 가까울 정도의 헌신적인 노력, 주변 분들의 적극적인 도움, 학교의 재정적인 뒷받침, 이 모든 것이 어우러지지 않았다면 가능하지 않았을 일이다. '성균한글백일장'이 10여 년간 지속될 수 있도록 지원해 주신 성균관대학교 관계자 여러분, 행사의 취지에 적극 동참하시어 직간접적으로 도움을 주신 동문 분들께 진심으로 감사와 박수를 보내드린다.

필자가 베이징 1회 대회에 심사위원으로 참여하고 모 신문에 다음과 같은 글을 투고했던 기억이 새롭다.

이번 행사에 참석하기 위해 학생과 함께 기차 편으로 12시간 걸려 베이징에 온 시안(西安) 외대 교수가 만찬 도중에 들려준 귀엣말이 지금도 잊히지 않는다. "이 같은 행사는 학교 차원이 아니라 적어도 한국 정부 차원에서 적극적인 지원이 있어야 한다고 생각합니다. 이곳 중국인들이 갖는 한국 문화와 한국어에 대한 열정은 여러분이 생각하는 것 이상입니다. 한국 정부에서 이런 좋은 기회를 적극적으로 활용하지 못하는 것 같아 안타깝습니다."

그때는 단순하게 생각했다. 그러나 지금은 생각이 좀 다르다. '성균한글백일장'은 한국 정부가 하지 못했던 한국 언어·문화 전파자의 산파 노릇을 해냈다. 이제는 정부 차원에서의 실행에 의지하거나 기대지 말고 우리가 직접 나서야 한다고 생각한다. 600여 년의 유구한 역사와 전통을 간직한 성균관대학교는 한국 문화의 전령사가 될 역량과 위상이 충분하다. 전 세계에 성균관대학교의 위상과 발전적인 미래를 보여줄 이만한 가치 브랜드는 흔치 않다. 앞으로 더욱 풍성하고 의미 있는 '성균한글백일장'이 계속 이어지기를 간절히 기대해 본다.

‘성균한글백일장’의 기억

김영주(성대 한문교육과 교수)

같은 일을 하면서도 사람들은 저마다의 입장과 관점에 따라 서로 다른 경험과 기억을 저장한다. ‘성균한글백일장’도 마찬가지다. 행사 주무부처인 국제처의 처장님 이하 행사 담당자, 심사를 맡은 교수님, 백일장 참가 학생을 인솔해 오신 교수님과 학생들, 현지의 코디네이터 등은 모두 저마다 입장과 관점이 다르다. 오직 한 가지 공통점이라면 ‘성균한글백일장의 성공적인 개최’에 대한 염원일 것이다.

2015년 4월, 나는 백일장의 심사위원을 맡아 다른 분들과 마찬가지로 백일장의 성공적인 개최를 기원하며 베트남의 하노이를 가게 되었다. 행사에 참여하면서도 내심 가졌던 것은 베트남에 대한 편린과 같은 몇 개의 이미지였다. 오토바이, 매연, 더위, 습도, ….

마음으로는 백일장의 성공을 기원하면서도 뇌리 속에 자주 떠오르는 반갑지 않은 이미지들로 인해 출발하기도 전에 오토바이 매연을 맡은 듯 목은 텁텁하고 행사에 임하는 태도는 아직은 구경꾼이자 관찰자의 그것이었다.

여러 생각에 마음 졸이며 공항에 도착하니 베트남에 가져갈 짐들을 수북이 쌓아둔 옆에서 함께 갈 여러 교수님과 담당자 분들이 밝은 표정으로 인사를 나누고 행사 준비물 등을 챙기고 있었다. 많은 짐을 바라보자니 ‘백일장 행사가 이리 준비할 게 많은가? 나만 쓸데없는 걱정을 하고 있는 건가?’

하는 생각이 들며 백일장에 대해 몹시 궁금해졌다.

하노이에 도착해서 마중 나온 분들과 인사하며 주고받는 말은 그 시작부터 백일장 행사 준비에 대한 것이었다. 여러 선생님 틈에서 행사 진행에 대한 설명을 듣고 기억하느라 베트남에 대해 염려했던 여러 가지는 되새길 사이조차 없었다. 한 번의 행사 진행을 위해 한국과 베트남의 여러 분들이 동시적으로 준비하며 성공적인 개최를 위해 부단히 확인하고 노력하는 것을 보니 행사의 의미와 가치가 새삼 가슴에 와닿았다. 이렇게 마음을 다해 노력하는 이들은 행사 진행 주체인 우리뿐만이 아니었다.

백일장 행사의 주역인 학생들과 동행한 교수님들도 마찬가지였다. 백일장 전날 호텔에서 연습 종이를 들고 복도에서 혼자 중얼거리며 무언가를 외우던 학생, 교수님을 둘러싸고 앉아 무언가를 열심히 말하고 듣는 학생들, 상기된 얼굴로 이리저리 바삐 오가던 학생, 몇 명씩 모여 이야기 나누다 지나가는 우리를 흘낏흘낏 보며 수줍어하던 학생들, 엘리베이터를 함께 타자 당황하며 눈조차 마주치지 못하고 부끄러워하던 그들의 모습이 눈에 선하다.

행사 당일에는 새벽이라 할 이른 아침에 식사도 제대로 챙기지 못하고 긴장한 채 행사 준비에 돌입해서 바삐 움직이며 수고하던 직원 선생님들의 모습이 생각난다. 곧이어 참가 기념 티셔츠 차림의 학생들이 차례차례로 행사장에 들어와 앉으며 소곤거리거나 주위를 돌아보거나 눈을 감거나 하며 묘한 흥분과 긴장, 설렘이 뒤섞여 행사장의 공기가 들떴다. 백일장의 시제가 발표되는 순간, 행사장 안은 그야말로 공기조차 꽉 조여 맨 것처럼 팽팽하게 긴장되었다. 그런 분위기는 시제가 발표되고 "아~!" 하는 탄식과 한숨, 몇몇의 박수소리와 함께 풀어졌다.

시제에 맞게 글을 구상하는 학생들이 연필을 물거나 찡그리거나 진지하거나 당황한 듯한 얼굴로 동행한 교수님을 찾아 두리번거리던 모습도 생각난다. 몇 시간 동안이나 조용히 글을 짓는 학생들 사이를 오가며 물음에 답하거나 지켜보는 담당자들과 달리 멀찍이 떨어져 학생들을 바라보며 애태우고 손짓으로 격려해 주시던 교수님들의 모습도 기억난다. 그분들의 심정은 어땠을까? 하나 둘 지은 글을 제출하고 행사장 밖으로 나오는 학생들을 부여잡고 무슨 내용으로 어떻게 썼는지 물으며 기뻐하기도 하고 안타까워하기도 하던 교수님들. 간혹 눈물을 흘리며 속상해 하던 교수님과 학생의 모습이 뒤섞인 행사장이 천천히 비어 가던 광경도 떠오른다.

제출된 글을 모아 심사위원 선생님들이 눈과 손을 바삐 움직이며 완전히 집중해서 글을 읽고 시간에 맞춰 수상자를 선정하기 위해 정신없던 심사장 풍경도 생각난다. 예상외로 너무나 잘 지어진 글들이 많은 것에 놀라고 기뻐하고 즐거워하면서도 여러 심사위원이 수상자라고 추천한 글을 두고 다시 우열을 나누느라 고심하고 갈등하던 순간의 기억도 생생하다. 또 유력한 수상자들의 글을 읽으며 느낀 감동은 말로 표현할 수 없다. 외국인이 한국어로 자신의 감정과 생각을 이렇게나 진솔하고 생생하게 표현할 수 있다니. 너무나 솔직하게 쓰인 글을 보며 웃기도 하고 울기도 했다.

저녁 늦게 행사장에 다시 모여 수상자 발표를 기다리는 순간의 기억도 빼놓을 수 없다. 학생들이 서로 바라보며 기대와 긴장과 흥분을 감춘 채 웃는 모습을 보면서 나 역시 그들과 똑같은 기분이 들었다. 한 사람씩 수상자들이 발표되며 실망과 슬픔이 스쳐가던 얼굴들. 금상 수상자만 남았을 때 또 다시 찾아온 팽팽하게 긴장된 공기. 발표 후에 허탈과 공허가 뒤섞인 축하의 웃음과 박수소리도 눈에 선하다.

행사가 마무리되고 참여 학생들과 동행한 교수님들이 한 팀씩 떠난 후 정리된 행사장을 나오던 때의 멍하고 피곤했던 기억도 잊히지 않는다. 한글백일장의 심사자로 참여하는 동안 느낀 것은 일관된 보람의 감정뿐만이 아니었다. 묘한 행복감, 긴장감, 설렘 등등. 출발 전에 가졌던 쓸데없는 걱정과 염려는 되새길 틈조차 없는 다양한 긴장감과 기대감과 보람됨, 그리고 설렘이 뒤섞인 아주 특이한 기억들이었다.

'성균한글백일장'의 의의와 미래

김일환(성대 법학전문대학원 교수)

1. 시작하며

나는 법학을 전공했고 30여 년 전에 외국에서 유학 생활을 하였다. 굳이 이렇게까지 나의 과거를 밝히는 이유는 백일장이 나에게 준 깨달음을 설명하기 위해서이다. 먼저 나는 법학을 전공하였기에 솔직히 백일장은 물론 인문학적 소양이 그리 많지 않다고 자책하는 편이다. 다음으로 영어든 독일어든 우리가 소위 선진국이라고 부르는 나라의 말을 배우고 책을 읽어서 우리나라에 적용하고자 하는 생각이 예전이나 지금이나 법학을 포함한 상당수 학문 분야에서는 널리 퍼져 있다.

이런 내가 우즈베키스탄에서 열리는 '성균한글백일장'에 심사위원으로 처음 참여하게 되었을 때 솔직히 그리 큰 기대를 하지 않았다. 그러다 보니 한국에서 인연을 쌓은 소중한 분들 덕분에 정말로 우연히 참여한 백일장을 통하여 앞으로 나에게 어떤 일들이 펼쳐질지 예상하지 못한 게 당연하다. 하지만 지금은 어디에 가든, 누구를 만나든 간에 나의 인생에 중요한 계기를 만들어 준 성균한글백일장에서 얻은 소중하고 결코 잊을 수 없는 경험과 교훈을 성균관대학교 교수로서, 한글을 쓰는 한국인으로서 자부심 가득 담아 설명한다.

2. '성균한글백일장'에 대한 소회

먼저 나는 우즈베키스탄에서 열리는 백일장에 참여하기 전에 이 방면에 전혀 경험과 지식이 없어 낯설고 생소하였다. 우즈베키스탄이란 나라 자체를 알지 못하였을 뿐만 아니라 그리 자세히 알고자 하는 생각도 평소에 하지 못하였다. 게다가 늦은 시각에 내린 비행기에서 나와 공항을 보는 순간 조금은 우쭐하고 좁은 마음에 답답하기도 하였다. 미국이나 영국, 독일 등 우리가 배워야 한다고 생각하는 나라들의 책을 읽기도 바쁜데 느닷없이 중앙아시아 국가들의 대학에서 선발된 그 나라 학생들이, 그것도 당일 아침 행사 직전에 심사위원이 주제를 알려주자마자 '한글'로 원고지에 두 시간 동안 쓴 글을 읽고 우수한 작품들을 골라내야 한다니 심사장에 들어가는 순간까지 상상이 잘 가지 않았다.

그런데 당시 백일장 출제위원장이신 성재호 교수님께서 진지한 얼굴로 "한글은 글자 자체도 중요하지만, 띄어쓰기·맞춤법도 중요합니다. 그래서 '무지개 같은 그림'이라고 써야 하는데 띄어쓰기를 잘못하면 '무지 개 같은 그림'이 됩니다."라고 말씀하시는데 그 큰 홀에 있는 모든 사람이 한꺼번에 웃는 게 아닌가. 그런데 나나 다른 한국 사람들이 웃는 것이야 너무 당연하지만, 웃다 보니 백일장에 참가한 중앙아시아 대학생들이 나처럼 그리고 나와 동시에 성재호 교수님의 말에 같이 반응한다는 게 너무 신기하고 설명하기 힘든 많은 생각이 그 잠깐 사이에 들었다. 우즈베키스탄에서 받은 이 느낌은 '성균한글백일장'의 무게감, 이를 둘러싼 문화적 교류, 외국인들의 한글에 대한 열정, 대한민국의 위상 등 그 이후로 내가 얻게 되는 많은 소중한 경험의 출발점이었다.

말이나 노래 경연대회와 달리 백일장은 외국인이 자기 생각을 한글로 정확하게 표현해야 한다는 것이 핵심이다. 다른 학자의 글을 읽고 분석하여 각주를 달아 외국어로 논문을 쓰는 것도 어렵지만, '사랑'이든 '가족'이든, 특정한 주제에 대하여 자기 생각을 담아 외국어로 그 나라 문법과 형식에 맞추어 쓴다는 것 또한 얼마나 어려운지 우리는 안다. 그런데 그렇게 외국 학생이 쓴 글을 읽고 심사위원들이 감동까지 하고, 혹시나 하는 마음에 발표를 시켜보고 그 감동이 진짜임을 확인하는 순간의 짜릿함을 지금도 결코 잊을 수가 없다.

3. '성균한글백일장'의 의의

중앙아시아, 베트남, 유럽, 중국 등 다양한 곳에서 외국인들의 한국, 한글에 대한 사랑과 열정을 확인하는 순간순간 내가 받은 가슴 뭉클함은 설명하기가 쉽지 않을 정도이다. 나에게 특히 인상적인 백일장 중 하나가 바로 헝가리 부다페스트에서 열린 첫 번째 유럽 백일장이다. 중앙아시아나 베트남, 중국 백일장은 그래도 각각 같은 언어를 사용하는 그 나라 사람들이어서 그런지 백일장에 몇 번 참여하면 학생들의 모습이나 얼굴에 익숙해지는데, 유럽 백일장에 처음 참여했을 때 그 느낌은 지금도 눈에 선하다.

러시아에서부터 터키는 물론 이탈리아 등에서 참석한 다양한 인종과 피부색의 학생들이 모두 한글백일장 때문에 한곳에 모였다는 것에 뭐라 말할 수 없는 감동을 받았다. 게다가 유럽 각국의 다양한 학생이 모이다 보니 서로 의사소통이 원활하지 않아 눈치만 보고 있는 상황에서 인솔자 겸 가이드가 "여기를 보세요"라고 한국어로 말하자 모든 학생이 동시에 쳐다보는 모습을 직접 목격하니 말할 수 없이 뿌듯하였다. 모든 행사가 한국어로 진행됨은 물론 부다페스트 시내 관광 또한 백일장에 참가한 외국 학생들에게 한국어로 설명하였다고 인솔자가 어깨를 으쓱이며 자랑하는 모습이 오래 기억에 남는다.

다음으로 중국에서 단 한 번의 행사로 끝낼 생각으로 우연히 시작하여, 이제는 당당히 성균관대학교를 알리는 주요한 행사 중 하나가 된 '성균한글백일장'의 위상을 확인하는 즐거움이다. 대회가 열리는 어디를 가더라도 학생은 물론 인솔 교수님들 모두 이 백일장을 손꼽아 기다리고 준비하신다고 이구동성으로 말씀하실뿐더러, 백일장은 이 대회가 열리는 기간 인근 지역의 한국학 교수님들이 서로 안부를 묻고 정보를 교환하는 역할까지도 담당한다.

우즈베키스탄에서 대회가 열리기 전날 사마르칸트를 잠깐 여행하고 돌아오는 기차 안에서 열심히 원고지에 한글로 글쓰기 연습을 하는 학생들과 이를 꼼꼼히 보아주시는 교수님이 있기에 심사의 객관성을 위하여 일부러 모른 척하면서 유심히 지켜보았다. 그런데 심사 당일 보니 이 학생들 중 두 명이 금상과 동상 수상의 영예를 안았다. 인솔 교수님이 더 좋아서 환호하는 모습을 보면서 그때 비로소 기차 안에서 연습하는 모습을 보았다고 하니 놀라시던 모습도 눈에 선하다. 나중에 들으니 그 대학에서 상을 받은 학생들을 축하하기 위하여 입상 학생의 사진을 학교 입구에 걸어놓았다고 한다. 그만큼 '성균한글백일장'이라는 대회의 무게감을 참여하면 할수록 느끼게 된다.

세 번째로 백일장에서 확인하게 되는 한글, 한류 문화에 대한 외국인의 사랑, 지구촌 사회에서 커져만 가는 대한민국의 위상이다. 꼭 입상하여 성균관대학교에 오려는 학생이든, 그저 한국 노래나 드라마가 좋아 한글을 배운 학생이든 모두 한국을 사랑하고, 한국 노래를 좋아하고, 한글을 배우고 싶어 하는 마음을 갖고 있었다. 나는 백일장에 참석하는 많은 학생으로부터 "하루라도 한국에서 살고 싶다", "이번에 입상하지 못하면 다음에 또 도전하고 싶다" 등등의 말을 많이 들었다. 고맙기도 하고 그런 학생들을 다 데려올 수 없는 현실이 아쉽기도 하였다.

마지막으로 백일장에 참석하다 보면 여러 나라 학생들의 글을 통하여 그 나라의 문화, 경제적 상황 등에 대한 이해도 높아지고, 해당 국가를 여행하면서 또 다른 문화적, 역사적 교훈을 얻게 된다. 예를 들어 과거 강대국이었던 우즈베키스탄의 고대 수도 사마르칸트의 국립박물관을 방문했을 때 그 참담했던 기억을 잊을 수가 없다. 우리나라 정치인이 방문했다는 표지석을 뒤로한 채 국립박물관에 들어가니 불이 꺼져 있고 아무도 없는 게 아닌가. 사람을 찾으니 한 여성이 나타나 전기 스위치를 올렸고 그제야 박물관 안을 둘러볼 수 있었다. 더 기가 막힌 것은 우리나라 교과서에도 실린 벽화를 보고자 그 박물관에 간 것이었는데, 7세기 고구려 사신이 등장한다는 벽화를 보자마자 우리 모두 할 말을 잃고 말았다. 그 유명하다는 벽화가 바로 우리 눈앞에 있는데 그 흔한 유리로 가리거나 하는 어떠한 보존 장치도 없어 심지어 손으로 벽화를 만질 수도 있는 상황이었다. 그런데 2018년 11월 동북아역사재단의 지원을 받아 이 벽화가 보존·복원된다는 신문기사를 보고 얼마나 기뻤는지 모른다. 이처럼 하나의 행사를 통하여 문화와 문화가, 사람과 사람이 서로 같이 교류하고 있음을 또 한 번 느끼게 되었다. 기차 안에서도 열정을 다해 가르치시던 한국국제협력단(KOICA) 파견 선생님들, 머나먼 이국에서 지원도 교재도 충분하지 않은데 열정을 바치시는 교수님들, 이 행사를 지원해 주시는 교민들 모두가 대단한 애국자이고 챔피언이라고 생각한다.

4. '성균한글백일장'에 기대하는 미래 모습

제삼자의 눈에 '성균한글백일장'은 성균관대학교가 나름 준비해서 일정한 성과를 내고 홍보하는 행사 정도로 보일 수도 있다. 물론 성균관대학교가 이 훌륭한 행사를 하면서 우수한 외국 학생들을 유치하고 학교 홍보도 하는 등 효과도 얻는다. 하지만 이 백일장을 그저 대한민국의 성균관대학교라는 한 대학이 주최하는 행사로 자리매김하기에는 그 속에 많은 시대적, 문화적, 경제적 요소들이 숨어 있다. 대한민국이 해야 할 일을 성균관대학교가 하고 있다고 자부하지만, 그에 못지않게 이러한 행사를 통하여 대한민국은 물론 성균관대학교가 우리의 한글, 우리의 문화를 외국에 더 알리고 훌륭한 외국 학생들을 더 유치할 수 있는 계기도 마련해야 한다는 생각이 들었다.

예를 들어 백일장을 하는 어느 나라에 가도 중국의 공자학당을 쉽게 볼 수 있으며 그 물량 공세도 엄청나다고 들었다. 그런데 백일장에 참여하는 한국학과 교수님들의 말씀을 들어보면 이쪽 상황은 그리 좋은 편이 못 되는 것이 현실이라고 한다. 행사를 위한 행사, 방문을 위한 방문, 겉치레에 그치는 교류가 아닌 우리 문화와 한글을 외국에 알리는 진실한 접근을 할 수 있는 반성 및 정책 또한 이러한 행사를 통하여 입안·추진될 수 있어야 한다.

'성균한글백일장' 10주년을 진심으로 축하한다. 이 자랑스러운 행사에 참여할 수 있게 된 것에 대하여 정말로 영광스럽게 생각한다. 나 스스로 백일장에 참여하며 참으로 소중한 많은 것을 경험하였고 다른 사람, 문화 등을 바라보는 시각이 달라졌음을 인정한다. 백일장에 참가한 학생들에게서, 백일장 대회 자체에서 그 어디에서도 얻을 수 없는 값진 것들을 보았고 마음에 새기게 되었다. 힘들게 선진국을 쫓아가던 대한민국, 그 안에 사는 우리가 이제는 우리를 따르고 좋아하는 사람들에게 우리와 함께 갈 수 있도록 도와줄 수 있게 되었다는 것에 자부심도 느끼게 되었다. 특히 백일장을 통하여 선발된 학생들이 성균관대학교에서 열심히 공부하여, 고국이나 한국에 이바지할 수 있는 전문가들이 되었다는 게 가장 큰 소득이라고 생각한다.

하지만 앞으로 20년, 30년 뒤 백일장을 생각한다면 성균관대학교 스스로 이 자랑스럽고 소중한 행사를 어떻게 잘 유지·발전시킬 것인지를 심각하게 고민해야 한다. 성균관대학교는 이 행사를 우리만의 행사나 이벤트로 한정해서는 안 된다. 이 행사는 우리의 행사이기도 하지만 대한민국의 소중한 자산인 한글을 널리 세계에 알리는 기회이기도 하기 때문이다. 성균관대학교는 이 백일장을 통하여 민간외교관으로서 역할을 함과 아울러 현지 교민, 한국학 담당 외국 주재 교수님들, 외국 자원봉사자 등의 의견을 다양한 경로로 전달할 수 있는 통로 역할을 맡아야만 한다. 10주년을 맞이하여 발간되는 이 책은 성균한글백일장 10년을 돌아보게 하는 일종의 백서(白書)이자 사료이다. 이제 20년, 30년 뒤에는 백일장을 기념하는 또 다른 책의 출간은 물론 다양한 형태의 세미나, 자료 등을 통하여 백일장에 대한 문화적, 경제적, 사회적 평가도 이루어지기를 바란다.

'성균한글백일장'은 단순히 외국인이 한글로 원고지에 자기 생각을 펼치는 글쓰기 대회 이상의 의미와 역할을 우리가 알든 모르든 해왔기에 성균관대학교는 물론 해당 국가의 연구진이 각각의 시각에서 또는 공동의 시각으로 연구, 협력할 일이 점점 더 요구된다. 백일장 자체는 물론 외국 학생들의 원고 내용, 이 대회를 통하여 배출된 학생들의 출신 배경과 활동, 참여하는 대학들의 현황 및 한국학 전공 수요 등 참으로 흥미롭게 연구할 주제들이 얼마든지 나올 수 있다고 생각한다. '성균한글백일장'이라는 씨앗이 훗날 또 다른 비교문화연구라는 나무로 커나갈지 누가 알겠는가.

'성균한글백일장'에는 대한민국의 과거와 현재, 미래가 응축되어 있다고 생각한다. 대학의 역할과 기능이 훌륭한 인재의 교육과 양성에 있다면 이제 성균관대학교는 백일장과 같은 대회를 통하여 그 맡은 역할과 소임을 충실히 수행해야 한다.

‘성균한글백일장’, 그 잊지 못할 순간들

김종혁(JTBC 미디어텍 대표/ 전 JTBC 앵커/ 전 중앙일보 편집국장)

벌써 12년의 세월이 흘렀는데도 2007년 그 여름의 광경들은 지금도 눈앞에 생생하다. 중국 베이징에 있는 어언대학교(語言大學校)에서 열린 ‘성균한글백일장’ 대회.

평생을 기자로 살았지만 그때까지는 중국의 60여 개 대학에 한국어학과가 있다는 사실조차 몰랐다. 그 얘기를 들었어도 “글쎄, 아무리 그래도 중국 학생들이 백일장을 할 수준까지 되겠어?” 하는 회의감이 적지 않았다. 백일장은 한국에서도 거의 사라져 가는 판이었으니 그런 의심을 품는 것도 무리는 아니었을 것이다.

평소 알고 지내던 성대 김성영 홍보팀장이 “기사 안 써도 좋으니 직접 가서 보기나 하라”고 강권하기에 반신반의하면서 사실은 좀 편안한 기분으로 베이징에 간 것이었다. 한데 백일장에 참가하러 중국 전역에서 왔다는 학생들을 만나고 나서는 정말 깜짝 놀랐다. 멀리 북쪽 헤이룽장성에서 무려 30시간 동안 기차를 타고 왔다는 학생서부터 남쪽 하이난섬 근처에서 올라온 학생까지 정말 제각각이었는데 솔직히 한글백일장을 위해 그런 정성을 쏟는다는 게 이해가 되지 않았다.

지금이야 ‘한류’라는 게 공식 용어가 됐지만 그 당시만 해도 중국에서 그리고 동남아에서 한국에 대한 관심이 그렇게 급증하고 있다는 걸 사실은 언론도 제대로 알지 못하던 시절이었다.

게다가 중국 학생들이 써낸 백일장 내용을 보고 나서는 어안이 벙벙할 지경이 됐다. 그날의 글제는 '소중한 인연'이었는데 내용은 차치하고라도 우선 중국 학생들이 어떻게 한글을 그렇게 예쁘고 멋지게 쓸 수 있는 건지, 머리를 세게 얻어맞은 듯한 느낌이었다. 한국에서는 컴퓨터와 핸드폰을 사용하면서부터 학생들 글씨가 엉망이 됐다는 지적이 많았는데, 중국에서 중국 학생들이 쓴 한글을 보며 '글자체가 참으로 예쁘구나' 하고 느끼는 기분은 묘했다. 내용도 두말할 나위 없이 훌륭했다. 세부적인 것까지 다 생각나지는 않지만 금상 수상작은 가족이라는, 인연의 가장 근본적인 모티브를 잡아서 애틋하고 따뜻한 감정을 빼어나게 표현했다는 느낌을 받았던 기억이 난다.

시상식장을 가득 메운 중국 학생들의 의욕에 가득 찬 시선을 보면서, 그들이 한국말로 나누는 대화를 들으며 난 좀 엉뚱한 상상을 했다. "한국을 사랑하고 한국어를 구사할 줄 아는 저 학생들 중에서 한 30년쯤 뒤 중국의 지도자가 나온다면 얼마나 멋질까?"

문득 전 세계에서 가장 유명한 두 개의 장학재단, 미국의 풀브라이트와 영국의 로즈 장학금 생각이 났다. 1946년 아칸소대학 총장 출신의 상원의원 풀브라이트가 창설한 풀브라이트 장학금은 지금까지 전 세계 120개국 지식인들 10만 명을 미국에 유학시켰다. 한국에서도 조순 전 총리를 비롯한 1,000여 명이 이 혜택을 받았다. 그래서 풀브라이트 장학생들은 전 세계에 친미주의가 퍼져나가는 가장 큰 교두보 역할을 했다는 평가를 받는다. 영국 옥스퍼드대학 유학생들에게 주어지는 로즈 장학금은 어떤가. 이 장학금은 노골적으로 친영주의자들을 만들기 위해 기업인 세실 로즈가 만든 것이지만 그가 죽고 나서도 장학재단은 번성했고 빌 클린턴 미국 대통령을 비롯한 수많은 인사가 학생 시절 로즈 장학생으로 영국에 유학했다. '혹시 이 성균한글백일장이 한국의 풀브라이트와 로즈가 될 수는 없는 걸까?' 그런 생각에 현장에서 가슴이 뛰었던 기억이 난다.

이명학 교수는 당시 내가 당신에게 "2회 대회도 열겠다고 공언하라"고 권해서 그 뒤의 대회가 이어졌다지만 그건 정확한 사실이 아니다. 사실은 이 교수 스스로도 당시 대회의 열기와 수준을 보고 충격을 받았고, 이 대회를 계속 이어가야 한다는 강력한 의지를 마음속으로 다진 것으로 안다. 나는 거기에다 약간의 자극만 줬을 뿐이다. 이렇게 훌륭한 대회를 한 번만 하고 끝내실 거냐고, 계속 가보자고….

그 뒤 성균한글백일장이 어떤 역사를 걸어왔는지는 이 교수께서 자세히 적어 놓았기 때문에 더 이상은 언급하지 않으려고 한다. 솔직히 당시 나는 이런 좋은 취지의 행사가 언론에 크게 보도되고 나면 교육부나 외교부나 아니면 청와대에서 나서서 어떻게든 대회를 키우고, 지원을 할 것으로 기대했다. 도대체 외교가 뭔가. 다른 나라 국민들을 우리 편으로 만드는 것보다 더 큰 외교가 어디 있는가. 귀국을 해 정부 관계자들에게 "이렇게 좋은 대회가 있으니 정부 차원에서 신경을 좀 쓰면 어떠냐"고 얘기를 해봤지만 "아 그거 정말 취지가 좋네요. 중국 학생들 사이에서 그렇게 한국어 열기가 있는지 몰랐습니다" 하면서 맞장구를 치고는 다 끝이었다.

이 교수는 2회 대회를 약속하고 나서 그 약속을 지키려고 고군분투했다. 누가 알아주는 것도 아닌데, 혼자 백방으로 뛰어다니며 후원자를 찾고, 결국은 중국뿐 아니라 몽골, 카자흐스탄, 베트남 등 여러 나라로 한글백일장을 확산시켜 그 나라 대학생들에게 '한국의 꿈'을 심어주는 데 지대한 공헌을 했다. 그는 한국의 풀브라이트이자 로즈라고 나는 생각한다. 단지 그들처럼 큰 부자가 아니어서, 정부로부터 전격적인 지원을 받아낼 정도로 권력과 가깝지도 못해서, 이 좋은 행사가 더 큰 규모로 확대 재생산되지 못하고 있는 현실이 지금도 안타깝다.

나는 백일장 행사에 대한 기사를 몇 번 쓴 인연 덕분에 백일장에 입상해 성균관대학교로 유학 온 다양한 국적의 외국 학생들과 약간의 교류를 할 기회가 있었다. 이것 역시 기록해 둬야겠다. 성균관대학교는 이렇게 유학 온 학생들을 그냥 내버려두는 게 아니라 기숙사를 잡는 것에서부터 아르바이트를 구하는 것까지, 최선을 다해 도움을 줬다. 그런 학생들에게 이용석 실장은 엄마 같은 역할을 해주었고, 이명학 교수는 아버지처럼 가끔가다 학생들에게 밥을 사주면서 격려를 해주었다. 내가 그런 자리에 함께 갔기 때문에 잘 안다.

카자흐스탄 대회 때 금상을 받은 아이게름은 성대에서 유학을 하고 카자흐스탄 외교관이 되어서 한국으로 부임했다. 카자흐스탄 대통령이 한국에 왔을 때 통역을 맡았고, 그 뒤 본국으로 갔다가 승진해 다시 한국으로 돌아오는 등 한국과의 인연을 이어가고 있다.

아이게름을 보면서 한글백일장이 한 사람의 인생을 어떻게 바꾸어 놓았는지 절감한다. 어디 그녀뿐인가. 중국 1회 대회 때 입상을 하지 못했던 한 친구는 결국 고려대학교로 유학 와 나에게 연락을 해왔다. 그는 지금 베이징에 있는 신문사에서 일하고 있다. 언젠가 통화를 했더니 "한국 가고 싶어요"라며 그리움을 토로했다(중국 언론사에 있어서 이름을 밝히지 않는 게 나을 듯하다).

몽골에서 우리를 가이드해 줬던 어뜨경 체첵은 서울대로 유학을 왔다. 베이징 대회 때 학생들을 인솔해 왔던 중국인 교수는 중국 언론의 한국 지부장으로 발령이 나서 오기도 했다. 유학을 왔던 학생들의 사연 하나하나는 너무 많아 여기서는 생략하겠다.

제1회 베이징 백일장의 글제가 '소중한 인연'이었는데, 나 역시 백일장을 통해 소중한 인연들을 만났다. 이 교수님을 비롯한 성균관대학교 분들이 그렇고, 또 백일장을 징검다리로 한국과 끊을 수 없는 연을 맺은 학생들과도 그렇다. 카자흐스탄 대회에 갔을 때 시장에 가서 80대 고려인 할머니를 만난 적이 있다. 시장에 좌판을 깔고 김치와 한국식 반찬들을 팔고 있었는데, 자신이 갓난아기 때 부모님이 러시아에서 강제로 카자흐스탄으로 쫓겨와 힘든 삶을 살았다고 말했다. 그 할머니의 북한 사투리가 섞인 한국말을 들으면서 가슴이 뭉클했던 기억이 난다. 그 할머니, 지금도 살아 계실까. 가끔 그런 생각이 난다. 이 역시 인연이다.

이 뜻깊은 성균한글백일장 행사가 지금까지 이어져 온 데는 많은 분들의 도움이 있었지만 아무래도 이명학 교수의 공이 가장 크다고 생각한다. 그에게 박수를 보낸다.

오늘날 국력을 평가하는 척도는 점점 군사력보다는 문화의 힘으로 바뀌고 있다. 전 세계에서 영어를 모국어로 쓰는 인구는 4억 명 정도지만 무려 15억 명이 영어를 제2외국어로 사용한다. 인구 10억 명이 넘는 중국어가 아니라 영어가 전 세계의 지배 언어로 등극한 이유가 그것이다.

최근 중국은 전 세계에 공자학원을 세우면서 문화를 수출하고 있다. '성균한글백일장'은 그렇게 될 수 없는 것일까. 언젠가는 중국과 베트남에서, 카자흐스탄과 몽골, 태국, 말레시아에서뿐 아니라 일본에서 그리고 유럽의 여러 나라에서도 '성균한글백일장'의 깃발이 날릴 수 있게 되기를 기대해 본다.

거룩한 낭비, 현명한 투자

김진호(베트남 달랏대학 한국학과 교수)

작년 4월 호치민시에서 열린 '제6회 동남아시아 성균한글백일장'에 참가하는 본교 학생들과 동행하였다. 내가 근무하는 달랏대학교에서 300킬로미터를 날아왔지만 반가운 얼굴인 이명학 선배와 김경흰 후배 교수를 보게 되는 기쁨을 덤으로 누렸다.

대회를 알리는 배너에 그려진 은행잎 로고와 SKKU가 새겨진 참가자 티셔츠를 보며 감회가 새로웠다. 우리 부부의 모교인 성균관대학교가 베푸는 뜻깊은 행사에 동참하며 자연스럽게 제자들에게 학교 자랑을 할 수 있었기 때문이다. 태국, 라오스, 캄보디아, 베트남 각 지역의 15개 대학에서 온 80여 명의 참가자들이 제한된 시간에 주어진 주제로 원고를 써내려가는 진지한 모습은 보기에 참 좋았다. 이런 마당을 마련해 준 주최 측에 감사의 인사를 늦게나마 전하고 싶다.

동남아시아에서 한국어를 배우려는 열풍이 불어온 지 10여 년이 지났다. 베트남에 23개 대학에 한국(어)학과가 설립되어 약 1만 5,000명의 학생이 한국어를 배우고 있다. 15개의 세종학당과 다수의 학원을 포함하면 한국어 학습의 열기를 짐작할 수 있다. 한국 드라마와 케이팝과 같은 한류의 영향과 투자와 교역의 증가가 한국어 학습열의 배경이 되고 있지만 우수한 인재들을 선발하고 격려하는 '성균한글백일장'도 한류 확산에 기여한 바가 크다고 생각한다.

현장에서 가르치는 사람의 입장에서 보면 각 대학의 예심을 거쳐서 본대회에 참가하는 것만으로도 개인에게는 영예로운 일이다. 백일장 참가를 준비하는 학생들에게 글쓰기를 통한 내면의 성찰과 세상을 따뜻하게 바라보는 시선이 길러지는 긍정적인 역할을 하고 있기도 하다. 수상작으로 선정된 원고를 홈페이지에 꾸준히 제공하여 대회를 준비하는 학생들에게 좋은 지침을 주는 것도 도움이 된다. 손으로 쓴 글씨도 예쁘고 내용도 알차다.

생각해 보면 한 대학의 역량으로 세계 곳곳에서 매년 대회를 진행하기 위해서는 적지 않은 예산이 필요할 텐데 지속적으로 이어지고 있다는 것만으로도 칭찬받을 만하다. 현지의 한국어교육 기관과 긴밀하게 협조하며 대회를 진행하는 것도 지혜로운 방식이다. 백일장 행사에 쓰이는 예산이 거룩한 낭비처럼 보이겠지만 실상은 미래를 위한 현명한 투자가 될 것이다.

대성로(大成路)를 처음 오르내린 것이 벌써 40여 년이 되었다. 첫 학기 신입생의 필수과목인 유학개론 시간에 배운 구절이 아직도 생생하다. '成人材之未就(성인재지미취), 均風俗之不齊(균풍속지부제)'는 '인재로서 아직 성취되지 못한 것을 완성하게 하고, 민중의 생활이나 문화가 가지런하지 못한 것을 고르게 한다'라는 뜻이다. 이 구절의 앞 글자를 따서 성균(成均)의 이름이 생긴 것. 한국 사회의 민주화 과정에서 모교의 역할이 지대하였고 나는 거기에 대한 자부심이 크다. 교명(校名)에 담긴 교육기관의 역할과 목표가 600년을 넘어서 이어져오고 있고 지금도 굴지의 대학으로 자리 잡아 가고 있음에 긍지가 생긴다. 이제 세계화의 시대에 부응하여 모교의 발걸음이 세계로 뻗어가고 있음에 박수를 보낸다.

하노이 중심가에 공자의 사당이 모셔져 있는 문묘(文廟)는 1070년 완공되었고 1076년에는 베트남 최초의 대학인 국자감(國子監)이 바로 옆에 설립되었다. 이곳에는 진사제명비 82개(원래는 110개)에 1442~1787년간 과거에 합격한 사람들의 이름이 새겨져 있다. 해마다 입시철이 되면 학생과 학부모들이 방문하여 비석 귀부부(龜扶部)의 거북 머리를 쓰다듬으며 복을 빌다 보니 반질반질 빛나고 있다. 인재를 선발하고 등용하는 관문인 과거시험의 전통이 남아 있는 베트남에서 '성균한글백일장'이 열린 것이 더 뜻깊은 이유이다. 국자감에 걸린 '賢才國家之元氣(현재국가지원기)'라는 현판처럼 다음 세대를 향한 지속적인 관심과 배려를 모교에 부탁드린다.

공대 교수가 본 '성균한글백일장'

김태성(성대 기계공학부 교수)

2018년 길고 무더웠던 여름이 끝나갈 무렵 국제처장이셨던 구자춘 교수님께 전화가 왔다. '중·동유럽 성균한글백일장'에 심사위원으로 참석해 달라는 부탁이었다. 평소 같은 기계공학부 소속으로 믿고 따르는 분이었기에 거절하지는 못했지만 조금 당황스러웠던 것이 사실이다. 내 한국어 실력을 과대평가하신 것이 아닐까 걱정도 되었지만, 2007년 '성균한글백일장'을 처음 시작하신 이명학 교수님을 가끔 뵐 기회가 있을 때 들었던 참가학생들의 한국어에 대한 열정, 한국 문화에 대한 높은 관심 등을 직접 확인하고 싶었기 때문에 결국 참석하기로 결정했다.

2018년 11월 9일 금요일 오전 9시에 오스트리아 빈에 위치한 한인회관으로 이동하였다. 경치가 수려한 공원 내에 자리 잡고 있는 한인회관 건물은 빈에 있는 우리 동포들이 모금해서 마련한 공간으로 한글학교 등 여러 사업이 진행되는 곳이었다. 2시간 동안의 백일장이 시작되기 전 30여 명의 참가학생들 앞에서 심사위원의 한 사람으로서 환영사를 기회가 있었다. 대부분 학생들이 파란 눈의 백인 여학생들이었는데, 한국인이 아닌 학생들 앞에서 한국말로 환영사를 한다는 것 자체가 내게는 상당히 가슴 벅찬 일이었다. 미국 유학을 하면서 모국어가 아닌 영어로 공부해야 했기에 미국 사람들을 많이 부러워했던 기억이 있는데, 오늘은 내가 부러움의 대상이 되는 위치에 있다고 생각하니 믿어지지 않았다. 내 한국어 한마디 한마디에 귀를 기울여 주던 학생들 앞에서 조금은 의기양양했던 환영사가 끝난 후 심사위원장이신 김경훤 교수님께서 글제를 공개하고 이에 대한 설명을 해주셨다. 글제가 '함께하는 삶'이어서 너무 어려운 주제가 아닌지 걱정이 되었지만, 참가학생들이 열심히 글을 쓰기 시작하는 것을 보고 강의실 밖으로 나왔다.

참가 학생들이 글을 쓰고 있는 동안 러시아, 슬로베니아, 불가리아, 독일, 터키, 오스트리아, 헝가리 등 중·동유럽 여러 나라에서 학생들을 인솔하고 오신 한국어 및 한국학 관련 교수님들과 차를 마시면서 케이팝을 필두로 한 한류, 반도체, 자동차, 그리고 삼성을 비롯한 여러 대기업 덕분에 한국에 대한 관심이 점점 높아져 가고 있어 한국어 및 한국학 관련 학과들도 더 설립되고, 여기 들어오는 학생들의 숫자도 늘어나고 있다는 말씀을 들을 수 있었다.

'성균한글백일장'이 왜 작년에는 열리지 않았는지 등 비판의 말씀도 있었는데, 학생들의 관심이 높아서 학교별로는 예선전을 거쳐서 백일장에 참가시키기 때문에 연속성이 정말 중요하다는 것에 대해 주최 측인 성균관대학교에서 조금 더 신경 써주기를 요청하셨다.

대부분의 교수님들이 한국연구재단이나 코이카(KOICA)의 재정적인 지원으로 중·동유럽 지역 대학에서 강의를 하고 계셨는데, 이들 대학들에 한국어 및 한국학 관련 학과가 제대로 뿌리내리기 위해서는 해당 국가의 학생들이 관련 학위를 받고 본인들의 모국에서 교수로 채용되는 것이 꼭 필요하다고 말씀하셨고, 이를 통해 '성균한글백일장' 자체도 중요하지만 수상 학생들에게 대학원 석사과정 진학 시 등록금을 지원하는 것이 얼마나 중요한 일인지를 알 수 있었다. 인솔 교수님들과 대화를 하면서 백일장이 성균관대학교에 대한 홍보를 넘어 대한민국을 알리고, 세계에 한국어 및 한국학 관련 학문 활동을 진작하는 역할을 해왔다는 것을 새삼 확인할 수 있었다.

점심식사 후 학생들과 인솔 교수님들이 빈 문화탐방을 하는 동안 김경훤 교수님과 나는 심사를 진행했다. 우선 각자 심사 후 금상, 은상, 동상, 가작, 장려상에 해당하는 글들에 대해 논의 및 합의과정을 거치자고 했는데, 다행히도 국문학을 전공하신 김 교수님과 기계공학을 전공한 내가 뽑은 글들이 거의 일치하여 한시름 놓을 수 있었다. 모든 학생의 글이 한국어를 외국어로 공부하는 학생들이 쓴 글이라고 생각되지 않을 정도로 뛰어났기에 우열을 가리는 심사는 어려웠지만 재미있게 읽을 수 있었다.

특히 금상을 수상한 빈대학 밀레나 노비 학생의 글은 의문문으로 시작한 글의 구조도 특이했지만, 한국에서 교환학생을 할 때 도움을 받았던 경험을 바탕으로 '함께하는 삶'이라는 주제에 대해 우리의 예상을 훨씬 뛰어넘는 수준으로 담백하게 서술하여 상당히 놀랐다.

마지막 순서인 시상식은 백일장의 하이라이트였다고 말할 수 있을 것 같다. 금상, 은상, 동상을 받은 학생들이 자신들의 소감을 감격의 눈물과 함께 유창한 한국어로 발표할 때의 감동은 공대 교수로서는 잘 느껴보지 못한 것으로, 백일장에 참여한 사람들이 아니면 절대로 알 수 없는 값진 경험이었다.

앞서 얘기한 밀레나 노비 학생은 소감에서 "한글이 너무 아름다워서 배우고 싶었다"는 말로 그런 생각을 한 번도 하지 못했던 나 같은 한국 사람을 다시 한번 놀라게 했고, 동시에 부끄럽게 만들었다. 가작과 장려상을 받은 학생들뿐만 아니라 아깝게 수상하지 못한 다른 학생들도 모두 즐겁게 시상식에 참여하는 모습을 보고, 이 학생들의 한글에 대한 열정과 관심을 직접 느낄 수 있었다.

숫자에 더 익숙한 공대 교수이기 때문에 백일장에 심사위원으로 참여하는 것이 처음에는 망설여졌으나, 참여하면서 얻은 수많은 감동 이후에는 기회만 있으면 참여하고 싶다는 확신이 생겼다. 백일장이 지난 10여 년 이어져 오는 동안 가끔 재정적인 어려움이 있었다고 들었는데, 엄청난 홍보효과와 이에 따르는 유무형의 장점들을 고려한다면 앞으로는 성균관대학교 차원을 넘어 국가적인 차원에서 마땅히 지원이 있어야 할 것으로 생각한다. 대한민국의 국력이 비상하면서 한류가 전 세계에 퍼지고 있는 지금 이 시점이 가장 효율적으로 이러한 일들을 추진할 수 있는 적기라고 판단되며, 성균관대학교가 앞장서서 대한민국을 선도해 나갈 때 한국어의 세계화 및 한국학 부흥은 더 이상 먼 미래의 일이 아닐 것이다.

마땅함이라는 이유로 개최되어야 할 '성균한글백일장'

김호(성대 중어중문학과 교수)

아주 특별한 인연으로 몇 차례 '성균한글백일장'의 심사위원으로 참여했었다. 외국어문학을 전공한 필자는 외국어로 글을 쓴다는 것, 특히 문학적인 성격이 짙은 글을 쓴다는 것이 얼마나 지난한 일인지 잘 안다. 그런 까닭으로 심사위원으로 참가했던 '성균한글백일장'에서 참가한 외국 학생들의 글을 읽으면서 나도 모르게 그들의 노력, 열정, 믿기지 않는 글쓰기 능력 그리고 한국에서 공부하고 싶다는 강한 열망 등을 누구보다 절실하게 느낄 수 있었다.

다만 어느 때인지는 확실치 않지만 문득 '왜 성균한글백일장을 개최해야 할까?'라는 생각이 들었다. 물론 학교 홍보, 한글 혹은 한류의 확산, 민간 외교 등 적지 않은 대답들이 떠올랐다. 그러나 그런 대답들은 무언가 부족하다는 생각이 들었다. 그러던 중 문득 이 행사는 어떤 구체적인 이유 없이 그저 마땅히 개최되어야 하지 않을까 하는 생각이 들었다. 그 마땅함은 이 행사의 개최가 성균관대학교의 교육이념 혹은 교육철학의 구체적인 실천과 밀접한 관련이 있다는 생각에서 출발한다.

먼저 필자는 성균관(成均館)이라는 명칭에 주목하고 싶다. 성균관은 조선시대 국학의 명칭이지만 그 유래는 중국에서 먼저 찾을 수 있다. 즉, 성균(成均)이라는 명칭은 일찍이 중국 주대(周代)에도 대학의 명칭으로 사용되었고 그

후 중국에서 사회교육의 총칭으로 사용되기도 했다. 동시에 성균관이라는 명칭 역시 천하 교육의 중심지를 표시하는 의미로 쓰였다. 이 점에서 현재의 성균관대학교는 성균관이라는 교명이 갖는 무게를 새삼 다르게 느껴야 할 것 같다. 즉, 성균인(成均人)은 성균관대학교가 천하의 영재가 모이는 중심지가 되어야 한다는 점을 책임감 있게 받아들여야 한다는 의미이다.

물론 현재 성균관대학교에는 세계 각지에서 온 우수한 교환학생들이 많다. 그러나 그들 대부분은 한글과 한국에 대한 이해가 깊지 않다. 이에 비해 '성균한글백일장'을 통해 성균관대학교 대학원에 입학하는 학생들은 한글과 한국에 대해 이미 많은 준비를 한 학생들이다. 그러므로 백일장을 통해 각국의 영재들을 성대로 모이게 하는 것과 일반적인 교환학생이 성균관대학교로 유학을 오는 것에는 상당한 차이가 존재한다고 생각한다. 이 점에서 '성균한글백일장'을 통한 인재 선발이야말로 성균관이라는 명칭에 부합하는 천하의 영재들을 성균관대학교로 모이게 하는 실천의 과정이라고 생각한다.

다음으로 일 년에 하루 성균관대학교 구성원들은 세상의 많은 사람이 누리지 못하는 아주 특별한 공휴일을 갖는다. 그날은 바로 9월 28일 공부자탄강일이다. 공자가 태어난 날을 공휴일로 하는 학교가 전 세계에 몇 개나 될까? 동시에 성균관대학교 학생들은 '성균논어'라는 교과목을 필수로 이수한다. 이 점에서 볼 때 교육이념에서 성대와 공자 사이에는 밀접한 관련이 있음이 분명하다. 주지하다시피 공자는 사학(私學)의 제창자로 수많은 제자를 양성하였다. 《사기열전(史記列傳)》〈중니제자열전(仲尼弟子列傳)〉의 기록에 따르면 공자의 많은 제자 가운데 유명한 자들은 77명이다. 흥미로운 것은 그들의 국적이 노(魯), 제(齊), 위(衛), 진(晉), 채(蔡), 진(秦), 송(宋), 설(薛), 오(吳), 초(楚) 등 다양하다는 점이다. 그리고 신분으로 보면 귀족 출신은 3명뿐이며 여기에 부상(富商)의 자제인 자공(子貢)을 제외하고는 모두 평민 출신이며 심지어는 적지 않은 제자가 미천한 신분이었다. 이렇듯 공자는 민족이나 나라를 가리지 않았고 또한 사회적 신분의 제약 없이 평등하게 제자들을 교육했다. 이를 통해 교육의 사회적 기초를 확대하였고 더욱 많은 사람에게 교육을 받을 수 있는 기회를 제공함으로써 후대 중국 사회에 지대한 영향을 미쳤다.

흥미롭게도 우리는 성대가 '성균한글백일장'이라는 기회를 통해 중국, 몽골, 중앙아시아, 동남아시아, 동유럽의 학생들에게 성대에서 공부할 수 있는 기회를 제공하는 것이 공자가 조건 없이 제자를 받아들여 교육한 것과 일맥상통함을 발견할 수 있다. 백일장을 통해 국적이나 처한 환경을 불문하고 성대에서 교육받기를 원하는 외국 학생들에게 공부할 수 있는 기회를 제공하는 일이야말로 공자가 중시했던 참다운 교육이념의 체현이며 동시에 성대가 계승하고 지향해야 할 마땅한 교육철학이라고 생각한다.

두서없이 '성균한글백일장'에 대한 느낌과 생각을 말해 보았지만 결론은 간단하다. 나는 '성균한글백일장'을 통해 여러 외국 학생들이 자신들의 나라에서는 받기 어려운 좋은 교육의 기회를 얻게 되기를 희망한다. 여러 외국의 영재들을 성대로 모이게 하는 것이 백일장의 근본적인 목표라면 이 행사의 개최에는 마땅함이라는 이유 이외에 다른 이유는 필요가 없을 것이다. 성대는 백일장을 통해 여러 나라의 영재들에게 성대에서 배울 기회를 제공하고 이를 통해 학생들이 자신들의 삶의 터전에서 주위 사람들에게 좋은 영향을 미치는 사람으로 성장할 수 있도록 도와주면 되는 것이다.

아무도 가지 않는 길을 가는 것은 너무 힘들다. 특히나 가시적이고 실용적인 이익이 보이지 않는 경우는 더욱 그러하다. 그러나 교육이란 보이지 않는 사람의 가치를 찾아내고 옳은 길로 인도하는 과정의 일환이다. 성대가

'성균한글백일장'이라는 행사를 통해 세계 각지의 영재를 얻어 교육하는 아무도 가지 않는 길을 묵묵히 잘 걸어갈 수 있을까? 이 글을 마치며 문득 떠오른 또 하나의 생각이다!

성균관대학교의 국제적 브랜드 파워

백승수(가천대 리버럴아츠칼리지 교수 / 전 성대 홍보팀 과장)

숨죽인 고요 속에 '어느 하루'가 원고지를 타고 강물처럼 흐른다. 중국의 수도 베이징 한복판에서 '제3회 중국 성균한글백일장'이 열렸다. 중국 전역에서 선발된 46개 대학 80여 명의 한족(漢族) 대학생들이 시제를 가름하며 또박또박 사연을 써내려가고 있다. 진지하고 담담하다. 조급한 다툼이나 소모적인 긴장이 보이지 않는 아름다운 경연장이다. 보는 이의 기분을 상쾌하게 하는 풍경이다.

반듯반듯 예쁘다. 한 획 한 획에 정성이 배어 있다. 내리긋고 내긋는 선이 바르다. 동그라미와 네모가 모습을 제대로 갖추었다. 한글의 조형미와 개성을 살린 글씨가 자태를 뽐낸다. 원고지 사용법도 충실히 따른다. 120분 동안 500자 원고지 너댓 장을 너끈히 채운다. 그것도 한글을 한두 해밖에 배우지 않은 외국인의 솜씨다. 자꾸만 한국의 '요즘 대학생'들을 떠올리는 것은 나만의 소회가 아닐 듯하다.

원고지에 담긴 '어느 하루'가 하나 같이 아름답다. 자기의 생각과 느낌을 충실하고 짜임새 있게 보여 주고 있다. 이야기 속에서 자기 나름의 생각을 잘 표현하고 있다. 자전거를 통한 부녀지간의 진정한 소통, 쓰촨성 지진대참사의 안타까움 속에서 깨달은 효성, 험한 세파를 이겨낸 외숙모 이야기 그리고 한국어학과 입학시험 체험기 등 각자의 작은 서사(敍事)가 잔잔한 감동을 불러온다.

백일장이 끝나고 중국 내 한국어학과 교수 세미나가 열렸다. 중국 전역에서 제자들과 같이 백일장에 참여한 교수 40여 명의 한글 사랑에 고개가 숙여진다. 한국어를 제대로 이해하기 위해서는 어학 차원에 그칠 것이 아니라 한국의 사회와 문화도 함께 알아야 한다고 입을 모은다. 아울러 '성균한글백일장'에 대한 격려를 아끼지 않는다. 동시에 간곡한 부탁을 '힘있게' 강조한다.

"성균한글백일장은 한국어를 공부하는 학생들에게는 큰 희망이에요. 학생들이 백일장 입상을 위해 정말 열심히 한글을 공부해요."

"성균한글백일장이 학생들에게 확실한 동기부여를 주기 때문에 학과 운영이 수월해요. 학생들이 자발적으로 알아서 한국어를 공부하는 분위기가 형성되지요."

"한글 실력이 우수한 학생들을 중심으로 별도의 스터디그룹을 만들어 성균한글백일장 준비를 해오고 있습니다."

"모의 한글백일장을 치르고 교수들이 직접 첨삭지도를 하고 있습니다."

"성균한글백일장이 일회성 행사에 그쳐서는 의미가 없어요. 지속적으로 열리는 것이 중요해요."

"성균관대에서 정말 중요한 일을 하고 있습니다. 백일장이 중국 한국어학과에서 가장 우수한 인재들을 성대에서 선점하고 유치하는 역할을 하고 있는 것이죠."

드디어 시상식이 열렸다. 시상식의 첫 장을 연 것은 다름 아닌 우리 성균관대학교의 홍보 영상이다. 베이징 한복판에서 우리 대학의 발전상과 '비전 2010플러스'가 힘차게 울려 퍼지고 있다. 가슴 깊은 저 곳에서 뜨거운 기운이 올라온다. 어느 성균인(成均人)인들 가슴이 뭉클하지 않겠는가.

시상도 푸짐하다. 장학금 특전이 주어지는 금·은·동상 이외에 가작 10명, 장려상 16명을 선발하여 학생들을 격려했다.

'성균한글백일장'의 하이라이트는 학생들의 소감 발표. 학생들의 생생한 한국어 육성이 너무나 투명하게 전해 온다. 서툰 한국말이지만 자기의 느낌을 표현하는 데 손색이 없다. 부족한 한국어 발음이지만 자신의 주장을 펴는 데 부족함이 없다. 소박한 생각과 질박한 마음을 알알이 펼쳐 보인다. 길림사범대학에서 온 한 학생의 자기 성찰과 다짐이 특히 인상적이다. 입상을 하지 못했음에도 불구하고 아주 밝고 씩씩하다. "이번 백일장에서 입상하지 못한 것은 나의 노력이 부족했기 때문이다. 더욱 열심히 한다면 다음 기회에서는 반드시 좋은 성적을 거둘 수 있을 것이다. 한국어 독서를 많이 하는 것이 가장 좋은 방법이라고 생각한다. 그리고 이번 성균한글백일장이 삶의 큰 '자양분'을 주었다"며 의젓하고 똑똑하게 '설파'하는 장한 모습을 보여주었다.

이번 '제3회 성균한글백일장'의 압권은 중국과 대만 사이에 꽃이 핀 우정이었다. 대만에서는 이번에 처음으로 백일장에 참가했다. 그것도 중국에서 개최되는 백일장에 참가한 것이다. 이것만으로도 백일장의 의미는 한껏 고조되었다. 그런데 수상의 특전을 양보하는 아름다운 선행까지 이어지니 금상첨화가 따로 없다. 바로 3위로 입상한 대만국립정치대 린신이(林欣儀) 학생이 "한글백일장에 입상해 성균관대 대학원에 장학금으로 다닐 수 있다니 무척 기뻐요. 하지만 저는 이미 한국 정부 장학생으로 선발됐어요. 그러니 이 상은 다른 중국 친구에게 넘기겠습니다"며 선선히 상을 양보하는 게 아닌가. 행사를 주최한 성균관대학교 21세기 한국어위원회에는 비상이 걸렸다. 숙의 끝에 학생의 아름다운 마음을 받아들이기로 하고 아깝게 차점의 위치에 있던 작품을 골라 공동 3위로 선정했다. 이 훈훈한 미담 속에서 '분단 조국'의 안타까운 우리 현실이 아프게 다가왔다.

'성균한글백일장'에 와서 가장 많이 들은 말이 "성균관대학교에 감사드립니다"와 "성균관대학교에 유학 가고 싶습니다"였다. 학교에서 생활한 지 17년이 되었지만 '성균관대학교에 감사드린다'는 기분 좋은 인사를 이렇게 많이 받아본 기억이 없다. 그것도 외국인들로부터 듣는 찬사이니만큼 어깨가 절로 으쓱해진다. 어찌 우리 성균관대학교가 자랑스럽지 않으랴. 우리 대학의 발전상에 대하여 뿌듯한 마음 한편으로 우리 대학이 할 수 있는, 해야 하는, 의미 있는 국제적 역할에 대하여 생각해 본다.

누구는 중국이 못살기 때문에 우리 대학을 동경한다고 말할 수도 있겠다. 어떤 이는 한류(韓流)의 우산 아래 있기 때문에 대수롭게 생각할 일이 못 된다고 지적할 수도 있을 것이다. 그러나 중국의 발전은 날로 눈이 부시고, 우리 대학의 국제적 브랜드 파워는 심히 미약하다. 잘 알다시피 우리 대학은 최근 들어 국제화에 많은 정성을 쏟고 있고, 대학의 브랜드 파워 제고에 애면글면하고 있다. 무엇으로 우리 대학의 국제적 브랜드를 쌓아 나갈 것인가. '성균한글백일장'이 바로 그 모범 사례의 하나가 아닐까. 길은 멀지 않다.[2009. 5.]

성균관대학교, 한글로 세계를 잇다

성재호(성대 법학전문대학원 교수)

2007년 중국 베이징에서 우리 대학 이름을 붙인 한글백일장이 개최되었다. 베이징에 소재하고 있는 대학에서만 온 것이 아니라, 중국 각지의 대학에서 미리 선발된 대학생들이 대회에 참가하기 위해 모여든 것이다. 대회 글제인 '소중한 인연'처럼, 중국 대학(생)과 성대의 귀한 인연이 깊어지고, 한글을 통해 중국 대학생들의 생각을 읽을 수 있는 의미 있는 행사였다. 한 번의 행사로 그칠 수도 있었던 '성균한글백일장'은 행사를 기획하고 주도한 분들의 헌신적 노력이 기반이 되어 이후 10여 년을 이어가고 있다. 그저 이어가는 데 그치는 것이 아니라, 중앙아시아와 동남아시아로 확대되었고, 아시아를 넘어 유럽에서도 개최될 만큼 확대되었다. 한류문화의 확산과 인기가 한국 드라마와 아이돌 그룹의 케이팝에 그치지 않고, 세계 각국의 대학생들이 한글로 각자의 생각을 나누게 된 것이다.

'성균한글백일장'과 인연을 맺은 것은 외국 대학생들에게 우리 대학을 알릴 기회를 늘려 유능한 외국인 학생을 유치하려는 단순한 취지에서 시작되었다. 입학처장을 맡고 있던 2007년, 이명학 교수가 대회에 참가하는 중국 대학생들에게 우리 학교 기념품을 준다면 성대를 알리는 데 도움이 되지 않겠느냐는 제언에 공감하면서부터이다. 그 후 대회에 직접 참여해서 심사를 해 볼 기회가 있었고, 전언으로만 듣던 백일장의 가치를 체감하면서 적극적

참여자로 바뀌게 되었다. 글제를 풀어가는 외국인 학생들의 능력에 놀랐고, 부상으로 지원되던 성대 유학의 기회를 얼마나 소중히 여기는지 느낄 수 있었기 때문이다.

카자흐스탄에서 개최된 제1회 중앙아시아 대회는 또 다른 인식의 계기가 되었다. 실크로드의 한 축이었던 카자흐스탄의 수도 알마티는 활기 넘치고 의욕적인 대학생들로 가득했다. 젊은이들의 역동성은 그 나라의 미래와 직결된다는 생각을 하고 있었던 필자로서는 중앙아시아 대학생의 잠재력을 피부로 느낄 수 있었다. 글제인 '친구'와 어울리지 않는 원고가 한 편도 없었다. '벗'이란 단어를 사용하고, "힘들 때 친구가 진정한 친구"나 "좋은 친구를 만나는 것은 행운" 같은 표현으로 생각을 풀어나간 필력에 탄복할 수밖에 없었다. 행사를 이어가기 위해서는 경비 마련이 큰 과제였는데 2011년 대회부터 경비 일부가 학교 예산에 반영되어 대회가 지속될 수 있는 기반이 되었다.

2016년에는 백일장의 가치를 높게 평가하던 이석규 국제처장과 협의가 되어, 아시아를 넘어 중·동유럽으로 대회를 확산한 것도 큰 의미가 있다. 각각 다른 언어를 사용하는 다양한 중·동유럽의 대학생들이 한국어 설명에 귀 기울이며 하나가 되는 모습에 전율을 느낀 것은 나만의 경험이 아닐 것이다.

우리 대학은 1,500여 개의 해외 대학이나 기관과 교류협정을 맺고 있고, 외국인 학생이 재학생의 10%를 넘는 2.,800여 명에 이른다. 그중 백일장 입상을 배경으로 유학 온 학생은 많은 인원이 아니지만, 그들은 우리 대학을 자국에 적극적으로 알리는 성대인(成大人)이라는 원천적 인자를 갖고 있다. 장학금 대상자로 선발되지 못해 눈물을 글썽이던 참가자들과 지도교수들이 눈에 어른거리는 또 다른 이유이기도 하다.

‘성균한글백일장’에 참가한 수많은 대학생과 본상 입상자 중에는 우리 대학과 교류협정을 하지 않은 학교 소속인 경우가 적지 않아, ‘성균한글백일장’이 국제화를 위한 학교의 목표와 노력에도 힘을 보태왔다고 믿는다. ‘말하기’에 그치는 여타 행사와 달리 한글로 자신의 생각을 정리하고 표현하는 글쓰기 능력은 대학생의 핵심 역량이기에, ‘성균한글백일장’은 한국과 성균관대학교 학문의 국제화에도 주요한 역할을 할 것이다.

그간의 진행과정에서 참여해 주신 교수·직원들과 공감할 수 있었던 점에 감사하며, 어려운 경제 여건에서도 기꺼이 후원해 주신 삼성전자와 신한금융 등의 기업이 현지 대학생들에게 자연스레 알려지고 현지 친화적 기업으로 성장할 것임을 의심치 않는다.

10여 년의 경험과 노하우를 기반으로 한국어학과나 한국학 전공생에 국한된 행사를 넘어 공학이나 자연과학, 의학 등으로도 확대할 기회가 만들어지면 더 좋을 것이다. 자연스러우면서도 돈독하게 성대와 세계를 이어주는 ‘성균한글백일장’이 우리 대학 발전에 더 크게 기여하기를 바라본다.

'성균한글백일장'은 한국을 대표하는 백일장

유소영(헝가리 ELTE대학 한국학과 교수)

하늘이 높은 날!

햇살이 부서지는 아름다운 빈의 호숫가에서 우리말이 서툰 아이들은 파란 하늘과 경주하는 흰 구름 사이로 각자의 풍선을 올리고 상상의 나래를 편다.

음악의 도시 오스트리아 빈에서 펼쳐진 '제4회 중·동유럽 성균한글백일장'에서 중·동유럽의 여러 나라 학생들이 참가하여 서툰 한국어로 문학적 감수성을 겨루는 날이었다.

참가자들은 보통 오스트리아 빈대학을 비롯하여 헝가리 엘테대학, 슬로베니아 류블랴나대학, 터키 앙카라대학 등 각국의 대표적인 명문대학에 설치된 한국학과에 재학 중이거나 아시아학부에서 부전공으로 한국학을 공부하는 3~4학년 학생들이었다.

중·동유럽의 나라들은 한국에 비해 대체로 각 나라의 면적도 작고 인구밀도도 낮은 편이다. 또한 공산국가를 벗어나 자유경제 체제로 진입한 역사도 아직 30년이 지나지 않은 탓인지 경제적으로도 열악한 경우가 대부분이다.

그러므로 한국학을 공부하는 학생들이라면 당연히 품고 있는 한국에 가서 공부하고 싶은 열망은 개인의 힘으로 이루기 어려운 그저 한여름 밤의 꿈에 지나지 않는 경우가 허다하다.

이렇게 머나먼 낯선 나라, 한국에 대한 호기심과 희망을 품고 한국어를 공부하고 있는 학생들에게 '성균한글백일장'은 한국학도로서 그야말로 커다란 꿈을 안고 도약할 수 있는 기회의 산실이라 할 수 있다.

'성균한글백일장'은 성균관대학교가 2007년부터 10여 년에 걸쳐 실시하고 있으며 명실공히 한국을 대표하는 세계적인 백일장이라 할 수 있다.

'성균한글백일장'은 한국어와 한국 문화의 아름다움을 세계로 전파하고, 세계 여러 나라에서 한국학을 공부하는 학생들로 하여금 한국 유학의 꿈을 이루어 한국학 연구자이자 한국 문화 홍보대사로서 거듭날 수 있는 밑거름이 될 것이다.

이에 헝가리에서 한국학도를 가르치고 있는 한 사람으로 다시 한번 우리 학생들에게 좋은 기회를 주신 성균관대학교에 감사드린다.

한글백일장 – 또 하나의 학습장

윤선영(오스트리아 빈대학 교수)

선택 과목 중 하나로, 혹은 부전공이었던 한국어 수업과 한국 문화 수업이 오랜 세월을 거쳐 이제는 대학에서 한국학 전공으로 자리매김을 하게 되었다. 이에 따라 필수과목이 된 한국어 수업 수강생의 기대와 수준도 높아졌다. 온라인 매체를 통해 이미 기초 한국어를 배우고 들어온 학생도 늘어났고, 한국 여행을 통해 또는 한국 교환 학생과 만나면서 현재 통용되는 유행어나 신조어를 아는 학생들도 많아졌다.

지난 학기 초급 수업 시간에 '타다' 동사 활용 연습을 위해 '버스를 타다, 비행기를 타다, 말을 타다, 택시를 타다 …' 하는데 갑자기 '썸을 타다'를 덧붙이는 학생이 있었다. 순간, 이 말을 이해하는 몇몇 학생은 폭소로 대응했고, 이를 모르는 학생들은 서로 쳐다보다가 나를 빤히 바라보며 내 설명을 기다렸다.

그래서 외국어, 주로 영어 단어의 일부가 쓰이는 한국어 언어 현실(something → 썸, meeting → 소개팅, 번개팅)을 설명하고, 독일어에서 온 단어 'Arbeit'가 한국에서 알바, 알바생 등으로 사용되고 있음도 얘기해 주었다.

한국 문화에 대한 학생들의 관심 또한 다양해졌다. 역사, 사회, 정치뿐 아니라 생활문화 전반에 대해 배우기를 원하는 학생들도 생겼다. 그중에 한국에서 꼭 지켜야 하는 예의범절, 크니게(Knigge: 인간관계에 대한 책을 쓴 저자인데 현재는 에티켓의 대명사)에 관한 책이 있는지를 묻는 학생이 있었다. 이 질문은 내가 예의범절에 대한 한국의 고전들을 찾아보는 계기가 되었고, 얼마 지나지 않아 이덕무가 쓴 〈사소절〉에 대해 알게 되었다. 그리고 한국고전문학에 대해서도 알아야 하고 또 수업에서 가르쳐야 할 필요성을 느끼게 되었다.

그 순간, 2015년 제2회 행사에서 인솔 교수들을 대상으로 한 고전 강연이 떠올랐다. 그래서 당시 강의를 한 한국고전번역원 하승현 콘텐츠기획실장에게 이메일을 보냈더니, 감사하게도 바로 답장을 해주었다. 그리하여 나는 청장관전서에 수록된 〈사소절〉을 조금씩 읽게 되었다. 그리고 이번 학기에는 학생들 문법 수준에 맞게 텍스트를 부분적으로 재가공하여 한국 문화 수업에 활용할 예정이다.

듣기, 말하기, 읽기, 쓰기 순으로 비중을 두고 해온 한국어 수업에서 쓰기 영역을 다시금 바라보게 하는 계기가 되었다. 원고지 사용부터 문장 부호, 띄어쓰기 등 학생들이 자신의 생각을 한국어로 표현하는 연습은 가르치는 나에게도 배우는 학생들에게도 모험이었고 새로운 도전이었다. 그래서 제2회 백일장에서 내가 지도한 학생이 동상을 수상했을 때 얼마나 감사하고 기뻤는지 모른다.

'성균한글백일장'은 참가 학생들에게는 한국어로 글쓰기 연습을 하게 되는 계기를 마련해 줄 뿐만 아니라, 행사장에서 타 언어권 학생들과 한국어로 얘기할 수 있는 경험을 하게 되는 만남의 장으로써 글말과 입말을 함께 사용할 수 있는 학습장(學習場)의 몫을 톡톡히 하고 있다. 이에 나는 한국어 교육자로서 이 지면을 빌려 한글백일장 관계자 모든 분들께 그동안의 수고에 감사하는 마음을 전하고 싶다. 고맙습니다.

지속가능한 '성균한글백일장'을 꿈꾸며

이석규(성대 경영학과 교수)

'성균한글백일장', 내게는 너무나 소중한 경험이다. 아니 나 자신을 다시 뜨겁게 만들어 준 원천이다.

4년간(2013년 1월 초~2016년 12월 말까지) 한글백일장을 주최하는 부서(국제처)의 책임자로서, 모든 한글백일장 행사에 참여하였다. 돌이켜보면, 중국 백일장행사(제7회~제10회), 중앙아시아 백일장행사(제5회~제8회), 동남아시아 백일장행사(제1회~제4회), 중·동유럽 한글백일장행사(제1회~제3회) 등으로, 총 15회의 해외행사에 참여하게 된 행운을 누렸다. 참 고맙고 가장 즐거운 기억이 많은 행사였다.

백일장 행사라는 무대의 주인공은 물론 참여 학생들이다. 중국 한글백일장의 경우, 중국 전역에서 조선족을 제외한 중국 학생들이 한국어 실력을 겨루는 대회이다. 2시간 남짓 주어진 시간에 당일 발표된 글제를 중심으로 자신의 생각을 글로써 표현하는 대회이다. 따라서 수상자는 깊이 있는 한국어 실력을 바탕으로 탁월한 사유 능력까지 갖추어야만 한다. 대회 수상자에게는 원하는 분야의 성균관대학교 대학원에 입학할 자격이 주어지고, 입학시 학비에 대해서 전액 장학금 혜택을 학교가 부담하여 뛰어난 인재를 발굴 및 유치하고자 하는 기능도 함께 수행하고 있다.

백일장이 성공적으로 이루어지기 위해 무대 뒷면에서도 많은 분들이 중요한 역할을 수행하고 있다. 먼저, 비전과 계획이다. '성균한글백일장'을 성균관대학교가 왜 해야 하는가 하는 질문과 직결되어 있다. 다음은 예산과 인력이다. 학교 예산을 배정받고, 학교 인력을 공식적으로 동원하기 위해선 이 첫 번째 문제에 대한 공감대가 먼저 형성되어야 한다. '성균한글백일장'의 존재이유와 철학을 알려면 이 행사를 처음 만드시고 지금까지 이끌어 오시는 분의 생각과 철학을 이해하는 것이 필요하다. 백일장을 처음으로 기획하고 실행하신 분은 이명학 교수님이다. 백일장을 아무 연고가 없는 해외지역에서 학교의 예산적인 뒷받침 없이 정례적으로 개최해 오고 있다는 것은 무엇을 의미하는가? 그에 수반된 어려움과 노력을 상상만 해도, 첫 창업자에 대한 존경과 감사의 마음이 가득 차오른다.

나는 2013년에 '제7회 중국 성균한글백일장'을 시작으로 백일장을 처음 경험하게 된다. 국제처장으로 부임 후 첫 해외 행사인 백일장(베이징)은 나에게 새로운 경험과 고마운 분들과의 인연을 가져다주었다. 백일장 위원장으로 새로 역할을 맡아주신 성재호 교수님, 그리고 2007년 첫 회부터 백일장을 이끌어 오신 이명학 교수님과의 만남이다. 그분들을 통해서, 학교 일하는 법, 그리고 한글문화와 보급을 통해 우수인재의 발굴과 육성이라는 교육자로서의 사명을 다시 생각하게 되었다. 행사와 관련해서는 여러 어려움 속에서도 협력하면서, 즐겁게 해결하는 모습에서 절로 존경과 경의를 품게 되었다. 소중한 인연에 참 감사드린다.

소중한 인연인 선생님들과 함께 행사에 참가한 학생들이 보여 주는 열정과 작품 속에 담겨진 20대의 다듬어지지 않은 싹에서 뿜어져 나오는 뜨거운 감동이 현장에 있는 모든 사람의 심장을 더 뜨겁게 만든다. '애증(愛憎)'이라는 글제로 60여 명의 중국 학생들이 쏟아낸 글들을 하나하나 세심하게 평가하는 심사위원 선생님들의 숭고한 모습에서 백일장이 의도하는 높은 뜻을 위해 함께하는 동료애를 느낄 수 있었던 것이 무엇보다 좋았다. 심사위원으로 참여해주신 여러 교수님께 감사의 말씀을 드린다.

성공적인 백일장이 되기 위해선, 현지에서 행사 진행을 챙겨줄 현지 파트너 선생님들의 역할이 중요하다. 중국과 중앙아시아는 기존의 인맥과 현지 조직이 있어 행사가 매우 효율적으로 진행될 수 있었다. 2013년과 2014년은 주로 동남아시아(주로 베트남)와 유럽지역의 백일장 행사를 담당해 줄 해외파트너의 구축이 매우 긴급한 과제였다. 물론 어려운 일이었지만, 백일장을 사랑하는 사람들(행사위원장이나 심사위원으로 참여해 주신 교수님과 관심을 가지고 계시는 교직원 선생님들을 총칭함)의 도움으로 좋은 해외 파트너를 만날 수 있었다. 한류가 펴져 가는 베트남과 동남아 지역에서, 그리고 동유럽과 중부유럽의 한국어센터를 둔 대학을 중심으로 한 학회와 연계한 유럽 한글백일장을 2014년 첫 출범했을 때의 감동은 아직도 가슴에 생생히 남아 있다. 유럽 한복판에서 다양한 유럽 지역 학생들에게 한국어로 진행한 문화관광과 함께 한국어 실력을 경쟁하는 대회의 모습은 달라진 한국의 위상을 체험하는 것 이상으로 자부심을 심어주었다. 이러한 4년간의 총 15회 한글백일장 행사를 완벽하게 준비하고 운영해 준 국제처 직원 선생님들(박병주 팀장 이하 한글백일장을 담당한 직원 선생님들)의 헌신적인 노력으로 성공할 수 있었다. 진심으로 노고와 협조에 감사드린다. 나아가 현지 한인회 및 동문회, 그리고 후원해 주신 현지 한국 기업법인 관계자들, 그 외에도 백일장에 애정을 보여주시는 수많은 분들께 감사의 말씀을 드리고 지속적인 관심을 부탁드린다.

백일장에 대한 높은 뜻, 그리고 그 숭고한 뜻에 같은 관심을 쏟는 좋은 사람들이 있으면 행사는 계속된다. 하지만 현실적으로 성공적인 행사를 위해선, 예산과 행사담당 인력에 대한 체계화가 필요하다.

현재와 같이, 국제처 직원 선생님에게 업무를 맡기고 예산을 배정하기 위해선, 학교 당국(총장님 이하 예산부서)의 승인과 배려가 필요하다. 백일장이 해외 대학원생 유치라는 목적을 뚜렷이 하면 예산을 배정받기는 쉽지만, 본래 백일장의 비전과 취지에 맞지 않는 부분이 너무 많게 된다. 그래서 학교에서는 다소 학교 예산을 '성균한글백일장'에 배정하는 것에 소극적으로 보일 수 있게 된다. 어떤 분이 국제처장으로 부임하더라도, 이러한 상황에서는 본부의 협력을 최대한으로 이끌어내는 것이 필요하지만 점차로 어려워질 것이다. 그래서 행사 비용에 대한 매칭시스템의 개념이 나오게 되었다. 백일장 행사에 필요한 총비용의 50%는 학교 예산으로 배정해 주면, 나머지 비용은 후원 등의 재정확충으로 행사를 진행하는 시스템이다. 물론 백일장 행사 위원장님은 상당한 재정적 부담감을 지게 되지만, 학교 행사로 당분간 지속 가능성을 가지기 위해선 어쩔 수 없는 대안이라고 생각된다. 향후 백일장을 위한 독립적인 기금이 충분히 확충되거나, 아니면 학교 재정이 지금보다 더 좋아져서 백일장 행사 비용 전액(100%)을 학교 예산으로 배정받을 수 있는 조건이 충족되어야만, 예산 걱정 없이 백일장 행사를 계획대로 확대해서 시행할 수 있을 것이다.

꿈을 꾼다. '성균한글백일장'이 학교 대표 행사로 전 세계에서 행해지는 그날을. 이러한 꿈이 이루어지기 위해선, 백일장을 하나의 독립적인 재단의 형태나 학교 소속으로 하되 독립성이 강한 위원회로 하는 것은 어떨까 생각해 본다. 형식상으로 독립적인 조직과 예산을 갖춘 형태가 바람직하다. 그러고 나서 수상자의 입학 혜택과 장학금은 학교와 협조로 해결하고, 행사비용은 독립 조직에서 위원회를 통해서 기금 확충 및 운영을 하는 것이 바람직하다. 백일장을 사랑하는 사람들의 모임을 통해서, 충분한 논의와 협조를 받으면 가능할 것으로 보인다. 어려운 여정에 도달하는 꿈을 이루기 위해서, 당분간은 과도기 운영형태로 현행 국제처에서 50%의 예산 지원 형태로 백일장 행사를 주요 세계지역에서 치르는 것이 필요할 것으로 보인다.

지속가능한 '성균한글백일장'의 꿈을 위해서, 제가 받았던 감동과 귀중한 경험을 소중한 분들과 계속 공유하고 싶다.

천 냥 빚도 갚을 말 한마디, '성균한글백일장'

이승호(중앙일보 기자)

'1위는 산둥(山東)성 지난대(濟南大) 3학년 리신위에(李欣悅)가 차지했다. 백일장을 위해 상경하던 중 어머니에게 화를 낸 죄송한 마음을 글로 옮겼다. 그는 "글제를 본 순간 어머니 얼굴이 떠올라 눈물이 났다"며 "한국에서 신문방송학을 전공해 기자가 되고 싶다"고 말했다.'

'이날 금상은 하노이 인문사회과학대 쯔엉 티 중에게 돌아갔다. 그는 가난한 집안 형편 탓에 비닐봉지에 교과서를 넣고 다니던 초등학생 시절 어머니가 선물한 가방에 대한 고마움을 한글로 표현했다.'

2012년 6월과 2013년 10월 중앙일보에 실린 '제6회 중국 성균한글백일장', '제1회 베트남 성균한글백일장' 기사 중 일부다. 10년이 넘는 '성균한글백일장' 역사에 2번이나 참석하는 영광을 누렸다. 백일장 관련 글을 보내드리기로 한 뒤 6~7년 만에 당시 내가 쓴 기사를 찾아봤다. 두 대회의 글제는 각각 '말 한마디에 천 냥 빚도 갚는다'와 '선물'로 달랐지만, 금상 입상자의 글에는 공교롭게도 어머니에 대한 고마움과 애틋한 마음이 모두 담겨 있었다.

두 사람은 자신을 낳아 길러준 어머님에 대한 고마운만큼 한국에도 감사한 마음을 갖고 성장했을 것이다. '성균한글백일장'에서 3위 안에 입상한 학생은 학비 전액을 지원받으며 성균관대학교에서 석사 공부를 할 수 있기 때문이다. 한국어를 전공한 그들에겐 이 기회가 '말 한마디로 천 냥 빚을 갚은' 뒤 받은 '선물'과 같았을 것이다.

하지만 백일장 대회에 참석했던 관계자들은 알 것이다. 오히려 학생들에게 선물을 받았음을. 취재 당시 심사위원들은 참가자들이 쓴 글을 읽다 눈시울을 붉힌 것이 여러 번이라고 했다. 모국어로도 쓰기 힘든 가족에 대한 진솔한 감정을 한글로 절절하게 표현한 것을 보고 감동을 안 받을 수 없다고 했다.

나 역시 인터뷰 중 한국과 성균관대학교에 연신 고맙다고 말하는 중국 학생을 보며 뭉클한 감정을 느꼈다. 베트남에선 "한국의 베트남전 참전은 어쩔 수 없는 일이라 생각한다"는 말도 들었다.

이 학생들이 한국에서 성장해 모국을 이끌 인재로 자라난다면 어떨까. 다른 누구보다 한국을 잘 이해하고, 나아가 한국을 사랑할 수 있는 중국, 베트남, 중앙아시아와 동유럽의 동량(棟梁)이 된다면. '성균한글백일장'이야말로 한국이 이들 나라에 진 빚을 갚고, 미래를 함께하는 '선물'을 받게 할 '말 한마디'가 되지 않을까.

지난 10여 년은 이 같은 꿈이 뿌리내리게 하기 위해 성균관대학교 여러분들이 분투한 기간이었다. 앞으로의 10년은 든든한 뿌리를 가진 '성균한글백일장'이 관계자들의 고생 없이도 한국을 대표하는 거목으로 성장하는 시간이 되길 기원한다.

‘우리’를 생각하게 한 ‘성균한글백일장’

이정원(한국고전번역원 수석연구위원)

2018년 10월 23일 우즈베키스탄 타슈켄트의 그랜드미르호텔에서 많은 사람의 눈이 집중된 가운데에 한 우즈베키스탄인이 또렷한 한글로 ‘우리’라는 두 글자를 써내려 갔다. 글을 쓴 사람은 우즈베키스탄 교육부차관인 버버호지예브 사르바르였고, ‘우리’는 ‘제10회 중앙아시아 성균한글백일장’의 글제였다. 이 행사가 우즈베키스탄에서 가지는 위상을 단적으로 보여주는 장면이었다.

한국고전번역원은 2014년부터 2016년까지 3년간 ‘성균한글백일장’에 함께 참여하여 ‘우리 고전 해외교육사업’을 진행하였다. 이명학 교수님이 원장으로 부임해 오셔서 재임 기간에 사업을 연계하여 진행한 것이다. 우리 고전교육의 대상은 백일장에 참석한 학생, 학생들을 인솔하고 온 한국어 교사, 현지 한국 교민 등으로 행사 일정과 나라의 상황에 맞게 그때마다 다르게 진행되었다. 이 교수님이 임기를 마치고 번역원을 떠나신 후, 번역원의 사정으로 번역원이 진행한 ‘우리 고전 해외교육사업’은 종료되었다. 나는 이런 저런 사정으로 번역원이 진행한 3년 동안의 사업에 한 번도 참여하지 못하였는데, 뜻하지도 않게 우즈베키스탄에서 개최된 ‘제10회 중앙아시아 성균한글백일장’에 우리 고전 강연자로 참석하게 되었다.

학생들이 백일장을 진행하는 동안 따로 마련된 공간에서 인솔교사 20여

명을 대상으로 우리 고전 강연을 진행하였는데, 우즈베키스탄, 카자흐스탄 등 현지인 선생님도 몇 분 포함되어 있었다. 3년 전에 진행되었던 강연에도 참석했다는 한 선생님은 그때 많은 도움을 받아 이번 강연도 너무 기대된다고 하여 나에게 잔뜩 부담을 안겨주었다. '고전과 역사를 활용한 한국어(한국 문화) 교육'이라는 제목의 강연이었는데, 현지에서 널리 알려진 우리 드라마와 영화를 한국어 교육에 어떻게 활용할 수 있는지를 주요한 내용으로 하였다. 열심히 필기를 하고 중간중간 PPT 화면을 사진으로 촬영하는 선생님들의 모습에서는 백일장에 임한 학생들 못지않은 열의를 발견할 수 있었다. 학생들의 백일장이 마감되면서 선생님들을 대상으로 한 강연도 마무리되었는데, 우리의 역사와 고전을 가르칠 교육 자료가 늘 부족하다며 그런 부분을 많이 채워주었으면 좋겠다는 것이 그 선생님들의 공통된 바람이었다.

백일장을 마치고 진행된 심사에서 특히 눈에 띄었던 학생은 은상을 차지한 신 나데즈다 학생이었다. 카자흐스탄에서 온 신씨 성을 가진 고려인 여학생이었는데, 고려인으로서의 정체성과 가족의 소중함을 깨달아가는 과정을 진솔하게 잘 서술하였다. 시상식에서 본 학생의 모습은 영락없는 우리나라 학생이었다. 상을 받고 기뻐하며 다소 상기된 모습 속에 역사 속의 고려인과 현재 고려인의 모습들이 담겨 있어 괜히 가슴이 뭉클하였다. 그리고 이 학생이 성균관대학교에 진학하여 밝은 모습으로 대성로(大成路)를 거니는 모습은 상상만으로도 흐뭇하였다.

'성균한글백일장'의 표면적 목적은 학교의 홍보와 위상 강화에 있을 테지만 현지에서 느낀 바로는 이는 부차적 효과에 불과해 보였다. 베트남에서 박항서 감독 한 사람이 수많은 외교관과 웬만한 기업보다 더 큰 역할을 하고 있듯이, 우즈베키스탄을 비롯한 카자흐스탄, 키르기스스탄, 타지키스탄 등 중앙아시아에서의 '성균한글백일장'은 여타의 외교 활동보다 더 중요한 성과를 거두고 있는 듯했다. 그리고 국적을 떠나 형편이 어려운 젊은 학생들에게 학업의 기회와 희망을 전해주는 것은 외교 이상의 가치를 가지는 듯하다. 향후 더 많은 관심과 후원으로 더욱 빛나는 행사가 되었으면 좋겠다.

성균관대학교 해외 한글백일장은 '금자탑(金字塔)'

최영록(한국고전번역원 홍보전문위원 / 전 성대 홍보전문위원)

흔히 골프·축구·야구 등 스포츠 스타나 젊은 뮤지션들이 각종 국제무대에서 두각을 나타내면, 매스컴은 '대한민국을 빛냈다'며 대서특필을 한다. 그것은 물론 좋은 일이고 백 번 칭찬해도 부족한 일. 그러나 요란하지 않으면서도 국격(國格)을 높이고 우리의 한글 문화를 다른 나라에 전파하는 역할을 톡톡히 하며 '한국을 빛낸' 작지만 결코 작다고 할 수 없는 규모의 대회가 지난 10여 성상(星霜)에 걸쳐 5대양 6대륙에서 있었음도 기억해야 할 일이다. '성균한글백일장'이 바로 그것.

2007년 중국 베이징에서 처음 시작된 백일장 대회는 몽골, 중앙아시아 4개국, 베트남 등 동남아시아, 중·동유럽 지역까지 섭렵했으며, 현재도 진행 중이다. 그래서 나는 '한글백일장'이라는 단어를 어디서든 보면 가슴이 벅차다. 당시 주최 대학의 홍보팀 일원으로 신문기자들의 취재 편의를 돕고자 몇 차례 동행한 것은 큰 기쁨이었다. 중국 각지에서, 중앙아시아 각 나라에서, 베트남에서 백일장에 참가하러 온 학생들의 한글과 한국을 배우려는 열기를 현장에서 느끼며 뿌듯해한 기억이 지금도 생생하다. 치열한 예심을 거쳐 본선에서 작성한 600자 원고지 대여섯 장을 직접 보시라(글제를 보자마자 두 시간여 만에 쓴). 과거 우리가 한자나 영어 알파벳을 펜맨십(penmanship)에서 연습하던 것처럼 연필로 또박또박 정서(正書)하는 게 아닌가. 몇 군데 틀린 맞춤법과 띄어쓰기가 큰 문제이랴. 과연 우리 학생들이 이렇게 쓸 수 있을까? 어쩌면 우리 학생들보다 수준이 높은 게 아닐까 의심할 정도였다.

시작은 미미하였다지만, 주최 측이 인순이의 노래처럼 '거위의 꿈'을 꾸었기에 끝내 창대한 대회가 되어, 지난 12년 동안 한글백일장의 '열매'(수상자 50여 명이 성균관대학교 대학원-등록금 전액면제-을 졸업하여 지한·친한파로서 양국 친선의 징검다리로 활약하는 사례가 무릇 기하이다)가 풍성하게 맺혔지 아니한가. 하지만 한 가지 아쉬운 것이 있다. 이 대회를 국내의 한 사립대학교의 사범대학이 주최할 일이었을까? 이것이야말로 진즉에 교육부나 문화체육관광부가 해야 할 국가사업이 아니었을까? 맨 처음 이 대회를 창안한 교수님을 비롯한 몇몇 관계자가 십수 년간 운영경비를 마련하느라 흘린 노고를 생각하면 골백번 칭송해도 부족할 일. 국가에서 국위선양 훈·포장을 줘도 아깝지 않을 일. 대회를 주관한 이 대학교는 이미 중국, 중앙아시아 4개국, 동남아시아 학생들에게는 한국의 최고 명문대로 각인돼 있을 게 불문가지(不問可知). 소위 명문대를 자처하는 국내 대학들의 이름이 무색할 정도로 '선점효과(先占效果)'를 톡톡히 본 것도 불문가지. 그동안 숱한 대회를 치르느라 애쓴 대학 및 관계자 그리고 앞으로도 애쓸 분들께도 고맙다는 감사의 인사를 드리며, 백일장 백서 발간을 경하드린다.

'성균한글백일장'은 말 그대로 '금자탑(金字塔)'이다. 앞으로 어떤 어려움이 있어도 이 대회만큼은 전 세계에서 치러져야 할 일. 미국의 심장 워싱턴 DC 그리고 영국 런던과 유럽 도시의 꽃인 파리에서도 개최하여 우리말과 글의 우수성을 만방(萬邦)에 뽐내 보자.

오스트리아에서 온 한 통의 메일

하승현(한국고전번역원 책임연구위원)

"2015년 기억하실지…. 2015년 10월 빈에서 잠깐 인사를 나눈 윤선영입니다. 이덕무 〈사소절〉 원문과 현대 한국어 번역문을 찾고 있습니다. 한번 인사를 나눈 기억을 더듬어서 연락합니다."

2018년 5월 반가운 메일 한 통을 받았다. 몇 년 전 오스트리아 한인문화회관에서 만나 인사를 나눈 오스트리아 빈대학의 윤선영 교수로부터 온 편지였다. 먼 나라에서 온 한 통의 편지에 잊고 지내던 소중한 경험들이 함께 떠올랐다.

2015년 10월 20일, 오스트리아 한인문화회관에서 '성균한글백일장'이 열렸다. 이때 해외 고전 강연도 함께 진행되었는데, 이때 나는 한국고전번역원 콘텐츠기획실장으로서 학생들을 인솔한 교사들을 대상으로 한 고전 강연을 담당하였다.

한인문화회관은 아담한 건물이 작은 호수 변에 있었는데, 교실 창밖으로 물이 찰랑대는 것이 인상적이었다. 학생들이 강당에서 시험을 치르는 동안 유럽 각국에서 온 10여 명의 교사들을 대상으로 '잠(箴), 마음에 놓는 침'이라는 주제로 강의를 했다. 잠(箴)은 한문 문체의 하나로 마음과 행동을 경계하기 위해 지은 글이다. 한문 원전을 읽고 번역한 뒤에, 돌아가면서 한 작품씩 번역문을 읽으며 마무리하는 시간이었다. 모두 진지한 자세로 강의를 들었고, 강의를 마치자 "침에 찔린 듯 따끔따끔하다"는 감회를 전하기도 했다.

행사가 끝나고 나서 저녁에 차를 마시며 이야기를 나누었는데, 교사들은 외국에서 한국어를 가르칠 적에 교재나 콘텐츠가 부족해 많은 어려움을 겪는다고 했다. 또 〈감자〉나 〈배따라기〉 같은 문학작품들을 가지고 수업을 진행하니, 배경이나 특수한 정서를 잘 모르는 외국 학생들이 공감하기 어려워한다고도 하였다. 그러면서 고전이야말로 보편적 정서를 담고 있어 공감하기 좋은 교육 콘텐츠가 될 수 있을 것 같다고 하며 많은 관심을 표했다.

나는 한국고전종합DB를 활용한 다양한 교재 개발 가능성을 설명하고, 한류의 흐름을 타고 진정한 한국적인 것들이 널리 전파되었으면 좋겠다는 뜻을 전했다.

그 후 외국 교육 현장에서 고전 자료를 활용한 사례가 얼마나 될지는 모르겠다. 하지만 문화 교육용 자료를 찾는다며 오랜만에 연락을 해 온 윤선영 교수의 메일을 받고 보니, 그간 진행해 온 해외 고전 강연이 낯선 땅에 우리 고전 교육의 씨앗을 뿌린 것이 아닐까 하는 생각이 들었다. 만약 그렇다면 그 씨앗에서 싹이 트고, 자라나 나무가 되고, 숲이 되도록 물을 대주는 일 또한 앞으로 남은 일이 아닐까 한다. 케이클래식(K-classic)이 케이팝 못지않은 역동적인 흐름으로 세계인들의 가슴을 적셔 주는 날이 오기를 기대하는 것은 헛된 꿈일까?

성균 한글 백일장 부록

성균한글백일장

2007~2018

10여 년의 기록

2007~2018 성균한글백일장 대회 현황

국가	회차	개최일	개최국가	개최도시/장소
중국	1회	6/16/2007	중국	북경/북경어언대학
	2회	4/24/2008	중국	상해
	3회	4/30/2009	중국	북경
	4회	5/27/2010	중국	북경
	5회	6/17/2011	중국	북경
	6회	6/8/2012	중국	북경
	7회	6/14/2013	중국	북경
	8회	6/14/2014	중국	북경
	9회	6/15/2015	중국	북경
	10회	6/13/2016	중국	북경
몽골	1회	10/29/2008	몽골	울란바토르
중앙 아시아	1회	12/18/2008	카자흐스탄	알마티 카자흐스탄국립대학
	2회	10/22/2009	우즈베키스탄	타슈켄트
	3회	11/25/2011	우즈베키스탄	타슈켄트
	4회	10/25/2012	우즈베키스탄	타슈켄트
	5회	11/28/2013	우즈베키스탄	타슈켄트
	6회	11/20/2014	우즈베키스탄	타슈켄트
	7회	11/28/2015	우즈베키스탄	타슈켄트
	8회	12/10/2016	카자흐스탄	알마티 국제관계및 세계언어 대학
	9회	4/22/2017	카자흐스탄	알마티 국제관계및 세계언어 대학
	10회	10/23/2018	우즈베키스탄	타슈켄트
동남 아시아	1회	10/12/2013	베트남	호치민
	2회	4/22/2014	베트남	하노이
	3회	4/21/2015	베트남	하노이
	4회	4/25/2016	베트남	호치민
	5회	10/25/2017	인도네시아	반둥
	6회	4/25/2018	베트남	호치민
중·동 유럽	1회	10/10/2014	헝가리	부다페스트
	2회	10/20/2015	오스트리아	비엔나
	3회	10/25/2016	오스트리아	비엔나
	4회	11/9/2018	오스트리아	비엔나
계				

	주제	참가국가수	참가대학수	참가인원	수상인원					
					금상	은상	동상	우수가작	가작	장려
	소중한 인연	1개국	51개교	100	1	1	1	–	–	10
	다름	1개국	50개교	60	1	1	1	–	12	8
	어느 하루	1개국	46개교	79	1	1	2	–	9	16
	양심	1개국	45개교	82	1	1	1	–	13	12
	거울	1개국	43개교	83	1	1	1	–	13	16
	말 한마디에 천냥 빚 갚는다	1개국	47개교	94	1	1	1	–	12	15
	애증	1개국	53개교	93	1	1	1	–	15	15
	깨끗한 세상	1개국	50개교	85	1	1	1	–	15	15
	인생	1개국	52개교	87	1	1	1	–	15	15
	과속	1개국	56개교	91	1	1	1	–	15	15
	소망	1개국	18개교	59	1	1	1	–	5	7
	친구	4개국	9개교	34	1	1	1	–	–	10
	어머니	4개국	18개교	51	1	1	1	–	7	12
	선물	4개국	17개교	52	1	1	1	–	7	12
	길	4개국	18개교	52	1	1	2	–	7	12
	행복	4개국	20개교	57	1	1	1	1	7	12
	약속	4개국	18개교	60	1	1	1	2	10	12
	신뢰	4개국	19개교	60	1	1	1	–	15	15
	나눔	3개국	22개교	36	1	1	1	1	6	9
	진정한 행복	4개국	24개교	36	1	1	1	–	8	8
	우리	3개국	16개교	42	1	1	1	–	10	15
	선물	1개국	15개교	60	1	1	1	–	11	19
	가족	3개국	16개교	69	1	1	1	–	10	12
	포용	4개국	15개교	61	1	1	1	–	12	12
	씨앗	4개국	15개교	37	1	1	1	–	10	10
	꿈	3개국	14개교	37	1	1	1	–	8	8
	화해	4개국	16개교	83	1	1	1	–	15	20
	감사	10개국	11개교	30	1	1	1	–	8	7
	유산	15개국	18개교	35	1	1	1		7	9
	나눔	15개국	18개교	29	1	1	1		8	8
	함께하는 삶	11개국	14개교	27	1	1	1	–	7	5
				1861	31	31	33	4	297	371

2007~2018 성균한글백일장 수상자 현황

대회명	회차	개최일	상	대학	이름
중국	1	2007-06-16	금상	천진사범대학	정양
			은상	광동외어외무대학	나원
			동상	상해외국어대학	필락
	2	2008-04-24	금상	남경대학	담결
			은상	천진사범대학	기아비
			동상	복단대학	장연미
	3	2009-04-30	금상	천진사범대학	고남
			은상	북경제2외국어대학	심기
			동상	대만정치대학	임흔의
	4	2010-05-27	금상	남경사범대학	왕몽매
			은상	산동대학	전념순
			동상	산동공상대학	양주
	5	2011-06-17	금상	광동외어외무대학	추영시
			은상	대련외국어대학	장영혜
			동상	중국해양대학	적청화
	6	2012-06-08	금상	제남대학	이흔열
			은상	하얼빈원동이공학원	형매연
			동상	중앙민족대학	이단청
	7	2013-06-14	금상	산동대학	호문금
			은상	정주경공업대학	석려사
			동상	광서사범대학	요함
	8	2014-06-14	금상	북경외국어대학	악원
			은상	복단대학	왕사원
			동상	북경대학	유창
	9	2015-06-15	금상	북경대학	장부

중국	9	2015-06-15	은상	흑룡강대학	장기
			동상	북경대학	곡초
	10	2016-06-13	금상	북경대학	도문심
			은상	곡부사범대학	조설순
			동상	북경대학	장몽미
몽골	1	2008-10-29	금상	몽골국립대학	홀랑
			은상	몽골국립외국어문화대학	궁지뜨마
			동상	울란바토르사립대학	강토야
중앙 아시아	1	2008-12-18	금상	카자흐스탄외국어대학	아이게름 아이다로바
			은상	카자흐스탄국립대학	한 율리야
			동상	카자흐스탄외국어대학	신 이리나
	2	2009-10-22	금상	타지키스탄국립외국어대학	메메토바 엘비라
			은상	우즈베키스탄IT대학	남 마르가리따
			동상	카자흐스탄외국어대학	주메코바 아셀
	3	2011-11-25	금상	타슈켄트국립동방대학	마다미노바 딜라보
			은상	싱가포르경영대학	마짜꾸보바 아미나
			동상	세계경제외교대학	노디로브 자파르
	4	2012-10-25	금상	국립니자미사범대학	김 알료나
			은상	비쉬켁인문대학	오 예카쩨리나
			동상	타지키스탄국립외국어대학	미르조예프 도바르
			동상	타슈켄트국립동방대학	커디로브 바슬릿딘
	5	2013-11-28	금상	사마르칸트외국어대학	아브디에바 이로다
			은상	타지키스탄국립외국어대학	이 예카테리나
			동상	사마르칸트외국어대학	가파로바 말로핫
	6	2014-11-20	금상	타슈켄트국립동방대학	허지예봐 마디나
			은상	사마르칸트외국어대학	아즈모바 나르기자
			동상	타지키스탄국립외국어대학	아흐메도바 비비파티

중앙 아시아	7	2015-11-28	금상	카자흐스탄외국어대학	바이베코바 악토르긴
			은상	두샨베세종학당	라흐맛조다 자혼기르
			동상	우즈베키스탄국립세계언어대학	압둘라예바 닐루파르
	8	2016-12-10	금상	카자흐스탄외국어대학	조 옐레나
			은상	카자흐스탄국립대학	자미라 우스마노바
			동상	키르기스-한국대학	베이셴베코바 아이잔
	9	2017-04-22	금상	타지키스탄국립상업대학	미르조알리예프 후시누드
			은상	카자흐스탄외국어대학	이자트 아이다
			동상	카자흐스탄국립대학	울란 로자
	10	2018-10-23	금상	타슈켄트국립동방대학	나자로바 마디나
			은상	카자흐스탄외국어대학	신 나데즈다
			동상	사마르칸트외국어대학	랍비모브 베흐조드
동남 아시아	1	2013-10-12	금상	하노이인문사회과학대학	쯔엉 티 중
			은상	하노이국립외국어대학	응웬 티 툭
			동상	하노이국립외국어대학	뒤 티 화
	2	2014-04-22	금상	호치민인문사회과학대학	웬티 타오 스엉
			은상	하노이대학	딩 티 꾸엔
			동상	호치민인문사회과학대학	응오 지엥 홍 아
	3	2015-04-21	금상	다낭외국어대학	판 티 튀 융
			은상	하노이인문사회과학대학	응웬 티 나이
			동상	호치민인문사회과학대학	팜 호 치 마이
	4	2016-04-25	금상	호치민인문사회과학대학	딩 티 응아
			은상	캄보디아왕립프놈펜대학	라인 쓰레이닛
			동상	하노이인문사회과학대학	응우엔 티 이엔
	5	2017-10-25	금상	가자마다대학	아지마뚤 알리피야
			은상	마하사라캄대학	핌파까 손씨
			동상	가자마다대학	칸사 주이나

동남아시아	6	2018-04-25	금상	호치민인문사회과학대학	쩐 응우엔 밍 투
			은상	호치민인문사회과학대학	르엉 부 응우옛 하
			동상	하노이인문사회과학대학	쩐 뚱 응옥
중·동유럽	1	2014-10-10	금상	카포스카리대학	리디아 코수
			은상	소피아대학	메르자노프 토도르
			동상	모스크바국립언어대학	알료나 츄브
	2	2015-10-20	금상	앙카라대학	알데미르 제이넵
			은상	모스크바국립외국어대학	안나 그례벤키나
			동상	빈대학	니콜라 호프
	3	2016-10-25	금상	바베쉬-보여이대학	킬러래스쿠 알렉산드라
			은상	소피아대학	안드레에바 이리나
			동상	에르지예스대학	괵수 엘리프
	4	2018-11-09	금상	빈대학	밀레나 노비
			은상	튀빙겐대학	도미닉 푀르트너
			동상	모스크바국립외국어대학	안나 비군

2007

제1회 중국 성균한글백일장

2008

제1회 몽골 성균한글백일장
제2회 중국 성균한글백일장
제1회 중앙아시아 성균한글백일장

2009

제3회 중국 성균한글백일장
제2회 중앙아시아 성균한글백일장

2010

2010년 제4회 중국 성균한글백일장

2011

제5회 중국 성균한글백일장
제3회 중앙아시아 성균한글백일장

2012

제6회 중국 성균한글백일장
제4회 중앙아시아 성균한글백일장

2013

제1회 베트남 성균한글백일장
제7회 중국 성균한글백일장
제5회 중앙아시아 성균한글백일장

2014

제2회 동남아시아 성균한글백일장
제1회 동유럽 성균한글백일장
제8회 중국 성균한글백일장
제6회 중앙아시아 성균한글백일장

2015

제7회 중앙아시아 성균한글백일장
제9회 중국 성균한글백일장
제2회 중·동유럽 성균한글백일장
제3회 동남아시아 성균한글백일장

2016

제4회 동남아시아 성균한글백일장
제3회 중·동유럽 성균한글백일장
제10회 중국 성균한글백일장
제8회 중앙아시아 성균한글백일장

2017

제9회 중앙아시아 성균한글백일장
제5회 동남아시아 성균한글백일장

2018

제10회 중앙아시아 성균한글백일장
제4회 중·동유럽 성균한글백일장
제6회 동남아시아 성균한글백일장

성균한글백일장 후원자 및 후원기업 명단

개인 후원

	성 명	직 위	후원금액
1	강 원	우리카드 사장	300만 원
2	강호준	㈜대교 대표	1,000만 원
3	공창운	㈜가람해운 대표	200만 원
4	권태석	㈜브이로지스틱스 대표	100만 원
5	김세현	대학로 힘정형외과 원장	100만 원
6	김영두	㈜앨라스캠 대표	500만 원
7	김홍덕	㈜이래CS 사장	88,124,900원
8	남 일	㈜한국프라마즈 부회장	300만 원
9	손연호	㈜경동나비엔 회장	2,000만 원
10	양근만	㈜맛있는공부 대표	300만 원
11	유경선	유진그룹 회장	1,000만 원
12	유태연	유태연피부과 원장	100만 원
13	이가형	㈜메카트로 대표	400만 원
14	이명학	성대 한문교육과 교수	1,000만 원
15	이영식	㈜영보화학 대표	300만 원
16	이영탁	성대 의과대학 교수	200만 원
17	이창훈	원자력병원 신경외과 의사	50만 원
18	이호우	성대 시스템경영학과 교수	100만 원
19	정건호	㈜협성컨테이너터미날 대표	100만 원
20	최순봉	㈜S&C엔지니어링 대표	100만 원
21	최후곤	성대 시스템경영학과 교수	50만 원
22	황규선	㈜광호건영 대표	1,000만 원

〈후원금 기부 당시 직위임〉

기업 후원

	기업명	후원금액
1	KB국민은행	7,000만 원
2	KB국민카드	500만 원
3	(재)국제교류진흥회(YBM)	3,300만 원
4	기아모터스 슬로바키아 법인	10,864,000원
5	㈜롯데마트사업본부	2,000만 원
6	삼성전자 오스트리아 법인	6,147,050원
7	삼성전자 헝가리 법인	5,395,000원
8	유한킴벌리	800만 원
9	㈜서영엔지니어링	1,000만 원
10	하나은행	4,000만 원
11	㈜한국심트라	500만 원

'수상자 부상' 및 '참가 학생 기념품' 후원

	기업명		기업명
1	㈜대한항공	10	㈜소키씨앤티(김성오 대표)
2	㈜동서식품	11	신한카드
3	롯데주류 중국법인	12	LG생활건강(홍성하 법인장)
4	롯데마트 베트남 법인	13	오스트리아 비엔나 한인회
5	삼성생명	14	제일오픈타이드
6	삼성전자 베트남 법인	15	㈜크레신(이종배 대표)
7	삼성전자 우즈베키스탄 법인	16	㈜한국쉬즈라인(최용국 대표)
8	삼성전자 카자흐스탄 법인	17	한국고전번역원
9	삼성화재		

성균한글백일장 언론사 기사

"드라마로 한국 알게 돼… 한의사가 꿈"

성균관대 21세기한국어위원회(위원장 이명학 사범대학장)와 중앙일보가 공동 주최한 제2회 중앙아시아 성균한글백일장이 지난달 22일 우즈베키스탄의 수도 타슈켄트에서 열렸다. 한글을 통해 한국을 사랑하는 중앙아시아의 인재를 키우겠다는 게 행사의 취지다. 과거 '실크로드'의 중심지였던 타슈켄트 대회에선 3개국 대학생이 금·은·동상을 나눠 가졌다. 이들에겐 성대 대학원 무료 수학의 특전과 삼성전자 현지법인이 후원한 LCD TV 등 부상이 주어졌다.

조강수 기자 pinejo@joongang.co.kr

22일 타슈켄트 팰리스 호텔에서 열린 한글백일장에서 히잡을 쓴 우즈베크 여대생이 글짓기를 하고 있다. 우즈베크는 이슬람교가 국교다. 최정동 기자

금상을 수상한 타지키스탄 메메토바 엘비라(20·국립외국어대 한국어과 5학년)와 동상을 수상한 카자흐스탄의 아셀 주메코바(20·카자흐 국제관계 및 세계언어대학 한국어과 3학년)는 시험 전날 항공편으로 타슈켄트에 도착했다. 한글 백일장에 참석하기 위해 타지크에선 300여㎞, 카자흐에선 670㎞를 날아온 것이다. 우즈베크 대학생들이 대부분인 이번 백일장에서 혈혈단신으로 참가한 엘비라와 주메코바가 좋은 성과를 낸 데는 이유가 있었다. 자국 내에서 치열한 경쟁을 뚫고 올라온 '국가대표'급이었기 때문이다. 이날 주제는 '어머니'였다. 쇼우마로브 가이라트(63) 우즈베크 교육부 장관이 행사장에 나와 직접 한글로 시제를 썼다. 엘비라의 글은 흐름이 좋고 진솔하다는 평가를 받았다. 대학에 진학한 뒤 도시에 따로 혼자 나와 살면서 어머니와의 전화통화를 하며 외로움을 이겨낸 경험을 담았다. 엘비라는 타지크외대에 한국어과가 생긴 이듬해(2005년) 입학했다. 타지크인 아버지와 타타르족 어머니 간 혼혈이다. 한국어를 전공으로 택한 건 한류의 영향이 컸다고 한다. "한국 드라마를 보면서 한국을 알게 됐고 평소 다니는 교회의 주선으로 한국에 갔다 온 뒤로 한국이 더욱 좋아졌다. 재작년에 한국에서 한의학 단체가 타지크에 왔었는데 그때 한의사가 되고 싶은 꿈도 생겼다."

그래서 드라마 '대장금'과 '외과의사 봉달이' 등을 열심히 챙겨 본다고 했다. 엘비라의 한국어능급시험(TOPIK) 성적은 4급(최고 6급)이다. 엘비라의 지도교수인 타지크외대 최미희(여) 교수는 나보이극장에서 열린 시상식에서 "6년 전 머나먼 이국땅에 와서 묵묵히 한국어를 가르쳐 온 보람을 느낀다"며 감격스러워했다. 최 교수와 엘비라는 귀국 후에도 "대학이 온통 축제 분위기"라며 감사 e-메일을 성균관대 측에 보내왔다.

타지크·카자흐서 금상·동상
40대 1 자체 경쟁 뚫고 참가
은상은 우즈베크 고려인 3세

백일장 수상자들. 왼쪽부터 동상 아셀 주메코바, 금상 메메토바 엘비라, 은상 남 마르가리타.

주메코바는 알타이족이다. 한국인과 생김새가 비슷해 얼핏 보면 구분이 힘들다. 그녀에게 한글을 접하게 한 것도 한류였다. "어느 날 '올인'이라는 드라마를 보고 주제가가 너무 마음에 들었다. 그 노래를 부르려고 한글을 배우기 시작한 게 한국어학과로 진학한 계기가 됐다."

TOPIK 성적은 엘비라보다 한 등급 낮은 3급이지만 선발시험 때 4학년 선배들을 제쳤다. 40 대 1의 경쟁률이었단다. 지난해 카자흐스탄 알마티에서 열린 제1회 중앙아시아 성균백일장에 입상해 한국에 유학 중인 아이다로바 아이게름과 신아리나가 같은 과 선배다.

타슈켄트 IT대학에 다니는 고려인 3세 남 마르가리타(22·경영학과 4학년)는 은상을 받아 개최국의 자존심을 지켰다. 아버지 남 이고르(57)는 울르백천문학연구소에 다니는 물리학자다. "그녀는 한국어보단 러시아어나 우즈베크어가 더 편하다. 1937년 9월 스탈린의 강제 이주 정책으로 연해주에 살던 할아버지 일가족이 우즈베키스탄에 정착하면서 그렇게 됐다고 한다. 당시 분리정책의 명분은 연해주의 고려인들이 소련과 대립관계에 있던 일본 편에 서는 것을 막기 위해서였다.

"이주 전날 갑작스럽게 통보를 받고 강제로 떠나야 했기 때문에 할아버지는 전 재산을 두고 몸만 추슬러 출발할 수밖에 없었다. 타슈켄트에서 30분 거리인 '김병화집단농장(콜호즈)'에 터전을 마련했는데 어느 날 갑자기 할아버지가 사라져 버렸다. 나중에 세월이 흐른 뒤 정부 서류를 통해 총살당한 사실을 확인했지만 이유는 알 수 없었다. 당시 고려인들은 대부분 족보를 불태웠다. 한국어를 쓰는 것도 금기였다. 살아남기 위한 선택이었다."

마르가리타가 아버지로부터 들어 기억하는 대강의 집안 내력이다. 그녀는 3년 전 아버지의 권유로 타슈켄트 시내에 있는 세종한글학교를 다니면서 한글을 배우기 시작했다.

"할아버지가 돌아가시기 전에 항상 하신 말씀이 모국어와 모국을 잊지 말라는 것이다. 작은 아빠처럼 너도 언젠가 한국에 갈 테니 미리 준비하거라."

마르가리타의 작은 아버지(남 빅토르)는 몇 년 전 한국으로 유학 와 서울대 사범대학에서 박사과정을 밟고 있다. 그녀는 "한글은 발음하기 어렵지만 새로운 단어를 사전을 찾아가며 알아가는 과정이 재미있다"고 했다. 그녀에게 한국행의 기회를 준 수상작엔 이런 내용이 들어 있다. "어렸을 때 생일이 돌아오면 항상 좋은 선물을 달라고 기도했었다. 그땐 벌써 좋은 선물을 받았다는 걸 모르고 있었다. 어머니가 바로 그 선물인데도…."

타슈켄트 세종한글학교 허선행 교장
"한국어 단과대로 발전시키고 싶어"

조강수 기자

타슈켄트 세종한글학교 허선행(44) 교장은 27세이던 1992년 3월 우즈베키스탄에 왔다. 17년7개월째 한글 전파에 힘을 쏟고 있다. 가이라트 교육장관이 백일장에 참석한 건 그와의 인연의 힘이 컸다. 장관은 그를 '가장 좋아하는 한국인 아우'라고 부른다. 허 교장은 우즈베크인 부인 가르쿠샤 안나(32), 딸 예리나(7)와 함께 살고 있다.

-타슈켄트에서 한글학교를 운영한 계기는.

"전남대 사범대 윤리교육과 4학년 때 지도교수가 이쪽에 다녀온 뒤 '고려인 동포가 모국어 구사 능력이 가장 낮아 안타깝다'며 한글을 가르치는 일을 해 보지 않겠느냐고 제의했다. 그 말을 듣고 중앙아시아에서 고려인이 가장 많이 사는 타슈켄트로 왔다."

-고생도 많았겠다.

"당초 우즈베크 2곳, 카자흐스탄 2곳, 러시아 1곳에 한글학교가 생겼다. 4곳은 2~3년 만에 경영난으로 문을 닫고 이곳만 남았다. 처음에 수강생을 모집해야 하는데 광고할 돈이 없었다. 칠판지우개가 없어 손을 호호 불며 물걸레로 닦기도 했다."

-언제 보람을 느끼나.

"개교 때 50명으로 시작했는데 지금은 수강생이 250명으로 늘었다. 현지 교사들과 10년간 고민 끝에 종합한국어라는 자체 교재를 만들어 활용하고 있다. 지금까지 졸업생이 3000명이 넘는다. 수업료가 한 달 10달러여서 물질적으론 어렵다. 지금까지 버틸 수 있었던 건 길 가다가 뛰어와 인사하는 졸업생들이 있어서다."

-바라는 게 있다면.

"한글을 공부하는 우즈베크인이 성인을 포함해 1만 명에 달할 정도로 열풍이 세다. 드라마 속 '장금이'처럼 되는 게 소원이라는 여대생도 많다. 앞으로 한글학교를 넘어 한국어 중심의 단과대학을 만들고 싶다."

세종한글학교에선 한때 '미녀들의 수다'에 출연했던 압둘라예바 지밀라(26)도 만날 수 있었다. 지밀라는 "친구 소개로 여길 알게 됐다"며 "요즘 일주일에 3번, 오전 10시부터 90분간 한글을 배우고 있다"고 말했다.

허선행 교장(오른쪽)과 부인 안나, 딸 예리나.

24일 오전 중국 상하이 옘써시더 호텔에서 열린 '제2회 성균 한글 백일장' 행사에선 중국에서 한국어(조선어)과를 개설하고 있는 대학들이 선발해 보낸 65명의 대학생이 '나눔'이란 주제로 글짓기를 했다. 조선족은 한국어과에 입학할 수 없기 때문에 참석자들은 전원 중국인이다. 상하이=이충형 기자

제2회 성균 한글 백일장에서 금상을 받은 난징대 2학년 탄제(右)와 리진화 교수.

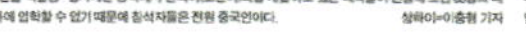

"한글에세이 상 타 한국 가려 꼬박 이틀 기차 타고 왔어요"

상하이 '성균 백일장' 서 확인한 중국의 한국어 열풍

중국 동북쪽 끝에 있는 헤이룽장성 치치하얼대 한국어과 3학년 리쯔(李子·25·여)는 23일 난생 처음 상하이에 왔다. 지도교수 팡상위(方香玉)와 함께 21일 고향을 출발해 36시간 동안 기차에서 생활했다. 치치하얼대의 대표인 리쯔의 목표는 한글 백일장에서 입상하는 것이다. 그는 "보름 동안 날마다 한글로 작문연습을 했다. 꼭 입상해 한국에서 대학원에 진학하고 싶다"고 말했다.

24일 중국 상하이 시내 옘써시더 호텔에서는 '제2회 성균 한글 백일장'이 열렸다. 성균관대 사범대가 주최한 것이다. 조선족은 참가 자격이 없고 중국 대학생들만이 대상이다. 한국어과를 개설한 중국 56개 대학에서 교내 선발과정을 거친 65명의 학생이 왔다.

산둥대 3학년 천위(陳鈺·21·여)는 백일장이 시작되기 전 '가는 말이 고와야 오는 말도 곱다' '낫 놓고 기역자도 모른다' 는 한글 속담 수백 개가 적힌 종이쪽지를 열심히 외우고 있었다. 그는 "한국에서 6개월간 교환학생으로 있었는데 다시 가고 싶다"고 말했다.

오전 10시, 이명학 사범대학장이 고사장 앞에 있던 첼로의 천을 걷어내자 중국 학생들 사이에서 나지막한 탄성이 터졌다. 이날의 글짓기 주제는 '나눔'이었다. 지난해 KBS '도전골든벨' 중국 대회 우승자인 리차오(李超·22·베이징언어대)는 "나눔이란 주제가 예상 밖이어서 당황했다"고 말했다.

평가위원인 성대 원만희 교수는 "중국 학생들의 한국어 수준이 높아 까다로운 주제를 줬다"며 "그런데도 주어진 2시간 동안 대부분 2000자 이상 백을 써내 놀랐다"고 말했다. 박정하 교수도 "한글 글짓기인데도 한국 대학생들에 비해 수준이 떨어지지 않는다"고 평가했다.

이날 대회에서 금상을 차지한 탄제(譚潔·20·여·난징대 2)는 "한국드라마 광이었던 고교 학생의 영향으로 한국어에 빠지게 됐다"며 "한국에 유학 가서 드라마 세트장에도 가보고 싶다"고 밝게 웃었다. 지아페이(紀菲菲·22·여·톈진사범대 3)는 교통사고로 죽은 대학생 아들의 뜻에 따라 장기를 기증한 어머니와 그 장기를 받아 생명을 건진 사람의 나눔을 묘사해 은상을 받았다. 그는 "지난해에도 이 대회에서 은상을 받은 뤄위안(羅媛·23·여)이 전액 장학금으로 성균관대 대학원에 진학했다는 소문이 다 났다"며 "학생들 사이에서 이 대회의 인기가 높다"고 말했다.

"한국어 잘하면 취업 거의 100%"
56개 대학 대표학생 65명 참가
2시간에 원고지 10장 분량 거뜬

◆높아가는 한국어 열기=1990년대 초 중국에서 한국어를 가르치는 대학은 5~6개에 불과했다. 그러나 한류(韓流)가 유행하고 한국 기업의 중국 진출이 늘어나면서 이젠 50개 대학을 넘어섰다. 창춘대외경화학원은 현재 680명인 한국어과 총정원을 다음 학기부터 1200명으로 늘린다. 산둥주 근처에 있는 라오닝대의 경우 한국어과 학생이 800명이고, 한·중 관계를 연구하는 단과 대학까지 세웠다.

광둥외국어 무역대 취안융젠(全永根) 교수는 "한국과 중국 기업들로부터 한국어를 할 줄 아는 졸업생 구인 전화가 빗발치는데 보내줄 학생이 없다"며 "중국에서 한국어 전공자의 취업률은 거의 100%"라고 말했다.

저우위보(周玉波·33·여) 대외경제무역대 교수는 "나는 95년 한국어 웅변대회 우승을 계기로 한국에서 박사 학위도 받았고 이젠 한국어를 가르치고 있다"며 "학생들에게 한국에 대한 애정과 한국어 학습의 동기를 불어넣어줄 이런 대회가 더 활성화됐으면 좋겠다"고 말했다.

상하이=이충형 기자
adche@joongang.co.kr

이명학 성대 사범대학장

중국 대학생들을 대상으로 한 한글 백일장은 성균관대 이명학(사진) 사범대학장의 아이디어였다. 이 학장은 "올해엔 지난해보다 더 많은 학생이 참가하는 등 열기가 뜨거웠다"며 "한국어를 전공하는 중국 학생들 사이에서 한글 공부 붐을 불러일으킨 게 가장 기쁘다"고 밝혔다. 다음은 일문일답.

-중국까지 와서 한글 백일장을 하는 이유가 뭔가.

"중국은 전 세계에서 가장 빠르게 성장하는 나라다. 한국과의 경제 교류도 왕성하고 있다. 한류(韓流)까지 겹치면서 한국어를 배우는 중국 대학생이 급속히 늘어나고 있지만 지금까지 이들을 거의 방치해 왔다. 언어를 알게 되면 그 나라를 사랑하게 된다. 중국 내에서 한국어를 자유롭게 사용할 수 있는 대학생이 늘어나는 것은 그래서 중요하다."

"한국어 전공 중국학생 1만 명 대회 통해 한국통 많아졌으면…"

-중국에 한국어 전공자가 얼마나 되나.

"1회 대회 때 파악한 게 약 5000명이다. 그런데 중국인 교수들 얘기가 2년, 3년제 대학까지 다 합치면 1만 명이 넘는다고 한다."

-중국 학생들의 한글 작문 수준이 꽤 높아 보인다.

"그렇다. 놀라울 정도다. 이들은 과외를 한 게 아니라 한국 소설책을 읽고, 써보고 하면서 글솜씨를 높인 것이다. 우리 교육도 반성할 바가 많다. 앞으로 이 대회가 더욱 성장해 중국 내 한국통을 많이 길러냈으면 좋겠다."

성균관대의 한글 백일장과 한국어 전공자 네트워크 구상

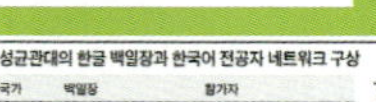

국가	백일장	참가자
중국	-2007년 6월 베이징, 2008년 4월 상하이 개최 -2009년 4월 베이징 예정	베이징대 등 중국 전역의 50여 개교(1회 대회 50명, 2회 65명)
몽골	2008년 10월 울란바토르	몽골국립대 등 25개교 75명
중앙아시아	2008년 12월 타슈켄트(우즈베키스탄)	우즈베키스탄, 카자흐스탄, 키르기스스탄, 타지키스탄의 20개교 60명

→ ·자국 내 한국 관련 학술 교류 ·온·오프라인 커뮤니티 결성

← ·학생에게 한글 백일장 개최 ·교수에게 학술 행사, 한글 교재 제공

성균관대
백일장 입상자 등 우수학생 대학원 유치, 학비 등 지원
홈페이지 통해 한국어 교재, 관련 정보 제공
한국 학생과 해당국 학생의 '자매 결연' 서비스
각국 학생·교수들에게 '한국 바르게 알기' 캠페인

"중국에 대한 악플에 실망 한국인들 만나보니 달라"

성대 유학 온 한글백일장 장학생

'성균한글백일장'을 거쳐 한국으로 유학 온 중국 학생은 현재 두 명이다. 1회 대회에서 은상을 받은 뤄위안(羅媛·23·여·사진㊧)이 올 초부터 성균관대 대학원 무역학과를 다니고 있다. 같은 대회에서 금상을 받은 정양(鄭楊·22·여·㊨)은 이달 대학원 국문학과에 입학했다. 뤄위안과 정양은 각각 광둥외어외무대학과 톈진사범대학 한국어과를 졸업했다. 성대는 백일장 1, 2, 3위 입상자에게 대학원 진학 기회와 함께 2년 학비를 면제해 주고 있다.

뤄위안은 2002년 월드컵을 계기로 한국에 관심을 갖게 됐다. TV로 본 붉은 악마의 응원은 강렬한 이미지를 남겼다. 이후 한국의 경제 성장, 외환위기 당시 금 모으기 운동 등을 알게 됐다. 그는 한국인에 대해 '성실하고 열정적인 국민'이란 인상을 받았다고 한다.

정양은 고교생 무렵 '황태자의 첫사랑' '마지막 춤은 나와 함께' 같은 한국 드라마의 팬이었다. 도서관 한국서적 담당 사서를 자원해 일주일에 한 권씩 한국 소설과 수필을 읽었다. 정양은 "그때 읽은 한국 문학작품 덕에 백일장에서 좋은 성적을 받을 수 있었다"고 말했다.

한국에 대한 애정이 깊은 이들도 한국인에게 실망한 적이 있다. 쓰촨성 대지진이 계기였다. 뤄위안은 "조국에서 일어난 비극 때문에 마음이 아프던 차에 인터넷에 '잘됐다'는 댓글이 줄을 잇는 걸 보고 놀랐다"고 말했다. 이웃 나라의 비극을 보고 그런 반응을 보인다는 걸 이해할 수 없었다고 한다. 그러나 뤄위안은 "주변엔 따뜻한 위로를 건네는 한국인이 훨씬 많았다"고 말했다. 그는 "만약 내가 한국에 와서 따뜻하고 예의 바른 한국인들을 만나 보지 못했더라면 그 악플을 한국인의 진심으로 오해했을 것"이라고 덧붙였다.

정양 역시 '중국에도 컴퓨터가 있나', '한국에 유학 온 것을 보니 부자인가 보다'라는 말을 들을 때면 속상하다고 털어놨다. 하지만 그는 "중국인들의 악플로 한국에 대해 품었던 잘못된 인식이 한국인과 직접 생활하다 보니 사라졌다. 양 국민의 교류를 넓히면 오해는 점차 없어질 것"이라고 밝혔다. 뤄위안과 정양은 "두 나라 사이에 오해가 생기면 한국을 잘 아는 우리가 앞장 서서 한국인의 진심을 전하겠다"고 입을 모았다.

김진경 기자
handtomouth@joongang.co.kr

71년 전 강제 이주민 손녀 "나는 고려인이니까…" 2000㎞ 달려와 백일장 참석

중앙일보 – 성균관대 주최 카자흐 한글 백일장

제1회 중앙아시아 성균 한글 백일장이 18일 카자흐스탄 알마티 알파라비 카자흐국립대학교에서 열렸다. 고려인 김 크세니아(20·⑳)를 비롯해 백일장에 참석한 35명의 학생들이 '친구'를 주제로 글짓기를 하고 있다.

"오래전 떠난 모국 흔적 한글 통해 정신적 귀항"

금상 카자흐인 아이게림 드라마 '주몽' 번역 중

이명학 학장은 "이들은 한글을 통해 오래전에 떠나온 고향의 흔적을 찾아오고 있는 것"이라며 "일종의 정신의 귀향일 텐데, 그걸 생각하면 가슴이 벅차다"고 말했다. 알마티=김기현 기자 emckk@joongang.co.kr

※한글 백일장=지난해 중국 베이징에서 첫 백일장이 열렸다. 올해는 중국 상하이(4월)와 몽골 울란바토르(10월), 카자흐스탄 알마티(12월)에서 잇따라 개최됐다. 지난해 베이징 백일장에서 수상한 중국 학생 2명은 현재 성균관대 대학원에 진학해 공부하고 있다. 중앙일보와 성균관대 한국어위원회는 각 지역에서 대회가 끝날 때마다 한국어를 가르치는 교수들과 참석자들의 명단을 정리해 네트워크를 짰다. 아시아 지역에서 한글을 배우는 외국 학생들을 하나로 연결하는 허브 역할을 하겠다는 게 한국어위원회의 목표다.

"카자흐스탄이 고향이지만 우리 피는 한국"

고려인협회장 김로만씨

"나는 카자흐스탄이 고향이지만 우리의 피는 한국이다. 한국이 잘 살아 우리도 기쁘다. 우리 조상들이 떠나올 때 하나였던 한국은 지금 둘로 나뉘어 있다. 유일한 분단국가다. 남북이 꼭 통일됐으면 한다. 우리에게 같은 조국인데 정말 안타깝다."

"13세 때 정체성 고민 – 한글 배워"

동상 탄 신 이라나

제1회 중앙아시아 성균 한글 백일장이 끝난 뒤 수상자들이 한자리에 모였다. 왼쪽부터 동상 신 이라나(21), 금상 아이다로바 아이게림(21), 은상 한 율리아(21).

"한국으로 유학을 가고 싶지만 포기하고 있었다. 이번에 장학금을 받게 됐으니 성균관대에서 석사 과정을 마치고 한국 기업에서 동시통역사로 일하고 싶다."

—성장 잠재력은 어느 정도라고 보십니까.

"우즈베크는 중앙아시아에서 인구가 가장 많은 곳입니다. 또 아직 산업 현대화가 이뤄지지 않았기 때문에 성장 잠재력이 매우 큽니다. 부존자원이 풍부하다고 하지만 카자흐나 주변국에 비해 월등히 많다고 보긴 어렵습니다. 때문에 우즈베크는 부존자원에 의존하기보다는 산업의 현대화를 통해 국가 발전을 도모하려고 합니다. 다만 (경제, 국정 운영 등) 투명성이 아직까지 부족합니다."

중앙亞에 仁術 펼치는 삼성의료원 한가족의료봉사회

우즈베크 수도 타슈켄트에서 자동차로 40분 거리에 위치한 고려인 마을에 임시로 마련된 진료소. 고려인 2세 김다마라(여·55)씨가 삼성의료원 신경외과 金恩祥(김은상·55) 교수에게 서툰 한국어와 러시아어를 섞어 가며 증상을 호소했다.

"머리가 늘 아프고, 가슴이 답답해서 밤에 잠을 잘 못 자요. 5년 전엔 심장 발작이 있어서 병원에 가서 침도 맞고, 약도 먹었는데 좀체 나아지질 않아요."

고려인 3세로 타슈켄트 세종한글학교에서 1년간 교육을 받은 이나자(여·20)씨가 김씨의 말을 떠듬떠듬 한국어로 김 교수에게 전했다. 김다마라씨는 25년간 심장질환을 앓아 왔지만 어려운 경제 형편 때문에 진료조차 제대로 받지 못했다고 했다. 김 교수가 김씨에게 여러 검사를 한 뒤 처방전과 약 봉투를 건넸다. 김씨는 의료진에게 거듭 "감사하다"며 이렇게 말했다.

"우즈베크에서는 제대로 된 진료를 받기가 어려워요. 좋은 병원에 가려면 돈이 많이 들어서 엄두를 못 내요. 이렇게 진료도 해 주시고, 약까지 주셔서 고마운데 앞으로 어떻게 될지 몰라 불안하네요. 삼성의료원에서 자주 찾아와 주면 좋겠어요."

김은상 교수를 비롯해 성균관대 魚煥(어환) 의대 학장 등 삼성의료원 의사와 간호사, 사회복지사 등 13명으로 구성된 '한가족의료봉사회(단장 김은상 교수)'는 타슈켄트 일원에서 10월 20~22일까지 사흘간 의료 봉사활동을 펼쳤다. 한가족의

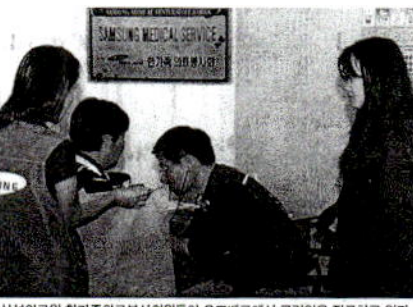

삼성의료원 한가족의료봉사회원들이 우즈베크에서 고려인을 진료하고 있다.

한글 글짓기로 중국·대만 학생 '마음 소통'

중앙일보·성균관대 공동 주최 베이징서 제3회 한글백일장

양안서 뽑힌 대학생 80여 명 참여

대만 학생 "난 이미 장학생 선발" 중국 친구에 한국유학 특전 양보

베이징=신경진 중국연구소 연구원 xiaokang@joongang.co.kr

후원: KB

중국·대만 교수가 본 '백일장'

"대만에서도 한국어과 지원자가 늘고 있다. 한글이 대만과 중국 사이에 가교 역할을 하게 돼 지도교수로서 뿌듯하다. 한국과 대만도 한글을 통해 더 많은 교류가 이어졌으면 하는 바람이다."

금상 수상자 정양

"한국에 가보진 못했지만 도서관에서 매주 한 권 정도 한국 수필과 소설을 읽는다. 한국에서 공부한 뒤 중국의 한국통이 되겠다"

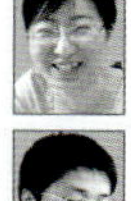

"경제학을 전공하다 한류에 빠져 한국어로 바꿨다. 지난해 교환학생으로 한국에 갔었는데 올해도 갈 것이다. 친구들이 기다려."

"이번에 헤이룽장성 외무공무원 시험에 합격했다. 한국어를 잘해 면접 때 도움이 됐다"

"필체·맞춤법·내용 뛰어나" 채점한 한국 교수들 감탄

몽골에서 첫 한글백일장

본지·성균관대 주최

몽골 최초의 한글백일장이 29일 열린다. 본지와 성균관대가 주최하고 몽골국립대가 주관하는 이날 대회는 몽골국립대에서 열리며 몽골 내 대학에서 한국어를 전공하는 재학생과 교수 100여 명이 참가한다.

몽골 내 20여 개 대학에서 학교 대표로 뽑힌 참가자들은 산문 부문에서 한국어 실력을 겨룰 예정이다.

이날 대회에서는 1~3등상, 장려상 등이 수여되며 이 중 1~3위 수상자는 성균관대에 입학할 경우 2년간의 등록금을 면제받는다.

백일장이 끝난 후에는 한국과 몽골의 교수들이 참가하는 한국어 세미나도 열릴 계획이다. 이 세미나에서는 한국 교수뿐 아니라 성바락 몽골국립대 한국학과장도 발표자로 나선다.

이명학 성균관대 사범대 학장은 "몽골 내 한국어과 학생이 3000명이 넘고 한국어과 개설 학교가 20개가 넘는 반면 '혐한 감정'도 적잖다"며 "우수 학생들을 발굴해 이들을 통해 한국 문화를 알리고 한국에 대한 몽골 내 관심을 높이기 위해 이번 행사를 기획하게 됐다"고 말했다.

이 학장은 또 "12월에는 우즈베키스탄에서 우즈베키스탄·카자흐스탄·키르기스스탄·타지키스탄의 한국어 전공자를 대상으로 한글백일장을 열 계획"이라고 덧붙였다.

정선언 기자 do@joongang.co.kr

"한·중 경제교류에 기여하겠다"

'한국어 백일장' 입상한 중국 여대생 3명

"젊은이 수만명이 한국어 배우기 열풍 톈진선 영어 능통자보다 더 인정받아"

중국 대학생 비러·위위안·징양(왼쪽부터)이 13일 경복궁을 둘러보고 있다. 김태성 기자

뉴스라인

성균한글백일장 언론사 기사

"한글 알면 한국도 좋아하게 됩니다"

한글백일장 '세계의 메카' 꿈꾸는 성균관대

중국 이어 올부터 몽골·중앙아시아서도 열어

성균관대 사범대 이명학(53·사진) 학장은 지난 17일 중국 50여 개 대학의 교수 73명과 학생 115명에게 e-메일을 보냈다. 이들은 지난 2년 동안 성균관대가 베이징과 상하이에서 개최한 '한글 백일장'에 참가했던 교수와 학생 대표들이다.

"인터넷에 근거 없는 유언비어가 나돌면서 한·중 양국 국민의 마음에 상처를 주고 있습니다. 한국의 역사와 문화에 친숙하고 한국어도 능통한 여러분의 도움이 필요합니다. 양국의 오해와 마찰을 해소하기 위해 '인터넷 파수꾼'이 되어 주십시오."

곧바로 답장이 쏟아졌다. "교육자와 어른으로서 중국 젊은이들에게 주신 애정 어린 충고에 감사드리며 학생들에게 편지 내용을 전달하겠습니다. 저희도 중국에서 노력을 아끼지 않을 것입니다."(중국 대외경제 무역대학교 한국어학부장 짜우위푸어 교수)

"양국의 미래와 더 친한 관계를 위한 좋은 글입니다. 고맙습니다." (제남대학교 한국어학과장 찐파오캉 교수)

이 학장은 중국의 혐한(嫌韓) 분위기를 고민하다 '한글 백일장'을 통해 구축된 중국 교수와 대학생 네트워크를 가동하게 됐다. 그는 "중국에서 한글을 아는 대학생이 늘어날수록 혐한은 줄어들 수밖에 없다"고 말했다.

성균관대는 10월과 12월에는 몽골과 우즈베키스탄에서도 한글 백일장을 개최한다. 중국뿐 아니라 동북아 국가들에서 한글을 사용하는 대학생들을 격려하고 이들과 한국의 '끈'을 이어 가기 위해서다. 장기적으로는 일본까지 포함시켜 성균관대가 '한글 백일장의 메카'가 되겠다는 꿈을 갖고 있다.

이 학장은 "한국을 동경하던 몽골과 베트남·일본·태국 등 아시아 국가들의 한국에 대한 인식도 나빠지고 있다"고 말했다. 그는 "미국이 풀브라이트 장학금을 통해 각국의 인재를 육성했듯이 한국에 열정을 품은 각국 젊은이들을 지원해 '지한파' '친한파'로 키워 낼 필요가 있다"고 지적했다.

◈**시발점 된 중국 백일장**=2007년 6월 성균관대는 중국 베이징에서 첫 한글 백일장을 열었다. 조선족은 배제한 순수한 중국 대학생들이 대상이었다. 출제위원으로 참가했던 성균관대 원만희 교수는 "중국 전역 50개 대학에서 선발된 최정예 학생들이 모이는 걸 보고 깜짝 놀랐다"고 말했다. 첫 대회의 성공에 힘입어 올 4월엔 상하이에서 2회 대회가 열렸다. 이번에도 대성황이었다. 동북단 헤이룽장성에서 36시간여 동안 기차를 타고 오는 등 중국 전역에서 한글을 아는 대학생 실력자들이 몰려 왔다. 행사 과정에서 한국어과가 개설된 중국 대학이 총 70여 곳이고 전공자는 2년제 대학을 포함해 1만5000여 명이라는 사실도 확인됐다.

2007년 대회에서 입상한 중국 대학생 2명은 졸업과 함께 장학금을 받고 성균관대 대학원으로 유학와 재학 중이다. 성균관대는 또 한글 백일장에 참가했거나 참가 의향이 있는 중국 대학생들을 위해 홈페이지를 제작하고 있다. 여기에서는 온라인 한글 교재 및 한국의 문화·역사를 소개하는 코너 등을 제공할 예정이다. 한글에 관심 있는 중국 대학생들과 중국어에 관심 있는 한국 대학생들을 엮어 주는 '자매 결연' 서비스도 도입할 계획이다.

◈**다음달 몽골서 첫 한글 백일장**=성균관대의 한글 백일장은 아시아 전역으로 확대된다. 다음달 29일엔 몽골 수도 울란바토르에 있는 몽골국립대에서 첫 한글 백일장이 열린다. 현지 25개 대학, 75명의 학생이 참가한다. 몽골에서 한국어 전공 대학생은 3000명쯤 된다. 올 12월엔 우즈베키스탄의 타슈켄트에서 대회가 열린다. 여기엔 주변국인 카자흐스탄·키르기스스탄·타지키스탄의 한국어 전공 대학생 60명이 참가한다. 서정돈 성균관대 총장은 "중앙아시아에서 한글을 아는 대학생들이 한류의 전도사 역할을 할 수 있게 지속적인 관심과 지원을 보내겠다"고 말했다.

천인성·김진경 기자 guchi@joongang.co.kr

한마당

한국語 수출

'공자학원(孔子學院)'이 뭐하는 덴지 아는 독자가 얼마나 될까. 명칭을 보고 혹시 유학(儒學)을 가르치는 곳으로 짐작하지 않을지 모르겠다. 사실은 중국 교육부가 주로 중국어를 전파하기 위해 세계 각국에 설립한 교육기관이다. 중국어를 보급하기 위해 전세계적으로 잘 알려진 '공자'라는 브랜드를 활용하고 있을 뿐이다.

이를 위해 각국 대학들과 교류하는 방식을 택하고 있다. 중국 정부는 매년 각 공자학원 운영비의 20~30%를 지원한다. 세계 최초의 공자학원은 2004년 11월 서울에 세워졌다. 최근 중국 경제 급성장에 따라 중국어 학습 열기가 고조되자 중국 정부는 지난 2년 사이에 집중적으로 공자학원을 세웠다. 그 결과 이달 초까지 문을 연 공자학원은 226곳(66개국)에 달했다.

오는 2010년까지는 공자학원을 500여개로 늘린다는 계획이다. 이에 따라 중국어 시험에 응시하는 인원도 크게 증가하고 있다. 중국 국가한어수평고시(國家漢語水平考試)위원회에 따르면 작년에 중국을 제외한 세계 각지 고사장에서 HSK(중국어 능력 평가 시험)에 응시한 외국인은 13만여명이었다.

이렇게 되자 일본이 위기의식을 느끼기 시작했다. 일본 정부는 일본어 사용 인구가 많은 동남아시아에서도 중국어가 석권하게 될 것을 우려하고 있다. 외무성은 해외 일본어 교육센터를 강화하기위해 올 예산안에 2억1000만엔(약 21억원)을 편성했다. 이를 통해 일본어 교육기관을 2~3년 내에 현재 39개에서 100여개로 늘린다는 것이다.

성균관대가 최근 중국 상하이에서 중국 대학생들을 상대로 실시한 '성균 한글 백일장'이 화제다. 이 백일장에는 한국어과를 개설한 56개 대학에서 교내 선발 과정을 거친 65명이 참가했다. 올해로 두번째인 이 백일장이 알려지면서 한국어를 전공하는 중국 학생들 사이에 한글 공부 붐이 일고 있단다.

이제 정부가 더욱 적극적으로 '한국어 수출'에 나서야 한다. 해외 한국문화원과 재외동포 교육기관 등에서 하고 있는 한국어 교육 방식은 재점토돼야 한다. 중국이나 일본처럼 별도의 한국어 교육기관을 두는 방안이 필요한 때다.

정원교 논설위원 wkchong@kmib.co.kr

베트남 학생이 쓴 한글 한 줄… 국문과 교수의 마음을 울렸다

동남아서 열린 '한글 백일장'

"퇴원하고 집에 들어온 동생이 내가 좋아하는 장미꽃 한 송이 들고 와 상을 받은 걸 축하한다고 했다. 나는 울었다. 동생이 나에게 준 그 마음이 포용이라고 생각한다. 어린 동생이 나에게 그 마음을 주면서 나를 구했다. 마음을 열고 다른 사람에게 잘못을 극복하는 기회를 줄 수 있다는 것은 세상에서 가장 예쁜 마음이다."

지난 21일 현동면 성균관대 국문과 교수가 판 티 뤼 융(23·다낭외국어대 4년)씨가 쓴 글 중 한 구절을 읽자 여기저기서 "아!" 하는 탄성이 터져 나왔다.

판씨는 중학교 때 상을 받아 파티를 열기로 한 날, 부모님이 아픈 동생만 챙기자 "왜 동생만 챙기느냐"고 쏘아붙였던 이야기를 500자 원고지 4장에 한글로 꾹꾹 써내려 갔다. 동생은 그날 밤 바로 수술에 들어갔고 그 후 한 달 동안 의식이 없었다. 죄책감에 시달리던 판씨에게 퇴원한 동생이 "누나 축하해" 하며 장미꽃을 건네 자기를 용서했다는 사연에, 한글 백일장 출품작 원고를 읽던 심사위원들은 동그래진 표정이었다.

월서 이날 오전 9시쯤 베트남 하노이에서 열린 '제3회 동남아시아 성균한글백일장'에 참가하려고 베트남·태국·라오스·캄보디아 4개국 대학들의 한국어학과 학생 61명이 모였다. 성균관대는 2013년부터 동남아 국가의 한국어학과 재학생들을 대상으로 백일장을 열어 1~3등 입상자에게 성균관대 석사과정 전액 장학금을 지원하고 있다. 이번 대회는 삼성전자·삼성화재·한국고전번역원이 후원했다.

근로자 평균 임금이 우리 돈 20만원 안팎인 이 나라들 학생에게 성균관대 백일장 입상은 '코리안 드림'을 실현할 수 있는 직행 티켓인 셈이다. 한국에서 석사 학위를 딴 학생들은 고국에서 한국 기업 법인에 취직하거나, 박사 학위까지 받은 후 한국어학과 교수직에 지원하기도 한다. 하노이 지역 대학생을 제외한 대부분은 전날 1~2시간 동안 비행기를 타고 하노이에 도착해 하루를 묵으며 대회를 준비했다.

한국어학과 대학생 61명 '포용' 주제로 원고지 채워

1등 경합 펼친 두 작품 놓고 심사위원들 30분 넘게 고심

대회 주관한 성균관대학교 수상자에 대학원 학비 지원

오전 9시 30분 '포용'이라는 글제가 발표되자 학생들은 긴장한 표정이었다. 이어 사각사각 소리를 내며 원고지를 채우기 시작했다. 라오스에서 코이카 봉사단으로 7개월간 학생들을 지도해 온 윤미애 교사는 "고3 학부모 심정으로 비엔티안에서 하노이까지 1000여㎞를 따라왔다"며 "2개월 전부터는 주말마다 학생들을 집으로 불러 식사해주고 점심도 차려주며 맹훈련을 시켰다"고 했다.

심사에 참여한 교수 5명은 30분이 넘는 열띤 논의 끝에 경합을 벌인 두 작품 중 동생과 화해를 주제로 한 판씨의 글을 수상작으로 정했다. 원고지를 8장 넘게 채운 학생들도 있어 예정된 심사 시간보다 1시간을 훌쩍 넘겼다.

판씨는 떨리는 목소리로 "송중기(성균관대 05학번)가 주연을 맡은 드라마 '성균관 스캔들'을 보며 한국어를 익혔는데, 내가 송기 오빠의 후배가 될 줄은 생각지도 못했다"며 "농사짓는 부모님에게 한국에 유학 가겠다는 말을 차마 못 했는데 그 기회를 얻게 돼 하늘을 날 것 같다"고 소감을 밝혔다. 천 교수는 "한국 문학을 가르치는 사람으로서 백일장에 참가한 학생들에게 감사할 따름"이라며 "'한(恨)을 풀었다' 처럼 고급스러운 표현을 쓰는 학생들에게 놀랐다"고 했다.

하노이(베트남)=유소연 기자

성균관대 제공

지난 21일 베트남 하노이에서 열린 '제3회 동남아시아 성균한글백일장'에서 학생들이 '포용'을 주제로 글을 쓰고 있다. 이날 백일장에는 베트남·태국·라오스·캄보디아의 15개 대학에서 온 학생들이 참가했다.

私費털어 타슈켄트서 '한글백일장' 여는 교수

이명학 성균관대 사범대학장 후원금으로도 행사비용 부족

"지난 두 달간 자정 전에 집에 들어가 본 날이 거의 없습니다. 학교 선·후배, 기업체 관계자 할 것 없이 안 만나 본 사람 없이 만나고 다녔는데 영 반응이 시큰둥합니다."

성균관대 이명학(54) 사범대학장은 8일 "돈 걷기가 참 힘들더라"고 했다. 이 학장이 모금을 하기로 마음먹은 것은 오는 22일 우즈베키스탄의 타슈켄트에서 '한글백일장'을 열기 위해서였다.

성균관대는 2007년부터 매년 중국, 몽골, 카자흐스탄에서 현지 학생들을 대상으로 한글백일장을 열고 있다. 이 학장의 아이디어였다.

"2007년 한류(韓流) 열풍이 불었을 때 문득 '나도 어렸을 때 홍콩 영화를 보며 중국어 공부를 했었는데…' 하는 생각이 들었어요. 한류 붐이 한글을 알릴 수 있는 절호의 기회라고 생각한 거죠."

현지의 반응은 뜨거웠다. 1회 대회 예선에는 중국 전역에서 2000명이 참가했다. 베이징에서 열린 본선 때는 중국 내 49개 대학에서 올라온 학생 50명이 경합했다. 2~3회 대회 때는 예선 참가자가 2500명을 넘어섰다. 몽골 울란바토르에서 열린 4회 백일장, 카자흐스탄 알마티에서 열린 5회 백일장도 호응이 컸다.

이 학장은 "한 번 대회를 치를 때마다 약 7000만원이 든다"고 했다. 참가 대학생과 지도교수의 왕복 교통비와 숙박비 등이다. 성균관대 예산으로 2000만원을 해결하고, 나머지는 후원을 받는다. 이 학장은 "타슈켄트 대회도 학교에서 2000만원을 받기로 했는데, 멀고 외딴 도시에서 열리는 행사라 나머지 경비를 선뜻 대겠다는 사람이 없었다"고 했다.

성균관대 제공

이 학장은 대기업과 문화재단 등을 돌며 4000만원을 모았다. 그래도 1000만원이 부족했다. 결국 이 학장이 호주머니를 털었다.

이번 대회 후원자 중 한 명인 남일(51) 한국프라마스 대표는 "'해외 방방곡곡에 한글을 알리려면 한글백일장이 꼭 필요하다'는 이 학장의 열의에 전염됐다"고 했다. 1회 대회에서 1등을 한 중국인 정양(23)씨는 현재 성균관대 대학원에서 국문학을 전공 중이다. 정씨는 "한글백일장은 한국어를 배우는 아시아 학생들이 꼭 참가하고 싶어하는 대회"라고 했다.

윤주헌 기자 calling@chosun.com

지난달 29일 몽골 전역 20개 대학 한국어과에서 선발된 학생들이 한글백일장에 참가해 '소망'을 주제로 글짓기를 하고 있다. ▶동영상 tv.joins.com 허진 동영상기자

몽골 대학생들 가슴 뛰게 한 한글백일장

성균관대 주최 제1회 행사 울란바토르서 열려

전국서 뽑힌 60명 '소망' 주제로 글솜씨 겨뤄

백일장 수상자들. 왼쪽부터 동상 강토야(21), 금상 촐랑(21), 은상 궁지트마(20).

서울에서 북서쪽으로 2000㎞. 비행기를 타고 3시간을 가면 몽골의 수도 울란바토르가 있다. 해발 1300m의 고지에 세워진 도시다. 몽골 전체 인구 280만 명 중 100만 명이 이곳에 살고 있다.

전 세계에서 가장 큰 제국을 건설했던 칭기즈칸의 후예들. 러시아에 이어 두 번째로 사회주의를 받아들인 나라. 하지만 1990년 한국과 수교했고 92년에는 사회주의를 포기했다. 전체 인구의 1%가 넘는 약 3만 명이 한국에서 취업하고 있다. 도심에서 운행되는 차량의 70%는 '메이드 인 코리아'다.

지난달 29일 오전 9시30분 울란바토르 시내에 있는 몽골국립대 제1관 320호에 몽골 전역에서 올라온 학생 60명이 모였다. 중앙일보와 성균관대 21세기 한국어위원회(위원장 이명학 사범대학장)가 공동 주최한 제1회 한글백일장 참석자들이다. 다르항대·엘효어르칠렁대 등 한국어과가 개설돼 있는 20개 대학에서 선발됐다. 이날 대회에서 금·은·동상을 수상하면 성균관대 대학원에 전액 장학금을 받고 진학할 수 있다.

참가자들은 자신의 이름표가 붙어 있는 책상에 앉아 한·몽사전을 뒤적이고 있었다. 곧 시제가 발표될 예정이었다. 빈자리는 없었다.

그런데 갑자기 여학생 한 명이 교실에 들어섰다. 나랑체첵(22·여·울란바토르사립대 4)이었다. "저는 명단에 없습니다. 가정학을 전공해 등록할 수 없었어요. 하지만 꼭 이 시험을 보고 싶습니다."

등록되지 않아 수상자에 포함될 수 없다는 설명에도 괜찮다고 했다. 3년 넘게 한국어를 독학했다는 그는 "몽골이 한국처럼 발전하는 데 기여하는 지도자가 되고 싶다"고 말했다.

오전 10시. 이명학 사범대학장이 고사장 앞 칠판에 돌돌 말려 있던 플래카드를 내렸다. 학생들 사이에서 나지막한 탄성이 터졌다. 이날의 주제는 '소망'. 학교 측은 500자 원고지를 나눠줬다. 몽골국립대 돌마 교수는 "원고지에 글을 써본 게 처음인 학생도 있다"고 말했다.

촐랑(21·여·몽골국립대 3)은 다른 사람을 사랑하는 게 소망이라는 글을 써 금상을 받았다. 그의 글은 이런 내용을 담았다. "등굣길에 아이들이 놀고 있는 걸 봤다. 저마다 배역을 맡았는데 한 남자애가 친구들이 재촉하는데도 아무 말도 없이 가만히 앉아 있었다. 그러고 한참 있다가 뭔가 떠오른 것처럼 벌떡 일어나 '우와, 나는 햇볕이 될 거야, 햇볕' 하고 말했다. … 그 이유를 물어봤는데 '예예예 우리 어머니가요, 시장 모퉁이 난전에서 나물을 파는데 거기 너무 춥다고 하셨어요. 저는 이 다음에 커서 햇볕이 되면 하루 종일 어머니를 따뜻하게 비추고 싶어요. 누나 이건 제 소망이에요' 하고 말했다."

촐랑은 의대에 합격해 놓고도 한국어학과를 선택했다. 그는 "한국으로 유학을 가서 생명공학을 전공한 뒤 몽골을 발전시키고 사람들을 잘살게 하는 게 꿈"이라고 밝혔다.

은상을 받은 궁지트마(20·여·몽골국립대 3)는 "과거에는 가난했지만 스스로의 힘으로 선진국을 만든 한국 사람에게서 노력한다면 모든 것을 할 수 있다는 걸 배웠다"고 말했다.

동상을 받은 강토야(21·여·울란바토르사립대 4)는 "몽골에서는 아무도 아이들에게 양치질 방법을 가르쳐주지 않지만 한국에서는 그런 기사와 방송이 있었다"며 "아이들에게 희망을 주는 방송국을 만들고 싶다"고 포부를 밝혔다.

평가위원장을 맡은 성균관대 원만희 교수는 "몽골에서 한국어 교육이 시작된 지 얼마 안 됐는데 의외로 실력이 뛰어났다. 상위권 학생들의 실력은 지난해와 올해 중국에서 치렀던 백일장 수상자들의 실력 못지않다"고 말했다.

시상식에 참가한 박진호 주몽골 한국대사는 "수상자뿐 아니라 참가자 모두가 양국 관계 개선의 첨병이 돼 달라"고 당부했다.

◆**한국과 인연 있는 참가자들**=오랍치멕(19·여·오트공텡게대 3)은 응시원서 가족사항에 '아버지 김동수'라고 적었다. 5세 때 아버지가 돌아가신 후 생계를 책임졌던 어머니가 한국에서 일하다 한국인 남자와 재혼했기 때문이다.

"2003년에 한국에 가서 1년간 살았어요. 한국어가 힘들어 대학을 마치고 돌아가려고 몽골에 다시 왔어요." 아버지는 오랍치멕에게 '김유미'라는 한국 이름을 지어줬다. 그는 한국으로 돌아가 법을 공부해 변호사가 되는 꿈을 품고 있다.

서엘마(21·여·언어연구자대 1)는 한국 브랜드의 외투를 입고 있었다. 2년 전 한국으로 시집 간 언니가 사준 외투다. 하비도 언니가 대준다. 그는 집안에서 유일한 대학생이다. "3월에 언니가 있는 광주광역시에 갔었어요. 도로·버스·빌딩 등 모든 게 크면서도 깨끗했어요. 언니가 왜 한국어를 전공하라고 했는지 알 것 같았어요."

91년 초 몽골국립대에 처음으로 한국어학과가 생겼다. 현재는 몽골 내 30여 대학에 한국어학과가 있고 학생 수는 3600명이다. 교양 과목으로 한국어를 가르치는 후레대에서는 한국어학과 개설을 검토하고 있다.

몽골 인문대 어트건체첵 교수는 "불과 10년 사이에 이렇게 많은 한국어 전공자가 생겨난 건 놀라운 일"이라고 말했다. 울란바토르=정선언 기자 do@joongang.co.kr

---

dongA.com

2015-12-02 03:00:00 편집

프린트 닫기

"한글백일장 금상 타… 꿈의 한국유학"

우즈베키스탄 타슈켄트에서 지난달 28일 열린 '제7회 중앙아시아 성균한글백일장 대회' 참가 학생들이 주최측에서 제공한 티셔츠를 입고 글짓기를 하고 있다. 중앙아시아 4개국 20여 개 대학 한국어 전공자 등 60여 명이 3명에게 주어지는 한국 유학 기회를 얻기 위해 치열한 경쟁을 벌였다. 성균관대 제공

"한국어 덕분에 한국 유학의 꿈을 이루게 됐어요."

카자흐스탄 국제관계세계언어대학 4학년 악토르긴 바이베코바 씨(20·여)가 기쁨에 찬 표정으로 환호했다. 그는 지난달 28일 우즈베키스탄 수도 타슈켄트의 그랜드미르 호텔에서 열린 '제7회 중앙아시아 성균한글백일장 대회'에서 1등인 금상을 차지했다. 이번 대회에는 중앙아시아 4개국 20여 개 대학에서 추천을 받은 60여 명이 참가했다. 금, 은, 동상 수상자는 성균관대가 대학원 장학금(2년)을 지원한다.

올해 백일장 글제는 '신뢰'. 바이베코바 씨는 사업에 실패해 가족을 돌보지 못했던 아버지와 자신의 이야기로 심사위원 4명 전원에게서 높은 점수를 받았다. 심사위원장인 김효 성균관대 중어중문과 교수는 "어려운 주제임에도 글의 내용과 형식 모두 완결성을 갖춘 수준 높은 작품이 많았다"고 말했다.

은상을 차지한 자혼기르 라흐마초다 군(17)은 한국어 공부 시작 1년 만에 한국 유학의 꿈을 이룬 사실이 믿기지 않는 듯한 표정이었다. 고교 3학년인 라흐마초다 군은 한국 유학 중인 두 형처럼 한국에 가기 위해 1년 전 세종학당을 찾았다. 대회 참가를 위해 타지키스탄에서 13시간 넘게 택시를 타고 왔다. 그는 어릴 때 만난 유기견과의 이별과 재회를 감성적으로 풀어내 호평을 받았다. 라흐마초다 군은 "형들에게서 한국에 대한 얘기를 듣고 한국 유학을 꿈꾸기 시작했다"며 "대회 직전에는 며칠 동안 거의 잠을 안 자고 준비했다"고 말했다.

이석규 성균관대 국제처장은 "대회가 지속되면서 단순히 말을 따라하는 수준을 넘어 우리말로 생각하는 훈련을 하게 된 것 같다"고 평가했다. 일부 대회 참가자에게는 현지에 진출한 우리 기업들의 '러브콜'도 이어진다고 한다. 덕분에 한국어 학습은 많은 현지 학생들에게 인생을 바꿀 수 있는 소중한 기회로 인식되고 있다.

이날 심사가 진행되는 동안 참가 학생과 교사 등을 대상으로 한국고전번역원의 특별강연도 열렸다.

타슈켄트=조용우 기자 woogija@donga.com

---

dongA.com

2010-05-26 03:00:00 편집

프린트 닫기

"중국선 한국어가 일본어 제치고 제2외국어"

■ 中1만여명 전공 열풍

全중국 한국어 백일장 대회
예선 거친 47개大 82명 겨뤄

"한국의 역사 문화까지 이해
결국 우리 국익의 우군될 것"

"찢어지게 가난한 삶을 살기가 지긋지긋하게 싫어서 나는 황금이나 보석보다 소중한 보물을 잃어버릴 뻔했다. 불쌍히 나에게 버림받은 양심은 어두운 구석에서 흐느꼈다…."

27일 오전 성균관대 한국어위원회(위원장 이명학 사범대학장·한문학)와 전국국어문화원연합회(회장 박창원 이화여대 교수)가 공동 주최한 '제4회 전(全) 중국 한국어 백일장 대회'가 열린 베이징(北京) 비전호텔. 난징(南京)사범대 한국어과 4학년생인 왕멍메이(汪夢梅·21·여) 씨는 시제가 주어지자 잠시 골똘히 생각하더니 이내 빌따란 원고지를 채워 나갔다. 25일 밤 야간열차를 타고 9시간이 걸려 베이징에 온 왕 씨는 중학교 시절 아이돌 그룹 'HOT'의 매력에 빠져 한국어를 전공하게 됐다. 좋아하는 드라마는 '겨울연가'. 삼성 LG 같은 한국의 대기업에 입사하는 것이 꿈이다. 왕 씨는 "한중 관계가 밀접해지면서 중국의 젊은이들이 너도나도 한국어를 배우고 싶어 한다"고 말했다.

27일 오전 중국 베이징 비전호텔에서 열린 '제4회 전 중국 한국어 백일장'에 참가한 중국 47개 대학 한국어학과 학생 82명이 '양심'이란 주제어를 받은 뒤 글짓기에 열중하고 있다. 베이징=김정훈 기자

중국 내 47개 대학의 한국어 전공 학생 82명이 참가한 이번 백일장에서 왕 씨는 중학교 2학년 때 공깔이가 손 밀가루를 속여 팔아 양심의 가책을 느꼈던 체험담을 써내 최고상인 금상을 차지했다. 은상은 산둥(山東)대 4학년생인 첸넨춘(錢念純·24·여), 동상은 산둥공상학원 2학년생인 량수(梁姝·21·여) 씨에게 돌아갔다.

각 대학의 '예선'을 거쳐 대표로 뽑힌 참가 학생들은 톈진(天津), 상하이(上海), 다롄(大連), 창춘(長春), 뤄양(洛陽), 시안(西安), 난징 등 중국 전역에서 수백 km씩 기차와 비행기를 타고 왔다. 이번 주제어는 '양심(良心)'. 시험장 앞쪽 무대 위에 주제어를 가린 천이 벗겨지는 순간 학생들 사이에서는 "후우~" 하는 탄식이 흘러나왔다. 그러나 학생들은 주어진 2시간 동안 2000자 넘는 분량을 거뜬히 써내 한국 대학교수 6명으로 구성된 심사위원단을 놀라게 했다. 글씨도 펜글씨라도 배운 것처럼 멋지게 썼다.

---

dongA.com

2016-06-14 03:00:00 편집

프린트 닫기

中에 한글문화 알린 '성균한글백일장' 10돌

베이징서 94명 참가 글재주 겨뤄… 고전번역원 한국 고전 특강도 열려

13일 중국 베이징에서 열린 성균관대 주최 한글백일장에서 정규상 성균관대 총장(가운데)이 금상 수상자에게 상패를 전달하고 있다. 베이징=구자룡 특파원 bonhong@donga.com

성균관대가 한글문화를 중국에 확산하기 위해 2007년부터 열어 온 '성균한글백일장'이 올해로 10회를 맞았다. 13일 오후 베이징(北京) 차오양(朝陽) 구 왕징(望京)의 홀리데이인호텔에서 열린 백일장에선 중국 57개 대학의 한국어학과에 재학 중인 한족 학생 94명이 작문 제목 '과속(過速)'을 놓고 글재주를 겨뤘다. 베이징대 두원신(都聞心), 취푸(曲阜)대 자오쉐춘(趙雪純), 베이징대 장멍웨이(張夢薇) 학생이 각각 금·은·동상을 받았다. 금·은·동 수상자는 성균관대 대학원 과정에 진학할 경우 등록금이 면제된다. 시상식에는 성균관대 정규상 총장과 이찬 부총장, 이태형 학교법인 성균관대 상임이사 등이 참석했다.

이날 한국고전번역원(원장 이명학)은 한글백일장에 참가한 학생과 지도교수를 대상으로 고전 특강도 진행했다. '고전소설로 보는 조선인' '마음을 다잡는 글' '한국의 종가문화' '올바른 한국어 예절' 등의 특강이 열렸다.

베이징=구자룡 특파원 bonhong@donga.com

성균한글백일장 언론사 기사

중앙일보

이루마 음악에 매혹돼 한글까지 배우게 됐죠

[중앙일보] 입력 2015.10.22 00:54 수정 2015.10.26 15:55

20일 오스트리아 빈의 한인문화회관서 열린 '성균 한글백일장'에서 외국 학생들이 글짓기를 하고 있다.

"어떤 백일장 주제가 나올지 벌써 궁금해요. 어렵지 않았으면 좋겠어요."(흐리스티나 두세페에바, 불가리아 소피아대학 3학년 여학생)

'성균 한글백일장' 참가 유럽 학생들
'유산' 주제 우리말 작문 실력 겨뤄
행사장에선 서로 한국어로 인사
금상 수상자 "한국어 교수가 꿈"

20일 오전 9시(현지시간) 오스트리아 빈의 한인문화회관 강당. 창 너머로 아리스 호수가 잔잔하게 펼쳐진 이곳에 유럽 지역 15개국 대학생 35명

카자흐 여대생의 '꿈 사다리' 된 성균 한글백일장

한국경제 | 기사입력 | 최종수정

성균한글백일장(시험 도중).jpg

"어릴 땐 절대 엄마 아빠처럼 살지 않겠다고 다짐했었다. 하지만 이제는 부모님과 다름없이 가족을 위해 최선을 다하며 사는 게 내 목표다. 내가 부모님에게서 그토록 달라지고자 했던 게 이제 공통점이 됐다."

카자흐스탄 국제관계 및 세계언어대학 4학년 조 엘레나 씨(20)가 지난 10일 이 대학에서 열린 '제8회 중앙아시아 성균 한글백일장'(사진)에 참가해 쓴 글이다. '다름'을 주제로 열린 이 백일장에서 엘레나씨는 한때 부모님과 달라지려 노력했지만 이제는 부모님을 닮고 싶어졌다는 자신의 마음 변화를 한글로 풀어냈다. 엘레나씨는 "나도 다른 아이들처럼 예쁜 옷과 컴퓨터, 휴대폰을 갖고 싶었는데 사주지 못하는 부모님이 야속했다"면서도 "어른이 된 지금은 다른 아이들을 부러워하지 않는다"고 썼다.

엘레나의 마음을 돌린 건 가난을 이겨내려 온갖 일을 다 맡아 하다 심장병에 걸려 쓰러진 아버지였다. 엘레나씨는 "기적같이 일어난 아버지가 쉬지도 않고 가족을 위해 다시 일터로 향하는 모습에 울컥했다"고 회상하며 "이제는 내가 열심히 공부해서 행복한 가족을 만들 것"이라고 글을 마무리했다.

우즈베키스탄 카자흐스탄 키르기스스탄 등 3개국에서 36명이 참가한 가운데 엘레나씨가 최우등인 금상을 수상했다. 금상을 받고도 심장이 약한 아버지가 크게 놀랄 것을 우려해 수상 직후 집에 전화 걸기를 망설여 참가자들의 눈시울을 붉혔다. 엘레나씨의 지도교

중앙아시아 한류열풍 산실 된 한글백일장

연합뉴스 기사입력 2012-10-29 04:35 최종수정 2012-10-29 08:20

성균관대, 중앙아시아 한글백일장 실시 (서울=연합뉴스) 25일(현지시간) 우즈베키스탄 수도 타슈켄트의 한 호텔에서 성균관대 주최로 열린 '중앙아시아 성균 한글백일장'에 참가한 학생들이 시험을 치르고 있다. 이날 대회에는 우즈베키스탄, 카자흐스탄, 키르키즈스탄, 타지키스탄 등 중앙아시아 4개국 36개대 80여명의 학생이 참가했다. 2012.10.26 << 성균관대 >> photo@yna.co.kr

dongA.com

2016-10-27 03:00:00 편집

"한드에 반해 한글에 푹… 한국어 교수 되고싶어"

성균관대 중-동유럽 한글백일장… 빈서 16개국 대학생 40명 참가

중·동유럽 지역 16개국의 18개 대학에서 온 40여 명의 외국인 대학생들이 제3회 중·동유럽 성균한글백일장에서 글을 짓고 있다. 성균관대 제공

한국경제

카자흐 대학생에 '꿈의 사다리' 이어준 어느 기업인

입력 2017.04.23 18:32 | 수정 2017.04.24 05:39 | 지면 A31

'성균 한글백일장' 6년째 후원
우승자엔 성균관대 전액 장학금
9회 대회 우승학생 "나눔 아는 인재 되고 싶어요"

"한국 봉사자에게 피리를 배운 시각장애인 학생이 아리랑을 연주하는 모습을 본 뒤 '나는 어떤 걸 나눌 수 있을까' 고민하는 습관이 생겼다."

미르조알리예프 후시누트 씨(25·타지르국립상업대 세계경제무역학과)가 지난 22일 카자흐스탄 국제관계 및 세계언어대학 캠퍼스에서 열린 '제9회 중앙아시아 성균 한글백일장(사진)'에 참가해 쓴 글이다. '진정한 행복'이 글제였던 백일장에서 후시누트 씨는 최우수상인 금상을 받았다. 한국 기업에서 일하는 게 꿈인 그는 "다른 사람과 행복을 나눌 줄 아는 인재가 되고 싶다"고 했다.

성균관대는 2008년부터 해마다 중앙아시아에서 한글백일장을 열고 있다. 한국 문화를 확산하고 한국과의 교량 역할을 할 인재를 키우기 위해서다. 이날 백일장에는 카자흐스탄 키르기스스탄 등 중앙아시아 4개국 24개 대학에서 온 학생 40여명이 참가했다.

한글백일장은 현지에서 한국학, 한국어를 공부하는 학생에게 '꿈의 대회'로 불린다. 금상 은상

한국경제

"한글백일장 입상, 한국 대학에서 공부 설레요"

중국 베이징에서 열린 '성균한글백일장' 수상자

우즈베크 등 포함 21차례 열려
31명에게 대학원 장학금 지원
'계층 상승 사다리' 기회 제공

지난 15일 중국 베이징의 한 호텔에서 열린 '제9회 중국 성균한글백일장'에 참가한 중국 대학생들과 김일환 법학전문대학원 교수(둘째줄 왼쪽 두번째부터), 김영주 한문교육과 교수, 성재호 법학전문대학원 교수, 이준식 중어중문학과 교수, 이석규 경영학과 교수 등 성균관대 관계자들이 기념촬영을 하고 있다. 박상용 기자

"한중 FTA 기대" 중국 대학생 사이에서 한글 배우기 열풍

MBC | 기사입력 2016-06-14 07:41

[뉴스투데이]◀ 앵커 ▶

한류 영향으로 세계 곳곳에서 한국어 열풍이 불고 있다는 소식 전해드렸었는데요.

중국도 한중 FTA 이후에 교류에 대한 기대감이 높아지면서 중국 대학생들 사이에 한글 배우기가 확산되고 있습니다.

금기종 특파원입니다.

◀ 리포트 ▶

중국 대학생들이 우리나라 대학이 개최한 한글백일장에서 글을 짓느라 여념이 없습니다.

10회째인 올해는 전국 57개 대학에서, 대표로 선발된 학생 90여 명이 참가했습니다.

백일장의 글제는 과속.

상당한 수준의 한글 실력을 보여준 학생들이 많았는데, 글의 제목을 뒤집어 '느림'의 중요성에 대해 쓴 학생 등 3명이 입상해, 석사 과정 전액 장학금을 탔습니다.

최근 한류의 부흥과 지난해 말 한-중 FTA 발효로, 중국에선 한국어 열풍이 다시 불고 있습니다.

중 대학생들 '한국어 겨루기'…한류 넘어 '한국통' 육성

[JTBC] 입력 2016-06-14 오전 6:12:49 수정 2016-06-14 오후 4:40:27

[앵커]

얼마 전 작가 한강의 맨부커 수상은, 영어권에서 한글을 제대로 번역할 사람의 소중함을 일깨웠는데요.

조선족 동포가 아닌 중국 대학생들이 갈고 닦은 한국어 실력을 겨루는 현장을, 신경진 특파원이 취재했습니다.

[기자]

백일장 글제가 발표됩니다.

올해 주제는 '과속', 녹록치 않은 주제에 학생들은 고민에 빠집니다.

중국 57개 대학에서 예선을 거쳐 올라온 대학생 97명은 금새 원고지를 한 칸 한 칸 메워갑니다.

쉽지 않은 맞춤법과 띄어쓰기에 썼다 지웠다를 반복합니다.

[두원신/베이징대 4학년 (금상 수상자) : (답안 중에 가장 자신있는 구절은?) 돌아가신 할머니 말씀이요. 바쁘게 살면 삶의 아름다움을 쉽게 놓칠 수 있지만 천천히 살면 평소에 보지 못 했던 풍경을 볼 수 있어요.]

한국어와 한국문학을 전공한 중국 대학생들이 부상으로 주어지는 한국 유학의 희망을 이루는 자리입니다.

한류 전파를 넘어 진정한 한국통 육성을 위한 한글 백일장의 풍경입니다.

[정규상/성균관대학교 총장 : 한강 작가의 맨부커 수상을 함께한 중국판 데버리 스미스를 육성할 수 있는 계기가 될 수 있는 좋은 대회로 발전시켜….]

백일장 개최 10주년을 맞아 입상자 모임도 새롭게 꾸렸습니다.

[뤄위안/입상자 모임 회장 (1회 은상 수상자) : 전 중국을 커버하는 튼튼한 한국 전문가 네트워크로 (입상자 모임을) 발전시키겠습니다.]

고전번역원은 한국어과 지도교수들을 대상으로 특별 고전강연도 선보였습니다.

중앙일보

입력 2013.06.18 00:55 수정 2013.06.18 01:05

인쇄하기 × 취소

한궈미들 한국행 티켓 놓고 '한글 배틀'

중국 베이징서 한글백일장
참가 학생 92명 중 3명 뽑아
성균관대 석사 학비 지원
"한국 이해하는 리더 될 것"

15일 중국 베이징 비젼호텔에서 '제7회 성균한글백일장'이 열렸다. 중국인 대학생 참가자들이 '애증(愛憎)'을 주제로 작성한 답안지를 들어 보이고 있다. [베이징=[illegible] 기자]

"한국에서는 인차 갈게요(금방 갈게요), 갔댔어요(갔었어요). 이런 말은 쓰지 않아서 헷갈려요."

중국 베이징제2외국어대학 한국어학과에 다니는 저우루이사(周銳霞·여·20)는 북한에서 6개월간 어학연수를 받았다. "북한에선 사람들과 자유롭게 대화를 나누면서 말을 연습하긴 힘들어요. 한국에 가서 꼭 공부해보고 싶어요."

'한궈미(韓國迷·한국팬)'를 자처하는 대학생 92명이 한자리에 모였다. 15일 중국 베이징에서 열린 성균관대 주최 '제7회 성균한글백일장'에 참가하기 위해서다. 백일장은 2007년 한·중 수교 15주년을 맞아 시작했고 올해로 7년째를 맞았다. 이 대회에선 조선족을 제외한 한국어 전공자끼리 글쓰기 실력을 겨룬다. 금·은·동상 수상자 3명에겐 성균관대 석사과정 학비 전액이 장학금으로 지원된다.

dongA.com

2017-10-27 03:00:00 편집

프린트 닫기

"한국어 공부해 한국문화 알리는 작가 되고 싶어요"

성균한글백일장 印尼서 열려

25일 인도네시아 반둥에서 열린 성균한글백일장참가 학생들이 주제에 맞게 한국어로 글짓기를 하고 있다. 성균관대 제공

인도네시아 제3의 도시인 반둥 시내 중심의 한 호텔에서 25일 '성균한글백일장'이 열렸다. 인도네시아는 물론이고 태국과 말레이시아에서 온 대학생 40여 명이 참가했다.

백일장 주제 '꿈'이 공개되자 참가자 상당수가 이내 평정을 찾긴 했지만 처음엔 당황한 표정이었다. 한국적 특징이 반영된 다소 어려운 주제를 예상했지만 일반적이고 평이한 주제인 탓이었다. 대회위원장 김경훤 교수는 "성균한글백일장이 10년간 세계 각지에서 열린 뒤 한국을 동경하는 외국 학생의 '꿈의 무대'가 된 점을 생각해 주제를 정했다"고 설명했다.

성균관대는 인도네시아 가자마다대 3학년 아지마 툴 알리피아 씨(21·여)가 금상을 차지했다고 26일 밝혔다. 그는 '꿈이 많아 고민이다. 그래도 노력하고 포기하지 않는다면 그중 하나라도 이룰 수 있다고 믿는다'는 내용을 썼다. 그는 "한국어를 공부해 인도네시아에 한국문화를 알리는 작가가 되고 싶다"고 말했다. 은상은 핌파카 손 씨(태국), 동상은 칸사 주이나 씨(인도네시아)가 각각 차지했다. 성균관대는 금·은·동상 수상자에게는 성균관대 대학원과정 전액 등록금을 지원한다.

성균관대 구자춘 국제처장은 "인도네시아에는 최근 한류 열풍이 강하게 일고 있다"며 "성균한글백일장이 한국 문화와 한국어를 알리는 문화행사로 자리매김하도록 할 것"이라고 말했다.

이동영 기자 argus@donga.com

성균한글백일장

2007~2018, 10여 년의 기록

초판 1쇄 발행 2019년 4월 26일
2판 1쇄 발행 2020년 7월 31일

엮은이 이명학
펴낸이 신동렬
펴낸곳 성균관대학교 출판부

등록 1975년 5월 21일 제1975-9호
주소 03063 서울특별시 종로구 성균관로 25-2
대표전화 02)760-1253~4
팩스밀리 02)762-7452
홈페이지 press.skku.edu

ISBN 979-11-5550-376-8 03810

※ 이 책의 수익금은 '성균한글백일장' 기금으로 기부합니다.